D1561868

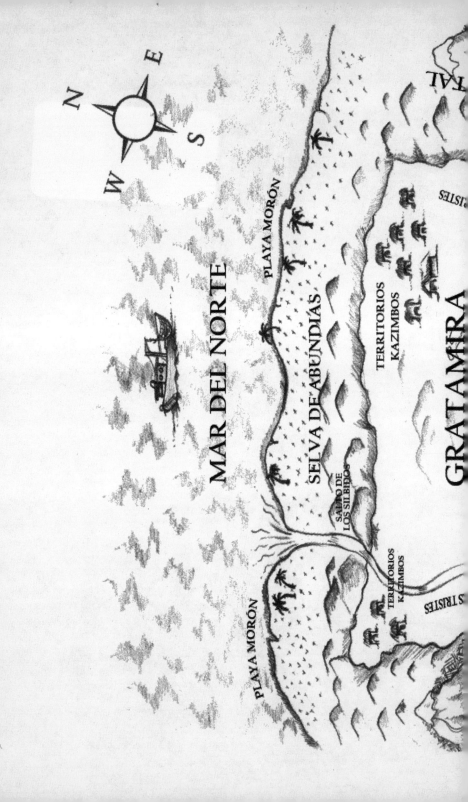

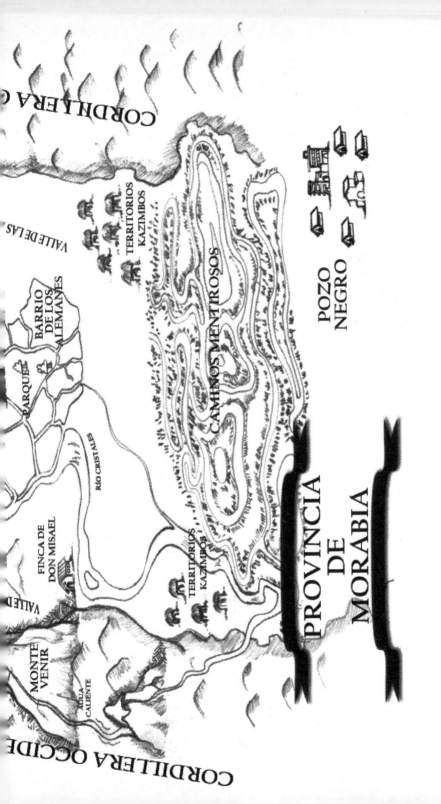

GUSTAVO BOLÍVAR MORENO

EL SUICIDIARIO
DEL MONTE VENIR

QUINTERO EDITORES
EDITORIAL OVEJA NEGRA

1ª edición: noviembre de 2006
2ª edición: agosto de 2007

© Gustavo Bolívar Moreno, 2006
   gbolivarm@yahoo.com

© Quintero Editores Ltda., 2006
   quinteroeditores@hotmail.com
   Cra. 4 A Nº 66 - 84 Bogotá, Colombia

© Editorial La Oveja Negra Ltda., 2006
   editovejanegra@yahoo.es
   Cra. 14 Nº 79 - 17 Bogotá, Colombia

ISBN: **958-339889-6**

Portada: Miguel Urrutia
Mapa: Juan Pablo Valencia Toro

Diagramación
y corrección: José Gabriel Ortiz A.

Impreso por: Quebecor World Bogotá. S.A.

Impreso en Colombia - Printed in Colombia

A Ricardo, Jorge Isaac y Cecilia Bolívar; Mamá Clota y Doris, Aurora Nieto, Toño Sánchez, Luis F. Ardila y Sonia Medina.

Sé que están allí, esperándonos en medio del aburrimiento que supone la perfección.

PRIMERA PARTE

"Si te place, vive; si no te place,
estás autorizado para volverte
al lugar donde viniste".
Séneca

LA HISTORIA DEL MONTE VENIR

Sé de un lugar con nubes eternas, donde los muertos nos quedamos a vivir en espera del milagro del amor. Es un monte muy alto y empinado, desde el cual nos hemos lanzado al vacío miles de hombres y mujeres que alguna vez nos confabulamos con la muerte para poner fin a los días aciagos de nuestras malogradas existencias.

Sé que en lo alto de esa montaña encallada por el dios del olvido en un valle triste y escondido, se levanta una casona antigua y blanca, atiborrada de secretos, construida por un asaltante de caminos que deseaba aislar a sus descendientes de una epidemia de estupidez que por aquel entonces azotaba a la humanidad. Ahora habitan la casona sus biznietas, cuatro hermanas de insuperable belleza, sensualidad e insensatez que, por no haber asistido al colegio ni a la iglesia, aún mantienen su inteligencia intacta y la moral neutra.

Con esas hembras de apariencia exótica y belleza superlativa, que derrochan lujuria al respirar y culpa al caminar, nos tenemos que entender los suicidas, para bien o para mal, la víspera de nuestro salto a lo desconocido.

En los cerebros de esas mujeres de mirada inexpugnable anida un gen suicida, heredado de toda su estirpe, la de los Vargas, que las hace ver la vida con la serenidad y el arrojo que se obtienen al no conocer el miedo a la muerte.

Sé que una, Cleotilde, la mayor, mete en su cama a todos los suicidas que pasan por la casona, procurándoles una noche de amor puro y magia genital antes del brinco definitivo. Es una ninfómana que obtiene provecho de su debilidad aduciendo, en tono caritativo, que quien tiene el coraje de escoger la fecha de su muerte merece una dosis de lujuria intensa del tamaño de su valentía.

Sé que la segunda, Juana Margarita, la más hermosa de todas, lucha con ahínco contra el demonio de la lujuria, que Cleotilde dejó instalar en la casona, y que lo hace de la manera más brutal, usando como armas infalibles sus prodigiosos y protuberantes encantos y la perversidad necesaria para matar sin hacer daño. Ha perfeccionado hasta sus límites el arte de la provocación y ha inventado, a partir de ello, la manera de hacer volver a los suicidas a la casa después de su salto mortal argumentando que sólo se les permite hacer el amor con los muertos.

Sé que la tercera, Ernestina, aprendiz de bruja, es la autodidacta, la que todo lo sabe y, por lo mismo, la que no sabe nada. Ella les enseña a los suicidas a caminar por los recovecos del más allá y los instruye en la interpretación esotérica de los laberintos de la cuarta dimensión. Sé que odia a los hombres y por eso insiste en opacar su exagerada lindura con cuanto pintalabios oscuro o chiro descolorido descubre en los baúles alcanforados de sus antepasados, e incluso con accesorios estrambóticos con los que procura espantar a quienes no podemos eludir su presencia durante veinticuatro días al mes, porque los otros seis los dedica a luchar contra el diablo.

Sé que Anastasia, la menor, deambula desnuda por toda la casa sin el menor asomo de vergüenza, alborotando al más recatado de los seres con su caminar cadencioso, sus caderas pulposas pero inocentes, sus nalgas redondas como melones, sus senos pequeños de manatí en celo, sus pezones marrones y su vagina poblada de insípidos y lacios vellos de color zanahoria que parecen llamas incendiando su pubis.

Cohabita con ellas Patricio, un mayordomo reprimido, habitual cliente de la rabia, que se convirtió en el mejor percusionista de la región, gracias al aprovechamiento que de sus constantes berrinches hiciera su padre. De mirada morbosa, muy bien dotado físicamente, descendiente de los indígenas kazimbos y obsesionado por tres de las hijas de don Juan Antonio Vargas, Patricio se convirtió en el mejor percusionista de la zona porque don Epaminondas, su padre, al ver que durante los continuos ataques de furia el pequeño agarraba todo a palmadas, optó por fabricarle un tambor macho con el tronco de un árbol hueco y el cuero oreado de un bisonte cachorro, para que el irascible indígena disipara sus rabietas agarrando el instrumento a golpes. Cada vez que el pequeño explotaba, su padre ponía el instrumento a su alcance, de modo que mientras más ira, mayor sonido. Cuando se le pasaba la furia, Patricio lograba unos matices extraordinarios en el instrumento produciendo los mejores sonidos de cuero que oyeron quienes lo escucharon.

También habita la casona, aunque temporalmente, el suicida de turno, que siempre llega a hospedarse la víspera de su muerte, luego de escalar la callada montaña en cuya cima la brisa descansa sin los afanes del verano y las aves de rapiña reinan en silencio, pero con un ojo abierto en espera de que la cobardía humana les regale, como todos los días, un nuevo cuerpo para degustar hasta la saciedad y el desprecio.

Sé que al llegar a la cima de la cumbre, poco antes de traspasar los límites de esa casona lúgubre, más misteriosa que acogedora, los suicidas nos tropezamos con una calle caótica y comercial que nunca duerme. Es una especie de mercado persa instalado a la vera de un camino polvoriento y no del todo estrecho, iluminado por siempre con lámparas de kerosene que penden de las tiendas de lona que están apostadas a lado y lado de la vía ,donde una buena cantidad de vendedores inescrupulosos ofrecen todo tipo de estampitas y figuras de ángeles, santos y vírgenes, los libros sagrados de todas las religiones, manuales y planos para escapar con éxito de los nueve círculos del infierno, comidas deliciosas para no morir con hambre ni antojos, infusiones para mitigar los dolores del porrazo, bebidas calientes para no morir de frío y también sesiones de espiritismo donde te ponen en contacto con familiares o amigos fallecidos para que éstos se encarguen de recibirte en el más allá y luego guiarte y enseñarte los secretos del absoluto.

Sé que hasta no hace mucho tiempo atendía en una de esas carpas, la más corroída por el tiempo y por la lluvia, el payaso Saltarín, un hombre que de tanto escuchar su apodo ya olvidó su nombre. Cuentan que, por cinco pesos, o su equivalente en gallinas, el simpático personaje hacía reír a los suicidas para que no murieran amargados. Sé que en la carpa vecina aún atienden un par de pastores religiosos que por tu herencia abogan ante Dios por la salvación de tu alma y en la de enseguida está un fotógrafo italiano, que registra en su máquina de trípode y fuelles negros tu último retrato en vida. En la acera de enfrente se encuentra un mirador, construido con barandas de barro cocido y al que algún pernicioso apodó como la "Curva de los Javieres" después de que dos hombres, bautizados así, se batieran a duelo por una dama sin nombre.

Sé que la fama de ese monte escarpado radica en la imposibilidad de sobrevivir a su altura y al comentario prohibido y confuso, según el cual desde allí se puede alcanzar la eternidad con toda certeza, pues las almas de quienes se desnucan en ese lugar regresan a la casona, en el mismo instante del impacto, en busca del amor puro que Juana Margarita les ha ofrecido como parte de su estrategia para derrotar al demonio. Aunque se cree que sólo dos o tres no han regresado y sus espíritus deambulan errantes por la parte baja del monte, ya nos contamos por miles los fantasmas que rondamos aquel sitio en espera de que la segunda de las Vargas cumpla su promesa de acostarse con nosotros o, en su defecto, se marchite o se estrelle contra el planeta para poderla tener en este lugar maravilloso y sublime que sólo difiere del de ustedes en que aquí no existen ni el tiempo ni el espacio, ni el miedo ni el afán.

Obvio que, quien esto escribe, muerto está. El día en que salté desde el árbol de caucho inmenso y eterno, sembrado por el demonio de la provocación en el filo del abismo, el Sol acababa de levantarse y la holgazana brisa, que no estaba en su mejor día, no agitaba una sola hoja de los árboles, haciendo ver el paisaje como si estuviese pintado.

Los motivos de mi fatal decisión no fueron larga ni sensatamente pensados, y supe que cometía un irremediable error cuando ya mi cuerpo desafiaba la gravedad, poniendo en alerta a los gallinazos que, en cuestión de instantes, se levantaron de sus nidos con fuertes aletazos, como alas de tela desgarradas por el viento, y se arremolinaron para atacar mi carne tan pronto como el cementerio ribereño que se creó en la parte baja del monte, recibió el impacto de mi estupidez.

Mis últimos recuerdos antes de ensartarme contra las innumerables cruces de madera rústica fueron abstractos y subliminales. En cuestión de instantes, con el corazón en suspenso y el miedo colgado de mi cuello, me vi niño, abriendo con el cuchillo de la cocina una rana espernancada y crucificada en sus extremidades sobre un tablero de madera. Unos metros más abajo me vi joven, desvirgando a mi prima Genoveva en un colchón de hojas mojadas. Al momento me vi adulto, recibiendo la única bofetada que en vida me propinó mi madre, pero no recordé el motivo, y luego me vi saciado de amor y de deseo en la cama de Juana Margarita, en momentos en que ella me impedía poseerla con el cuento de que sólo se le permitia tener sexo con los difuntos.

De repente volví a mi vertiginosa realidad. Sabía que pocos segundos me separaban del suelo y tal vez el temor a lo desconocido y una bonanza de aire inundando mis pulmones, a límites ahogantes, me impidieron seguir recorriendo mis pasos, como desde niño me contaron que sucede con las personas que van a morir. Por eso me centré en hallar la solución a los problemas que me impulsaron a matarme y la encontré, antes de completar la mitad del recorrido. Recuerdo haberme golpeado contra un par de arbustos de ramas frágiles que traquearon a mi contacto y con algunas rocas con musgo húmedo que me empezaron a descalabrar y a enlodar la ropa. Recuerdo haber sentido en mi descenso atropellado que cientos de hojas de distintos sabores, y hasta nidos de pájaros con sus huevos tibios, se me incrustaron en la boca. No recuerdo dolor físico, mas sí mucha incertidumbre y nostalgia por el poco tiempo que me separaba del final.

Mientras ráfagas apocalípticas de viento se colaban por mis ojos para impedirme observar lo que pasaba, otros pensamientos me llegaron a la mente. No sé por qué el tiempo se alargó tanto durante la caída. Ignoro también por qué empecé a arrepentirme de haber saltado, a reconsiderar mi absurda decisión y a aferrarme a un milagro que seguramente no sucedería, dada la altura desde la cual me acababa de lanzar.

Pensé entonces en la promesa de mi Juana Margarita y la imaginé trémula y ansiosa , esperándome en la cascada de aguas tibias junto a miles de fantasmas celosos. También imaginé a sus hermanas confabulando en silencio con Patricio para tramar la manera de atraparla y llevarla de nuevo a un manicomio en el que la recluyeron por abundancia de pruebas, y del que acababa de escapar con mi complicidad.

Sentí un amor tan profundo por ella y lamenté tanto no estar a su lado de cuerpo presente, que maldije con ira mi poco criterio para separar el goce de lo sagrado, dejándome arrastrar por mis demonios. Y quise frenar el ímpetu de la descolgada y elevarme de nuevo y regresarme como halado por un hilo de seda invisible, para demostrarle todo este inmenso amor que siento por ella y por el que desgajé varias lágrimas en pleno vuelo. Lágrimas que el viento borró de tajo aun con mis ojos cerrados.Entendí que morir por el solo hecho de saborear su vagina, poniendo por encima del amor las consideraciones banales, unicamenteconfirmaba mi debilidad ante el monstruo, casi invencible, de la lujuria que me poseía y que ella combatía con arrojo. Lamenté mucho haber caído tan bajo y anhelé de nuevo tener el poder suficiente para detener en seco mi viaje con destino a la muerte, mirar el árbol de caucho y volar hacia él. Pero sabía que eso no sería posible y continué con resignación mi frenética caída, sintiendo cómo la tierra viajaba rauda hacia mí.

Recuerdo haber contemplado, a pocos metros del suelo, a unos niños afanados y muertos de risa, marcando con chamizos sobre la arena húmeda unos círculos imperfectos donde, tal vez, caería mi cuerpo, pero sin dejar de mirar el bulto de mi humanidad que caía vertiginosamente. Tiempo después supe que estaban tratando de acertar el lugar del impacto para ganar algunos pesos en la apuesta que hacían cada vez que alguien aparecía en el cielo como meteoro desafiando las leyes de la cordura. Al segundo me golpeé contra el mundo y todo acabó, o todo empezó, según la interpretación que le quieran dar. Del impacto no me acuerdo, ni del dolor que me debió producir el desprendimiento de mis fémures para incrustarse dentro de mi caja torácica. Caí de pie. Estaba muerto.

El regreso a la vida. El color de la muerte

De inmediato, tal y como me lo prometió Juana Margarita, atravesé un túnel extenso de luz exageradamente blanca y brillante, como el que han visto otros mortales que han regresado de la muerte, y aparecí de nuevo en predios de la casona, aunque noté todo distinto, al lado de miles de personas que parecía que me estuvieran esperando y a las que jamás había visto. Sentí la alegría momentánea de la confusión, pues pensé, fugazmente, que no morí y que el milagro de detener de súbito mi caída y regresar al caucho era real. Me alegré tanto al creerme vivo aún, que empecé a saludar a todas esas personas con cariño, aprovechando la calidez de sus sonrisas y el corrillo que se formó al lado de la cascada de aguas tibias y con olor a azufre, que era el lugar donde el universo paría de nuevo a quienes conspirábamos contra nuestra propia vida.

Me causó extrañeza verlos a todos con sus rostros perfectos, sin manchas, ni vellos, ni lunares, ni acné, la piel intacta como de bebé, y pensé que se trataba de un baño colectivo de nudistas porque ninguno traía ropas puestas y en sus ojos no se reflejaba ni una pizca de malicia, mas sí un estado sublime de amor que jamás percibí en la mirada de mortal alguno. Me observé por curiosidad para descubrir que mi cuerpo también estaba desnudo y empecé a llenarme de temores. Aun así seguí mirándolos y les devolví la misma dulzura, pero no por protocolo, sino porque a mi corazón ingresó una fuerza descomunal, capaz de arrasar con el odio acumulado en el mundo desde el octavo día de la creación.

Entonces los colores de las flores se agudizaron y se tornaron más nítidos, vivos y alegres; el tono del agua humeante se aclaró, las plantas empezaron a danzar en busca de un Sol blanco que no encandelillaba y las nubes desaparecieron, dejando al descubierto un cielo de siete colores indescriptiblemente pulcros y traslúcidos de los que jamás tuve conocimiento, y vi el aire. Es feliz el viento. Lo vi navegar con su ímpetu arrogante y fluido, sirviendo de ola a una migración de alcatraces y kataraínes perezosos y planeadores que me sonrieron al pasar. Una música celestial elaborada con notas desconocidas en la Tierra, pero increíblemente armónicas, empezó a brotar de instrumentos que no pude identificar, generando deleite y paz en mi alma.

No reconocí el ritmo, ni el tiempo, ni los compases, ni las armonías usadas por los intérpretes y tampoco vi los músicos, aunque la melodía, además de escucharse, también se podía ver. Los sonidos de los instrumentos tienen colores. Los de viento son de color amarillo; los de cuerda, rojos; los de los teclados se ven azules y los de las percusiones son de color ébano. Las melodías del bajo son verdes, y las voces celestiales, blancas. Enseguida comprendí que el arco iris multicolor que, de vez en cuando, aparecía arqueado sobre los edificios de la ciudad donde me crié, representaba un concierto celestial ofrecido por los músicos del cielo en homenaje a una nueva alma.

Era indudable que transitaba por un lugar ni en sueños antes visto y que algo raro sucedía porque el nerviosismo de la novedad empezó a desaparecer. Lo comprobé cuando me acerqué a los bañistas buscando con angustia, y a Juana Margarita y todos me produjeron frío. Cuando empecé a sentir sus abrazos de bienvenida, provistos de ese amor infinito que les brotaba de los ojos y que jamás recibí de nadie, noté que estaban helados. Sentí desespero, sentí deseos de llorar, sentí ganas de gritar y corrí de un lado a otro con la certidumbre de la expiración a cuestas, mientras los demás muertos me miraban con misericordia, tal vez recordando el momento en que ellos vivieron la misma angustiosa situación. Algo me impidió llorar. Era una especie de gozo infinito que me arrancaba sonrisas de los labios contra mi voluntad y me inundaba de paz y ganas de convertirme en estatua milenaria.

De repente me encontré con Patricio, el mayordomo de las Vargas. Estaba llorando –ignoro el porqué– y no alcancé a tocarlo para saber si estaba muerto porque apareció Juana y me abrazó con el calor corporal inconfundible de los vivos. Fue entonces cuando confirmé mi muerte y me llené de incertidumbre. Aun así, ella se notaba triste y el miedo se le escapaba por los ojos. Aunque le propinó un duro golpe a su poderoso adversario, su mirada no era la de una triunfadora. Sin alardear de irresistible, creo que se alcanzó a enamorar de mí, y mi muerte le quemó el corazón. Pero también lucía asustada por el complot que, en secreto, armaban sus hermanas para devolverla a un hospital psiquiátrico donde estuvo recluida por decir que podía ver a los muertos y, últimamente, por pelear a gritos con ellos.

Al ver en el rostro de mi Juana la angustia existencial de su decadencia, tuve la ligera sensación de que ella fuera la difunta y yo el ser viviente. Esa mujer impetuosa y ordenadora del universo que con su cuerpo ardiendo me acababa de provocar la muerte, ahora lucía desdibujada y nerviosa. Rehusé creer que ella fuera la misma mujercita capaz de demostrarles a los hombres que un segundo de dicha a su lado podía resultar más excitante que perder la vida entera. Inmersa en sus inseguridades y perseguida por los fantasmas de los vivos, me pidió que fuéramos con rapidez a su habitación. Caminamos hacia allá bajo las miradas inquisidoras de sus hermanas que hablaban en voz baja sin dejar de observarla. Ninguna de ellas me saludó, a pesar de que les dije a gritos y con todo tipo de muecas que estaba de regreso.

–No lo van a escuchar –me dijo–. ¡Están en la tercera dimensión!

Al oírla decir esto sin ver a nadie a su lado, sus hermanas se decidieron a atraparla, pero Juana ganó primero la puerta de su dormitorio hasta donde llegué yo impulsado por una fuerza extraordinaria que se activaba con sólo desear algo con el pensamiento. Dentro de su dormitorio me tomó de la mano y sonrió con asombro de niña al sentirme. Le pregunté si pasaba algo, refiriéndome a los golpes que se empezaron a escuchar en la puerta, y me respondió sin entender el sentido de mi pregunta que esa era la primera vez que sentía, físicamente, el contacto de un muerto. Sus ojos reflejaban la pureza y al mismo tiempo la inseguridad de su amor. Como quien descubre algo maravilloso se dedicó a palparme, a recorrerme con sus mejillas, sumida en una felicidad muy sutil mientras sus hermanas trataban de derribar la puerta de la habitación. Cuando ellas lo lograron, Juana las recibió con gritos eufóricos de descubrimiento y las invitó a conocer los muertos.

—¡Están aquí, hermanitas, vengan y los tocan, son divinos!

Pero sus hermanas, hastiadas de sus estupideces, entraron en su alcoba con la misión de atraparla y atarla a un burro para devolverla al manicomio de donde, según ellas, nunca debió salir. Sin embargo, era esa una decisión más insensata y dañina que la inofensiva demencia de Juana quien, al sentir todas las puertas del entendimiento cerradas, optó por medidas desesperadas que cambiarían para siempre la historia de la montaña rocosa y de la casona de las Vargas.En aras del entendimiento de esos inverosímiles sucesos que se desencadenaron con el estallido de la crisis definitiva de Juana Margarita, tendré que relatarles una serie de acontecimientos históricos, geográficos y de antecedentes familiares sin cuyas referencias sería imposible entender los graves sucesos que sobrevinieron después de mi suicidio.

No sería viable comprender todo este delirio colectivo sin adentrarnos profundamente en la psicología de las hermanas Vargas, sus encantos, sus pasiones, sus debilidades y sus traumas sexuales. Sin analizar las vidas de Patricio, Atanael Urquijo y el payaso Saltarín, suicidas estos dos últimos, que se constituirán en detonantes de todos los inverosímiles acontecimientos de esta leyenda. Sé que no es fácil creer en una historia escrita por un muerto y mi relato debería merecerles toda la duda y la incredulidad del mundo, pero la verdad es como el Sol: se puede cubrir con el cabello sobre el rostro, pero siempre estará ahí aunque no esté alumbrando.

CAPÍTULO UNO
"El Valle de las Montañas Tristes" y el monte Venir

El monte Venir es una peña imponente, un desfiladero infinito y recargado de energías misteriosas. Es un lugar mágico que, por su grandeza, mareaba y parece derrumbarse a cada instante ante los ojos de cualquier desprevenido que se pose en sus faldas. Está custodiado por sendas cordilleras de más altura, con canas en sus cimas a las que los indígenas kazimbos llamaban el "Valle de las Montañas Tristes", debido a que sus numerosas cascadas de aguas espumosas resbalaban por sus mejillas como si el paisaje entero estuviese llorando.

Es un lugar sin país ni geografía, pues, por cosas de la naturaleza, hubo un tiempo en el que en este valle, en el cual se encontraban extraviados un pueblo llamado Gratamira, el monte Venir y la casona de las Vargas, se podía entrar, pero no salir. Por equivocación, error o coincidencia llegaban desplazados por la violencia, aventureros despistados, excursionistas perdidos, forasteros con ansias de matarse o condenados por la justicia que nunca pudieron encontrar la salida. Menos si de niños no aprendieron el punto cardinal por el cual sale el Sol para poder ubicar el norte.

Sucedía porque el acceso al lugar era –y aún es– anegado, lleno de selvas y caminos encontrados que convirtieron la escapatoria en un imposible. De modo, pues, que quienes intentaban salir de allí podían pasar días enteros de travesía, para descubrir con profunda rabia que se encontraban extraviados en un laberinto caprichoso y que siempre regresaban al mismo lugar de donde partieron.

Es por eso por lo que, con excepción de los miembros de una tribu indígena que habita la zona, sólo dos o tres personajes de los que hasta allí llegaron supieron cómo devolverse al lugar de donde vinieron. Y lo peor de todo es que a quienes fundaron Gratamira los dieron por desaparecidos en la capital y nadie se sintió ofendido al engrosar las estadísticas de muertos porque, sencillamente, no querían abandonar esta trampa divina de la naturaleza que los hizo encallar en el tiempo en un cañón atrapado al sur por caminos mentirosos, al norte por un bosque de manglares inaccesible que impedía la llegada de los gratamiranos al mar y por el oriente y el occidente por esas cordilleras imponentes, con aguas congeladas en sus crestas y encadenadas a los lados con otros sistemas montañosos de mayor altura y extensión.

Sin embargo, era tanto el alivio que se sentía al vivir encarcelado en un lugar tan apacible, que muy pocos intentaron devolverse. Sabían que, de vez en cuando, algún nuevo despistado aparecería al finalizar la tarde con las noticias sobre lo que está sucediendo en el resto del mundo o dotado de algunos artículos que allí escaseaban, como fósforos o cuchillas de afeitar.

La tranquilidad que se vivía en ese lugar era tan grandiosa, que el pueblo rezaba para que ese alguien no fuera un político cargado de mentiras, un cura empujado por las leyes canónicas del celibato al abismo de la lujuria infantil, un abogado inescrupuloso o un banquero repleto de billetes de los que aquí se prescindió con total éxito por iniciativa de un alcalde inteligente que, buscando el bienestar general de su pueblo, instituyó el trueque como herramienta de comercio.

Los gratamiranos sabían que no todo era felicidad y que habían incomodidades, pero también tenían seguro que en la ciudad, aunque sobraban las cosas que a ellos a menudo les faltaban, escaseaban la seguridad y la paz de la que ellos disfrutaban.

Era tanta la armonía que reinaba entre la gente de aquel lugar, que los únicos cadáveres que se conocieron durante años fueron los de unos pocos desquiciados que se lanzaron desde ese caucho lagrimoso sembrado en lo alto del monte Venir, por el desespero que les producía el saberse encarcelados en un sitio repleto de incomodidades del cual no podrían salir jamás. Desde el brazo alcahuete de ese Árbol, los suicidas que miraban el horizonte aprecian, en cuatro tiempos, un río traicionero que se crece con portento cuando llueve, un pueblo aburrido y polvoriento que huele y se escucha pero no puede ver ni tocar el mar, una selva inexpugnable repleta de manglares, leyendas y caimanes que separaba a Gratamira de un océano infinito siempre teñido de azules, imponente e inmortal, en cuyo lomo convexo de espejismos se acostaba a dormir el Sol por las tardes.

La historia de la casona Miramar

La casona, que tomaba su olor a hierbabuena y a romero de los jardines descuidados que la rodeaban, fue construida en ese escondrijo del mundo, refundido entre montañas con forma de gigantes sentados, por un ladrón de caminos, filántropo y carismático, que quiso proteger a sus hijos y a los hijos de sus hijos de una de esas guerras fratricidas que, por oleadas, han azotado a la humanidad.

Corrían los años inciertos en que proliferaron en la Tierra una serie de mesías de todas las especies, facciones, calañas y discursos, ninguno mejor que otro y todos dirigidos a salvar el mismo mundo.

Los años en que las mafias de la palabra encantada se enquistaron en el poder para arrasarlo todo, disfrazarlo todo con el vestido inocente de la democracia y saquearlo todo en nombre de la libertad y la justicia.

Para blindar a sus retoños del peligro que representaban esos señores feudales del poder, de la mentira y del placer, y sus escuderos ignorantes y armados de los que se valían para dictar doctrinas en favor de la felicidad, la prosperidad, la paz, las religiones y las fronteras de piedra, el general don Juan Benjamín Vargas –abuelo de las cuatro musas que me incitaron a morir, cada una con su cuota de complicidad–, tomó un día la decisión de huir con sus dos hijos, Cristóbal y Ernesto, a un lugar donde ni los pies ni los ojos del hombre se hubieran posado nunca, después de que sus enemigos asesinaran a su esposa de la manera más brutal. Valiéndose de los conocimientos geográficos que adquirió durante 20 años de permanencia en la clandestinidad, viajó hasta Pozo Negro, capital de la provincia de Morabia, y allí contactó a un par de indígenas de una tribu nómada para que lo llevaran al Valle de las Montañas Tristes, un lugar mítico, cuya existencia nadie creía porque todo el mundo escuchaba hablar de él, pero al que ningún humano común y corriente había podido llegar.

Por un reloj suizo, un catalejo, su arma de dotación con sólo dos cartuchos en su proveedor y un dinero que representaba todo lo que le quedaba en la vida, los dos indígenas kazimbos lo guiaron durante varios días con sus noches, a pie, en canoa o a lomo de mula por numerosos caminos, estepas, ríos y lagunas, hasta que un paisaje sorprendente se abrió ante sus ojos. Montañas inmensas y encadenadas haciendo burbujas de agua desde sus entrañas, nevados ancianos durmiendo el sueño eterno de la tranquilidad, el cielo puro, las nubes blancas, la fauna esquiva, la vegetación virgen y, a veces, amenazante. De ese lugar, desde el cual se apreciaba el fantástico paisaje, el general y sus dos hijos, que en un principio y por cansancio desconfiaron de lo que veían, escogieron el pedazo de tierra donde querían pasar el resto de sus vidas. Ernesto se fijó en una de las crestas congeladas, pero Benjamín le advirtió que allí los mataría el frío. Cristóbal se inclinó por la cima de un monte, con forma y textura de piedra, bañado por dos cascadas que venían de un nevado aledaño. El general quiso que los indígenas lo llevaran hasta ese lugar y dos días más tarde, luego de cruzar un río a nado y de trepar el imponente cerro abriéndose camino con un par de machetes, llegaron a su cúspide donde se sorprendieron con la imponente vista del mar.

Como ninguno de los hijos del robador de caminos lo conocía, pasaron varias horas extasiados observando su inmensidad y manifestaron su intención de viajar, el día siguiente, hasta sus playas.

Los indígenas kazimbos soltaron una carcajada que ninguno de los tres colonizadores entendió, pero el general los obligó a explicar su risa con la pistola que aún no les entregaba. En su precario español les advirtieron que el único que podía bañarse con agua azul era el rey Sol. Que ninguno de ellos pudo llegar jamás hasta allí y que quienes lo intentaron murieron. O derretidos por el astro rey, al osar invadir sus predios, o descalabrados al intentar sortear la altura de una catarata o triturados por las abundias, plantas carnívoras que asfixiaban a sus víctimas con sus tallos y luego las llevaban hasta sus pétalos dentados, donde los rumiaban con parsimonia antes de entregarlos como alimentos a sus corolas. Que no intentaran llegar a ese cielo mojado o correrían la misma suerte. Aunque los muchachos se llenaron de terror, el general les dijo que no se preocuparan porque apenas construyeran una casa donde vivir, los llevaría hasta ese lugar porque podía ser prohibido para los indígenas, pero no para los demás mortales, y menos para los hijos de un héroe delincuente y soñador a quien ni los 100.000 soldados del gobierno pudieron jamás siquiera rasguñar.

Sobre la cumbre de la montaña que acababan de escalar, encontraron un altiplano propicio para construir una choza y no quisieron comenzar su construcción sin antes identificar el monte con un nombre. Ernesto lo bautizó con la palabra que más les escucharon pronunciar a los indígenas durante la travesía: "Venir". Y a la casa, Cristóbal quiso que le pusieran el nombre del paisaje: "Miramar".

De este modo, el convicto y sus dos hijos colonizaron la cima del monte Venir con la certeza de que los humanos jamás encontrarían esa madriguera, inexistente en los mapas, pero no quedó tranquilo por dos razones: una, porque no descartó la idea de que esos dos indígenas pudieran delatar su paradero, dada la exagerada recompensa que pagaba el gobierno central por su cabeza, y la otra porque sólo ellos conocían el camino para ir y venir de la ciudad sin la menor posibilidad de extraviarse, pues todos los de su tribu desarrollaron de manera innata el don de la ubicación y conocían la fórmula para descifrar los intrincados caminos que desorientaban incluso a una paloma mensajera.

Don Benjamín decidió atacar sus temores de raíz y los engañó a pesar de no ser un embaucador, y los asesinó a pesar de no ser un asesino. Primero los utilizó para que armaran un bohío con guadua y palmiche para proteger a sus dos hijos varones del agua, el frío y el Sol, y luego los llevó hasta la rama juguetona del árbol de caucho que encontraron en el borde del precipicio. Les pidió que lo tumbaran, pero los indígenas le advirtieron que el "rey del bosque", como llamaban al moráceo, era el árbol más antiguo de la humanidad y se negaron a hacerlo, por respeto a sus creencias y por principios naturales. Pero el condenado quería generar la disputa para poder llevarlos hasta el filo de la navaja y tener la oportunidad de empujarlos al infierno. Y así lo hizo. En medio de la discusión les pidió que observaran hacia abajo con el fin de que notaran el peligro que representaba ese arbusto corpulento para la integridad de sus hijos, y apenas los kazimbos se asomaron al abismo los empujó sin sentir ningún remordimiento, les disparó, en pleno vuelo, los dos cartuchos que aún quedaban en su pistola y les pidió perdón mientras sus cuerpos volaban hacia el río Cristales. Luego lanzó al aire los billetes que les prometió, más porque sabía que allí no los necesitaría que por cargo de conciencia, y se fue con Cristóbal y Ernesto a conocer el mar.

No imaginó don Benjamín Vargas que con su vil acto de inseguridad sepultaría por mucho tiempo su posibilidad de volver a la ciudad. Porque con los dos indígenas volaron hacia sus tumbas las claves y las rutas para salir de ese valle pintoresco y exótico pero traicionero, donde crecería toda su descendencia. Aunque Ernesto y Cristóbal observaron el asesinato, nunca se lo hicieron saber a su padre porque comprendieron su desconfianza por el reciente crimen de doña Virgelina Santos, a quien los soldados del ejército regular condenaron a morir en un juicio sumario por el pecado de parir los hijos de un delincuente clandestino que trataba de desestabilizar al gobierno robando para los pobres, y cuyo paradero no quiso delatar por más que un par de verdugos encapuchados halaran sus pezones de dos anzuelos de pesca ligados a sendas cuerdas que dos caballos tiraron con fuerza hasta dejar al descubierto sus costillas.

De todos modos, don Benjamín subestimó su propia capacidad para despertar fervor entre los oprimidos, pues nunca imaginó que con sus asaltos y emboscadas a tesoreros municipales y a bancos oficiales, para entregar luego el dinero a los desposeídos, se convertiría en una leyenda viva, cuyas hazañas llegarían a conocerse en todos los confines de la nación. Tampoco previó que miles de sus compatriotas saldrían en su búsqueda para colaborar en sus picardías contra los ricos ni que por sus hazañas lo bautizarían "Juan Pueblo". Por eso anduvo delinquiendo como un errante solitario toda la vida y huyendo de las voces que se le acercaban y de los pasos de caballos que lo acechaban sin pensar que, muchas veces, esos ruidos eran producidos por adeptos que deseaban sumar sus fuerzas y malicias a su causa. Adeptos que se multiplicaron por miles cuando el gobierno de la época empezó a reprimir y a perseguir a quienes cometieran el delito de celebrar sus fechorías.

"Juan Pueblo" nunca supo que sus métodos, nada ortodoxos, para hacer justicia tuvieran tanta acogida entre los desplazados por el poder, y por eso se pasó media vida robando y la otra media huyendo hasta de su propia sombra. Tan incierto fue siempre su paradero que muchos empezaron a desconfiar de su existencia, y su nombre y descripción física se volvieron un mito. Unos decían que era un hombre fornido y hermoso de al menos dos metros de altura, ojos blancos y pelamenta rubia. Otros afirmaban que Juan Benjamín no era fácil de atrapar porque su cuerpo diminuto se podía camuflar entre un bulto de mazorcas. Tanta incertidumbre tenían todos sobre su verdadera imagen que no faltaron los morbosos que le pidieron al gobierno estamparlo de cuerpo entero en los carteles donde se ofrecían jugosas recompensas por su cabeza. La verdad de todo es que ni gigante ni pigmeo era. "Juan Pueblo" sólo fue un tipo normal, sin cualidades físicas extraordinarias. Medía 1,78 metros, piel menos que blanca y pelos largos y greñudos menos que negros. Usaba ropas percudidas y holgadas, pero aseadas, y ni siquiera Virgelina supo nunca lo que hacía. Aun así le dio dos hijos a los que jamás desamparó. Cuando a Virgelina la descuartizaron por no contar lo que no sabía, Juan Benjamín cargó con sus dos hijos, que ya estaban abandonando la niñez, y anduvo con ellos a lo largo y ancho de medio país.

Cuando se disponía a perpetrar un robo los dejaba encaramados sobre la copa de alguno de los árboles más altos del bosque, y luego volvía por ellos para camuflarse después entre la hierba como un labriego normal al que muchas veces los cazarrecompensas, los soldados del gobierno o sus seguidores, le preguntaban por su propio paradero. Juan les decía que no sabía y muchas veces les contaba que el malhechor estaba en un lugar en sentido opuesto al que se dirigía él.

Cansado de huir sin poderles prometer a sus hijos un futuro distinto de la orfandad y acosado por un deseo inusitado de morir, Juan Benjamín decidió un día renunciar a su vida filantrópica; y fue esa la razón por la que decidió buscar un lugar lejos de la influencia humana, para poner a salvo a sus retoños luego de su deceso. Atraído por una leyenda, según la cual entre el mar y la ciudad existía un lugar virgen al que nadie nunca había podido llegar, se embarcó en la aventura de contratar al par de guías que lo llevaron a descubrir el monte Venir. Su inusitada desaparición de las noticias judiciales de los periódicos entristeció a sus millones de seguidores, hasta el punto de que muchos no se resignaron a perder al hombre que reivindicó sus derechos y quimeras. Por eso organizaron, entre sus simpatizantes, varias comisiones de búsqueda, una de las cuales, por equivocación, fue a parar también al Valle de las Montañas Tristes. Querían darle caza a su "Juan Pueblo" añorado y obligarlo a liderar una revolución armada contra un dictador que gobernaba borracho y, por lo mismo, ajeno a la realidad de su país, pues estaba desocupando botellas de vino y vodka al ritmo con que sus funcionarios desocupaban las arcas del Estado.

Cuando encontraron sus huellas, supieron que eran las suyas porque detrás siempre estaban marcadas las de dos adolescentes y las de otros dos hombres adultos que, supusieron, eran sus guías; los fanáticos de Juan Benjamín Vargas apuraron su marcha hasta perderlas en la orilla de un río de aguas mansas al que, gracias a su transparencia, bautizaron con el nombre de Cristales. Al cruzarlo, casi sin nadar y dando por hecho que Juan Benjamín y sus hijos también lo atravesaron, debieron escoger entre seguir a la derecha río arriba, trepar una piedra inmensa que estaba ante sus ojos, o tomar a la izquierda siguiendo el rumbo del río, atendiendo a la costumbre de los humanos de construir sus lugares de vivienda cerca de los caudales de agua. Tomaron hacia la derecha por toda la orilla del río hasta toparse con una catarata tan alta que en su cumbre, desde donde ellos se pararon a mirar el mar, el viento silbaba en distintos tonos. Al no poder descender, optaron por devolverse. Ya cansados de tan larga travesía, decidieron establecerse en una sabana fértil y prodigiosamente verde que se toparon en medio de las dos cordilleras, muy cerca del cauce del río Cristales, y allí fundaron un poblado con quince chozas al que llamaron Gratamira.

Cuando quisieron volver de incógnitos a la capital de la provincia con el fin de implantar en el nuevo poblado el desarrollo que ya conocían, se encontraron con que era imposible salir del Valle de las Montañas Tristes. Varias comisiones de hombres dotados de provisiones exageradas lo intentaron de todos los modos y todas fracasaron al estrellarse contra las cordilleras inescalables de los costados, contra los caminos sinuosos por los que entraron cuando venían del sur o contra una gran extensión fangosa de manglares que se encontraba al norte y que separaba el mar de ese magnífico lugar. Ni siquiera siguiendo la ribera del río pudieron llegar al océano, porque ninguno se atrevió a desafiar esa catarata del tamaño de sus temores que ya conocían y a a la que alguien bautizó con el nombre de Salto de los Silbidos.

Estaban presos para siempre, en espera de que nadie los privara de tan majestuoso castigo. Por eso decidieron resignarse a su buena suerte y empezaron a convivir con las pocas cosas con las que llegaron, es decir, unas cuantas manías, el deseo de vivir, cuatro caballos y dos yeguas que, con afán, empezaron a emparentar, y una epidemia de recuerdos que estuvo a punto de llevarlos a la muerte con la barba y el pelo largo porque la única cuchilla que alguien trajo consigo se oxidó antes de lo pensado y la única tijera que otro alguien, por la misma equivocación, empacó en su equipaje, se desgastó de tanto afilarse.

De regreso al ingenio

Así que mientras don Juan Benjamín y sus hijos Cristóbal y Ernesto luchaban contra el hambre de cocodrilos y abundias para cumplir su sueño de llegar al mar, a los barbados y melenudos gratamiranos les tocó reinventarlo todo. La rueca para fabricar telas y confeccionar sus ropas, la piedra para cortar, cazar y prender fuego, el trueque para suplir el dinero, los chismes para remplazar la prensa, la dictadura para suplir las leyes, las carretas haladas por caballos para sustituir los coches que ya contaminaban las calles de muchas ciudades, las amenazas para suplantar las pocas armas que lograron traer los colonizadores, y hasta un sistema de acueducto basado en canales de pencas de guadua partidas por la mitad. Cuando los simpatizantes de "Juan Pueblo" terminaron de construir las primeras casas valiéndose de maderas fuertes y hojas de palmeras alegres, aquél regresó con sus dos hijos al monte Venir sin poder cumplir su sueño de zambullirse en el mar, pero con una buena cantidad de carne de lagarto y peces con escamas, suficiente para alimentarse durante dos semanas. Llegaron tan hambreados y cansados que comieron cocodrilo asado hasta la indigestión, y olvidaron apagar las brasas candentes del improvisado fogón antes de quedarse dormidos durante 48 horas continuas.

Y mientras ellos dormían sin sospechar que ya no estaban solos, los colonos que se resignaron a no encontrar a su líder espiritual ubicaron una zona verde para construir un parque y decidieron oficializar la fundación del pueblo poniéndole un nombre, inventando un himno y clavando una bandera en todo el centro del lugar. Lo bautizaron Gratamira, por lo grato que les resultaba observar desde ahí hacia cualquiera de los puntos cardinales. Paso seguido escogieron los colores de la bandera a la que en adelante tendrían que rendir honores y sobre una sábana blanca pintaron una franja verde, que significaba la vida a través de Dios. La mayoría de los gratamiranos eran creyentes aunque no tenían religión. Pero alguien me contó después que la razón verdadera por lo que se escogieron estos colores no fue otra que la imposibilidad de conseguir una tintura distinta de la clorofila para teñirla, aprovechando de paso el blanco de la sábana.

Cuando don Eliseo Puerto, el líder de la colonización, quien cargaba y cuidaba como una reliquia uno de los afiches del gobierno con el retrato hablado de Juan Benjamín con el alias de "Juan Pueblo", quiso darle formalidad a la fundación del pueblo, se trepó a un poste de madera a colgar la bandera, símbolo de la conquista y, en medio de aplausos, divisó al sur, sin quererlo, la humareda blanca que salía del fogón de piedra de los Vargas que, como su casa, estaba encaramado sobre la cima de una de las montañas más altas. Como era imposible que alguien más habitara ese inhóspito lugar, llamó con angustia y con gritos desesperados a todos los colonizadores que lo acompañaban y con la ayuda de binoculares descubrieron la columna displicente de humo que se dirigía al cielo. Al comienzo pensaron que se trataba de un caserío kazimbo, pero pronto alguien desbarató el argumento al recordar, no sólo que ellos eran una tribu errante, sino que jamás construían sus casas en las montañas rocosas, ni con arquitectura convencional y geométrica. Aferrados a un milagro, varios creyeron que esa era la casa de su "Juan Pueblo" amado y se fueron a confirmarlo sin demora.

CAPÍTULO DOS
El primer suicida del monte Venir

Desde entonces el sueño de quien fuera líder de un pueblo sin saberlo, de aislar para siempre a sus retoños del mundo civilizado, se frustró. A la mañana siguiente, al ver a través de su catalejo de dotación a varios hombres armados trepando la empinada cuesta que conducía a su casa, el general supo que su tranquilidad y la de sus hijos llegaba a su fin y prefirió la muerte a la desdicha de tener que vivir en zozobra o con la humillación de ser ejecutado por los hombres del gobierno o por una recua de cazarrecompensas, en presencia de sus dos hijos. Por eso les enseñó a Cristóbal y a Ernesto a respirar bajo el agua y los escondió entre la espesura de una de las cascadas que bañaban los alrededores de la casa. Allí, en medio de la premura, se despidió de ellos para siempre y les enseñó algunos trucos de supervivencia. Luego se trepó al árbol de caucho, que desde siempre fue inmenso, y creyó que lanzándose al abismo exculparía su conciencia por lo que les hizo a sus dos guías. Meciéndose en una de las ramas del árbol, don Juan Benjamín aguantó la llegada de los intrusos y tan pronto como aquellos aparecieron en el lugar con sus miradas de guerreros hambrientos y desenrollaron sus afiches para cerciorarse de que Juan Benjamín fuera Juan Benjamín, éste se lanzó al vacío pensando que venían por él, y sin tomarse siquiera la molestia de conocer sus intenciones les gritó:
—¡Primero muerto que humillado, malparidos!

Nunca imaginó que ellos eran sus seguidores y que estaban alegres de haberlo encontrado, aunque la dicha sólo les durara un instante. Angustiados, corrieron hasta el caucho y desde allí lo vieron volar hacia la inmensidad. Atónitos por la escena, todos se quitaron el sombrero y de rodillas suplicaron al cielo por su alma envueltos en la más espantosa tristeza. Luego registraron la vivienda y al no encontrar a sus hijos volvieron al pueblo, después de recoger el cadáver de don Juan Benjamín.

Allí le rindieron todo tipo de homenajes, decretaron tres días de duelo y uno de los colonos esculpió una estatua en greda a imagen y semejanza de "Juan Pueblo". Al noveno día de estarlo velando, lo enterraron en el centro del parque y levantaron la estatua que desde lo alto del monte sus hijos observaron desconfiados, pues creyeron que a su papá lo momificaron para ponerlo en algún pedestal, no como un homenaje, lo que en realidad sucedía, sino como un escarmiento para las futuras generaciones de delincuentes.

Con su acto de soberbia, que para algunos lo fue de valentía y para otros de cobardía, el general Benjamín Vargas inauguró, oficialmente, el trampolín más famoso para la práctica del suicidio. Una plataforma desde la cual nos hemos lanzado todo tipo de locos y cuerdos, deprimidos y eufóricos, templados y temerosos que un día resolvimos que, para sentirnos vivos, teníamos que morir.

A pesar de su poca edad a Cristóbal y a Ernesto les tocó enfrentar la muerte de su padre con muchas dificultades, sobre todo porque no salieron del agua mientras los hombres, según ellos, asaltaban la casa llevándose consigo las pocas provisiones con las que contaban, por lo que agarraron un par de neumonías que los dejaron a punto de morir.

Después, cuando la fiebre cesó y se limpiaron los bronquios con infusiones de plantas cocinadas en fogones de piedra, les tocó crear de nuevo el universo y concebirlo todo para no morir de hambre en las mañanas, de aburrimiento en las tardes o de frío en las noches.

Y lo inventaron todo para llegar a la autosuficiencia sin tener que viajar hasta el pueblo donde, para ellos, vivían los malhechores que hicieron suicidar a su padre. Un pueblo que vieron crecer desde lo alto, poco a poco, a medida que su inventiva les permitía cocinar sin producir humo, vestirse con trajes de hojas descomunales expuestas al Sol durante varios días, jugar fútbol con nidos de cóndores recién paridos, sonriendo a carcajadas silenciosas para evitar que el viento pudiera llevar los sonidos a los oídos de los gratamiranos y reprimiendo los pensamientos porque su padre les dijo que existían quienes los leían sin pedir permiso. Hasta que sucedió algo que los hizo bajar del monte, a Ernesto por los aires y a Cristóbal por un camino que debió inventar. Fue la fiebre, de origen desconocido, que atacó al primero a los pocos años del suicidio de don Benjamín. Era tal la temperatura del pobre, que ni todo el líquido de la cascada fría fue suficiente para sofocar el calor. Con el desespero de un hombre en llamas, corrió de un lado a otro lanzando alaridos desgarradores que se ahogaron en la mano angustiada de su hermano. Ernesto se sumergió en la poeta que la fuerza y la constancia del agua tallaron en el punto donde confluían los dos chorros de las cascadas y tampoco pudo reducir la temperatura de su cuerpo por más que estuvo en ese lugar tres días seguidos, convirtiendo su cuero de niño en una piel de anciano. Y estaba Cristóbal trepando la cuesta que conducía al nevado con el fin de robarle un poco de hielo a la naturaleza para ponerlo en la cabeza de su hermano, cuando escuchó sus gritos lastimeros y desgarradores:

–¡Cristóbal, me muero!

–Cállese o nos van a descubrir, pendejo –le dijo en voz baja.

–Cristóbal, ya no vaya por allá, no lo puedo esperar, hermano. Yo mejor me mato antes de que este calor degenerado me termine derritiendo –le respondió Ernesto, dispuesto a ser descubierto.

Y mientras Cristóbal bajaba la cuesta poniendo las nalgas contra la hierba y el musgo para resbalar con rapidez, Ernesto trepó a la rama flexible del caucho y se lanzó al vacío, sonriendo por la frescura que la brisa le regaló al pasar.

Solitario y entristecido, al pobre Cristóbal no le quedó más remedio que bajar hasta la ribera del río, donde cayó el cadáver de su hermano, abriéndose paso con un chamizo por entre la maleza virgen y espesa. Por aquel entonces los gallinazos no habitaban la zona, pero Cristóbal creyó que un gallinazo que pasaba olfateó el cadáver de Ernesto y fue el encargado de llamar a los demás para poblar la zona de ellos.

De modo que al llegar al lugar donde cayó el cuerpo de su hermano, encontró a dos de esas carroñeras sacándole los ojos al pobre Ernesto que, como cosa curiosa, estaba riendo. Su cuerpo lucía magullado por la excesiva exposición al agua y por el golpe, pero su sonrisa siguió siendo inexplicable por siempre. Después de darle sepultura, en una fosa que cavó con las manos en una playa húmeda del río Cristales, Cristóbal regresó a la casucha donde vivió solitario varias semanas antes de descubrir que la soledad tiene un límite. Por temor a quedarse mudo, el miedo a volverse marica o el peligro a olvidar su idioma natural se trasladó a Gratamira en busca de humanos, a sabiendas de que allí perecería en manos de los salvajes que lo privaron de tener una vida normal al lado de su padre, pero consciente también de que al quedarse aislado en la cima del monte moriría de tedio.

Para entonces Gratamira ya era un pueblo organizado, al que llegaban todo tipo de personajes. Alemanes estigmatizados por la cruz gamada; demócratas perseguidos por la muerte oficial; funcionarios corruptos que huyeron de sus ciudades y sus entidades con botines espectaculares, que en Gratamira tuvieron que usar para alimentar las fogatas nocturnas con el fin de espantar los zancudos; locos, aventureros y hasta exploradores desprevenidos que se divertían extraviándose y cruzando puertas sin retorno. Por eso Cristóbal se chocó de frente con miradas de todos los significados, con gentes de todas las razas, y por eso anduvo con cautela tratando de evitar que la muerte lo sorprendiera por la espalda. Podría decirse, sin temor a equivocaciones, que la mayoría de sus 3.000 moradores vivía conforme. Sin embargo, una minoría empezó a desesperarse con las incomodidades. Cristóbal, que no sabía de los elevados niveles de felicidad de sus pobladores, seguía caminando con cautela por las calles repletas de negocios y casas de bahareque pensando que alguien lo asesinaría cuando supiera de dónde y a qué venía. Por eso buscó infructuosamente una iglesia para asilarse en la casa del cura del pueblo, pero, al cabo de varias horas, descubrió que Gratamira era el único pueblo del mundo sin una iglesia o un templo religioso, y sin un sacerdote o un guía espiritual de ninguna religión. Los gratamiranos acordaron, durante el proceso de fijar las normas que regirían su convivencia, que cada cual adorara en su casa al dios, al profeta, al mesías o al santo que quisiera, pero que no manifestara en público sus preferencias religiosas en aras de la unidad de los habitantes y también para impedir que la tranquilidad del pueblo se rompiera por culpa de algún líder fanático, un pastor ladrón o un cura pederasta al que tuvieran que linchar por abusar de los niños.

Cristóbal se sintió perdido al no encontrar dónde refugiarse, y ya cansado y con hambre quiso someterse a los dictados del destino y se quedó dormido con el espinazo recostado contra la base de lo que fuera la estatua de su padre, desdibujada ahora por docenas de aguaceros. Pero sucedió lo contrario. Él, como todos los forasteros que llegaban al pueblo, fue abordado por el Comité de Seguridad que inventaron los colonos y, resuelto a lo que el universo le tuviera deparado, se identificó con un reloj que su padre le dejó antes de morir y contó su historia. Contra sus propios pronósticos lo recibieron con honores y le reconocieron las extensiones de tierra que poseía incluida la montaña donde estaba construida su casa y que, desde ese día, y para los efectos legales de la titulación, don Eliseo denominó con el nombre con que el mismo Cristóbal ya lo había bautizado: monte Venir.

El hijo del ladrón de caminos más amado no merecía menos. Por eso, no sólo le sobraron las provisiones sino también las mujeres, aunque no supiera aún que necesitaba, por lo menos, una de ellas para empaparla de su sudor en las noches frescas de Miramar. Y no pasó mucho tiempo antes de que se decidiera por una. Fue en el exclusivo barrio de los escurridizos y perseguidos alemanes donde encontró al amor de su vida. Se llamaba Eva Klien, hija de un militar recién condenado en Nuremberg. Cristóbal sólo tuvo que sonreírle para atracar en su corazón con un ancla del tamaño de su soledad. Enamorado y haciendo maromas para darse a entender, el único sobreviviente de los Vargas regresó con ella a Miramar después de permutarle a uno de los colonos fundadores de Gratamira, don Cuasimodo Bastidas, un par de burros, una sirvienta y algunas provisiones por la falda del monte Venir.

La creación de una nueva raza

Al cabo de dos años, Eva ya había parido dos hijos de Cristóbal, y ambos de una extraordinaria belleza: Juan Antonio y Rosalba, los primeros de una nueva raza a la que Cristóbal decidió llamar gramán por usar un juego de palabras con el nombre del pueblo y la nacionalidad de su esposa. Los gramanes alumbraban con sus cabellos rubios y ensortijados y su piel oreada por el Sol. Eran simplemente perfectos y sencillamente divinos en todos sus aspectos físicos. Por eso Cristóbal y Eva, que estaban boquiabiertos por la hermosura de sus hijos, decidieron conservar el secreto de su majestuosidad por el temor a que el alcalde de Gratamira, que no se caracterizaba propiamente por su cordura, como lo demostró al embalsamar y poner en el centro del pueblo el cadáver de Juan Benjamín, ordenara disecarlos a ellos también para incrustarlos en algunas de las calles, a manera de monumentos. Porque aunque nadie podía generar aún luz eléctrica, don Eliseo vivía obsesionado con el desarrollo y el embellecimiento de la población que vio crecer ante sus ojos desde que ésta no era más que un potrero rodeado por un río y una cantidad incalculable de montañas con nieves perpetuas. Por ese motivo, Juan Antonio y Rosalba vivieron sin conocer Gratamira debido a las excesivas precauciones de sus padres, a quienes la muerte sorprendió en circunstancias dramáticas cuando aquéllos apenas asomaban a la pubertad.

La muerte viaja desnuda

Nunca se supo que el caucho milenario ejerciera algún poder seductor o alguna influencia sobre los humanos con problemas, pero lo cierto es que doña Eva se lanzó sin atenuantes ni despedidas desde la más larga de sus ramas mecedoras una noche de domingo, después de observar a su esposo haciendo el amor con su sirvienta en un recodo del bosque que circundaba la casa. El doloroso espectáculo de fisgoneo involuntario le arrancó, de las entrañas, las primeras lágrimas a la infeliz burlada que, encendida de dolor, corrió hasta el árbol de caucho de lágrimas blancas, sin darle tiempo a Cristóbal de alcanzarla. Sin mirar atrás, para que sus hijos no la hicieran arrepentir de su decisión, Eva se paró sobre la rama más temeraria del árbol, miró con algo de susto hacia el río Cristales, se condolió del mar al que observó con desdicha, lanzó al cielo un par de oraciones y gritó con rabia en su precario español:

−¡Hasta luego, desgraciado sinvergüenza! Ahí lo dejo libre para que se organice con la jayanaza esa de la Filomena. Eso sí, me cuida los pelaos o se las verá conmigo en el infierno, ¡infeliz!

Don Cristóbal, que empezó a escuchar los gritos de Eva desde un comienzo, se terminó de vestir con angustia en medio de las carcajadas demoníacas de Filomena y salió aterrado pensando en lo peor. Siempre supo que su mujer no abría la boca a menos que fuera para decir algo sustancial. Por el camino se amarró a tientas y con torpeza, el cinturón del pantalón y corrió como si lo estuviese persiguiendo un enjambre de abejas, abriéndose paso por entre la maleza con un machete oxidado que nunca abandonaba. Pero no alcanzó a detenerla. Cuando estuvo a pocos metros de los ojos que más amó en la Tierra, de la dueña absoluta de su vida, de la propietaria del vientre donde se formaron sus dos bellos hijos, ella lo miró mezclando en sus miradas un coctel de sentimientos que empezaban con el odio y terminaban con la dignidad. Luego, con mucho desprecio, levantó la mirada sobre un horizonte que sólo pudo imaginar y se lanzó al vacío, sin gritar ni poder evitar que el viento impulsara su vestido de falda holgada y encajes complicados hacia su cara, poniéndolo de manto en su cabeza, como si la naturaleza quisiera privarla de ver la tierra acercándose a sus ojos vertiginosamente.

Incrédulo y angustiado, don Cristóbal encerró en la casa a Juan Antonio y a Rosalba, quienes acababan de presenciarlo todo, y bajó como perseguido por el diablo hasta la finca de don Cuasimodo Bastidas, a donde calculó que había ido a parar lo que quedaba de su mujer. Descolgándose de bejuco en bejuco y de rama en rama por entre el pliegue acuoso de la montaña, que era el único que contaba con alguna vegetación, el atribulado infiel tardó tres horas en llegar a la última morada de Eva. La esperanza que conservaba de encontrarla viva se diluyó por completo cuando la vio arrumada en el piso como fichas de dominó. Eva se encogió de manera dramática, tal vez porque sus pies tocaron primero la tierra y el vestido, en el cual ya sobraba y con creces, le cubría la cara. Deshecho por dentro, le retiró el traje del rostro con la lentitud que ordena el miedo y sintió mucha cólera al verla sonreír con los ojos abiertos y mirándolo de soslayo con algo de censura. Aceptó con gallardía que la venganza de su esposa no pudo ser más contundente y decidió, como mal perdedor que era, empatar su hazaña.

Seis horas tardó en subir hasta la cima de la cuesta por el mismo desfiladero por donde descendió. Durante ese tiempo, en el que no cesó de llover con ventisca ni de tronar con relámpagos, Cristóbal resbaló, al menos, docena y media de veces y acabó de a pocos con la totalidad de las fuerzas y las lágrimas que poseía. Al llegar a la cima, descansó un poco, tal vez para no fenecer cansado; bebió agua en cantidades, tal vez para no fallecer con sed, y se fue a despedir de sus dos hijos, pidiéndoles que no lo juzgaran por lo que haría porque ellos actuarían igual cuando les llegara el momento de aborrecerse a sí mismos. Les entregó un par de consejos claves para que enfrentaran su futuro y se fue luego a mecer en la misma rama del caucho milenario desde el cual su padre ya se había lanzado, intentando controlar su increíble flexibilidad con su precario equilibrio. Miró hacia abajo, tratando de ubicar el río y en sus alrededores a Eva, pero la oscuridad sin Luna llena se lo impidió, por lo que decidió volar con los instrumentos de su intuición. Filomena, quien aún permanecía desnuda con su piel quemada por el viento, sus senos gelatinosos y sus músculos en decadencia, intuyó las intenciones de su amante patrón y se acercó suplicándole que no la dejara sola, que la invitara a ese largo viaje que pensaba emprender porque, con salto o sin él, de amor moriría por él. Cristóbal sabía que sus palabras eran ciertas y le extendió la mano. Filomena se apoyó en ella y subió a la rama del viejo árbol, cuyas raíces se enredaban cien metros debajo de la cumbre, culebreando por debajo de la casa.

A pesar del frío inevitable de la muerte y del ensordecedor canto de grillos, sapos y búhos, ambos se aferraron a sus manos sudorosas impidiéndose sentir temor. Se miraron, se perdonaron y se lanzaron. Segundos más tarde, cayeron estruendosamente y sonriendo sobre el cadáver achicado de Eva; al igual que ella, Cristóbal murió muerto de risa y su cuerpo quedó tan fusionado con el de Eva, que no faltó quien comentara, fantasiosamente, que unos siameses argentinos, aburridos de acompañarse al baño durante años, tomaron la determinación de golpearse contra el mundo a ver si el impacto podía lograr lo que seis cirugías y 18 médicos no pudieron conseguir.

CAPÍTULO TRES
Comienza la leyenda

Pensó don Cuasimodo Bastidas que los tres suicidios se ocasionaron por la rabia que les produjo a los Vargas Klien el enterarse del hurto de sus tierras, pero la verdad es que don Cristóbal murió ignorando por completo que don "Cuasi" lo asaltaba en su buena fe, pues él nunca imaginó que los burros en los que transportó a Eva junto con su par de maletas repletas de recuerdos ingratos y ropa olorosa a pólvora, así como una sirvienta de formas protuberantes, modales ordinarios y de nombre Filomena, se convertirían en el peor negocio de su vida.

Todo comenzó cuando don Cuasimodo, habiendo tomado ya posesión de la parte baja de la montaña, empezó a extrañar a sus nuevos vecinos de la parte alta del Monte, que siete años después de su llegada aún no bajaban por el temor a que alguien conociera a sus hijos. Para evitar que vieran a Rosalba y Juan Antonio, se dedicaron a esconderlos de la mirada de cualquier otro humano mientras consumían los burros recibidos en canje y cuya carne, dura como un palo, congelaron en el nevado con la denodada colaboración de la siempre callada pero calculadora Filomena. Ese tiempo lo aprovechó por don "Cuasi", como le decían cariñosamente los aldeanos de Gratamira, para extender en silencio y por kilómetros las fronteras del territorio que don Cristóbal le entregó a cambio del par de borricos y su empleada del servicio. De ahí la presunción de culpa que embargó al terrateniente, aunque la verdad fuera que las muertes de sus víctimas se debieron a causas distintas: Eva murió por celos, Filomena por amor y don Cristóbal por cosas de su naturaleza, ya que, sin excepción, todos los esquizofrénicos, misteriosos y oscuros ancestros de los Vargas preferían matarse a vivir infelices, avergonzados o dominados. Desde luego que el terrateniente desconocía todo este historial de muerte autoinfligida que envolvía a los Vargas y entró en depresión al ver a su vecino fusionado con los huesos y la sangre de dos mujeres en su predio.

Antecedentes de una costumbre extraña
Las ganas incontenibles de adelantarse a la muerte que acosaban a los Vargas eran causadas por ese gen trastornado que todos los

miembros de la estirpe tenían escondido en la savia de su árbol genealógico, y que respondía a los impulsos paranoicos y químicos de sus angustias existenciales y de sus ansiedades reprimidas. Con la imbécil premisa de poner fin a la vida a su antojo, los Vargas se movieron siempre, incluso, desde épocas pretéritas cuando España aún no había descubierto a América y trataba de expulsar de su territorio a los musulmanes en tiempos del rey Alfonso VI. Se dice que los territorios recuperados en Madrid, Castilla y Zaragoza pasaron a manos de los caballeros que prestaron sus servicios a reyes y nobles españoles que establecieron el linaje de esa familia en cabeza de don Rodrigo de Vargas, un valeroso guerrero que ayudó a don Alfonso en la reconquista de la Villa y que después se batió a duelo con un medio hermano cuando descubrió que éste se acostaba con su mujer. No obstante ganar el duelo al atravesar el cuello de su pariente con la punta de su espada, don Rodrigo tomó el florete con las dos manos y se lo clavó en el pecho, dirigiendo una mirada triunfante y una sonrisa débil, pero penetrante, a su infiel amada, dejando constancia del talante que heredarían sus futuras generaciones. Luego, no fue coincidencia que los primeros en lanzarse desde la rama dúctil del caucho llorón fueran el abuelo Benjamín y su hijo Ernesto.

No en vano ese fue también el trágico final de don Maximiliano Vargas, padre de Juan Benjamín. A diferencia de su hijo desmadrado, don Maximiliano peleaba del lado del gobierno cantinero de un dictador que se hacía llamar Segundo Concha. Después de reprimir una sublevación a punta de fuego, en la que murieron más de cien mendigos, Maximiliano tuvo la certeza de estar luchando por defender los intereses de un alcohólico déspota y desalmado, y se disparó con el cañón de su pistola dentro de la boca. Esa naturalidad con la que los Vargas veían la muerte fue, tal vez, la razón por la que los hijos de Eva y Cristóbal dieron sin inmutarse sus saltos al infierno.

De cómo se tergiversó la verdad

Juan Antonio, el hijo mayor de Cristóbal, quien para entonces ya contaba con catorce años y una mente lúcida y sin castrar, lo vio todo desde la ventanita de curvas imperfectas del pequeño rancho de bahareque, pero no quiso mancillar la memoria de sus padres contando las reales causas del suicidio, por lo que se alió con Rosalba para tergiversar los hechos. Entre ambos se hicieron cómplices de la fantasía, y el que pudo, dedicó el resto de su vida a lavar las memorias de sus papás adulterando la verdad, aclarando que ellos no eran argentinos ni siameses y que sus padres, al no resistir tanta felicidad, decidieron un día morir juntos, como lo prometieron durante su noviazgo otoñal. Que su fiel sirvienta no soportó la fulgurante escena de amor y que, segura del carácter irrepetible de la misma y llevada por el deseo de formar parte de ese bello idilio, tomó la misma fatal decisión. De inmediato comenzó la leyenda. Con su hermana Rosalba como aliada incondicional de sus mentiras, Juan Antonio resolvió bajar hasta Gratamira y contar su versión de los hechos a los habitantes del pueblo entero que estaban convulsionados por el triple suicidio. Pero el asombro por las muertes de Cristóbal, Eva y Filomena no fue nada comparado con el que les produjo ver la preciosidad de sus descendientes. Como era de esperarse, se formó un gran alboroto por la extraordinaria belleza de sus facciones y los colores inauditos de sus cuerpos y sus rostros. Juan Antonio y Rosalba ignoraban pertenecer a una nueva raza, y creyeron que las bocas abiertas de sus interlocutores y la absoluta fascinación de sus ojos las causaban por sus fantásticas mentiras. Pero no era así. Terminaron huyendo de la multitud porque a algún fantasioso le dio por gritar que los huérfanos eran los nietos de "Juan Pueblo", que para entonces ya era un mito, y agregó que los chicos eran duendes que se convertirían en oro si alguien los tocaba. A trote de caballo, pero muy satisfechos por la credibilidad que despertaron sus cuentos, los hijos de Cristóbal Vargas se abrieron paso con decisión entre la muchedumbre que los quería tocar para enriquecerse o, cuando menos, arrancarles un mechón de sus cabellos para llamar la buena suerte. Estaban celebrando en Miramar la mentira cuando se apareció don Cuasimodo a pedir perdón por robar algunas tierras de la parte baja del monte. Juan Antonio, que ignoraba el hurto de su territorio, estuvo dispuesto a perdonar a don "Cuasi" a cambio de recuperar lo perdido. Sin embargo, el viejo de casi dos metros de estatura le dijo que ya era tarde porque él se sentía enfermo y sin fuerzas para desafiar la ambición de su hijo Misael quien, para entonces, ya tenía el control de sus propiedades.

Los inicios de la romería al monte Venir

Atraídos por esa leyenda que se difundió con delirio durante el entierro colectivo de Cristóbal Vargas, Eva Klien y su sirvienta Filomena Misas, y también por la curiosidad de conocer a los únicos dos representantes de una raza distinta y superlativa, docenas de habitantes de la región empezaron a llegar a la casucha que Juan Antonio y Rosalba, contra su pesar, heredaron. Aún no imaginaban que en poco tiempo el lugar se convertiría en un matadero famoso, pero sí les llamaba mucho la atención el fervor con el que las gentes preguntaban por el suicidio de sus padres.

Y no pasó mucho tiempo para que alguien se atreviera a emularlos. Un par de novios incomprendidos se quedaron mirando con una sonrisita desteñida después de escuchar la historia de Cristóbal y Eva y, sin mediar palabras, corrieron hasta el caucho, se tomaron de la mano, sonrieron de nuevo, miraron hacia el horizonte y se lanzaron. La noticia de estos dos nuevos suicidios se regó por todas partes y los pocos aburridos con el aislamiento de Gratamira se empezaron a contagiar de la moda de matarse antes que vivir en inconformidad.Aprovechando el inusitado auge turístico del lugar, los hermanos Vargas montaron una pequeña tienda para atender los caprichos y antojos que, a última hora, atacaban a los desquiciados. Y fue tanto el dinero que ganaron en tan poco tiempo, que entre ambos decidieron ampliar la casa. Porque, aunque ninguno de los dos tuviera aún el corazón endosado, sí sospechaban que los hijos vendrían, aun cuando ignoraran que empacados en cuatro cuerpos femeninos, destinados a cambiar las reglas del juego y a arruinar la mente de los hombres y mujeres que tuvieron la dicha o la desdicha de conocerlas. Incluso debatieron la conveniencia de que esos hijos crecieran incomunicados, como lo estuvieron ellos, para protegerlos de los chismes del pueblo, las banalidades del mundo exterior, los animales salvajes, los falsos mesías, los inventos modernos que –se sospechaba– ya pasaban dentro de los barcos que se divisaban desde Miramar, las aguas traicioneras del río Cristales y los piratas que desde el océano de los siete colores divisaran la enorme torre de arquitectura medieval que construyó el alcalde para observar. Desde un mirador instalado en su parte más alta, a los forasteros que se aproximaran al pueblo.

Un pueblo costero sin mar

A pesar de que agua salada y pueblo estaban separados por tan sólo 21 kilómetros, que desde la cima del monte Venir parecían diez centímetros, ese tramo era tan infranqueable y tan saturado de selvas indómitas, ciénagas profundas y pantanos repletos de lagartos, que transitar por tierra desde el pueblo hasta el mar nunca fue posible. Muchas leyendas nacieron tomando como pretexto las expediciones fracasadas, pero la más incoherente de todas fue aquella que hizo creer a la gente que existía una especie de manglar carnívoro y degenerado al que nadie sabe por qué lo llamaban abundia y que se comía enteras a las personas. Ese cuento y el de los fantasmas de los miembros de una tripulación que naufragó frente a las costas de Morón, desplazándose en busca de sangre para poder revivir, hicieron que, por décadas, ningún gratamirano intentara de nuevo atravesar el obstáculo que les impedía sentirse costaneros.

Y es que pesea a que las calles de Gratamira estaban impregnadas del salitre propio de los pueblos costeros, y en el caserío se percibía un olor irremediable a pescado crudo y a viento salado; y pese a que las palmas de coco nacían de manera espontánea y silvestre en los antejardines y solares de las casas del pueblo; y a pesar de que el sonido de las olas del mar golpeando contra los acantilados lo inundaba todo, y el Sol desvariaba al mediodía sobre los tejados de las casas calentando la brisa, Gratamira no era un puerto sobre el mar estando tan cerca del mismo. Para que un gratamirano se pudiera bañar en playa Morón, que era el lugar marítimo más cercano al pueblo, tenía que viajar al sur del país, partir en un bus hacia uno de los puertos del océano contrario y darle la vuelta al mundo. Por esta razón ningún gratamirano de nacimiento conocía el mar, a pesar de que las sirenas de los buques se escucharan con fantasmal frecuencia.

CAPÍTULO CUATRO
La venganza del río Cristales
El suicidio de Rosalba
El nacimiento de las cuatro niñas

Sin asimilar aún el dolor por la muerte de sus padres, Juan Antonio Vargas y su hermana Rosalba se aprestaban a celebrar en completa soledad la llegada de un nuevo año escuchando a lo lejos las melodías tristes de un piano que fingía estar alegre, cuando el río Cristales se creció sin avisar ni pedir permiso haciendo desaparecer buena parte de las casas, las dependencias administrativas, una plaza de toros que los gratamiranos construyeron con guaduas interminables, buena parte de la torre del mirador y el precario comercio de Gratamira. Fue tal la magnitud de la tragedia que el agua y el lodo no sólo ahogaron a más de la mitad del pueblo, incluido su alcalde, sino que el barro se extendió a las zonas rurales y taponó la entrada por donde se subía al monte Venir.

Aprovechando la penosa circunstancia, don Misael Bastidas, el heredero de don Cuasimodo, decidió pescar en río revuelto y amplió el terreno, ya invadido por su padre, cercando la parte media del monte, desde luego, sin dar explicaciones a los hermanos Vargas. El ventajoso sacó provecho de la anarquía y el caos administrativo que reinaron en Gratamira gracias a la desaparición del alcalde y también de la casita donde funcionaban las entidades oficiales antes de la avalancha del río. Lo hizo acatando los llamados de sus genes ladrones y muerto de la envidia porque la cascada de agua caliente desviaba su curso hacia un predio distinto del que él poseía.

Para llevar a cabo y culminar con éxito la expansión ilícita de una buena parte del monte Venir, el tramposo de Misael se confabuló con Baltasar Munévar, el notario del pueblo y único empleado oficial sobreviviente de la tragedia que fue nombrado alcalde por los sobrevivientes. Desde un escritorio improvisado, en medio del lodo salteado por cadáveres embadurnados y por un porcentaje eterno en el pago del peaje que Misael decidió cobrar a los suicidas por entrar a la montaña, don Baltasar le tituló, de manera verbal, la parte baja y el sector medio del monte Venir. Para darles seriedad a las transacciones de canje y trueque que proliferaban por aquel entonces, y a falta de papel y de sellos, los negocios en Gratamira se efectuaban de palabra, apelando a las facultades de "*verdad sabida, buena fe guardada*", que el alcalde fallecido otorgó a la persona que mejor retentiva demostró durante un concurso de memoria en el que ocho personas se pasaron dos semanas repitiendo datos hasta eliminarse entre sí. Don Baltasar Munévar, el ganador, llegó a cantar de memoria, sin titubear y casi sin respirar, 7.894 nombres de personas, animales, frutas e insectos, datos con los que derrotó a su último oponente, una joven analfabeta, como todos los nativos de un pueblo donde no existían los colegios por la misma lógica razón de que allí no vivían maestros ni había tizas, hojas ni textos escolares. Sin embargo, los gratamiranos se las ingeniaron para enseñarles matemáticas a sus niños usando ábacos fabricados con arvejas ensartadas en hilos de seda, o fibras extraídas de gusanos, telarañas y cultivos de algodón.

Días después, cuando Juan Antonio se percató de la oficialización del robo, ya era tarde. La parte alta de la montaña fue cercada con alambres de púas, dando la sensación de que al monte lo estaban amordazando como a un monstruo gigantesco e indómito, y el nuevo notario, un testaferro del ahora alcalde, anunció de viva voz, en las audiencias notariales que se celebraban los viernes en la tarde, que el propietario del monte Venir, con excepción del lote donde estaba construida la casona Miramar, era el señor Misael Bastidas.

Rosalba no resistió la indignación que le produjo la injusta tramoya cometida por su vecino y se inmoló frente a él, prendiéndose fuego en la mismísima puerta de su rancho, en un acto supremo de preservación del honor. Pasmado ante la cruda imagen de las llamas consumiendo el esqueleto de su vecina, cuya digna calavera rodó en flamas por el prado hasta caer a sus pies, don Misael trató de apagar la tea humana, pero no lo logró. Luego se dedicó a rearmar el esqueleto con el entusiasmo y dedicación con la que alguien compone un rompecabezas, y tampoco pudo. La pócima de soldar madera que usó para poner la calavera en su lugar no funcionó y el esqueleto terminó desbaratándose aparatosamente, hasta el punto de que Rosalba entera cupo en un guacal de mandarinas. Con la caja de madera burda amarrada sobre el lomo de un burro, don Misael subió la cuesta ignorando que a su paso dejaba una estela de huesos pequeños por todo el camino. Se puso nervioso al pensar en la forma de contarle a Juan Antonio cómo sucedió el insólito hecho con el temor de no ser comprendido, pero el hermano de Rosalba no sólo creyó en las palabras de su enemigo, sino que se extrañó de que su hermana no se hubiera inmolado antes, de acuerdo con todas las depresiones, confusiones y delirios que rondaban su cabeza desde el suicidio de sus padres y atendiendo los antecedentes de patología psiquiátrica de la familia.

Resignado y pensando en la forma de prolongar su estirpe, Juan Antonio, que era el único Vargas vivo, tomó el guacal –del que ya habían caído por el camino un par de falanges, la clavícula izquierda, el cóccix y las costillas falsas–, se paró en la roca más alta de la cima y lanzó la osamenta al aire rezando un padrenuestro con gran rapidez, por lo que ni él mismo entendió lo que dijo.

Luego de los espeluznantes episodios que, por lo inverosímiles, poco tiempo después él mismo puso en duda, don Misael trató de solucionar el litigio con Juan Antonio y le ofreció una cantidad decente de dinero para que abandonara la cima de la montaña y lo dejara como amo y señor del monte Venir y sus alrededores. Dada la vulnerabilidad genética que lo mantenía en el filo de las decisiones contundentes, Juan Antonio trató de no dejarse arrastrar al fango del orgullo y las indecisiones, por lo que expulsó al invasor a patadas de su casa donde veló durante nueve días la osamenta de su hermana antes de quemarla y esparcir sus cenizas desde el borde del barranco, porque siempre la escuchó decir que ella deseaba fusionarse con la tierra y su exquisito olor a lombriz.

A las semanas, cuando sintió con plenitud la daga de la soledad sobre sus ojos y tal como lo hizo su padre el día en que murió su tío Ernesto, se fue al pueblo a buscar una mujer y un mayordomo para enfrentar el aislamiento en el que vivía dentro de la casona.

Pero de Gratamira no quedaba nada, salvo unas cuantas extremidades humanas asomadas por entre el barro, una recua de corruptos gobernando el lodo que proliferaba por todas partes, unas cuantas casas construidas por suerte en la loma que la circundaba y la totalidad del barrio de los alemanes al que fue con el pretexto de entregar, en calidad de ayuda, los plátanos que encontró por el camino. Allí conoció a Helen Kurt, una linda rubia germana de ojos claros que sonrió cuando Juan Antonio preguntó, con tono ceremonial, que si se quería casar con él. Pero ella no se alegró por la propuesta, sino porque no entendía español y la amabilidad era su principal virtud. Sin embargo, el iluso de Juan Antonio, que de alemán sólo entendía algunas palabras groseras que le escuchaba a su madre cada vez que peleaba con su papá, pensó que la suya era una sonrisa de aceptación y la siguió visitando todos los viernes con la puntualidad del Sol al amanecer. Nunca faltó.

Como mayordomo contrató a un indígena kazimbo llamado Epaminondas Ríbol. El espigado aborigen acababa de ver a su esposa arrastrada y ahogada por el agua enfurecida de la creciente, por lo que su nuevo patrón tuvo que aceptarlo con su hijo de dos años, un temperamental infante de nombre Kazzahaath al que Juan Antonio llamó Patricio por la pereza de pronunciar su nombre aborigen con exactitud.

Al poco tiempo, Helen aceptó a la brava la propuesta de matrimonio que le hiciera Juan Antonio, cansada como estaba de recibirle flores todos los viernes y de no entender sus frases en castellano, pero que presumía eran de amor por los gestos y las muecas de ternura que él le hacía, especialmente la que le hizo una tarde cuando le enseñó el anillo de bodas.

Se casaron el mismo día en que, horas más tarde, falleció el viejo Epaminondas Ríbol. Lo mató la pena moral y la imagen imborrable de su mujer extendiendo con angustia sus brazos para que él se la arrebatara al irascible Río. Para ese entonces, Patricio tenía tres años y ya había aprendido a calmar sus rabietas agarrando a golpes el tambor que le fabricara su padre; y los Vargas Kurt lo adoptaron, aunque sin los privilegios de un hijo legítimo, porque tan pronto como empezó a crecer los pómulos se le pronunciaron, los músculos se le desarrollaron, los cabellos se le entiesaron cual espinas y la piel se le oscureció. Como si se tratara de un esclavo, sus padres adoptivos le enseñaron los oficios de la casa para que se hiciera cargo de ellos, especialmente el mantenimiento del caballo que movía el trapiche donde se exprimía la caña de azúcar. Sin embargo, el agraciado mestizo fue incapaz de manejar la producción de panela porque a Apolonio, el digno corcel que impulsaba resignado el tronco que movía los piñones del trapiche, le dio por matarse. Dicen que la bestia resolvió, un día normal, que era mejor lanzarse al desfiladero que vivir humillada la vida entera, girando y girando sin cesar y, lo que es peor, sin llegar a ningún lado.

Todo estaba tranquilo hasta que nacieron ellas

Para entonces, Helen y Juan Antonio ya habían traído al mundo cuatro niñas en seguidilla, no tanto porque estuvieran encantados poblando el mundo de mujeres dobladas por el machismo, sino por andar buscando un varón que remplazara a Patricio para que en la adultez se hiciera cargo de todos los asuntos de la casa.

Cuando Apolonio resolvió liberarse, las cuatro niñas lo vieron pasar trotando y altivo hacia el árbol de caucho, pero ninguna imaginó sus intenciones hasta que Patricio apareció detrás del equino pidiendo con su lenguaje híbrido que lo atajaran porque acababa de ver en sus ojos la intención clara de suicidarse. Pero ni ellas ni sus padres pudieron hacer nada por contenerlo y el animal saltó hacia el abismo relinchando de felicidad. Dice Juan Antonio que al asomarse lo vio volando hacia el mar con un par de alas que le nacieron como premio por su valiente lucha por la libertad. Ninguna de sus hijas ni Patricio creyeron en su fantasía dados sus antecedentes mitómanos, pero lo mejor del asunto es que Juan Antonio, esta vez, sí les dijo la verdad.

CAPÍTULO CINCO
"Los poderes curativos del trueque

Las cosas transcurrieron normalmente los primeros años que siguieron a la tragedia, y en Gratamira y sus alrededores no sucedió nada distinto de un aumento demográfico desesperado con el que sus habitantes apuntaron a recuperar con rapidez la población perdida en la avalancha del río. Las cuatro niñas que Juan Antonio y Helen aportaron a las estadísticas fueron Cleotilde, luego Juana Margarita, posteriormente Ernestina y, por último Anastasia, la más despierta de las cuatro y la única que no toleró los pañales desde su primer suspiro.

No los resistía, lloraba la noche entera cuando sentía que un trapo la envolvía y ni siquiera con la brisa de agosto se dejaba abrigar. Cuando Helen intentaba cubrirla estallaba en gritos desesperantes, hasta que su madre accedía a dejarla desnuda. Cuando su chantaje triunfaba, empezaba a sonreír de una manera tan dulce que mantenerla como vino al mundo se volvió un goce para sus padres y para sus hermanas.

En medio de la felicidad que significó el arribo de sus cuatro hijas a sus vidas, a Juan Antonio y a Helen no dejaba de mortificarles la manera artera y deshonesta como Misael les arrebató la casi totalidad de la montaña, con la infame complicidad del nuevo alcalde, don Baltasar Munévar, que al montar todo un nido de corrupción y arbitrariedades desde su despacho, tuvo que ingeniar la manera de reinventar el dinero porque el sistema de trueque, que era el que imperaba en el municipio, le copaba los espacios de su casa y su despacho.

Del trueque al estómago de los rumiantes

Era tanta la corrupción y eran tantos los valores en especie que recibía el corrompido, que en su cama apenas había espacio para él y para su esposa, pese a que el lugar donde se ponían las almohadas estaba ocupado siempre, o por un bulto de hortalizas o por un saco de mangos en proceso de maduración. La familia entera, que además de él y su esposa estaba compuesta por dos hijos y una abuela sirvienta, tenía que comer de pie porque las sillas de mimbre y la mesa estaban copadas por canastillas de huevos. El lugar que correspondía a la ducha estaba atiborrado de guacales de naranjas y su despacho apenas tenía marcado un caminito despejado por el que podía pasar sólo una persona a la vez, suficiente para llegar hasta su escritorio, pues lo demás, estaba repleto de pescado seco, panelas, telas crudas y jaulas con ardillas, faisanes, patos, gallinetas de patas peludas, loros despreocupados que nunca dejaban de decir groserías y canarios planeando su fuga o su muerte.

Mortificado por la asfixiante falta de espacio, el alcalde negoció con amenazas o a precio de hambre varios corrales y construyó varias bodegas para depositar en ellos el producto de su rapacería: un chivo por firmar un permiso para construir un burdel en un lugar residencial, un bulto de maíz a cambio de otorgar un empleo dentro de la administración, una cosecha entera de fríjol por no capturar a un violador de menores, una carga de café por dejar salir de la cárcel a un ladrón, una docena de vacas por colaborar con un terrateniente en el desalojo de campesinos de las tierras que ambicionaba y hasta cantinas enteras de leche por otorgar contratos dentro del proceso de reconstrucción del pueblo. Incluso, llegó a ser el único habitante de Gratamira y sus alrededores que no tenía barba en la cara, por lo que los niños del pueblo alcanzaron a pensar que nunca había llegado a la adultez. Y lo consiguió gracias a que instaló, a la entrada del pueblo, un retén donde se esculcaba a todo el que llegaba. A quienes trajeran cuchillas de afeitar en su menaje se les decomisaban alegando que el monopolio de las armas estaba en poder del alcalde, únicamente y sin derecho a protesta, porque estas también estaban prohibidas y se castigaban con cárcel.

Lo cierto es que la cantidad de prebendas recibidas por don Baltasar se convirtió en su dolor de cabeza, pues muy pronto se coparon, también, las bodegas recién adquiridas, los baños de la alcaldía, sus mesas de noche, sus baúles, los corrales de sus caballos, sus botas, los bolsillos de sus pantalones y hasta los de de las 70 camisas que colgaban de su armario. Desesperado por su asfixiante prosperidad, Baltasar optó por implementar un sistema de moneda que le permitiera seguir robando sin la limitación de no poder guardar el producto de su deshonestidad. Como sabía que la falta de papel y de imprentas para estampar su rostro en los billetes le dificultaría su tarea, el corrupto mandó a un grupo de sus secuaces a investigar por unas hojas de gran resistencia y contextura para estampar en ellas su firma y el monto del billete. Los investigadores concluyeron que la hoja más resistente era la del árbol de caucho, pero que ésta tenía un problema: no era flexible y se quebraba con facilidad. Recomendaron entonces las de tabaco que luego de un proceso de secado se dejaban doblar con mayor versatilidad. El alcalde acogió el concepto de la comisión y expidió los primeros billetes con su firma en la parte de abajo de la hoja y el valor del billete en la parte superior de la misma.

Con la llegada del dinero a Gratamira, llegaron también los primeros problemas y todo cambió. El espíritu de sus pobladores se alteró radicalmente y los delitos derivados de la codicia hicieron su aparición irremediable. Los pleitos y las riñas callejeras se incrementaron y los ladrones y atracadores se manifestaron, atraídos por el olor penetrante de los billetes que terminaban delatando a quienes caminaran con una buena cantidad de ellos en sus bolsillos o aplanados contra su barriga o su espalda. Es seguro que el primer asesinato en toda la historia de Gratamira haya tenido al dinero como su principal móvil. Se trató de un comerciante anciano, cuyos hijos decidieron no esperar a que muriera para repartir las seis cajas repletas de hojas de tabaco que almacenaba bajo su cama. Al tesoro llegaron con evidente facilidad gracias al fuerte olor que expedían los billetes, pues era tanto el capital que poseía don Emeterio Flórez que el aroma de su riqueza se podía percibir a varios kilómetros a la redonda.

Por estas razones y sin importar que la medida hubiera servido para rebajar el consumo de tabaco entre los pobladores, el material de los billetes fue remplazado por fracciones de hojas de plátano que, aunque más incómodas, también brindaban contextura y durabilidad y un olor casi imperceptible. Para ello, don Baltasar decretó arbitrariamente la expropiación y el monopolio del cultivo de banano sin indemnizar a sus propietarios, lo que produjo las primeras protestas de las que se tengan conocimiento en Gratamira, protestas que terminaron apaciguadas por la fuerza policial al servicio de la alcaldía, que dejó entrever la necesidad de habilitar un lugar como cárcel para depositar en ella a los más de 30 revoltosos que fueron apresados y acusados de deslealtad con la colonización.

Con los nuevos billetes, don Baltasar se vio también en la necesidad de crear un banco oficial y lo montó con la complicidad de un grupo de testaferros que, a sólo dos meses de haber inaugurado el centro financiero, ya no tenían donde meter una hoja de plátano más. El auge del dinero y la demanda del banco fueron tales que las matas de plátano de toda la zona se acabaron, generando muchos problemas de revaluación y especulación. Por esta emergencia, hubo la necesidad de volver, aunque temporalmente, a la figura del trueque para realizar negocios, mientras un contingente de asalariados se aprestaba a sembrar nuevas plantaciones por toda la región.

Cometieron los directivos del banco un grave error al mezclar en una misma bodega los animales producto de los nuevos trueques con el dinero ahorrado. Por supuesto el dinero fue rumiado por once vacas, siete ovejas, cuatro caballos, un chivo y dos burros que, haciendo caso omiso del sabor a tinta, se devoraron los ahorros de los gratamiranos, la fortuna mal habida del mandatario y sus secuaces y también las reservas del erario en sólo cuatro días. Cuando los empleados del banco se percataron de la debacle, al alcalde no le quedó más remedio que reconocer el fracaso de su política monetaria y volver a la figura del trueque, a sabiendas de que su ilimitada codicia terminaría haciéndolo naufragar en un océano de abundancia donde respirar sería imposible. Y así sucedió: Baltasar Munévar amaneció muerto una mañana después de hacer el amor con su esposa ,y luego de que sus excesivos movimientos hicieran derrumbar sobre sus humanidades sudorosas y desnudas todo un cargamento de fríjol que los ahogó hasta reventar sus pulmones.

Su legado de aciertos y desaciertos fue muy grande. Un par de decisiones suyas, por ejemplo, muy polémicas por cierto, trascendieron y calaron entre los gratamiranos. El primer decreto que emitió fue prohibir la muerte en fechas felices y el segundo, incentivar la natalidad con el fin de remplazar a los muertos que se llevó el río. Para hacerlo efectivo, ofreció dos vacas y una hectárea de terreno a las familias que aportaran un hijo nuevo al desarrollo del pueblo. Gratamira recobró su dinámica, pero la prostitución se instaló en sus goteras; tanto así que las mujeres terminaron llenas de tierras, vacas e hijos sin padre. El osado alcalde mandó a instalar una carpa en la entrada del pueblo para que sus agentes decomisaran todo lo que por allí ingresara y que pudiera servir para el desarrollo de la población. Y en efecto, a Gratamira empezaron a entrar muchos objetos milagrosos y de gran servicio como el transistor, los relojes e incluso una olla de presión. Pero todos estos objetos, especialmente los que necesitaban algún tipo de energía para funcionar, perdían su valor al poco tiempo por la falta de baterías o luz eléctrica. Gracias a los radios, y antes de que éstos se apagaran para siempre, los colonos fundadores de Gratamira se pudieron enterar de los golpes militares dados por varios generales en Latinoamérica, el triunfo de la Revolución cubana, la firma de la paz en Camp David, la creación del Estado judío, la construcción de un muro infame y extenso capaz de contener hacia el occidente las ideas de Karl Marx, Vladimir Lenin y Friedrich Engels, y hacia el oriente las de Adams, Smith, Sigmund Freud y Friedrich Nietzsche. El descubrimiento de una píldora que evitaba el embarazo de las mujeres, la llegada del hombre al espacio por parte de los rusos y la aparición de una música contagiosa y rítmica, hecha con sólo cuatro instrumentos, que impulsaba una revolución pacífica entre los jóvenes de todo el mundo para presionar la culminación de las guerras que, por deporte, iniciaban a menudo los líderes dementes de cualquier nación que se sintiera con algún poder para pelear; incluso el presidente más carismático de una de etas potencias sería asesinado al poco tiempo. Sin embargo, el desenlace de todas estas noticias no se conocía jamás y los habitantes de Gratamira, sobre todo los que no nacieron en ese lugar, se empezaron a llenar de angustia por la posibilidad de que jamás se encontrara una salida a la civilización.

Los sobrevivientes de la avalancha nombraron como alcalde a Atanael Urquijo, un héroe de la tragedia que ya había dirigido, aunque temporalmente, los destinos del pueblo en el período de reconstrucción que siguió a la inundación de Gratamira. Su segundo período no fue tan afortunado como el primero debido a sus problemas familiares – porque ya estaba casado, para colmo de males, con su sobrina, doce años menor–, sino también porque, en esa época, Gratamira fue invadida, influenciada y podrida por la civilización que tanto y por tanto tiempo añoraron los gratamiranos.

Del desespero al suicidio

Centenares de forasteros que llegaron después de la avalancha empezaron a añorar las comodidades de la ciudad y se desesperaron con las precarias condiciones de vida que imperaban en Gratamira. Al cabo de pocos meses entraron en crisis y terminaron pidiendo turno a Juan Antonio para saltar desde el árbol de caucho del monte Venir. No resistieron los zancudos y el calor en las noches sin un ventilador que los ahuyentara. No pudieron concebir la existencia sin conocer lo que sucedía en el resto del mundo. No soportaron la vida sin poderse comunicar con sus seres queridos. No aguantaron la rutina de tener que cocinar en estufas de piedra, cagar en letrinas nauseabundas, limpiarse el culo con las hojas de las plantas, asearse luego las manos con puñados de tierra y perfumarse con alcohol de caña. No se acostumbraron a vivir en la oscuridad durante las noches y sin música durante el día. Por eso comenzaron a extrañarlo todo: los periódicos, la radio, el cine, la bombilla eléctrica, la moda, las fiestas, la buena mesa, las elecciones para elegir a sus gobernantes e incluso a los curas. El monte Venir, que se mantuvo ajeno a todos los problemas económicos y sociales que se desencadenaron con la avalancha y luego con la llegada del dinero, empezó a recibir por cantidades a personas interesadas en desconectarse del universo.

Muerto de la envidia por las ganancias fabulosas de sus vecinos, don Misael creó un acceso angosto, por donde cabía una sola persona, y se valió de un torniquete rudimentario para cobrar un conejo, una libra de carne o su equivalente en granos o leguminosas a todo el que quisiera llegar a la cima del monte, sin importar si iba a matarse o a morbosear mirando a otros asesinar sus propias esperanzas. Luego empezó a canjear una gallina por la recogida de los cadáveres y la instalación de cruces cerca del lugar del impacto que, por los cráteres que dejaba cada cristiano al caer, se asemejaba más a un retrato del lado volcánico de la Luna que a una playa inofensiva convertida en cementerio improvisado.

A medida que la fama del lugar crecía con el arribo de todo tipo de desquiciados, la parte alta del monte Venir se fue infestando de mercaderes y público y más parecía ya una plaza de mercado o un santuario de romería que un suicidiario, como lo bautizó sin mucho conocimiento del lenguaje el alcalde Atanael Urquijo el día en que tomó la determinación de acabarlo con una medida más incoherente que su propia denominación del lugar:

—Voy a militarizar ese suicidiario y les voy a dar a mis hombres la orden de disparar a todo aquel que pretenda matarse porque el intento de homicidio es un delito que se debe castigar con la muerte —dijo con celebridad durante una manifestación pública en todo el centro de la plaza de Gratamira. Los pobladores no supieron si las palabras del alcalde eran ciertas o si sólo se trataba de un chascarrillo.

Pocos días después descubrieron que eran verdaderas. El alcalde se tomó la parte alta de la cima del monte con el centenar de hombres que aún mantenían sin disparar sus armas desde el arribo de la primera oleada de colonos y los apostó cerca del caucho, amenazando con disparar a todo el que osara posar su humanidad sobre sus ramas. Como todos los que llegaban hasta allí se querían morir, contradecían la absurda orden y saltaban en medio de carcajadas. Cuando los soldados disparaban, el suicida ya estaba lejos, muerto de la risa por la contradicción.

Fue una lucha inocua que terminó cuando los soldados se enamoraron indistintamente de cualquiera de las cuasiadolescentes hermanas Vargas que, para ese entonces ya empezaban a abandonar la niñez y, con excepción de Anastasia, la inocencia. La mayoría terminó lanzándose al abismo, motivados por los consejos absurdos y convincentes de la pequeña Ernestina, las insinuaciones de Cleotilde, la excitación que les producía una vulva impúber, las tetillas sin desarrollar y las piernas flacas y esculpidas de Anastasia o los secretos que al oído les contaba Juana Margarita, como el que le dijo a Atanael Urquijo una tarde en que regresó al monte Venir en su calidad de alcalde, mortificado por la imagen de Anastasia, que no superaba en edad a una sobrina suya con la que él dormía sin saber si ella lo consideraba su esposo, su tío o su padre.

Lo cierto es que el ingenuo alcalde pensó que las Vargas estaban produciendo más bajas entre las tropas de Gratamira que la misma avalancha del río Cristales y optó por retirar a sus hombres antes de que los gratamiranos inconformes se dieran cuenta de que el pueblo se estaba quedando sin un ejército respetable que le permitiera mantener a raya las innumerables protestas que se derivaban de sus a veces absurdas pero bien intencionadas medidas. Con la partida de las tropas llegaron más turistas, más vendedores y más suicidas.

La transformación de Miramar

Juan Antonio también sacó provecho del irrazonable auge del lugar, modernizando y ampliando la construcción de la casona para poder prestar servicio de hospedaje y restaurante a los clientes y echando mano de su creatividad para seguir atrayendo visitantes con nuevos mitos y leyendas. Al cuento de sus padres que, según él, saltaron al tiempo por amor y miedo a la soledad, agregó algunas escenas, no menos inverosímiles, como aquella de que su hermana se había prendido candela para que lanzaran sus cenizas desde la cima del monte, y así poderse fusionar en la tierra con el alimento de las plantas y que por eso en cada uno de sus tallos y hojas habitaba su espíritu inmortal. Además, aprovechando que los cuerpos de dos suicidas nunca aparecieron, como se lo hicieron saber sus familiares a Juan Antonio, inventó la historia del hombre que se lanzó y nunca cayó. Según su fantasía, fue un señor obeso que rompió la tierra, siguió de largo por las entrañas del mundo y fue a nacer cerca de la madriguera de una leona en un parque natural de Kuala Lumpur. No obstante, Juan Antonio cree que los lamentos que se escuchan en las noches pertenecen a estos dos hombres cuyas almas quedaron en pena.

Igualmente, adaptó la leyenda verdadera del Apolonio alado a la de una pareja que saltó al vacío besándose con los ojos abiertos mientras la brisa jugueteaba con sus cabellos, y que recibieron como premio del universo un par de alas que les brotaron de las espaldas con las que volaron hacia planetas imaginarios.

Fue tanta la seguridad con la que Juan Antonio relató estos sucesos durante años, que terminó creyendo que todo era verdad. Tanto creía en sus propias mentiras, que un buen día lloró de tristeza al recordar a un par de niños que se lanzaron de la mano y fueron raptados en pleno vuelo por un águila descomunal que se los llevó de carnada a sus pichones que, a juzgar por el tamaño de su madre, podrían tragar a los niños sin abrir el pico más de lo necesario. Estas historias salidas de su imaginación las heredaron con suprema credibilidad sus cuatro hijas, que ya empezaban a caminar por los senderos de la adolescencia, sin sospechar que sus cuerpos enloquecerían en muy poco tiempo a medio mundo.

Y así, con la misma magia inverosímil, ellas transmitieron estas fantasías a los innumerables visitantes con la ingenuidad que denota un ser que ignora que está diciendo mentiras. Para entonces, la casona se convirtió en casi un balneario con seis habitaciones, aunque sólo una de ellas se destinara para alquilar, pues Juan Antonio decidió, a raíz de un problema con dos suicidas que se quisieron confabular para violar a Anastasia y pensando en la seguridad de sus hijas, que sólo se debía aceptar la presencia de un cliente de la muerte a la vez, de modo que apenas saltara ese, se autorizaba la entrada del siguiente.

Las otras cinco alcobas se destinaron para que en ellas vivieran las cuatro niñas y una última alcoba, la sexta, la más aislada de la casa, se le dejó a Patricio, que por haber ingresado ya a la pubertad sin superar sus problemas de irascibilidad, representaba un peligro latente para la integridad de las niñas y de los objetos que solía golpear durante sus ataques de rabia.

CAPÍTULO SEIS
Clases de masturbación para una niña virgen

Era tal el éxito del suicidiario, que don Misael Bastidas no se resignó a compartir las fabulosas ganancias que le arrojaba el negocio a don Juan Antonio Vargas, quien para entonces ya empezaba a sufrir los dolores espantosos de un cáncer de colon que lo tenía invadido por completo. Por eso se ideó una estrategia perversa para apoderarse de la casona, que consistía en minar los fabulosos ingresos de los Vargas. Para lograrlo, se fue al despacho del alcalde y le propuso crear un impuesto a la muerte. Es decir, que por cada muerto que produjera el suicidiario, la administración cobrara un gravamen costoso que resarciera en parte el daño que se causaba al municipio por todo lo que dejaba de producir en vida ese difunto. Sin embargo, Atanael consideró que hacerlo significaba, nada más y nada menos, que legalizar la muerte y el suicidiario mismo y rehusó decretar el tributo.

Empezó Misael entonces a poner en marcha el plan sucio: les cortó el suministro de agua a los Vargas para así obligarlos a negociar en desigualdad de condiciones. Para lograrlo, ordenó a sus hombres que se treparan a la montaña nevada, donde nacían las cascadas, una de agua fría y otra de aguas calientes, que bañaban los predios de los Vargas y desviaran su curso valiéndose de la gravedad y de un precario acueducto elaborado con una serie de tubos hechos con guaduas partidas. Ignorando el porqué de la sequía, pero aprovechando el invierno y valiéndose de muchas canales y recipientes, Juan Antonio se las ingenió para acumular el agua de las lluvias que caía a los tejados de la casona y superó la escasez. Derrotado y con más cólera, don Misael recurrió a la táctica monopolística de secar las finanzas de su vecino, por lo que cerró el torniquete para impedir el acceso de público al lugar. Esta segunda jugada, que Helen en su precario español tildó de "marranada", sí funcionó. Por largos días el negocio de los Vargas estuvo solitario y las provisiones empezaron a escasear. A esto se sumó la llegada del verano y, con él, la ausencia de agua. Fue entonces cuando Juan Antonio decidió sacar partido de su situación y preparó a sus hijas para lo peor con una frase que a ninguno extrañó, salvo porque se estaba demorando en pronunciarla:

—¡Si hemos de morir, en unas semanas, ladrando del hambre y humillados, hagámoslo de una vez aprovechando que aún tenemos la barriga llena y el orgullo intacto!

A la mañana siguiente mandaron a llamar a Misael, mientras los seis miembros de la familia lo esperaron trepados en la rama elástica del caucho. Al cabo de las horas apareció sonriente, creyendo que los Vargas estaban dispuestos a venderle el negocio, pero supo que algo no andaba bien cuando los vio trepados en el árbol. Mirándolo fijo, sin el menor titubeo, Juan Antonio y sus cinco mujeres se empezaron a mecer y a contarle de paso que preferían morir a vivir ultrajados por él y que la decisión de saltar era irreversible. Don Misael, quien no obstante su ambición desmedida aún tenía algunos resquicios de inteligencia, pensó que si la estirpe de los Vargas se extinguía el negocio se vendría abajo, consciente de que gran parte del éxito del lugar se debía a la curiosidad de los suicidas por conocer una nueva raza de mujeres doradas antes de morir. También pensó que sin los Vargas perderían peso las fabulosas historias que ellos contaban con tanta autoridad, pues de los cinco suicidios que tenía a su haber la familia en el monte Venir, emanaba la credibilidad de sus cuentos. Por eso usó la otra parte de su hemisferio cerebral, donde a él se le concentraba la ignorancia, y decidió anunciar el final de lo que él mismo calificó como torpe jugada y los Vargas Kurt descendieron triunfantes del trampolín mortal.

Sin embargo., el terco de don Misael no se dio por vencido, y aunque devolvió el agua de las cascadas a su acuce natural, impuso a los Vargas un gravamen impagable para poder pasar los víveres por su predio. Juan Antonio entendió, entonces, que las cosas habían llegado a un punto de no retorno y se fue a buscarlo sin la intención de volver y sin la intención de matarlo porque, en medio de su ira incontrolable, sabía que su ambicioso vecino era el único a quien podía confiar la seguridad de su amado cuarteto de retoños. No creyó en Patricio para esta vital tarea, porque el precoz mayordomo apenas acababa de arrimar a la pubertad, con unas cuantas espinillas en la cara, una mirada morbosa que lo delataba a cada instante y no inspiraba la grandeza ni el respeto necesarios para hacerse obedecer de las aventajadas niñas. Era él, justamente, quien conservaba un respeto venial hacia ellas por lo que solían manipularlo con frecuencia, en especial por la siempre desnuda Anastasia.

Con las cosas claras, Juan Antonio reunió a sus hijas antes de partir y les dijo que se iba para siempre a cumplir con su designio, ya que no quería ser infiel a la costumbre familiar de dejarse morir sin antes sorprender a la muerte. Añadió que, a pesar de no sentirse enferma, Helen había tomado la decisión libre de irse con él. Que lo lamentaba mucho por ellas, pero que no quería abandonar el mundo sin su esposa porque un muerto enamorado difícilmente podría alcanzar la paz. Por su parte, Helen quien no podía controlar el llanto pensando en la suerte de sus hijas, quiso dejar en sus manos la decisión sobre su continuidad en el mundo pero las cuatro le gritaron en coro, con algo de perversidad, que el papá la necesitaba más que ellas y, sin atenuantes, la autorizaron a morir tranquila.

Sin embargo, tanto a Juan como a Helen los martirizaba en demasía el futuro sexual de sus hijas y así se lo manifestaron en privado a Cleotilde, la mayor.

Para que sus padres se marcharan en paz, Cleotilde, que rondaba los 17 años, prometió hacerse cargo de sus hermanas, de sus hímenes y de sus necesidades, al tiempo que se comprometió a no dejar desaparecer el lugar. Pero Juan Antonio, que seguía con la inquietud, no quiso partir sin antes convencer a sus hijas de algo terrible: les pidió que murieran vírgenes y que no tuvieran hijos.

—¡Para qué parir criaturas si se van a matar! —les dijo en un tono suplicante y, al parecer, sus palabras surtieron efecto porque enseguida todas se comprometieron a cumplir esa promesa a costa de lo que fuera.

—Ninguna de nosotras tendrá hijos —dijo Ernestina y sus palabras fueron apoyadas con gestos por Juana Margarita y Anastasia, pero no por Cleotilde.

Juan Antonio no supo si el juramento partió de la inmadurez de las niñas, que a esas alturas aún no habían disfrutado el sexo con ningún hombre y, por tanto, ignoraban que comprometerse con decisiones que implicaban negociar con sus propios demonios era algo inútil, lo cierto es que las sintió firmes, incluso con la intención de suicidarse vírgenes como lo expresó Juana Margarita con un convencimiento absoluto:

—Tampoco tendremos esposo, papá.

A pesar de que el cumplimiento de la promesa significaba la extinción total y definitiva de la familia Vargas, Juan Antonio y Helen sintieron que en esa forma podían partir en paz hacia un lugar al que Ernestina, que ya empezaba a escudriñar en los textos de filosofía y gnosis, definió como el "más acá".

Lo extraño fue que Cleotilde nunca opinó, ni prometió nada de manera contundente, ni apoyó las palabras de sus hermanas, a no ser porque creyera que, haciéndolo, sus padres se sentirían bien. Cuando Juana Margarita tocó el tema de la virginidad se reservó el derecho a no hablar, mientras sus padres presionaban con miradas escrutadoras su opinión al respecto. De repente explotó con honestidad y les dijo que, aunque apoyaba los deseos de sus hermanas de no parir Vargas que luego se estrellaran contra la finca de don Misael, discrepaba con ellas en el punto de la castidad. Absortos por la revelación que les hacía su hija mayor, Juan Antonio y Helen se tomaron de las manos y se sentaron a escucharla con un signo de preocupación en sus miradas.

Con total desparpajo y aprovechando que sus padres no estaban en posición de reprocharle nada por tomar la decisión absurda de abandonarlas, Cleotilde les dijo que algo no marchaba bien dentro de ella y que se sentía incapaz de luchar contra su naturaleza. Que un monstruole inquietaba las entrañas, especialmente en las mañanas, y que algo dentro de su ser ebullía con la fuerza de un volcán. Que el lugar por el cual orinaba se contraía con sevicia y la incitaba a torturar sus órganos internos. Y que como ella no quería acceder a sus sádicas pretensiones, ahora la mortificaba con palpitaciones incesantes que ella interpretaba como sus gritos de auxilio. Que todas las mañanas amanecía mojada por un líquido espeso y aceitoso que la invitaba a resbalar sus dedos por ese tobogán esponjoso y húmedo por el que su madre le tenía prohibido transitar desde niña. Que difícilmente podía controlar una ansiedad que le hacía cruzar las piernas a cada rato y que prefería matarse con sus padres a vivir toda la vida con ese ardorcito tan mágico y angustiante que estaba a punto de llevarla a la locura. Que ella no concebía su vida sin llenar ese vacío similar al de una úlcera producida por el hambre y que no murieran engañados pensando que ella tenía el don de evadirse de esa penosa realidad tan parecida a un ataque de gastritis, pero en su zona pélvica. Que o se curaba de ese cosquilleo placentero y desesperante a la vez que la carcomía desde las nalgas hasta el ombligo con la parsimonia y sutileza de un gusano de seda, o se moría, porque vivir ansiosa con esa mirada de demente que adoptaba cada vez que se topaba con Patricio, o con algún suicida, era algo con lo que no quería seguir por el resto de sus días.

Con mucho dolor y sonrojados por haber concebido la idea de que sus hijas fueran asexuadas, Helen y Juan Antonio se miraron sin saber qué responder a la tan gráfica y justa reflexión de Cleotilde. Supieron que a su hija mayor le llegó la hora de alimentar sus instintos carnales, pero se dolieron de no tener más tiempo, en el pasado y en el presente, para ponerla al tanto de algo con lo que a ellos se les olvidó que sus hijas se encontrarían tarde o temprano, en parte porque Anastasia les hizo saber, el día en que rompió toda su ropa, que el sexo para ellas no iba a existir, pues estaban desprovistas de todo perjuicio morboso.

Afanados por enmendar su error, la sacaron de la casa y la sentaron junto al precipicio, a la sombra del frondoso trampolín, procurando que sus otras hijas no escucharan lo que ni siquiera ellos sabían que le dirían a su hija mayor. Con la inmensidad del paisaje como marco de tan trascendental conversación y con la vergüenza propia del momento, porque en su época a cada quien le correspondía explorar su cuerpo y su vida sexual, Helen y Juan Antonio se convirtieron en los primeros padres, en toda la historia de Gratamira, en revelar a una hija el secreto de las secreciones lubricantes, las palpitaciones involuntarias de los nervios vaginales, el doble servicio que presta la cavidad vaginal y las funciones milagrosas del clítoris. También le contaron del valor inmenso y sobrestimado que para los hombres tenía esa concha velluda y misteriosa que tenía cada una de ellas en la conjunción de las piernas y le explicaron, con algunos ejemplos, cómo imperios enteros y milenarios sucumbieron por la debilidad de sus líderes ante su reverencial presencia.

Pero Cleotilde no se conformó con los datos históricos, biológicos, geográficos y políticos que sobre la vulva trataron de entregarle sus padres, con la intención de distraerla del tema que a ella le interesaba y decidió recalcar sus necesidades y urgencias manifiestas con la contundencia debida:

–No lo quería decir con estas palabras, papá, mamá, pero... ¡estoy arrecha!

Sin posibilidad lingüística de refutar el vulgar pero sincero argumento de Cleotilde, Juan Antonio y Helen no tuvieron otra opción que hablarle en los mismos términos coloquiales y le dijeron, a secas y en un tono casi inaudible, que para calmar ese deseo necesitaba un macho para que él, con su miembro le llenara ese vacío que sentía en sus genitales. Sin embargo, le pidieron que no se apresurara a conseguirlo porque una equivocación en tal sentido podría convertirla, para siempre, en una mujer desdichada. Cleotilde quiso decirles que ya era desdichada por no tener a ese hombre a su lado, así sus sentimientos y su inteligencia estuvieran embolatados, pero prefirió callar para no amargarlos más. Por eso decidió preguntar por lo que debía hacer antes de sucumbir a la tentación de acostarse con el primer macho que se le apareciera enfrente de ella, y Helen le respondió introduciéndola en su habitación bajo la mirada cómplice de Juan Antonio y sus otras tres hijas, que no les perdían movimiento. Allí dentro, sin más remedio y sin ninguna solemnidad, le enseñó a masturbarse.

Como quien ingresa a un túnel oscuro lleno de sorpresas, Cleotilde entró sonriente a su alcoba y siguió con interés cada una de las indicaciones de su madre que, para iniciar su difícil cátedra, la hizo desnudar por completo y se volteó hacia la pared para dirigirla sin verla. Con la voz trémula por la vergüenza le dijo que abriera las piernas, se llevara los dedos a la boca, los empapara con su saliva, los pasara por sus pezones y luego por su vagina, cerrara los ojos, pensara en Patricio y empezara a frotarse el clítoris, que era el mismo capullo insignificante que en las mañanas le pedía maltrato. Que imaginara al joven mayordomo al despuntar el Sol cuando se bañaba desnudo en la cascada y que tratara de viajar con la imaginación hasta sus nalgas de hierro. Que se parara a su lado y examinara la increíble transformación de su miembro en un portentoso animal y que besara sus labios gruesos y delineados como la carretera que lleva al cielo.

Con la cara frente al muro, con los ojos cerrados y siempre sin verla, Helen instruyó a su hija mayor en todos los secretos de la autosatisfacción y esperó el resultado mientras le indicaba cómo pedir perdón a Dios por ese pecado y cómo administrar su privacidad, procurando no ser escuchada por sus hermanas al momento del orgasmo, aunque le pidió que a su debido tiempo les compartiera el secreto.

–¿Qué es el orgasmo? –preguntó la asustada Cleotilde mientras seguía al dedillo las instrucciones de su madre, pero Helen, que tampoco sabía definirlo en palabras, se limitó a decirle que era el cielo. Que a él se llegaba poco a poco, por asalto, agotando la imaginación, los alientos y el aire que tenía por dentro. Que alcanzarlo justificaba, con creces, haber venido al mundo, así viniera un rayo, un segundo después, y nos partiera en dos.

–¿Cómo sé que estoy llegando al cielo? –volvió a preguntar Cleotilde sin dejar de resbalar sus dedos cuarteados por la humedad de sus pasiones y Helen le respondió que si se le destemplaban las piernas, un nudo de saliva en su garganta amenazaba con ahogarla, sentía hormigas en el ano, se le secaba la boca, se lubricaban sus zonas íntimas y el corazón amenazaba con salir expedido de su cuerpo, tuviera la seguridad de estar en las puertas del cielo. También le dijo que no se preocupara porque todos esos indicios de fragilidad humana eran el testimonio fehaciente, casi el único, de la vitalidad de una persona. Le dijo, además, que esos síntomas pasaban al instante, dejando la sensación de que todo fue un sueño... de los dulces.

Creyendo haberle dado las indicaciones básicas, Helen se retiró de la habitación incitándola a llegar sin prisa, pero sin pausa, a ese paraíso imaginario y la esperó en el pasillo como quien aguarda el nacimiento de un bebé. Luego de quince minutos escuchó sus primeros susurros, que acababan de nacer de la nada y que crecieron rápidamente hasta convertirse en bramidos espantosos que se esparcieron por toda la región y que se propagaron como una peste en los oídos de hombres y mujeres, incitándolos a convertirse en demonios lujuriosos que, como marionetas desmadradas, se lanzaron a desfogar su lascivia con cuanto ser en movimiento se cruzara por su mente o su camino.

A los gritos libidinosos de Cleotilde se sumaron las tonadas incesantes del sensual tambor de Patricio. El neurótico mayordomo estaba enojado con sus padres adoptivos porque éstos no lo tuvieron en cuenta a la hora de tomar su decisión de matarse por lo que, como siempre que sentía enojo, agarró el rudimentario instrumento a palmadas, haciendo que su desesperada seguidilla de golpes amenizara el concierto de pasiones que ofrecía Cleotilde. Sin quererlo, los sonidos de los cueros convocaron al festín carnal, de modo que el eco del tambor y los gemidos de Cleotilde se fusionaron y de la mano recorrieron los confines de la comarca, despertando distintas reacciones entre sus habitantes. Las matronas de Gratamira y los ancianos cubrieron sus oídos con almohadas. Los marinos de los buques que a esa hora atravesaban el océano, frente a las playas de Morón, se lanzaron al mar en busca de la sirena que producía esos aullidos libidinosos. Pero los gemidos estruendosos de Cleotilde no cesaban, por lo que las madres incitaron a los niños a taparse las orejas con las manos. La mayoría de los infantes hizo trampa recordando, entre risas, que sus mamás gritaban de esa manera en las madrugadas. A Patricio, los alaridos orgásmicos de Cleotilde le hicieron prometer, durante una de sus acostumbradas masturbaciones, que todas las hermanas Vargas serían suyas y los indígenas kazimbos confundieron el sonido con otro lamento del Sol con el que el astro rey anunciaba su próximo arribo.

Durante los cuatro minutos que duró Cleotilde rugiendo como leona en celo, cientos de campesinos de las fincas cercanas y miles de habitantes de Gratamira buscaron a sus mujeres, algunos por primera vez en muchos meses. Otros declararon su amor con angustia a quienes siempre ocultaron esa verdad y unos pocos sonrieron, recordando que ese estado de contentura absoluta al que Helen llamó cielo, estaba ahí, esperando a que alguien se atreviera a tomarlo sin permiso.

Nueve meses después, el notario del pueblo se vio a gatas para bautizar a más de 372 niños que nacieron en toda la zona durante la primera semana de julio.

Desde el escondite ubicado en el sótano de la casa, las otras hijas de Helen tejían todo tipo de conjeturas sobre el origen de los alaridos de su hermana mayor. Anastasia, que con catorce años era la menor, expresó, en medio de su inocencia infantil, que los papás la estaban azotando por no haber lavado los trastos. Ernestina, que le seguía en edad, coincidió en que sus papás la castigaban, pero no por dejar la loza del desayuno sucia, sino por durar tanto tiempo metida en el baño y por no rechazar la presencia mensual del "Patas". Juana Margarita, que con 16 años era la penúltima, fue menos ingenua y creyó que a Cleotilde la exorcizaban para sacarle un diablo que se le metió por las piernas y que la vivía mortificando en las noches y en las madrugadas, haciéndola retorcer de dolor en una parte que señaló llevándose las manos a la parte baja del vientre. Agregó que ese diablo era el demonio de la lujuria y que los alaridos de su hermana mayor eran la máxima expresión de victoria de aquel engendro al que ella algún día iba a matar.

Cuando los gemidos de Cleotilde se convirtieron en lamentos y luego en susurros inaudibles, Helen sonrió satisfecha y corrió a buscar a Juan Antonio para contarle la buena nueva:

—Amor, ya podemos morir tranquilos —le dijo con suma satisfacción y, ante la cara de desconcierto que puso Juan Antonio, agregó: —las angustias carnales de nuestra hija ya están resueltas.

Juan Antonio, quien aún permanecía sonrojado por la espontaneidad de los gritos de su hija Cleotilde, confió en las palabras de su esposa y se fue al pueblo a conseguir un pequeño ejército de obreros para levantar un muro muy alto y muy fuerte para proteger a sus hijas de cuanta amenaza, él sabía, les iba a sobrevenir a partir de su fallecimiento.

Con el medio centenar de hombres que reclutó en el pueblo y sus alrededores, Juan Antonio hizo subir toneladas de piedras a lomo de burro desde el río Cristales. La muralla de imponencia y de aspecto medieval se construyó alrededor de la casa, al finalizar la calle comercial, entre el abismo y la montaña. Juan Antonio se cuidó de que las cascadas quedaran dentro de sus predios y sólo interrumpió la construcción con un portón central de dos hojas, muy fuerte y pesado, al que hizo poner tres candados del tamaño de una cartera de mujer y un madero horizontal fabricado con el tronco de una ceiba anciana. Sobre la parte alta de la muralla, que alcanzaba los cuatro metros, hizo sembrar cactus y matas de ortiga, y en el portal de la entrada, que sobresalía un metro del resto de la construcción, mandó levantar una tarima a cuyos costados instaló un par de garitas para disparar sin ser impactado y en el centro mandó poner una olla inmensa de cobre, montada sobre un eje y un mecanismo que le permitía, a quienes estuvieran dentro, balancearla para derramar cualquier clase de líquido caliente sobre los que pretendieran violentar o derribar el portón para invadir la casa por la fuerza.

Cuarenta y cinco días, durante los cuales Juan Antonio ordenó cerrar el suicidiario, tardó la construcción del fuerte que aisló la casa del resto del mundo. Aunque lo planeado era un mes, las obras sufrieron un retraso sustancial debido a que sólo 18 de los 50 obreros terminaron vivos. Los otros 32 murieron reventados contra la finca de Misael Bastidas por el mismo motivo que medio batallón de soldados y yo lo hicimos, en momentos distintos: la estrategia sincronizada de las Vargas, nunca se supo si premeditada, para enloquecer a los hombres. Empezaba con Anastasia con sus pezones puntiagudos mirando siempre a los ojos, sus nalgas perfectas y su vulva carnosa cubierta ahora por diminutos vellos rojos extendiéndose hacia el ombligo como enredadera encendida. Ella los alebrestaba hasta la locura, sobre todo en las tardes cuando, aprovechando su inocencia y la salida de sus padres al pueblo en busca de materiales, Cleotilde la mandaba a llevarles agua en una tinaja de barro.

Continuaba con Ernestina. Ella, aprovechando su odio hacia los hombres y viendo en cada uno de ellos a un diablo en potencia, les predicaba que la muerte no dolía y que los héroes, como ellos, deberían preferir el sueño eterno al horror de vivir esclavizados sin piedad y con angustias. Juana Margarita y Cleotilde se dedicaban a espiarlos, cuidándose de que ellos lo supieran, mientras se bañaban desnudos todas las mañanas en las regaderas naturales. Juana Margarita nunca me pudo explicar lo que sucedió después, pero ella sospechaba que Cleotilde, luego de hacerlos excitar con Anastasia, los metía, uno a uno, en su alcoba y los hacía desnudar para poner en práctica las clases de placer solitario que le acababa de enseñar su madre. Da fe de que con ningún hombre hizo el amor, porque sabe que su virginidad fue de Patricio, pero deduce que algo raro pasaba en su alcoba porque los hombres salían de allí desesperados a buscarla a ella, a Juana, o a treparse al caucho, desde cuyas ramas desaparecían para siempre con el afán que demuestra quien tiene una cita trascendental.

Según el estado del tiempo, caían en secreto en las aguas del río Cristales o sobre la arena, donde eran mordidos por las pirañas hasta desaparecer, aunque Juan Antonio muriera convencido de que desertaron por la rudeza del trabajo. A pesar de las desapariciones de los obreros y de los reclamos de sus familiares, el muro se terminó de construir bajo la mirada inconforme de los comerciantes del altiplano que seguían atendiendo a los suicidas que, en carpas alquiladas, esperaban la reapertura del suicidiario.

Solucionados los problemas de seguridad para sus hijas y resuelto el embarazoso problema de las calenturas de Cleotilde, Juan Antonio mandó llamar a don Misael, nuevamente con Patricio, mientras dedicaba sus últimos momentos a dialogar con sus hijas. Les dijo que se iba tranquilo porque, aunque gastó su fortuna construyendo el muro, al otro lado de la puerta estaban haciendo fila una buena cantidad de personas con deseos de poner fin a sus fracasos y tribulaciones.

Les dijo que no dudaba de lo inteligentes y astutos que eran y que lo único que lamentaba en su vida era no haber sido lo suficientemente osado como para inventar unas alas gigantes que lo transportaran hasta el mar. Que intentaran llegar a él, algún día, sin importar la suerte que tuvieran que correr, pues estaba escrito que de algo distinto de la vejez se tenían que morir y que no valía la pena pasar por este planeta sin meter los pies en ese platón infinito de aguas azules y saladas que, a diario, los provocaba desde la distancia.

También les legó una serie de consejos que iban desde la sagacidad que debían tener para reconocer la sonrisa de un enemigo, hasta actuar en conjunto cuando los acechara el peligro. Les aseguró que el amor ni los amigos existían, que la verdad con espinas era preferible a las mentiras con rosas y les aconsejó que desconfiaran de las personas melosas, mucho más si éstas pertenecían al signo géminis. Que el peligro no se veía con los ojos sino con el corazón y les pidió que se apoyaran en Patricio, pero que no se fiaran de él porque las personas calladas, por lo regular, acumulaban mucho resentimiento en su alma y entrañaban un riesgo alto de agresión y de venganza. Finalmente las incitó a no creer en nada que no vieran porque, para él, la fe no era más que el ungüento con el que los frustrados y los mediocres se impregnaban para no perder la esperanza. Ernestina lloró por el ateísmo y la incredulidad de su padre y hasta quiso refutar su tesis, pero se sintió sin argumentos para hacerlo. Por eso sólo atinó a preguntarle si se volverían a reunir todos, algún día y Juan Antonio les respondió que no, porque los muertos no existían. Ella asintió con la cabeza y lo miró con lástima, como si estuviera segura de su equivocación.

CAPÍTULO SIETE
De cómo el espíritu se convierte en delfín

Cuando Misael Bastidas, el terrateniente de las patillas alargadas y el bigote poblado, se hizo presente en medio de su asombro por tener que traspasar un portón de madera pesada para poder hablar con su adversario, Juan Antonio le contó que se marcharía para siempre, pero le advirtió que sus niñas y el agua de las cascadas eran intocables. Que debía eliminar los gravámenes y que si no lo hacía sus hijas tenían la orden de sellar para siempre el suicidiario, con las devastadoras consecuencias económicas para sus vendedores. Acto seguido amenazó a Patricio con mortificarlo toda la vida si se metía con alguna de sus hijas, hizo sacar del predio a don Misael y le dijo que lo esperara en su finca dentro de pocos segundos. El fortachón de Patricio cumplió la orden de sacarlo casi a la fuerza y don Misael, que no se quería perder un solo movimiento del espectáculo, corrió hasta el mirador de la curva de los Javieres queriendo comprobar con sus propios ojos que Juan Antonio tuviera los cojones suficientes para lanzarse desde el caucho sin el menor asomo de miedo y contrató al fotógrafo italiano de apellido Palmarini para que tomara un retrato de la pareja en pleno vuelo.

Pero Juan Antonio sí sentía miedo. Con el corazón a punto de infarto, tomó de la mano a su esposa y entre ambos se despidieron con besos y sentidos abrazos de sus hijas. Helen, cuya decisión fue claramente influenciada por el amor, descargó en el oído de cada una de sus hijas un secreto contundente y corrió luego hasta su esposo. A Cleotilde le dijo que no se detuviera. Que si tenía que estar con un hombre, así ese hombre fuese Patricio, que lo hiciera, lo disfrutara sin remordimientos y se realizara, porque ningún otro acto en la vida recompensaba tanto a una mujer que sentirse poseída por un macho. Que, eso sí, no les hiciera saber lo indispensables que eran y que tampoco se lo contara a sus hermanas hasta que ellas sintieran la necesidad de hacerlo.

A Ernestina le dijo que el demonio no era la sangre que emanaba de sus genitales, mes a mes, sino los temores que ella misma le infundió desde pequeña. Que la perdonara por eso y que dejara de odiar tanto a los hombres porque mentirosos, infieles y hasta egocentristas eran, pero también necesarios para realizarse en el placer. Que cuando sucumbiera ante el deseo no se sintiera culpable y abriera la compuerta de la felicidad, aunque con precaución, porque si bien el diablo no aparecía en el estado líquido que Ernestina pensaba, tuviera la certeza de que lo haría en el estado sólido en el que los hombres vivían.

Luego caminó hasta Juana Margarita y le pidió que se definiera. Se lo dijo porque la notó dudando durante toda la despedida y porque no fueron muy creíbles sus promesas de morir soltera y virgen. Le dijo que no lo tomara como un regaño sino como un consejo porque agregó: "Las personas que no hacen lo que desean, por andar pensando en los prejuicios, son infelices".

Por último, abrazó con mucho sentimiento a Anastasia y le dijo que nunca dejara de ser pura. Que resistiera los ataques de los hombres y los comprendiera si algún día alguno se sobrepasaba con ella porque no era fácil resistirse a tan hermosa mujer desnuda.

—Eso sí —le advirtió — si eso llega a suceder hazte respetar y mátalo.

Luego se unió a Juan Antonio y los dos caminaron hacia el árbol de hojas brillantes tratando de ser fuertes para no traumatizar a las niñas. Allí, sobre su rama sobresaliente, Juan Antonio abrazó a su esposa sin decirle lo mucho que la amaba, le agradeció el haber tomado la determinación de morir a su lado sin la necesidad de hacerlo y le dio un beso en sus labios fríos y desahuciados. Embelesadas con la escena e inmersas en un dolor indescifrable porque no sabían si llorar por la desaparición de sus padres o reír por la libertad que ganaban con su partida, las Vargas se abstuvieron de llorar y sólo Anastasia derramó un par de lágrimas inmensas mientras interpretaba la canción de cuna que Helen le enseñó a cantar en su idioma nativo.

"Komm auf die welt mein Kind, komm, denn das Universum lädt dich zum leben ein

Wachse mein Kind, wachse, denn die Erde lädt dich zum rennen ein

Singe mein Kind, singe, denn die Blumen möchten tanzen

Lache mein Kind, lache, denn ohne dich zu sehn will die Sonne nicht schlafen gehn".

"Nace, niña, nace que el universo te invita a vivir

Crece, niña, crece que la Tierra te invita a correr

Canta, niña, canta que las flores quieren bailar

Ríe, niña, ríe que el Sol sin verte no se quiere ir a dormir".

Destrozados por la canción, los esposos aceleraron el ritual, se mecieron en la rama complaciente del árbol, se alegraron de que sus otras hijas no estuvieran llorando, miraron con censura a Patricio, que no dejaba de tocar el tambor, y se lanzaron al vacío. Juan Antonio lo hizo seguro de estar cumpliendo su designio y feliz de haberle puesto fin a su oportuno cáncer, dejando arreglados para siempre, los problemas de vivienda y alimentación de sus hijas. Helen lo hizo por amor.

Los vendedores, cuatro docenas de suicidas que estaban esperando en perfecto orden de llegada a que se reabriera el servicio y don Misael observaron la hermosa escena de comunión total entre dos esposos que cumplieron su promesa de amarse hasta la muerte. Absorto al verlos volar sonrientes y tomados de la mano, don Misael y los demás mirones se abrazaron con regocijo. Luego volvió a la casona Miramar pálido y con un nudo en la garganta, golpeó en la puerta echando mano de un pesado aldabón de bronce con la figura de un león y se presentó de nuevo ante las huérfanas comprometiéndose a no reintentar despojarlas de sus bienes ni a interferir en sus asuntos, a cambio de que ellas reabrieran el suicidiario.

Pero Cleotilde se opuso, alegando que no lo harían hasta que sus padres fueran sepultados con los honores que merecían. Angustiado por las pérdidas que la no apertura del suicidiario le causaban, don Misael se marchó con todo el afán que demandaba la situación a recoger los cadáveres de su enemigo y su esposa, mientras el italiano de la carpa donde funcionaba el laboratorio fotográfico revelaba el retrato.

En su finca los encontró besándose y con la sonrisa que caracterizaba a todos los suicidas del monte Venir. Y aunque trató de cerrarles los ojos y la boca, y aunque intentó separarlos con cuanta palanca encontró, todos sus esfuerzos fueron en vano, pues lo único que logró fue tallar en su mente sus rostros burlones. Por eso se apresuró a deshacerse de ellos y mandó a un carpintero incumplido para que le fabricara un ataúd doble, de la mejor madera, pero sin ventanas para no chocar de nuevo con sus provocadoras sonrisas. Cuando el carpintero terminó de elaborar el inmenso cajón, don Misael ordenó taponar las fosas nasales y los oídos de la pareja con algodones blancos empapados en alcohol, hizo poner bolitas de alcanfor en los bolsillos del vestuario ordinario que les mandó comprar en Gratamira, los hizo rellenar de formol y los envió en dos mulas hasta la casa de las hermanas Vargas que vieron en ese féretro enorme de modo similar a los barcos que se divisaban desde su casa, la oportunidad de hacer realidad el gran sueño de Juan Antonio. Helen sí conoció el mar cuando niña. Además, tuvo que navegar durante varios meses, escondida entre un cargamento de imprentas, para poder llegar a América en forma clandestina.

Nunca es tarde para cumplir el sueño de alcanzar el mar

La única manera de hacer navegar a Juan Antonio sobre el agua del mar que nunca vio escapar entre sus manos era utilizando el caudal del río Cristales, pero de momento no era posible porque reinaba el tiempo seco del verano y el río estaba tan apacible, que los niños que recién aprendieron a caminar lo pasaban gateando. Decidieron entonces esperar las lluvias a sabiendas de que el dinero escasearía y corriendo el riesgo de que los suicidas que esperaban la reapertura del suicidiario se sublevaran y se fueran a matar en otro lugar.

Sin dejarse presionar por las suposiciones, sacaron a Juan Antonio y a Helen del ataúd con la ayuda de Patricio, les extrajeron las vísceras, las pusieron en un platón y las llevaron lejos de la casa para despistar a los gallinazos. Luego los bañaron a baldados sin poderlos separar del mismo modo que no lo pudo hacer don Misael y los pusieron a secar al Sol, mientras reforzaban el cajón en cada una de sus esquinas con troncos de madera embadurnada de petróleo y lo impermeabilizaban con las lágrimas de látex que extrajeron del caucho llorón, que en esa época, más que en ninguna otra, expulsó lágrimas blancas a granel y sollozó en las noches más de lo acostumbrado.

Luego pusieron varas de guadua en la base del ataúd, pensando en la navegabilidad del mismo, mantuvieron cerrado el suicidiario al público, amparándose en la seguridad que les daba el fuerte construido por Juan Antonio antes de morir y se pusieron a esperar las lluvias de abril.

Juan Antonio y Helen fueron velados durante 39 días y 40 noches, en medio de cirios derretidos, tazas de café humeantes y la fotografía en la que se apreciaban volando hacia el infinito que Misael les trajo poco después del salto y con el único deseo de congraciarse con sus vecinas. Durante ese tiempo se contaron muchas anécdotas y la mayoría de ellas quedaron inconclusas, pues aparecía el sueño y todos terminaban dormidos, incluso quien las narraba. No hubo oraciones aceleradas ni ruegos a nadie para que sus almas se salvaran.

Durante los numerosos días que duró la sequía, las hermanas Vargas contaron las mismas anécdotas tres veces. Estaban recordando, por cuarta vez, que la colonia alemana se opuso con devoción al matrimonio de sus padres, por el antecedente del suicidio de Eva Klien, cuando se escucharon las primeras gotas del invierno. Al principio creyeron que se trataba de un gato persiguiendo pájaros sobre el tejado, pero el sonido se intensificó, y cuando creyeron imposible que un millón de gatos estuvieran correteando gaviotas, acudieron al patio a confirmar sus sospechas. En efecto llovía y el aguacero que se desgajó del cielo fue recibido con los honores que se les ofrecerían a las lágrimas de Dios. Inmediatamente se asomaron al abismo a ver crecer el río y con esa expectativa se turnaron tres días a vigilar el aumento de su cauce, hasta que la desnuda Anastasia vio bajar sobre sus aguas una vaca muerta a gran velocidad.

Estuvieron de acuerdo con que ese era el momento preciso para echar la nave y empezaron a arrastrar el pesado ataúd sobre troncos de madera rolliza hasta el borde del abismo en medio de la mirada expectante de los cientos de gallinazos que se arremolinaron durante ese período en los alrededores de la casa y de los cantos líricos que, para entonces, ya interpretaba con maestría absoluta Anastasia.

Por orden de Juana Margarita no hubo flores y por deseo de Ernestina, dentro del féretro se introdujo una botella de vidrio con este epitafio escrito en letra de estilo por Cleotilde:

"Quien elige la fecha de su muerte burlando el dolor y la humillación es grande, pero más grande es aquel que elige la fecha de su regreso".

Acto seguido bajaron el armatoste con poleas desde la punta de la rama del caucho y, cuando la madeja se tensionó, Patricio la cortó con un cuchillo y el ataúd se echó a rodar hacia la inmensidad. Durante el vuelo fue perseguido por varias aves de rapiña que se descolgaron en picada sobre el cajón, pero gracias a su mayor peso, este cayó primero sobre el río sufriendo algunos daños, pero con los cadáveres en inmejorables condiciones.

Sobre la corriente del río Cristales viajó el féretro más de 20 kilómetros hasta llegar al salto de los Silbidos, que era una caída de agua espumosa de más de ciento veinte metros de altura que por siempre impidió a los gratamiranos conquistar su propio mar. El ataúd, con tres pacientes y laboriosos gallinazos sobre su lomo intentando franquear la dureza de la madera, soportó con dignidad la caída y se enfiló medio destruido pero triunfante hacia el océano del Norte que frente a las playas de Morón, los gratamiranos bautizaron con el nombre de mar Perdido. Allí lo estaba esperando una formación perfecta de kataraínes. Eran aves de exquisita aerodinámica, gran belleza y un graznido parecido al de las gaviotas, pero con plumas de colores similares a las del pavo real. En la desembocadura del río Cristales las olas del mar se hicieron grandes por la fuerza contraria ejercida por el caudal de la corriente y fue en ese lugar donde el ataúd se astilló por el centro permitiendo a Helen y a Juan Antonio flotar sobre las olas, tomados de la mano, hasta convertirse en delfines saltarines que sus cuatro hijas vieron perderse en la distancia desde un catalejo que Patricio tenía apostado en un mirador improvisado, al lado del tanque del agua que reposaba sobre la casa.

Al día siguiente del hermoso pero impactante ritual, las Vargas decretaron la reapertura del suicidiario, a cuyas puertas ya se contaban por centenares los aspirantes a cadáver justo cuando Juana Margarita terminaba de leer un libro en el que recibió las claves para luchar contra el demonio de la lujuria utilizando como armas infalibles su cuerpo, su voluntad y la ayuda de un dios que nunca supo definir ni identificar.

De manera, pues, que los nuevos servicios ofrecidos por las herederas del monte Venir incluían una sesión de espiritismo y especulaciones ofrecida por Ernestina, la vista gratis y efímera de los desnudos de Anastasia; una sórdida noche de sexo ofrecida por Cleotilde en su lecho de ninfómana y un baño de espumas con aromas herbales a cargo de Juana Margarita, quien desde ese día empezó a llevar a los suicidas hasta el límite de sus debilidades para luego negarles su cuerpo con el pretexto malintencionado de que a ella sólo le era permitido tener sexo con los muertos.

Pero todo esto era poco comparado con el placer de conocer las únicas mujeres de la Tierra que nunca sonreían a un hombre para congraciarse con él.

CAPÍTULO OCHO
Anastasia

Al momento de la llegada de los cadáveres de sus padres al mar, Anastasia, con catorce años, era la única de las cuatro hermanas a quien no le llegaba aún el período menstrual. Debió ser porque a Ernestina la pasmó el deseo de sentirse adulta con mil advertencias sobre la desgracia que significaba para una mujer convivir con el diablo en sus entrañas. Lo cierto es que se predispuso y se sugestionó tanto con la idea de tener que usar ropa interior durante una semana al mes, que ya con su cuerpo desarrollado detuvo su ciclo natural, tal vez para siempre.

Así que con licencia biológica para permanecer desnuda todos los días de la vida, Anastasia acrecentó el don de la provocación que poseía, por lo que muchos incautos se equivocaron y hasta trataron de sobrepasarse con ella. La última vez que alguien trató de confundir su desnudez con algún tipo de reto, Anastasia prometió, con solemnidad, cumplir la recomendación que le hiciera su madre antes de matarse. Y no estaba lejos el día en que alguien muriera con la ilusión de palparla.

Con el tiempo, toda ella se convirtió en un orgasmo andante, aunque la realidad fuera que ella, además de casta, también era asexuada. Su sonrisa de niña con sus últimos dos dientes de leche aferrados a su dentadura de conejo adulto, su pelo ensortijado y rojizo a menudo jugado al viento, el sudor constante de su cuerpo, el candor de su mirada, sus pocas pero coquetas pecas de color zanahoria y la suavidad de su piel expuesta hacían poner erecto al más renegado de los hombres y ponía al descubierto la homosexualidad de la más enconada beata moralista.

Poseía también la gracia de encantar con su melodiosa voz que, además de extraordinaria afinación, tenía poesía, belleza, un timbre vibrador, sutileza y dulzura. Nunca fallaba a la hora de acompañar a un suicida hasta la rama del árbol de caucho, y se especula que muchos libidinosos se mataron sólo por tener el absurdo honor de verla desnuda interpretando canciones en latín o en idiomas que únicamente ella entendía y que a ellos tampoco les importaba. Aunque tenía los ojos azules, casi de cristal, al igual que el resto de sus hermanas, Anastasia fue la más morena de la manada y una de las pocas especies de esa raza que no tenía el cabello dorado. El suyo era rojo y ese contraste con su piel de ébano y el iris claro de sus ojos la convertía en la virreina absoluta de los gramanes. Sin abandonar su niñez aún, ya se insinuaba como una hembra voluptuosa, con una geografía corporal accidentada, sobre todo en las penínsulas de sus caderas y en la cordillera de sus pechos, que aunque sin una altura inmensa, sí tenía una consistencia rocosa.

En medio de esa ingenuidad tan absoluta, Anastasia deambulaba desvestida por la casa sin percatarse de que sus primeros vellos púbicos florecían y trepaban hacia el paraíso de su vientre plano como las llanuras de la Amazonia, que resaltaba con grosería la carnosidad de sus caderas. Y no lo hacía por provocar, porque de eso poco o nada sabía, sino porque desde su nacimiento desarrolló una comunicación tan extraordinaria con la naturaleza que en su conjunto ella no se veía ni se sentía distinta del agua, de una planta o de un caballo. Incluso recriminaba a sus hermanas por obstruir el alimento de sus cuerpos con telas y prendas vergonzosas que no hacían más que bloquear la energía cósmica que brotaba de sus seres.

De pronto convirtió en tauromaquia el arte de evadirse de las embestidas de los hombres y empezó a jugar con sus deseos, haciéndoles verónicas con sus piernas torneadas al antojo del dios de la belleza, capotearlos con sus nalgas de cera hasta llevarlos al delirio, embriagarlos con su olor a tierra mojada hasta marearlos con varios naturales, banderillearlos con sus uñas blancas y alargadas, estocarlos con su sonrisa indescifrable hasta invitarlos al burladero y transportarlos a un éxtasis imaginario con su mirada vagabunda, pero a la vez inocente.

Descubrió esa facultad de torear a los hombres, y también a algunas mujeres, la noche siguiente al entierro de sus padres.

Todo estaba en penumbras y lo único que se escuchaba en el lugar eran las cascadas rodando alegres por entre las rocas y los grillos protestando en coro sin causa justa. Agazapado entre sus deseos, Patricio la vio despedirse de sus hermanas y la siguió con sigilo y angustia hasta que entró a su alcoba, cuya puerta nunca cerraba con seguro. A los pocos minutos, amparado en la oscuridad que proporcionaban los árboles gigantes que bordeaban la casa, Patricio se camufló en el jardín que daba a la ventana de Anastasia y se puso a contemplarla con ansiedad durante horas, mientras ella rezaba por sus papás espernancada con libertad sobre su lecho. Ignoraba que Patricio planeaba, con el corazón en el exilio y agonizando de deseo, la manera intrépida de introducirse en su alcoba y en su cuerpo sin ser sorprendido por sus otras hermanas con el único fin de hacerle pagar tantas provocaciones, tantas angustias, tanta paciencia.

Ya en la madrugada, con la luz de la mañana a punto de aparecer , Patricio saltó como un gato, abrió la ventana de la habitación de su hermanastra, que estaba medio abierta, y se metió, muerto de susto y de deseos, sin sospechar que Anastasia lo esperaba despierta:

–¿Por qué tardaste tanto en entrar, Patricio? –le preguntó con total naturalidad, echando a perder su erección, pero el asustado mayordomo se sintió irremediablemente desarmado y no respondió.

–¿Por qué no hablas? –insistió Anastasia, logrando obtener las primeras palabras de Patricio:

–¿Por qué sabías que era yo?

–Mis hermanas no entran por la ventana –le expresó con una sonrisa pícara y a la vez inocente mientras se incorporaba sin el menor asomo de vergüenza, con sus pezones apuntando sin piedad hacia el pobre Patricio que, no queriendo aplazar más sus deseos de poseerla, se lanzó al abismo de la conquista y desnudó sus intenciones aunque con sutileza:

–Sabes a qué vengo, ¿verdad? –le dijo con algo más de seguridad mientras la rondaba aguantando la respiración, pero la menor de las Vargas, que a su vez era la más inteligente, lo desarmó con un argumento inventado:

–Sí. Vienes a rezar conmigo por el alma de mis padres.

Patricio pasó saliva totalmente apaciguado y asintió con rabia para luego salir de su alcoba sin pronunciar una sílaba más. Estaba desesperado y aprovechó los deseos que le carcomían la imaginación para trotar hacia la habitación de Cleotilde. Anastasia sonrió, cerró los ojos con mucho alivio y se quedó dormida, convencida de haber encontrado en las mentiras y en sus oraciones al Dios que le prohibieron sus padres, el secreto para manejar la lujuria de los hombres.

CAPÍTULO NUEVE
Cleotilde

La mayor de las Vargas era la más lujuriosa y también la de belleza más exótica. Todo porque nunca tuvo edad. Siempre fue la misma. Su cuerpo esbelto y tallado con curvas atrevidas siempre fue el mismo. Sus senos redondos como totumas nunca sucumbieron a la gravedad, sus pezones de caucho de color rosado nunca se oscurecieron. Su culo agrupado y prominente nunca perdió el ímpetu. Cleotilde jamás perdió la fuerza de sus músculos, que la hacían ver como una yegua sabanera. Sus labios gruesos y siempre rojos permanecían mojados. Sus caderas pecaminosas siempre parecieron disparar dardos al caminar. Su melena larga hasta la cintura nunca dejó de crecer y sus ojos azules nunca lloraron. Siempre fue igual. Su piel dorada, como la textura de una pera, siempre fue la misma.

Hacía con el mundo y sus habitantes lo que le viniera en gana y jamás alguien se atrevió a desobedecerla. Era tanta su autoridad e inspiraba tanto respeto, que a pesar de su condición de fémina nunca un hombre trató siquiera de contradecirla, ni siquiera su padre el día en que ella le dejó muy en claro que no moriría virgen. Y era tanto el caldo de hormonas que rebullía dentro de su ser, que más tardaron sus padres en viajar hacia su destino final que ella en perder la virginidad.

El mismo día en que los lanzaron hacia el mar a bordo de una balsa mal fabricada, un mes antes de cumplir los 17 años, Cleotilde entró a su casa afanada, ansiosa y, con el pretexto de encerrarse a llorar, se apoderó de la habitación que ocupaban ellos. Luego trasladó sus cosas con premura, y reunió a sus hermanas y a Patricio para ponerlas al tanto del golpe que significaba su salto jerárquico.

—Ahora soy el patrón, el papá y la mamá, y aunque me equivoque, en adelante en esta casa se hará solamente lo que yo diga —les advirtió sin necesidad de levantar la voz. Sus hermanas y Patricio aceptaron su voluntad sin resistencia alguna reconociendo en ella la autoridad y el don de mando necesarios para no dejar derrumbar el pequeño imperio donde lucharían contra la propagación de su estirpe. Acto seguido les recordó la promesa que las tres hicieron a sus papás de morir vírgenes y, por ende, no parir hijos y las mandó a dormir sin permitirles hablar.

Apenas las vio ingresar con resignación a sus aposentos salió corriendo a desnudarse y se introdujo en las cobijas con el deseo incontrolable de manipular sus genitales para poder disipar esa ansiedad envolvente que la llenaba de angustia, y que en ese momento ya la incitaba a orinar sin tener una sola gota en su vejiga.

Acostada en su cama, con los ojos cerrados y pensando en Patricio como le aconsejó su madre, Cleotilde experimentó un nuevo orgasmo, poniendo tres almohadas y dos cobijas sobre su cara para no ser escuchada por sus hermanas y descubriendo, de paso, que ese cielo enviciaba y que la única cura posible para evadir esa peligrosa verdad era enfrentarla con los delirios de su mayordomo, aprovechando la licencia moral que al respecto le entregó Helen antes de morir. A pesar de su envolvente personalidad, no sabía aún cómo abordarlo y mucho menos cómo pedirle que se desnudara y la hiciera mujer. No existía, de parte de ninguno de los dos, un guiño o por lo menos un indicio de conquista que les facilitara el acercamiento. Ella, por no dejar un manto de duda sobre un posible abuso de autoridad, y él, por el miedo venial que sentía por su hermanastra mayor. Pero el universo ya movía sus fichas para propiciar el encuentro y Patricio acababa de ser expulsado de la habitación de Anastasia con sus deseos en suspenso. Sin embargo, el atrevido se detuvo antes de abrir la puerta de su patrona por temor a que ella, al conocer sus intenciones, lo expulsara a patadas no sólo de su alcoba, sino también de Miramar.

Pero si había algo en lo que Patricio podía arriesgar era en su propia salud, porque el exceso de testosterona también lo estaba enloqueciendo y, sin nada que perder y mucho por ganar, corrió el riesgo.

Cleotilde se despide de su virginidad

Buscaba Cleotilde experimentar una nueva autosatisfacción sexual, cuando entró el alborotado mayordomo agazapado entre las columnas del pasillo. Al igual que Anastasia, Cleotilde se enteró de su arribo y no dijo ni hizo nada para impedirlo ni para delatar su presencia con la esperanza de que la iniciativa de su furtivo encuentro naciera de él, dejando ileso su orgullo femenino. Por eso permitió que el mayordomo la observara buscando el nirvana por segunda vez, cruzando las piernas, apretando los labios y respirando profundo mientras movía con holgada maestría la llave para entrar en el edén. Cuando lo pudo abrir, con la paciencia de quien desgrana una mazorca, entendió que la vida se resumía, toda, en esos mágicos segundos y decidió que lo suyo era eso: buscar el cielo con afán y sin descanso todos los días de su vida, pero con alguien a su lado. Por eso gimió en un tono suave que bastó para que Patricio terminara de excitarse y al no lograr que saliera de su obvio escondite optó por llamarlo repetidas veces con voz de gata en celo. Patricio no supo si el llamado era real o si obedecía a una fantasía de Cleotilde y trató de escapar de la habitación, pero ella lo observó y saltó hacia él con movimientos felinos para evitar que su presa escapara:

—¡Patricio! —le gritó con voz de mando y el pobre se quedó pasmado mirando hacia el lado contrario tratando de ocultar su excitación. Sin bajar la voz y aproximándose con pasos cadenciosos y seguros Cleotilde lo fusiló con una orden que el pobre no pudo desobedecer:

—¡Quiero que venga ya mismo a mi cama, se despoje de sus ropas y se meta entre las sábanas conmigo!

El mayordomo comprendió que el momento de poseer una mujer era ese, y temió que fuera el último. Por eso se volvió hacia ella con mirada de espanto y se sometió a su yugo sin siquiera pensar en oponer resistencia. Mirándolo con ansiedad, Cleotilde lo despojó de su camisa, luego de su pantalón y lo empezó a llevar hasta su territorio empujándolo con sus besos ignorantes, los primeros que daba a un hombre en su vida. Inexpertos, ambos, delirando por un amor pasajero que los inundó de palmo a palmo, se lanzaron con desespero a descubrir ese mundo que sólo conocían a través de los comentarios de terceros y se fundieron en un concierto de ternura, sudor, afán y torpeza hasta poner fin a sus virginidades al cabo de seis horas de trabajo lerdo, carcajadas ingenuas, jadeo incesante, pausas vergonzosas y momentos de impaciencia.

El Sol estaba sentado sobre el tejado de la casa, la lluvia había amainado y docenas de suicidas esperaban tras la puerta de teca la reapertura del suicidiario cuando Patricio salió sigiloso, y sintiéndose más hombre, de la nueva habitación de Cleotilde. Anastasia, Juana Margarita y Ernestina estaban cocinando el almuerzo inmersas en un silencio absoluto, pero conscientes de lo que sucedía entre su hermana mayor y el nativo.

Por eso, más tardó Patricio en ingresar a su habitación, embriagado de amor, muerto de la dicha y del sueño que aquéllas en correr hacia la de Cleotilde con la curiosidad en la garganta.

La encontraron desnuda, inerte, mirando hacia la inmensidad del paisaje a través de los ventanales de la alcoba, pero sin parpadear ni dejar de sonreír, inmersa en un estado de idiotez absoluta del que no se le notaban muchas ganas de salir. Al observar la sábana ensangrentada, Anastasia gritó atemorizada y se abrazó a Ernestina, quien no dudó en vociferar que el demonio estuvo presente en el festín mientras escarbaba con sus narices el ambiente. Anastasia, en cambio, temió que Patricio la hubiera herido con una daga y Juana Margarita, que ya sabía lo que acababa de suceder, explicó sin simulaciones a sus hermanas:

—El problema no es saber si esa sangre es de Cleotilde o es de Patricio, ¡lo importante es saber que ambos están vivos!

Cleotilde, que aún sentía en su cuerpo las réplicas de los temblores que le dejó su primera relación sexual, se sintió con el derecho a no dar explicaciones, se asomó por la ventana posterior de su alcoba, que daba al muro que construyera su padre antes de morir, y preguntó, ella sabe con qué intenciones, cuántos suicidas esperaban la reapertura de la casona. Ernestina le dijo que más de cien y Cleotilde sonrió, perfectamente segura de lo que haría en adelante con su vida y con su cuerpo.

No obstante haber sido su primer hombre, Cleotilde no volvió a hacer el amor con Patricio, convirtiendo ese en el único día en que estuvieron juntos porque durante el éxtasis, cuando lo escuchó repetir que se moría, sintió un placer tan sublime por esa frase, que de inmediato y por el solo morbo de saber que podía convertirse en la última mujer de un moribundo, se inventó el juego cruel de invitar a los suicidas a pasar una noche de amor a su lado.

Y lo hizo.

No habían cesado los dolores de la pérdida de su virginidad cuando reunió a sus hermanas y al propio Patricio y los puso al tanto de sus intenciones:

—Quiero que se abra la puerta y que todos los suicidas pasen por mi habitación antes de lanzarse al abismo —les dijo con no poco descaro, y enseguida ordenó—: quiero que entren uno por uno a mi habitación.

Juana Margarita, la única de sus hermanas que entendió su intención, la llevó a un extremo y le preguntó que si la orden era válida también para las mujeres y Cleotilde le dijo que sí. Juana Margarita volvió a replicar, a sabiendas del gusto de las mujeres por los hombres, y preguntó lo que podía pasar en el caso de que una de ellas rehusara entrar a la habitación de Cleotilde y esta le respondió, inmediatamente y con una maldad deliciosa, que la enviaran con Patricio.

Y adelantándose a la nueva pregunta que tenía Juana Margarita en la boca, le dijo que si no querían pasar por la habitación de Patricio ni por la suya que se lanzaran al vacío sin conocer la verdadera pasión.

—Problema de ellos —murmuró con rabia y aceleró los preparativos para recibir, por cantidades, a sus nuevos amantes.

Patricio se dispuso a obedecer las órdenes de Cleotilde en completa mudez, sin murmurar una sílaba y moralmente desmoronado al recordar que, por un instante, acarició el sueño de convertirse en el único hombre en su vida, proponiéndole que se casara con él mientras atravesaba la curva descendente de sus sensaciones. Pero ella estaba tan concentrada en encontrar los recovecos que la regresaran del cielo que apenas atinó a sonreír sin distender el entrecejo ni dejar de rechinar los dientes.

Patricio creyó entonces que la propuesta por sí sola no era suficiente y se entregó a la angustia que le generó la posibilidad de perderla. Por eso le ofreció una seguidilla de condiciones leoninas perfectamente desventajosas para él, que empezaron por su acomodado deseo de lavar su ropa. También le dijo que aprendería a cocinar para ella y a bañar su cuerpo todas las mañanas con un baldado de leche que él mismo ordeñaría de una vaca que tenía pensado comprar. Que no se preocupara cuando vinieran los hijos, porque suya sería la responsabilidad de cuidarlos y terminó con una serie de autoimposiciones, la más inverosímil de todas que aquella en la que prometió no volver a salir jamás de la casona porque, según él, no necesitaba el resto del mundo si en ese rincón minúsculo de la Tierra tenía todo lo que podía ambicionar un hombre pobre de sueños y analfabeto de futuro como él. Eso sí, le puso una sola condición: serle fiel, como él pensaba serlo con ella por el resto de sus días.

Cleotilde no aceptó el trato, consciente de su exagerada codicia sexual, que la tenía pensando seriamente en hacer el amor con todos los hombres de la Tierra antes de que el mundo se acabara. Quería empezar por las decenas de suicidas que se apostaron al otro lado del muro, pero ignoraba que una buena parte de ellos eran mujeres. Sin embargo, empezó planear la manera de meterlos en su cama uno por uno y, por qué no –sonrió pensando en la pilatuna– de a dos en dos o de tres en tres como se lo manifestó a Patricio con el pretexto de evacuar en el menor tiempo la gran cantidad de personas que esperaban con ansiedad el glorioso momento en que se abrieran las puertas del suicidiario para matarse.

CAPÍTULO DIEZ
Patricio

Cuentan que el día en que Cleotilde rechazó su propuesta de matrimonio, Patricio duró cuatro días tocando el tambor como un poseso. Lo hizo con tanta rabia que las Vargas debieron ponerse algodones en los oídos, cientos de gratamiranos terminaron enfermos de otitis y media tribu de sus ancestros murió intoxicada con la chicha que bebieron sin parar, durante ese tiempo, festejando el prolongado regalo del dios candente que convocaba, con el sensual sonido de los cueros, a una larga jornada de conquista. Nadie recuerda sus manos porque no se veían por la velocidad con la que golpeó el cuero del bisonte cachorro, pero todos dicen que se quedó dormido en más de una ocasión, pero siempre sin dejar de golpear el tambor. Al final cayó rendido sobre la hierba y muchos días pasaron antes de que el desahuciado por Cleotilde volviera a sentir que aún poseía sus manos.

El anuncio de Cleotilde cortó de tajo todas las esperanzas del pobre Patricio que, buscando una excusa para que ella desistiera de tamaña locura, le contó que entre las personas que esperaban había no menos de una docena de mujeres. Buscando lavar su conciencia y ensuciar el amor puro que sentía Patricio por ella, Cleotilde le ordenó atenderlas a todas en su habitación. No era lo que él tenía pensado hacer, pero la mayor de sus hermanastras lo acababa de perturbar con la idea de reciclar sus deseos en otros cuerpos. Porque, al igual que Cleotilde, Patricio recién descubría que la vida no se limitaba a obedecer órdenes, mantener jardines, agarrar el tambor a golpes cada vez que alguien le sacara la piedra, limpiar las hojas de los árboles sobre el tejado de la casa, viajar a Gratamira para canjear provisiones, fisgonear a sus hermanastras o masacrar las cañas de azúcar en un trapiche abandonado por el caballo de la familia. Él acababa de descubrir que la única, la verdadera razón de ser de su humillante vida se resumía en esos segundos durante los cuales expulsó sus angustias existenciales por entre las entrañas de Cleotilde. Y aunque la amaba y no perdía las esperanzas de casarse con ella, no le disgustó del todo la idea de atender en su alcoba a las mujeres que venían a matarse.

Cuando se reabrió el suicidiario, Patricio desatrancó el portón de dos hojas, salió a la parte exterior del muro y empezó a contar las hembras que le tocarían. Con las lágrimas estancadas en su garganta, porque aún amaba a Cleotilde, decidió aceptar el reto y le empezó a competir haciendo seguir a una joven de piel morena que se encontraba en el cuarto puesto de la fila. Los tres hombres que estaban primero que ella, trataron de protestar, pero Cleotilde, que se percató de las intenciones de Patricio, los hizo seguir a su alcoba, cumpliendo así su promesa de evacuar los clientes rezagados atendiéndolos en grupo.

Por eso Patricio no disfrutó con deleite de los músculos y la piel de ébano de Yuniba, como se llamaba la morena que optó por matarse antes de sufrir la humillación de tener que cederle su puesto en un restaurante de Pozo Negro a un hombre blanco, como sí lo debieron hacer varios de su raza premiados o castigados por Dios con un color de piel diferente.

Patricio sintió tantos celos al imaginar a los tres hombres por los lados de Cleotilde y sobre ella que, contraviniendo sus órdenes, bebió una botella de vino entera mirando de reojo el tambor que no pudo tocar porque las heridas de sus manos aún no sanaban. Así se apareció en su habitación, embriagado y con intenciones de matarla. Cleotilde se indignó de tal manera que lo hizo amarrar por los tres hombres que disfrutaban de su cuerpo y a ellos les hizo el amor delante de él. Patricio no dejó de llorar durante el tiempo que la perversa estuvo complaciendo los miembros viriles de los moribundos y se llenó de tanta rabia que empezó a usar ese veneno para matar su amor. Cuando los tres hombres se marcharon felices al caucho, Cleotilde desamarró a Patricio y le dejó saber que todo lo que hacía era por su bien.

El desdichado mayordomo, que ya no tenía ganas de recriminarla, sólo se limitó a mirarla con odio y se fue de la habitación con los mismos destrozos en su alma que deja un tigre en la piel de quien lo enfrenta sin armas. Simplemente se limitó a pedirle que si putearse era lo que ella quería, lo hiciera con un hombre al mismo tiempo porque sus hermanas se estaban dando cuenta de todas sus barbaridades, aunque no era cierto porque Juana Margarita, la única que conocía los intríngulis del sexo, se encargó de llevar a Ernestina y a Anastasia hasta una alcoba, donde las encerró mientras Cleotilde trataba de beberse el mundo de un solo sorbo.

Sin embargo, la mirada suplicante de Patricio hizo mella en su corazón y Cleotilde acató su exhortación a ingresar sólo un hombre por vez a su habitación. El primer suicida al que acostó en su cama, mientras Patricio lloraba a cántaros desde su ventana sin poder desahogar su furia contra el instrumento que de niño le fabricara su padre, fue un semental francés al que nadie, durante su estadía, entendió nada, ni siquiera los motivos por los que se quería morir antes de que su organismo fallara. Cloude era un hombre apuesto y triste que nunca se detenía a observar algo. Cuando Cleotilde lo introdujo en su habitación y le pidió que se despojara de su ropa salió corriendo hacia el precipicio. Cleotilde le dio alcance, lo metió de nuevo en su alcoba y le quitó la ropa, reprendiéndolo por su miedo, sin saber que el burgués no le entendía nada y que huyó de su aposento pensando que la mujer lo estaba expulsando de allí.

Al día siguiente, el francecito desistió de morirse y empezó a luchar contra sus limitaciones lingüísticas para decirle que la amaba y pedirle, de paso, que se casaran. Al cabo de cuatro horas Cleotilde se aburrió de escucharlo balbucear con angustia y lo llevó a empujones hasta el caucho, donde le exigió que cumpliera su palabra. El parisino se lanzó al abismo llorando y odiado por Patricio, mientras Cleotilde anotaba en el cuaderno de los muertos su nombre.

Desde ese día Patricio la empezó a odiar para siempre y se dedicó a buscar la manera de suplir sus necesidades afectivas con Juana Margarita. Pero Juana lo ignoró numerosas veces y el desdichado se dedicó a atender a las mujeres que aceptaron la oferta de morir con las ganas embolatadas. Estuvo con muchas de todas las formas y gracias, pero ninguna pudo llenarlo de la manera en que Cleotilde lo hizo. Incluso tuvo que recurrir a su imaginación erótica para poderlas complacer. Ya fuera Cleotilde con sus piernas abiertas o Anastasia con las suyas cerradas, Patricio tuvo que pensar en ellas dos para no frustrar los deseos de las mujeres que pasaron por su lecho y que, sin excepción alguna, terminaron enamoradas de él, de sus nalgas de caballo, de su miembro portentoso, de su sonrisa sincera, blanca, amplia y reprimida, de las palabras que nunca decía y hasta de sus ojos que nunca las miraron. Porque Patricio jamás miraba a una mujer a los ojos, a menos que fueran sus amadas hermanas. Se acostumbró a hacerlo por no cometer infidelidad contra ellas y no pocas féminas se atrevieron a preguntarle si tenía algún problema de desviación ocular.

Patricio era un hombre callado, ensimismado, retraído, casi amargado y melancólico. Su piel, como la de todos los de su tribu, no era negra ni blanca, parecía gris, como la actitud siempre acomplejada que mostró frente a los demás. A pesar de no parecerse en nada físicamente a sus hermanastras, poseía el don de la belleza integral de modo que ninguna de sus piezas era hermosa por sí sola, pero todas en su conjunto hacían de él un hombre bello y provocativo. Tenía la dentadura totalmente desmanchada por su costumbre ancestral de masticar hojas de coca y sus pectorales nada tenían que envidiarles a los de un guerrero de la Grecia antigua. Sus manos enormes y llenas de callos por sus constantes tocatas podían agarrar en un solo tiempo las nalgas de sus amantes y las suyas tenían la redondez de la Luna. Su cabello lacio y espeso acababa de pasar por sus hombros y el sudor que transpiraba su cuerpo hacía rememorar, a quienes lo olían, a un árbol en celo. Por razones genéticas nunca pudo consolidar un bozo más poblado que la dermis de un lulo y su piel por siempre lucía brillante y rasurada.

Gracias a las labores que debió desempeñar desde niño, era un hombre de gran desarrollo muscular y estatura y su cuerpo expedía un aroma a selva revuelto con sudores genitales que terminaban alborotando a las mujeres tan pronto como sus brazos de canoa se flexionaban para abrir la puerta de entrada a la casona. No pocas veces se pelearon por ganar el turno de su colchón y no pocas veces varias de ellas le manifestaron su deseo de no matarse siempre y cuando él aceptara permanecer a su lado la vida entera. Pero Patricio jamás aceptó a ninguna y, con el corazón roto, sus amantes terminaban saltando antes de lo previsto.

Entretanto, Cleotilde continuaba su desenfrenada carrera hacia la perdición, sin desaprovechar oportunidad de acrecentar su experiencia. El sexto hombre que metió en su cuarto tenía cerca de 40 años y le contó que sufría problemas de aceptación social y que decidió matarse porque nadie contestaba a sus preguntas, que solían ser triviales y obvias. Esa fue la primera vez que lo hizo con soltura y goce, pues con Patricio, con los tres hombres que reinauguraron el suicidiario y con el francés alcanzó a sentir más dolor que placer. En adelante, fueron tantos los hombres que pasaron por la cama de Cleotilde y tantas las mujeres que gozaron en la de Patricio los siguientes 53 días, que los colchones de ambos parecían una melcocha con olor a jabón.

CAPÍTULO ONCE
Juana Margarita

Juana Margarita era la más hermosa de las Vargas. Reina absoluta de los gramanes y, por ende, la mujer más bella que hasta ese entonces parió el universo. Para describirla bastaba con hacer un paralelo entre sus ojos y un cielo en verano, entre su cabello enredado y la selva amazónica ardiendo, entre sus dientes y un piano sin bemoles, entre su caminar cadencioso y el de una yegua bailarina, entre su boca y un vino tinto chorreado, entre sus senos y los volcanes de Indonesia, entre su voz y un canto gregoriano, entre su cuerpo y un chelo, entre sus lágrimas y un diamante, entre sus miradas y un niño triste, entre su piel y un durazno, su sonrisa y un atardecer, su corazón y un poema desesperanzado.

Consciente de que la belleza no lo era todo, se dedicó a explorar su norte porque aun cuando sabía lo que la vida quería de ella, ignoraba lo que ella quería de la vida.

Por eso, después de la velación de sus padres y mientras Cleotilde y Patricio transitaban por ese túnel placentero de la esclavitud sexual, Juana Margarita se las arregló para investigar, en la pequeña biblioteca de Ernestina, los temas que le parecían interesantes y que le otorgaban algún bagaje para poder responder a los capciosos interrogantes de sus dos hermanas menores. Que Cleotilde por qué maúlla tanto, que las mujeres que entran a la habitación de Patricio por qué la imitan, por qué los dos toman tanta leche de la vaca que compró Patricio, que los suicidas por qué tienen que entrar a sus habitaciones y hasta el por qué del llanto de todos ellos al matarse.

Cuando no tenía una respuesta a sus preguntas embarazosas, Juana Margarita las mantenía ocupadas leyendo los clásicos griegos, a Dante o las vidas de Buda, Jesús y Alá, cumpliendo así con su propósito de mantenerlas aisladas de la verdad sobre lo que, en ese momento, sucedía en las alcobas de Cleotilde y Patricio, pero desconociendo el consejo de su padre de no creer en lo que no vieran, pues la religión y sus líderes espirituales la venían mortificando de manera brutal.

Y aunque se quisiera evadir de la realidad buscando cultivar su espíritu por fuera de los sucesos de su casa, Juana no estuvo exenta de los apremios naturales de la vida. En las mañanas empezó a sentir unas picadas similares a las que Cleotilde les describió a sus padres. Los síntomas no le fueron ajenos y empezó a retorcerse de ansias cada que un suicida salía de la habitación de Cleotilde con ganas de no morirse. Por eso buscó la asesoría de Cleotilde y le pidió que le enseñara el secreto para calmar el gusanillo que le estaba empezando a martirizar a ella también los despertares. Fiel a la recomendación de su madre, Cleotilde le confió todo lo que sabía y lo que imaginaba y Juana comenzó a devorarse cada hora, cada noche y al mediodía como un animal en celo. Cualquier lugar era bueno para expresar su calentura. El baño, la cocina, la poceta o escondida detrás de una ceiba o camuflada en la montaña viendo a los hombres bañarse. Se envició tanto Juana con los orgasmos, que los provocó fisgoneando a Cleotilde y a Patricio mientras hacían el amor con los suicidas.

Sus deseos insaciables e incontrolables la llevaron a usar una falda ancha a la que le cortó el bolsillo derecho para tener acceso directo a sus partes íntimas mientras veía pasar algún hombre hacia la habitación de Cleotilde o hacia el negocio que su padre montó en la casa y que ella empezó a atender por voluntad propia. Cuando alguien entraba a comprar agua de dulce de caña con queso, ella se le quedaba mirando con disimulo sus genitales y principiaba a frotarse el valle sagrado de su cáliz con el corazón a punto de infarto hasta que el deseado semental se fuera. Con la voz entrecortada y la respiración agitada les daba el precio de lo consumido y después de cobrar y mirar sus nalgas hasta que salían del lugar, corría hasta el baño a culminar su hazaña con afán. Fue la época más feliz de su existencia. A cada nada se la veía radiante, dispuesta, sonriente. Su mal genio, al cual sus hermanas temían tanto, desapareció como por encanto y su productividad aumentó. La única posibilidad que nunca consintió, fiel a la promesa que les hizo a sus padres, fue la de desahogarse con un hombre y hasta estuvo segura de hacerlo primero con una mujer. Empezó a contemplar esa posibilidad una noche de Luna grande cuando observó a Cleotilde acariciando los senos medianos de una suicida que se negó a pasar por la alcoba de Patricio. Juana se sintió paralizada, pero se extasió al observarlas mientras dilataban lo definitivo con besos apenas insinuados y caricias de seda.

Con el acoso de sus demonios en flor, a Juana la mortificaba el juramento de morir virgen y sin hijos y hasta llegó a temer por la violación de su promesa, atormentada como se encontraba por un sinnúmero de imágenes eróticas que la mente le enviaba a razón de las necesarias para sucumbir por minuto. Aunque seguía sin tener sexo con nadie, sintió que estimulándose en la forma y con la frecuencia que lo venía haciendo faltaba a su palabra por lo que se fue a buscar a Cleotilde para preguntarle si su vicio de acariciarse en solitario podía echarle a perder el himen. Cleotilde le respondió que no, pero que aunque así fuera, éste no era el símbolo de la castidad sino una alegoría del machismo que debían soportar las mujeres desde su nacimiento. Luego buscó a Ernestina para que le aconsejara qué hacer, pues se sentía derrotada y enviciada por la lujuria, y su hermana menor la sentó a escuchar un discurso de varias horas en las que dilucidó lo que había callado desde vidas anteriores. Le dijo que los humanos normales como ella eran presa fácil del diablo y se convertían en sus aliados para dominar al mundo. Que la debilidad que demostraban a la hora de frenar un deseo dañino los convertía en esclavos y que ella vivía con su conciencia en cautiverio porque se dejaba gobernar por un vicio y que eso a ella la llenaba de tristeza porque no le cabía en la cabeza que un milagro del universo como la mente humana pudiera sucumbir, sin oponer resistencia, ante un enemigo invisible y temeroso como el demonio. Luego la puso a leer un tratado oriental sobre los pecados capitales y la manera como actuaba cada uno de ellos. De la gula dijo que servía para medir el grado de voluntad de las personas. De la envidia manifestó que carcomía en silencio el espíritu de las personas y de la codicia apenas murmuró:

–El que miente, roba, y el que roba, mata...

Habló también del orgullo recordando que era el encargado de promover guerras y degradar el espíritu de las personas, y luego se ensañó contra la pereza, asegurando que ella era la puerta de entrada a las otras seis legiones de defectos psicológicos. Luego expuso sus puntos de vista sobre las nefastas consecuencias de no poder controlar la ira y culminó su sermón lanzando todo tipo de ataques verbales contra la lujuria a la que calificó como la peor de todas las debilidades.

Segura de haber escuchado la verdad, Juana Margarita le pidió a Ernestina que le ayudara a eliminar esos lastres de su vida y Ernestina sonrió.

–Con que los pudieras controlar bastaría –le dijo. Eliminarlos te convertiría en dios y los dioses no se masturban fisgoneando –advirtió.

Juana Margarita, quien poseía una mente superior le dijo que asumía el reto y que sólo le brindara las armas para lograrlo porque si querer ya era un paso, ese paso ya estaba dado. Ernestina empezó a creer en su sinceridad y le entregó otros libros sagrados escritos por maestros de distintas religiones en los que su hermana podría encontrar otras claves para liberarse de sus demonios y alcanzar la inmortalidad de su alma.

Juana se encerró un par de meses y los leyó por completo. Apenas salía en las tardes a tomar el almuerzo y se encerraba de nuevo a poner en práctica los ejercicios de autoobservación y desdoblamiento astral que le permitieron viajar hasta los confines de sus debilidades en busca de los demonios que la poseían y a los que empezó a comprender y luego a derrotar, uno a uno, hasta lograr abrir su conciencia a niveles absolutos que le permitían comprender el mundo sin parpadear y apenas abrir la boca lo suficiente. Sólo el demonio de la lujuria se resistió a morir, pues cuando este se enteró de los esfuerzos de Juana por destruirlo duplicó sus fuerzas y se hizo más grande dentro de ella. Primero le invadió la mente de justificaciones recordándole que era joven, que era bonita, que todos los hombres y muchas mujeres la deseaban, que el sexo no era pecado, que no se podía privar de las pocas delicias que la triste vida deparaba a los humanos y hasta le incitó a romper la promesa hecha a sus padres con el argumento de brindar tranquilidad a unos fantasmas que ya alcanzaron la gloria a costa de su propia desdicha.

Aunque Ernestina le advirtió que así sería, Juana sucumbió de nuevo y se fue en busca de Patricio. Se le metió en su alcoba una noche cualquiera y lo empezó a besar hasta atragantarse con su saliva. Luego le pidió que la hiciera mujer y el sorprendido mayordomo la lanzó a la cama como una muñeca de trapo, se desgarró la camisa de un sólo movimiento y se lanzó sobre ella seguro de que otra oportunidad así no encontraría en su vida. Pero algo dentro de Juana también luchaba contra sus demonios y de un momento a otro, cuando Patricio se disponía a penetrarla, se levantó de la cama echando a un lado su pesado y sudado cuerpo y salió corriendo de la habitación. Patricio salió a perseguirla como un energúmeno, pero se encontró con la pierna de Ernestina que lo estaba esperando a la salida de su alcoba:

—Ni lo intentes Patricio. Tienes que aprender a perder.

Desde el suelo, Patricio la observó con odio, pero no se pudo sustraer a esa realidad y se dedicó a observar a Ernestina arrastrando la cobija en la que estaba envuelta hasta la alcoba de Juana Margarita a la que ingreso luego de lanzarle una sonrisita muy leve, pero al fin y al cabo de triunfo.

Ernestina entró a la habitación de Juana con una sonrisa de admiración y un reloj en la mano.

—¿Qué haces aquí? —le preguntó abrochándose la levantadora mientras el tambor de Patricio empezaba a retumbar por toda la casa.

—Estoy muy orgullosa de ti, Juana. Has podido ganarle una batalla a la lujuria y esto te tiene que servir para convencerte de que eres más fuerte que ella.

Juana agachó la mirada y asintió con seguridad. Luego charlaron sobre los detalles de lo sucedido y llegaron a la conclusión de que, para derrotarla definitivamente, había que invocarla, ir hasta su reino, hacerla manifestar en su máxima expresión y luego rechazarla de tajo como lo hizo ella lanzando a Patricio a un lado. Descabezarla en el acto era la misión y Juana presintió que era capaz de ello. Según los textos sobre tantra y magia sexual, eso se lograba frenando en seco las intenciones del lujurioso o la lujuriosa en el momento justo en que quisiera verter el contenido de su debilidad. En el caso de alguien que llevara por dentro el demonio de la gula, equivalía a llevar el manjar hasta la boca, abrirla con los ojos cerrados y las papilas gustativas segregando saliva y luego cerrar la boca y lanzarlo a la basura. Recalcaban esos textos que, cuando las cosas se hacían de esa manera, el demonio se enfurecía a límites peligrosos y multiplicaba su fuerza descomunal, pero que, en la medida en que su víctima luchara y resistiera rechazando el placer, éste cedía hasta ser desintegrado en una polvareda cósmica.

La alianza de Cleotilde y Juana Margarita para derrotar el demonio de la lujuria

En charlas y lecturas posteriores se dispusieron a perfeccionar la técnica y acordaron transmitirle sus conocimientos a Cleotilde para que ella se sacudiera del yugo del demonio, pero la mayor de las hermanas no estuvo dispuesta a dejarse tentar, primero porque no consideraba que su lujuria desmedida fuera un problema y, segundo, porque si así lo fuera, estaba dispuesta a no solucionarlo.

–Si todos los problemas de la vida fueran tan deliciosos como éste que ustedes mencionan, ¡bienvenidos los problemas! –les dijo en medio de risas antes de sacarlas de su habitación.

Ernestina no se inmutó. Sabía que de esa manera actuaría el demonio y le pidió a Juana que atacaran ese engendro infalible utilizando a los amantes de Cleotilde. Por eso Juana se fue a buscar a su hermana mayor y la encaró con personalidad:

–Así como usted puede meter a todos los que vienen en su cuarto, yo quiero que después de haber pasado por allí, todos pasen por el mío –le dijo con una seriedad tal, que Cleotilde no tuvo más remedio que regañarla por decir estupideces. Pero Juana Margarita se le plantó con argumentos irrefutables:

–Si usted se siente incapaz de detener y controlar a ese demonio, déjeme intentarlo a mí, Cleotilde. Es la única oportunidad que tenemos para que la inocencia retorne a la casa.

Cleotilde no creyó algunas de las cosas que le dijo Juana y no entendió otras, pero negoció su petición para que ella no volviera a molestarla y estuvo dispuesta a colaborar en su lucha, más por solidaridad, y casi segura de que Juana caería rendida ante el placer de revolcarse con un hombre. Muy animadas con el plan, Cleotilde y su hermana pasaron un buen rato tratando de sincronizar sus acciones. Juana Margarita le aseguró que el demonio de la libido le venía absorbiendo su energía vital y le propuso empezar, entre las dos, una cruzada sin cuartel para desterrarlo de su casa pensando que sus tentáculos pudieran alcanzarla a ella y a sus otras dos hermanas menores. Cleotilde no fue indiferente a la propuesta y le ofreció, con sinceridad, colaborarle en su cruzada.

Durante dos años y cuatro meses, Juana Margarita se enfrascó en una lucha sin cuartel contra el demonio que consumía a Cleotilde y a Patricio. Muy segura de su victoria, Juana Margarita nunca bajó los brazos en su guerra contra un enemigo poderoso y burlón que, a través de los siglos, no había sido derrotado por mortal alguno. Y aunque descabezó a los emisarios de su enemigo en centenares de ocasiones, esto es a hombres a punto de eyacular, la lujuria jamás se largó de la casona como ella y su hermana pretendían.

Incluso probaron por el lado del amor. Creyó Juana que enamorándose lograría lo que no fingiendo, y se propuso encontrar alguien a quién amar. El primer paso fue buscar esa persona para blindar la retaguardia de su estoico ejército en caso de una retirada apremiante. Pero como conseguir el amor verdadero no ha sido fácil ni en esa ni en época alguna, a Juana Margarita se le fueron varios meses encontrando el amor puro.

Y no tuvo éxito. Resignada, continuó metiendo en su habitación a los suicidas que salían del cuarto de su hermana ávidos de evacuar su energía seminal, y a todos los hizo matar con la promesa de que obtendrían su cuerpo tan pronto regresaran muertos a la casona después de romperse el pellejo contra la playa del río Cristales.

Y como los resultados no aparecían se fue en busca de Cleotilde a pedirle una nueva colaboración.

—Cleotilde necesito que no le permita tener un orgasmo a ninguno de sus amantes.

—Eso es imposible —replicó, Cleotilde

—Es factible si usted maneja los ritmos de la relación.

—Me tocaría frenarlos en el momento del clímax y se van a enfurecer. Un hombre excitado y burlado me puede matar...

—No, si le dice que yo lo estoy esperando para que termine su faena...

—¿Está segura, Juana?

Juana le dijo que sí y de esta manera Cleotilde empezó a colaborar firmemente en la lucha de sus hermanas. Juana Margarita quería recibirlos con los niveles de testosterona muy altos para poder manipular su voluntad cuando estuvieran a punto de desbordarse. De este modo se quitaba la ropa en su presencia, se empezaba a acariciar, se les acercaba, les pedía que la abrazaran porque sentía frío y los empezaba a refregar sus pezones vírgenes sobre sus cuerpos. Así los llevaba, poco a poco, como marionetas obedientes hasta la tina donde los despojaba de sus ropas y sus temores. Aprendió a excitarlos sin tocarlos, sólo pasando su boca y soltando su tibio aliento a un milímetro de distancia de sus crispadas pieles. Lo mismo hacía con las manos de sus supuestos amantes. Las llevaba hacia sus senos o hacia sus nalgas o hacia su boca o hacia su vagina, pero sin permitirles tocarlas. Tenía que llevarlos hasta el punto máximo del delirio para hacer que apareciera el enemigo. Cuando este caía en la trampa y se manifestaba, Juana Margarita le quitaba la cabeza con la espada de su voluntad. Era una fórmula sencilla, pero difícil de aplicar y que consistía en quebrantar su voluntad con un simple susurro en el oído del poseído:

–Hasta aquí llegamos, amor, me duele el estómago.

De sopetón los deseos se enfriaban y el demonio chillaba contrariado por el desafío, intentando reanimar a su esclavo para que concluyera su faena. Pero Juana Margarita aprendió a comprenderlo y a conocerlo a la perfección por lo que hundía sin piedad su daga liberadora:

–Si me quieres tener, debes hacer lo que yo te diga. Si me quieres penetrar, debes pagar un precio muy alto. Si quieres eyacular dentro de mí, tienes que morir. Apenas saltes volverás a este lugar. Te espero en la cascada dentro de un minuto para que termines de hacerme el amor. Acto seguido se levantaba sonriente y complacida por haber podido desafiar al enemigo, se vestía y salía de la habitación repitiendo, al pobre ilusionado, que lo esperaba en la cascada, que los segundos estaban corriendo y que si se pasaba del tiempo que ella le acababa de fijar, perdería la oportunidad de entrar a sus entrañas. Moribundos y ansiosos, negándose a creer que toda esa dicha fuera cierta, los engañados corrían a obedecer sus órdenes. Casi siempre se echaban a trotar como desesperados, sin vestirse siquiera, llegaban al caucho y se lanzaban al abismo, sin consideraciones.

Y más tardaba Juana Margarita en llegar a la cascada que el suicida en aparecer en el mismo sitio a cobrar su recompensa. Recompensa que Juana Margarita nunca cumplió alegando que ella les había dicho que sólo le era permitido hacer el amor con los muertos, pero si ella también lo estaba. Y así, incumpliendo su promesa de amor y haciendo matar a un hombre diario, durante casi mil días, empezó a desgastar a su enemigo aunque ignorara que él no se resignaría a recibir tantas derrotas con pasividad.

El demonio contraataca

Y muy pronto apareció su ataque. Margarita sucumbió a la tentación de casarse. Pero no lo hizo por amor, sino por poner en práctica, según ella, la segunda etapa de su estrategia, que consistía en hacer morir a un muerto. Esa estrategia implicaba inmiscuirse sentimentalmente con un fantasma y aplicarle a él la misma táctica de llevarlo al clímax y luego detener en seco sus ímpetus sexuales en la cuarta dimensión. Ignoraba que estaba siendo utilizada por su enemigo.

Empezó a buscar a su experimental esposo una mañana después de verlo entrar a su alcoba. Supo que Bonifacio Artunduaga era el indicado porque nunca antes su corazón vibró tanto con la presencia de un hombre ni sus sonrisas se habían brindado sin resistencia a uno de ellos. El flacuchento hombre de melena larga, nariz recta y fina, ojos color miel y barba descuidada, no mostró tantos ímpetus sexuales como sus antecesores más sí mucho cariño y un romanticismo medieval que a ella le encantaba. Y, aunque también se dejó arrastrar hacia el campo de las debilidades, como todos los de su género, Juana nunca notó en él un deseo incontrolable ni un nivel de lujuria desmedido. Por eso lo amó sin necesidad de tiempo y estuvo tentada a impedir que muriera, tejiendo en su mente la fantasía imposible de huir con él del monte Venir y dedicarse a tener hijos muy lejos de la influencia de sus hermanas a las que ella también consideraba dementes. Pero Bonifacio tenía una cita muy importante con su destino y era tan convincente el motivo de su inmolación, que Juana lo dejó matar. Pensó que no podía detener a alguien que decidió morir para que su hermano fuera feliz y se dedicó a amarlo la noche entera incentivada por el afrodisíaco de su altruismo y conteniendo el amor para que éste no se le saliera por los ojos. En la mañana, después de rogarle un par de veces para que no se matara, Bonifacio caminó hacia el caucho y se lanzó sin atenuantes. Le dijo a Juana que de seguir viviendo, la esposa de su hermano seguiría metiéndose en su alcoba porque estaba locamente enamorada de él desde el día en que él apareció en sus vidas hacía ya dos meses, luego de que su hermano le ofreciera su ayuda. Estaba mortificado porque él se desvivía por servirle y, en varias ocasiones, se llegó a quitar el pan de la boca para dárselo a él.

—Si mi hermano lo mereciera —le dijo vistiéndose porque Bonifacio fue el único hombre que salió vestido de la alcoba de Juana —no dudaría en follarme a su esposa una y mil veces porque ni carne ni candor le faltan. Lo que sucede es que uno no puede ser tan hijo de puta de llegar a una casa donde todo funciona a las mil maravillas, ser acogido como un rey, recibir bendiciones de su hermano, escucharlo decir que es el hombre más feliz de la tierra por causa de su santa esposa, verlo desvivirse para que a uno nada le falte, escucharlo horas enteras entregándote consejos útiles para la vida y, luego de que él se vaya a trabajar, mezclar nuestras debilidades y hacer el amor siete veces, de todas las formas, a espaldas de mi hermano, de su esposo que está trabajando para traernos el alimento y que, además, ¿es el hijo de tu misma madre?

–¿La hiciste tuya? –le preguntó con vergüenza ajena.

–Sólo ocho veces, la última estando mi hermano enfermo en su propia cama, ella fingió salir a cortar algunas hierbas y nos metimos en el bosque a devorarnos como animales. ¿Entiendes ahora porqué debo morir?

Desde luego Juana no tuvo argumentos para detenerlo, y lo dejó ir aunque se quedara con el alma deshecha.

Cuando Bonifacio se apareció en la cascada, lucía pálido y frío y Juana sospechó que ya se había matado porque Ernestina no se escandalizó cuando pasó desnudo por todo el centro de la plazoleta principal de la casona.

Apenas vio a Juana el amor que se engendró en su corazón hacía pocos minutos se multiplicó y empezó a buscar la manera de conquistarla.

Al principio ella lo rechazó por la tristeza y la rabia que tenía porque el valiente no escuchó sus ruegos, pero él no se dio por vencido. Llorando y de rodillas, aún sin saber que estaba muerto, le imploró que lo escuchara, lo comprendiera, lo perdonara y que ahora sí, le dejara cumplir su fantasía de dormir a su lado.

Que le regalara un poco de amor, que lo aceptara en su vida.

Que él respetaría su deseo de morir virgen, pero que, al menos, le permitiera acariciarla.

Al verlo con su anatomía alterada, Juana Margarita lo insultó y lo incitó a cubrir sus partes nobles. Consideró la joven que quien trataba de convencerlo no era el propio Bonifacio, sino su demonio lujurioso que ya había tomado posesión de su voluntad.

Aunque lloró a cántaros, sus ojos no derramaron una sola gota. Hasta ese terrible momento el pobre Bonifacio se percató de que estaba muerto y ella que los fantasmas no producían lágrimas ni calor ni mal aliento, pero sí sentimientos y erecciones. Eso la hizo confiar aún más en que Bonifacio fuera un posible emisario del demonio lujurioso de Cleotilde y terminó aislándolo aún más.

Sin mojar su rostro, el desencantado lloró noches enteras su estúpido deceso y reemprendió con saña una nueva campaña para ganar la aceptación de Juana Margarita. Ella se negó una y otra vez, pero el caprichoso fantasma no se quiso dar por vencido y empezó a mortificarla. En las madrugadas le soplaba al oído y le robaba la energía. En las mañanas escondía sus prendas íntimas y la despojaba de la toalla cuando venía de la cascada. Al mediodía le regaba sus alimentos, haciéndola tropezar delante de la gente y en las tardes se sentaba a mirarla y a hacerle muecas graciosas, hasta hacerla reír contra su voluntad. En las noches le cerraba las ventanas de la habitación para que el calor la desesperara y le hiciera desvestirse y a toda hora estaba cantándole una canción horripilante que inventó y cuya letra tenía que ver con su deseo de llevarla al altar.

Los inicios de la locura

Con el paso de los días, Juana Margarita empezó a desesperarse, pero el condenado seguía molestándola. Le apagaba el candelabro para que la oscuridad la intimidara, le quitaba las cobijas, le lanzaba libros por la cara y le enredaba bichos e insectos en el cabello. Presa del desespero, Juana terminó aceptando sus peticiones y sin darse cuenta cómo, ni en qué momento, se encontró jugando con él. A toda hora, en cualquier parte soltaba una carcajada y emprendía carreras desenfrenadas frente a sus hermanas a las que tomaba por la cintura, amagando con salir hacia uno u otro lado y como escondiéndose de alguien a quien sólo ella podía ver. En las noches soltaba estruendosas risas y nunca volvió a salir de casa. Ni siquiera los domingos para ir a los nevados. Estaban enamorados. Se gritaban palabras de amor, ella le escribía cartas que luego le leía en voz alta y le llevaba tinto en las madrugadas. Este idilio fue interpretado por sus hermanas como síntomas inequívocos de enajenación mental que empezaron a preocuparles.

Pero les faltaba ver aún lo peor. Las cosas entre Juana Margarita y Bonifacio llegaron a un punto de imposible retorno una mañana, cuando Juana se bañaba desnuda en la cascada y Bonifacio emergió entre la cortina de agua para pedirle que se casaran. Ella rechazó su propuesta con burla, pero Bonifacio le advirtió que se quedaría a vivir en su habitación sin permitirle dormir hasta que ella aceptara ser su esposa. Pensando en que sucumbir a su petición significaba perder una de sus batallas frente al demonio de la lujuria, Juana optó por no volver a visitarlo ni a recordarlo y Bonifacio por mortificarla todas las noches hasta la salida del Sol.

Durante un buen tiempo se mantuvieron lejanos, pero ni la lujuria cedía terreno ni se veía un claro dominador de la situación. Por eso Ernestina consideró que esa guerra, de la que ninguno de los dos resultaría ileso, necesitaba de aliados y pensó en sus papás. Juana le preguntó si podía contactarlos y Ernestina le respondió que lo estaba intentando, pero que no lo había logrado, que ella, Juana, era la única capaz de hacerlo porque de todas, era la que más despierta tenía su conciencia. Sin embargo, le aclaró que existían métodos que, aunque extraños, podían producir un contacto y se dedicaron a explorarlos. Intentaron primero con una técnica que Ernestina venía investigando y que consistía en viajar a los mundos internos por medio de un desdoblamiento del alma.

Tal y como se lo indicó su hermana, Juana se acostó muy cómoda a esperar el momento en que el sueño se quisiera instalar en su vida. Recorrió su cuerpo con la mente, palmo a palmo, tratando de sentir cada milímetro de su piel y, al llegar al corazón, imaginó una lluvia fuerte que disfrutó con la mente en blanco. Luego se paseó por los confines de su cuerpo muy concentrada en no dormirse y sintió cómo las moléculas de su organismo se abrían para dejar salir su espíritu. Se sintió ancha y gigante, como un globo de aire con ojos y fue ese el momento en que empezó a salir de su cuerpo. Al momento saltó y se vio ahí, acostada, dormida y trató de no dejarse arrastrar del miedo para no echar a perder el ejercicio. Luego empezó a revolotear contra las paredes de su habitación mientras observaba su cuerpo inerte, pero no pudo traspasar los muros. No supo cómo y por eso debió regresar con la misión a medias.

Ernestina le dijo que los muros se podían traspasar con facilidad porque el espíritu no estaba hecho de materia. Que los muros no eran de ladrillo sino de pesimismo y que bastaba sólo con desearlo para lograrlo. La noche siguiente, lo intentó de nuevo y esta vez sí pudo. Apenas traspasó el obstáculo se vio volando sobre un universo completamente azul. Vio cómo, de las habitaciones de sus hermanas y de la de Patricio salía un cordón umbilical de plata conectado con el firmamento y sintió un gozo profundo que le fue carcomiendo el miedo. Al observar hacia Gratamira notó que los lazos plateados que se elevaban al cielo conformaban redes completas que daban la sensación de estar enredados. Entonces volvió a Miramar y se alarmó al ver salir dos cordones de la habitación de Cleotilde. Aunque se quedó con la curiosidad, muy pronto fue distraída por un hombre al que ya conocía, pero se aterró cuando recordó que ese hombre se había lanzado del caucho. Supo entonces que estaba muerto y no bastó sino que se detuviera a mirar hacia la cascada para advertir que estaba repleta de ellos, las víctimas de su guerra contra la lujuria. Esperaban esperando el milagro del amor. El amor que ella les prometió, pero no pudo hablarles. Y aunque sonreían y miraban con amabilidad, estaban fríos y se notaba un dejo de tristeza en sus expresiones.

Buscó entonces a sus papás y no los encontró. Invocó a un maestro que Ernestina le recomendó para que la guiara por el astral, pero, como no recordó su nombre, aparecieron otros distintos en los que no confió porque Ernestina también le dijo que el demonio trataría de engañarla. Como sabía que con el pensamiento se podía trasladar al lugar que deseara, se fue a la habitación de Patricio y lo encontró dormido. Luego, y muerta de la curiosidad porque de su techo salían dos cordones, viajó a la de Cleotilde y, efectivamente tal y como lo sospechaba, la encontró fornicando con un hombre mayor. Se notaba ya cansada y no se le veía disfrutar como antes de su vicio.

De un momento a otro despertó y encontró a Ernestina a su lado. Juana le contó lo sucedido y los lugares asombrosos donde estuvo y aquella le advirtió que ese poder que Dios le dio no podía usarse para husmear a las demás personas y que quizá fue ese el motivo por el que la devolvieron a su estado natural.

Previendo que el castigo por entrometerse en las vidas ajenas duraría algunas semanas, tal vez meses, Ernestina optó por intentar una sesión de espiritismo, aunque le advirtió a Juana que la conexión podría resultar difícil dada la negativa de Juan Antonio a creer en la vida después de la muerte. Sin embargo, se comprometió a intentarlo. Estaba animada con el experimento que acababa de realizar Juana, porque eso significaba que todos sus años de investigación y las largas jornadas de lectura no fueron en vano.

Por eso se dio a la tarea de fabricar una tabla que servía para comunicarse con los muertos y cuyos planos le regaló una bruja que atendía a los suicidas en una carpa del callejón comercial cerca de la Curva de los Javieres. Aunque Juana Margarita no estaba del todo convencida sobre los resultados de la sesión, sí conservaba una leve esperanza de hablar con sus padres por lo que le preguntó a su hermana, y con la doble intención de que ella sintiera su apoyo y su credibilidad, si ella podía enseñarle a hablar con los muertos porque en el astral no fue capaz de atreverse. Ernestina le confesó que nunca pudo hablar con uno de ellos, pero le aseguró que la probabilidad de hacerlo existía, de acuerdo con los innumerables testimonios que leyó en los libros que heredó de los suicidas que visitaban Miramar.

CAPÍTULO DOCE
Ernestina

Era la más callada, la más introvertida, la más ensimismada y la más fea de las cuatro, es decir, era la cuarta mujer más hermosa del mundo. Todo el tiempo vivía luchando contra su belleza inmaculada, contra las miradas de los hombres y contra las visitas cíclicas del diablo en su época menstrual. Era la que menos sexo inspiraba, pero no por falta de encantos, sino porque toda su vida la dedicó a ocultarlos y a afearse usando todo tipo de artimañas, como ponerse unos lentes que no necesitaba, cubrir su cabello con pañoletas desteñidas, usar faldas y vestidos largos que desorientaran a los hombres sobre sus accidentes geográficos y pintarse pecas sobre sus pómulos y nariz con un lápiz color marrón. Incluso, en alguna ocasión, se dedicó a comer cocos sin quitarles la membrana de piedra con la clara intención de dañar sus dientes. Y lo logró, sólo que al cabo de algunos meses le nacieron otros, más ordenados, calcificados y blancos, contra los que ninguna de sus hermanas le permitió atentar de nuevo con la amenaza de mandarla a dormir al cuarto de Patricio si lo hacía. Como su máxima fobia eran los hombres, el remedio funcionó a la perfección.

Nunca se bañaba, salvo sus partes íntimas, ya creía que oler bien iría en contra de sus intenciones de desencantar a los hombres, y jamás alguno de ellos vio una parte mínima de su piel que no fuera su cara porque hasta el cuello llevaba siempre cubierto con un pañolón de hilo y nunca dejó de usar medias de lana que le cubrieran las piernas hasta las caderas. Procuraba siempre que sus prendas no llevaran colores distintos del negro, el gris y el marrón, pues pensaba que los tonos vivos podrían delatar en ella una alegría que no poseía. Sin embargo, eran tan infinitamente bellas, todas las Vargas, que pese a todo lo que hacía Ernestina contra su belleza, jamás alguien pudo verla deslucida.

Era casi muda por el temor a que su voz, sonora y grave, como de cigarra, pudiera ser confundida por los hombres con la voz del demonio de las bacanales. Por lo mismo nunca sonreía. Incluso sus hermanas llegaron a pensar que estaba ahorrando palabras y carcajadas, pues alguna vez se le oyó decir, con la clara intención de justificar su silencio, que los seres humanos venían programados con un número determinado de frases y sonrisas que se podían acabar en la medida en que se abusara de ellas. Por eso hablaba con monosílabos y claves cifradas y jamás pronunciaba discursos, sin necesidad, que tuvieran más de una oración adjetivada. Y sus sonrisas se limitaban a estirar los labios sin abrir la boca.

Ernestina también era la más tímida y la más recatada. Desde una mañana en que su madre le gritó que por sentarse con las piernas abiertas iba a venir un diablo a metérsele en la vejiga, optó por usar ropa en exceso y más parecía un clóset que una persona. Este trauma de sentir entre las piernas un demonio la llevó a romper la tradición atea de su familia, para convertirse en una beata rezandera de cuyos rosarios eternos no podían escapar todas las noches, con religiosa puntualidad, sus hermanas.

Fue tal el trauma que le produjo la amenaza ingenua de su madre, que la tarde de lluvia cuando le llegó la menstruación, empezó a revolotear como una libélula herida, y al ver que Satanás convertido en líquido no paraba de escabullirse por entre sus piernas, se zambulló en la alberca de la casa hasta que su vagina dejó de sangrar. Durante seis largos días luchó para impedir la materialización de Lucifer, pues ella pensaba que si la sangre se juntaba como el mercurio, éste se reconstruiría y tomaría forma humana. Por eso, cuando la hemorragia cesó Ernestina salió del estanque con la piel cuarteada, la moral en alto y la seguridad de haberlo derrotado. A pesar de que su madre intentó convencerla de lo equivocada que estaba y de lo natural de su sangrado, para Ernestina lo sucedido era, simplemente, la cristalización de sus amenazas. Aun, así trató de calmarse y ya aceptaba que el desarrollo de una mujer empezaba a partir de la menstruación, término que ella asociaba con la palabra "monstruo" o "acción y efecto de crear un monstruo" cuando Cleotilde, por reforzar las explicaciones de su mamá, le dijo que no se preocupara y que tuviera paciencia porque lo mismo le sucedería una semana de cada mes durante, por lo menos, 30 años.

Ernestina entró en crisis y su vida cambió de inmediato, hasta el punto que el resto de los días del mes que faltaban para que la sangre le empezara a manchar de nuevo su ropa interior los dedicó a preparar la defensa. Investigando con su madre y sus hermanas supo que, según la fecha en que el maligno había irrumpido en su vida por primera vez, éste regresaría el 21 de cada mes. Una semana antes, porque supo también que a veces se adelantaba, subió hasta el páramo y recolectó montones de hojas de matarratón para sellar su vagina, pero las ganas de orinar le echaron a perder la estrategia. Se metió a esperarlo en la alberca, desde el día 18, pero al ver que el demonio en su estado líquido no aparecía, regresó a su alcoba donde lo aguardó sin dormir. El 21, ya cansada, se puso en máxima alerta y compuso un par de oraciones para ahuyentarlo. Alistó incienso, de hecho lo puso a quemar desde el primer minuto del alba, y se embadurnó con ajos y jalapeños la pelvis y las piernas. Instaló crucifijos en su aposento y se colgó uno al sur del ombligo en espera de que, al salir convertido en sangre, el diablo se devolviera a los infiernos bramando de disgusto. Pero su caprichoso enemigo no apareció esa mañana.

Al día siguiente, sobre el meridiano, sintió unos cólicos espantosos dentro de su vientre y se angustió al sospechar que el maligno ya estaba dentro de ella, listo a irrumpir en cualquier momento. Por eso apretó con las piernas casi la totalidad de la ropa que albergaba su baúl hasta que, sobre la medianoche y ya cansada de hacer fuerza, se quedó dormida. En la madrugada fue despertada por sendas punzadas dentro de su organismo que la hicieron gritar y llorar de dolor. Supuso que los retorcijones eran producidos por el contacto de los cachos y el trinche del diablo con los órganos vitales y optó, entonces, por comerse varios chiles y beberse una infusión de anís con incienso para debilitarlo internamente.

Como los dolores continuaron, puso a hervir hojas de paico y se tomó el caldo con la intención de vomitar al mandinga dentro de una bacinilla. Una hora después lo expulsó, luego de sentir que la vida se le iba a salir por la boca. De inmediato taponó la vasija con el tomo de una enciclopedia, fue a la cocina y distribuyó el desagradable contenido en otros dos utensilios y se fue hasta el caucho, desde donde arrojó al viento una parte. Luego se dirigió a la cascada donde se deshizo de otra porción de su enemigo y, finalmente, se trepó hasta el nevado donde enterró la última fracción de su vómito con la esperanza de congelar en una caverna de hielo su maldad.

Cansada, pero satisfecha por su victoria, regresó a casa. Sus hermanas intentaron ayudarla y calmarla insistiéndole en que los cólicos y el sangrado cíclico eran normales pero sus palabras surtieron en Ernestina el efecto contrario, pues a partir de entonces empezó a relacionar el comportamiento de ellas con el grado de rechazo que mostraran frente al diablo líquido que la mortificaba. Para colmo de males todo coincidía, pues la única que nunca supo de cólicos menstruales ni sangrados vaginales fue Anastasia, justamente la única santa de todas. Por eso, cuando Cleotilde y Juana le aseguraron que de nada valía combatir al demonio porque en cualquier momento regresaría, Ernestina se negó a creerles y pasó doble cerrojo a la puerta. Decidió enfrentarlo sola.

—Si ha de volver tendrá que vérselas a solas conmigo —dijo y empezó a prepararse para una nueva batalla.

Luego de atravesar su baúl en la entrada, corrió a la cama, se desnudó, se sentó contra la baranda, se abrió de piernas, puso una cajita de madera muy cerca de su vagina y sobre ella recostó, primero un espejo y sobre el espejo un cristo, y se dedicó a esperarlo con todos los sentidos avispados para evitar ser sorprendida. En la noche, cuando sus ojos ya estaban cansados de observar el mismo punto, su enemigo apareció. Sugestionada como estaba, Ernestina lo vio asomarse tímidamente, convertido en gotas de un color rojo degradado. Estaba sonriendo, desparramando su olor a chontaduro y su aspecto criminal piernas abajo. Y aunque trató de eliminarlo poniendo su vagina en la regadera y echando mano de cuanto trapo encontró en la habitación para borrar su rastro, supo que su contendor era tan poderoso y tan inmenso que su sola venida al mundo, como la primera vez, tardaría, mínimo, seis días consecutivos. A partir de entonces empezó a conocerlo, a respetarlo, a temerle y a esperarlo mes a mes, depurando sus formas de lucha y aterrada porque sus dos hermanas mayores no lo combatían, a pesar de que a través de sus cuerpos también se manifestaba, aunque en fechas distintas.

Este trauma originó en Ernestina una fobia única a todo lo que tuviera que ver con sus partes íntimas, pues terminó asociándolas con el arma que utilizaba su enemigo para seducirla y ponerla a militar en sus filas como ya lo hacían con Cleotilde y Juana Margarita.

Por estos embelecos, Cleotilde llegó a comparar a Ernestina con un volcán apagado porque, aunque siempre tuvo el cráter abierto, nunca experimentó una erupción. Y así era. Por las razones conocidas y porque Satán pertenecía al género masculino, Ernestina odiaba a los hombres y jamás contempló la idea de acercarse a uno de ellos, acudiendo incluso al aprendizaje extremo de su psicología, aunque en su afán terminase explorando otros temas.

Desde que la bruja Stella se instaló en una carpa color fucsia, aprovechando la necesidad que tenían los suicidas de alguien que les mintiera con respecto a lo que se encontrarían después de la muerte, Ernestina no dejó de escaparse de la casona para visitarla. Religiosamente, y a pesar de las prohibiciones desesperantes a las que estaban sometidas por sus padres, la paranoica muchacha permanecía dos o tres horas diarias en la carpa de la maga, quien la acogió como su aprendiz, gracias a su precoz desarrollo de la lógica y del sentido común.

Ernestina gozaba del don de descifrar la psicología de una persona con tan sólo verla una vez en su vida, por lo que no pocas veces acertó en sus comentarios ácidos sobre los motivos que llevaban a los visitantes a Miramar a suicidarse. Decía, por ejemplo, atendiendo a la vieja discusión sobre si el acto del suicidio se cometía por cobardía o por valentía, que la gente no se mataba por ninguno de los dos motivos sino por uno muy particular que era el del inconformismo y el fracaso.

–¿O acaso, cuándo vienen personas hermosas, adineradas, exitosas o felices en el amor a matarse, doña Stella?

Y aunque la reflexión no era del todo científica ni muy elaborada, salida de los labios de una niña sí resultaba insultante para la inteligencia de los mayores. De todas maneras, sus visitas a la carpa de la bruja no fueron en vano. De la adivina aprendió a reconocer los rasgos característicos de sus interlocutores leyendo las líneas de expresión de su rostro. Por la forma de sus ojos, el tamaño de sus párpados, las desviaciones de su nariz, lo pronunciado de sus pómulos, el arco de sus labios o lo prolongada de su quijada podía deducir, sin riesgo a equivocarse, si una persona era ambiciosa, envidiosa, machista, injusta, infiel, bruta o inteligente. También aprendió de la maga a predecir el futuro o el pasado de la gente con base en su presente y sus acciones pasadas. Decía, por ejemplo, que era fácil suponer que una mujer que en sus años seniles duerme tirada en las calles sin comida y sin cariño alguno, no ha sido un dechado de virtudes en su juventud, del mismo modo que una persona que arremete contra la integridad física y moral de sus semejantes no terminará rodeado de cariño por sus nietos y en una mansión sin deudas.

Terminó aprendiendo a leer el tarot, a invocar a los espíritus, a predecir el futuro y a leer el pensamiento de las personas con un margen de error minúsculo. Con todas estas facultades a medio desarrollar, empezó a observar y a analizar a los suicidas y su primer gran descubrimiento fue tan simple como lógico:

–¿Por qué vienen al monte Venir para morir si la muerte se puede conseguir a la vuelta de la esquina?

Sus investigaciones fueron más allá de la simple observación y se introdujo a la fuerza en un universo lleno de ironías y absurdos. Leyó las cartas dejadas por suicidas célebres e investigó las causas de sus determinaciones para sacar su segunda conclusión:

"Los cobardes han dignificado el suicidio para convertirlo en un bello acto de amor por ellos mismos y por la humanidad".

Investigó por qué los poetas, los artistas y los pintores se suicidaban con más frecuencia que los demás mortales y no encontró una característica común en ellos, distinta de la de su sensibilidad por los débiles y sus fracasos en vida. Se convirtió en lectora consumada del pensamiento de los grandes personajes de la humanidad que tomaron la decisión voluntaria de morir y se interesó por las circunstancias que rodearon los suicidios de Van Gogh, José Asunción Silva, Romeo,

103

Sócrates, Hitler, Kafka y Virginia Woolf, entre otros. Sobre las frases célebres de estos inmolados, empezó a construir una patología psiquiátrica y un perfil de las personas que jamás elegirían la forma y la fecha en la que deseaban abandonar algo que para ellos ya no era vida.

Desarrolló tanto sus conocimientos sobre los rasgos físicos y psicológicos de los suicidas, que no era raro encontrársela sentada en una banca anclada en la puerta de la carpa del payaso Saltarín, haciendo conjeturas crueles sobre quiénes de los que pasaban por su lado iban a morir por su propia voluntad y quiénes eran simples curiosos de la muerte.

–Los que van felices –decía– vienen a matarse y los que van amargados vienen a mirarlos, se quedan en la Tierra. Ante la mirada de Saltarín explicaba que eso sucedía porque la felicidad consiste en poder llevar a cabo un plan. El suicida tiene una meta y sabe que la cumplirá. Hasta se atrevía a hacer apuestas con el payaso:

–Ese señor se va a matar porque ninguna mujer se fija en él –decía y se aventuraba con otra predicción–: esa señora quiere quitarse la vida porque su esposo la golpea por no dejarlo abusar de sus hijas –y agregaba al ver pasar un soldado–: ese hombre se quiere matar, pero le da miedo.

Casi siempre acertaba, por lo que su credibilidad empezó a crecer de manera rápida en toda la región. Con toda esta experiencia acumulada, Ernestina se convirtió en una bruja precoz a la que no le quedó imposible conseguirle a Juana Margarita la cita con sus padres en el más allá y enseñarle a hablar con los muertos.

CAPÍTULO TRECE
El día en que Juana Margarita aprendió a hablar con los muertos

La noche de la sesión de espiritismo, Cleotilde estaba consolando a un hombre que se quería inmolar porque había perdido el billete de una lotería que acababa de ganar y Patricio atendía a una monja que se cansó de infligirse castigos por andar pensando en lo que no debía. Habían transcurrido casi tres años desde la muerte de Helen y Juan Antonio, y tanto Patricio como Cleotilde lucían agotados, ojerosos y con las piernas destempladas. Y gracias a un libro del *Kamasutra* que le regalara a Cleotilde un pasajero de la vida, no sólo conocían las mil y una posiciones para lograr satisfacción sexual, sino que también se sabían al dedillo el arte de fingir orgasmos.

La experimental sesión se llevó a cabo a escondidas, en la habitación de Ernestina, y mucho tuvo que trabajar la novicia bruja para lograr el contacto. Unas horas más tarde, estando a punto de darse por vencida y cansada de mover el agujero de la tabla hacia las letras que componían los nombres de sus papás, Helen y Juan Antonio hicieron su gloriosa aparición. Estaban parados en la puerta de la habitación con una sonrisa tranquila y eterna que contagió de inmediato a Juana Margarita quien fue la única que los pudo ver.

–¿Qué pasa? –le preguntó Ernestina a Juana, angustiada al verla correr hacia la puerta con los brazos abiertos y una expresión de amor sublime en el rostro. Juana no pronunció palabra y se dedicó a abrazarlos y a llorar en sus brazos. Ernestina no vio ni escuchó nada, por lo que puso en duda la verosimilitud de los sucesos que pasaban y hasta le gritó que dejara de payasear porque a ella le gustaba que la tomaran en serio. Y cuando Juana volvió a decirle que confiara en lo que hacía, que creyera en sus propias gestiones, Ernestina comprendió que el contacto entre su hermana y sus padres se estaba produciendo. Aun así, se lamentó de no poderlos ver, pensó que por falta de tiamina en el cerebro, aunque tiempo después Juana Margarita le hiciera caer en cuenta que fue por simple falta de fe. Porque, contrario a lo que su papá les enseñó con miopía, la fe no sólo movía montañas, como rezaba el adagio popular, sino también la mente de esos soñadores que en sueños inventaron las montañas.

Al término del emotivo saludo, Juana Margarita por fin habló con sus padres para preguntarles cómo se sentían en el lugar donde estaban.

Ellos le dijeron que completamente dichosos por el amor que encontraron en los mundos gloriosos a la vez, Juan Antonio se disculpó con ella por la incredulidad que sembró en sus corazones con respecto a Dios y a las cosas intangibles. De paso aceptó su equivocación porque no sólo existía vida después de la muerte, sino que los niveles de vida de ese lugar eran superiores. Contaron entusiasmados que en ese sitio encontraron todo el cariño que en la Tierra nunca hallaron y que estaban muy agradecidos con sus hijas y con Patricio por haber enviado sus cuerpos al mar. Juana Margarita, quien no dejaba de sorprenderse al verlos desnudos, les preguntó por qué no estaban convertidos en delfines y ellos, muertos de la risa, le respondieron que todo se trató de una fantasiosa confusión, pues, al momento de reventarse el ataúd, unos delfines llegaron a darles la bienvenida y que fue esa la imagen que ellas y el mayordomo vieron a través del lente mentiroso del catalejo.

Juana les volvió a preguntar que ellos por qué sabían eso si estaban tan lejos, pero Helen le recordó que siempre estuvieron ahí. Que sus almas regresaron a la casona tan pronto como sus cuerpos dejaron de existir y que, desde entonces, permanecían allí al tanto de todo lo que sucedía. Juana le dijo a Ernestina que eso mismo comprobó ella durante su experiencia astral y las dos celebraron el hecho de que los suicidas del monte Venir regresaran a la casona y se preocuparon porque, en ese caso, miles de ellos la estaban esperando para que cumpliera su promesa de entregarles una noche de pasión.

Acto seguido, Juan Antonio y Helen las invitaron a la cascada de aguas calientes, donde construyeron el nido de amor que en vida jamás pudieron consolidar, pero sólo Juana aceptó la invitación, pues Ernestina, que poco a poco se fue llenando de envidia por la imposibilidad de ver a sus papás, se quedó anclada a su silla de mimbre por el temor a perder el contacto si no seguía trabajando en la tabla ouija, la cual reposaba sobre una mesa enclenque de madera que traqueaba al menor contacto. Pero Ernestina estaba equivocada si pensaba que levantándose echaría a perder el contacto. A partir de entonces, Juana Margarita jamás iba a necesitar una tabla de brujería ni la ayuda de un médium para poder ver a los muertos. Lo supo cuando llegó a la cascada y empezó a maravillarse con la cantidad de personas que se estaban bañando desnudas en aquel lugar.

Sus padres le advirtieron que no temiera nada porque en el corazón de todas esas gentes lo único que cabía era amor y Juana, maravillada, empezó a saludarlos a todos con una alegría infinita que Cleotilde y Patricio, recién terminaron sus últimas faenas, y Anastasia, que apareció en ese momento, interpretaron como la confirmación de su demencia.

Sin sospechar ni importarle lo que pensaban de ella, Juana les gritaba a sus hermanas que sus padres estaban ahí mientras seguía saludando a los suicidas que le recordaron su promesa y a personas que nunca había visto en vida, entre ellas su tía Rosalba, el abuelo Cristóbal, la abuela Eva Klien y la carona de Filomena que, no obstante haber incidido en la tragedia que los hizo desaparecer, seguía a su lado en completa sumisión, pero sin una migaja de odio de parte de aquélla. Hasta el bisabuelo Juan Benjamín Vargas estaba en la escena, jugando cartas con los indígenas que asesinó para mantener en secreto las coordenadas del monte Venir.

Maravillada por el hallazgo, Juana Margarita pasó toda la noche y la madrugada dialogando con sus difuntos. Entre todos le contaron la historia y las causas de la creación de Miramar, el porqué de su ubicación sin nación ni espacio, la inmortalidad del caucho y hasta del robo que don Cuasimodo hizo de la parte baja del Monte, versión que él mismo en persona corroboró a Juana, ofreciendo disculpas por enésima vez.

Juana Margarita y los suyos se pasearon por todos los temas que tenían pendientes hasta que llegaron al de mayor tensión: Cleotilde. Juan Antonio le manifestó que la única tristeza que lo embargaba en el lugar donde estaban era ella. Observar la manera cruda como se deterioraba por cuenta de una lujuria desmedida que, con pesimismo, veían difícil de controlar, les quemaba el alma. Que aunque Patricio hacía lo mismo, el dolor no los embargaba de igual manera porque él no era su propio hijo. Cuando Juana les preguntó si veían mal lo que ella hacía, su mamá la tomó de la mano y le dijo que lo dejaba a su criterio. Fueron esas palabras, dichas por Helen, las que, sin quererlo, reafirmaron para siempre las teorías sexuales de Juana Margarita. Helen le dijo, en broma para homenajear a Juan Antonio, a quien lanzó una dulce caricia, que era preferible hacer el amor con los muertos que tener sexo con los vivos. Ya en la mañana llegó el momento difícil de la despedida. Juan Antonio y Helen le dijeron a su hija que estaban en ese lugar porque esperaban hablar con alguna de ellas, pero que habiéndolo hecho querían seguir su camino a un lugar donde, según un guía espiritual que los recibía en la cuarta dimensión, 42 ancianos de oro los aguardaban para celebrarles un juicio por las cosas malas y también las buenas que hicieron en vida. Según el abuelo Benjamín, que era el encargado de ilustrar a los recién llegados en los intríngulis de la cuarta dimensión, de allí salía uno o hacia el nirvana, al infierno, o era devuelto a la Tierra a seguir evolucionando o involucionando, según los designios de Dios.

Con gran pesar, Juana les pidió que se quedaran un poco más, pero ellos le dijeron que no querían hacerlo porque les dolía mucho ver el derroche de energía vital de Cleotilde y Patricio, y contemplar con impotencia el burdel en que se convirtió la casona que con tanto amor levantaron para ellas. Juana les preguntó por qué sus abuelos y el bisabuelo seguían ahí y Juan Antonio le respondió que sólo quienes tuvieran algún tipo de conexión amorosa con el lugar se podían quedar. Que ellos, sus antepasados, amaban esa tierra y por eso no irían; que ellos, sus padres, amaban a sus hijas y por eso les permitieron quedarse. Juana les preguntó entonces el porqué de la presencia de las demás personas en la cascada y Helen le respondió que se hallaban ahí porque estaban enamorados de Cleotilde o de Patricio o de Anastasia o de Juana o de la misma Ernestina, y que no se iban a ir jamás a menos que pudieran descargar esa pasión. Juana Margarita sonrió con la ternura que manifiesta un niño al descubrir los secretos del mundo y empezó a entender el juego. Desde entonces Ernestina, quien siguió con celos y atención todo el trance de su hermana, intentó infructuosamente comunicarse con sus padres, y por esto y desde ese día se convirtió, sin que Juana lo supicra, en su peor enemiga.

Juana la Loca

El cielo amaneció repleto de nubes grises y una llovizna imperceptible hacía ver las hojas de los árboles como si estuvieran sudando. Cleotilde salió sonámbula de su habitación y caminó con el pelo enmarañado, a pasos destemplados y subiéndose la enagua transparente de seda. Iba hacia la cocina, donde Ernestina y Anastasia preparaban el desayuno y despotricaban de Juana Margarita.

—Es culpa tuya —le dijo Anastasia.

—Yo simplemente le facilité el contacto con mis papás, pero jamás le dije que se enloqueciera y se quedara por allá —refutó Ernestina defendiéndose.

—¿De qué hablan? —preguntó Cleotilde con su voz ausente, a lo que Ernestina respondió aterrada y con un dejo de maldad.

—Juana Margarita lleva horas y horas hablando sola en la cascada y no quiere venir a desayunar.

—¿Todavía está ahí? ¿No durmió? ¿Sigue con la pendejada de hablar con mis papás?

Anastasia y Ernestina asintieron al tiempo, por lo que Cleotilde se levantó de su silla y se fue a buscarla. Sabía que Juana le proporcionaba el pretexto exacto para sacarla de la casa y no quería perder esa oportunidad. De algún modo Juana se había convertido, desde mucho tiempo atrás, en la piedra en el zapato que le impedía expresar sus pasiones sin autocensura moral.

—Primero puta que mitómana —refunfuñó y apuró el paso.

La encontró llorando, pidiéndoles por segunda vez a sus papás que no se marcharan. Les dijo que ella hablaba con Cleotilde para que cambiara y echaba a Patricio de la casa, si era necesario, pero que se quedaran para siempre o ella se lanzaría en ese mismo instante desde el caucho para estar con ellos hasta la eternidad. Cleotilde se llenó de rabia pensando que Juana Margarita inventaba esas cosas para ofenderla y se la intentó llevar por la fuerza hacia su habitación, pero no pudo. Por eso empezó a llamar a Patricio a grito entero.

La ex religiosa que compartía con él sus primeras emociones en la vida salió del cuarto de Patricio completamente desnuda, corrió hacia el abismo de la infamia con la mayor decisión y se lanzó sin pensarlo más de una vez, mientras el hombre que le acababa de recordar que toda su vida sexual fue un desperdicio, acudía con prontitud al llamado de Cleotilde. Entre los dos trataron de someter a Juana Margarita y con dificultad la pudieron llevar hasta su alcoba, en medio de sus fuertes gritos que exhortaban a Juan Antonio y a Helen a defenderla. Tres días completos estuvo Juana Margarita pensando en las palabras de sus padres. Les dio vueltas, las analizó, las comprendió y sólo cuando las quiso poner en práctica salió de la habitación, en la que permaneció todo el tiempo sin comer y sin dormir. Desde luego que su aspecto no era el mejor, pero ella hizo lo posible por verse agradable de nuevo, aunque agradable no haya dejado de estar ni en sus peores crisis y momentos de supuesta demencia.

Empezando a creer en firme que la locura de Juana Margarita era irremediable, sus hermanas y Patricio la trataban con la mayor consideración posible. Tanta que a Juana le comenzaron a fastidiar sus exagerados cuidados y la poca contradicción que oponían a sus palabras. A todo le decían que sí, aunque se lamentaran de su estado en secreto. Lo cierto es que Juana no estaba loca, ni sufría de delirios ni depresiones. Ella simplemente aprendió a ver y a escuchar a los muertos, y a estar con ellos quería dedicar el resto de su vida. Incluso los vivos empezaron a fastidiarle pues, comparando sus expresiones de odio y envidia con los rostros despejados y amorosos de los fantasmas, era claro que unos y otros se diferenciaban en todo y los segundos le producían un deleite mágico que no los primeros.

Por eso decidió que el lugar donde debía permanecer era la cascada y se mudó a vivir junto a los muertos, aunque sólo se hubiera encontrado con dos de ellos cuando salió de su encierro. Estaban el francés y el bisabuelo Benjamín. Los demás, centenares, se fueron al nevado con Juan Antonio y Helen, no se sabe por cuánto tiempo, pero le dejaron dicho que volverían cuando la inocencia retornara a la casa. Esa soledad y esa condición le impactaron tanto a Juana que enseguida se reunió con Cleotilde y le anunció lacónicamente:

–Si sigues metiendo hombres a tu alcoba, nuestros papás no van a volver.

–Ellos no van a volver porque están muertos, no porque yo esté haciendo lo que necesito –replicó Cleotilde burlándose de la seriedad con la que su hermana menor la recriminó.

–Están muertos de la tristeza por la manera como te estás comportando –le dijo Juana en tono alto.

–Yo no me estoy comportando mal –exclamó airada y comenzó a llorar para apoyar la defensa detallada de sus actos. Le dijo que ella no hacía el amor con los hombres por gusto, sino por necesidad. Que un monstruo dentro de ella la obligaba a pensar en ellos desnudos y a desearlos y a engullirlos. Que esa ansiedad la atacaba a cada instante y que ese diablo, al que Ernestina se refería con el nombre de lujuria, era tan intenso y tan poderoso que ella no podía controlarlo, y ya ni siquiera sabía si ese era su deseo, porque el placer que le producía era tan exquisito que nadie que no lo disfrutara podía imaginarlo.

Juana la instó a enamorarse para detenerlo, pero Cleotilde le contó que eso no era posible porque en realidad nunca estaba de mente presente con los hombres que la poseían. Le explicó, ante la cara de desconcierto que vio en su hermana, que simplemente ella ya estaba pensando en el hombre que seguía, antes de que el que se encontraba dentro de ella terminara de hacerla feliz, y que por eso sus amantes tenían permiso de penetrar en cualquier parte de su cuerpo, menos en su corazón.

CAPÍTULO CATORCE
El final de la aventura

Mientras en el monte Venir se libraba la batalla más decidida para derrotar la debilidad humana, en Gratamira sucedía un hecho que cambiaría la historia. El mismo día en que Juana aprendió a ver a los muertos y a hablar con ellos, se escuchó, en el interior de la maraña de caminos engañosos, un estruendo inédito para los oídos de los gratamiranos. Era un automotor que se robó todas las miradas de los asombrados habitantes del pueblo. Lo conducía don Wilson, el único hombre capaz de sortear con éxito la quebrada y accidentada topografía del camino para llegar hasta Gratamira en un jeep Willys con el que pretendía ir hasta el mar, sin saber que tomaba el camino equivocado.

Cuando lo vieron, los nativos de Gratamira corrieron a esconderse, temiendo que ese aparato que se aproximaba hacia ellos con la velocidad de un conejo estuviera empeñado en meterse por sus ojos como ya lo habían hecho por sus oídos las sirenas de los buques que, a razón de dos veces por mes, pasaban frente a las playas de Morón. Los colonos sobrevivientes que ya conocían otras ciudades, les explicaron que se trataba de un automóvil y que don Wilson no era el mismísimo Lucifer, sino un osado conductor que traía consigo la esperanza de llegar al mar, aunque no hubiera escogido la ruta acertada. Entonces, el alcalde lo recibió con honores y al día siguiente los condecoró a él y a su carro y les encomendó la misión de descifrar el acertijo que planteaban los caminos falaces para llegar hasta la capital, hablar con la junta de militares para que supieran que Gratamira existía y pedir que se abriera una carretera para traer el desarrollo de la civilización al pueblo, a cambio de su gran producción agrícola y ganadera que en ocasiones se perdía por falta de consumidores. Con esa responsabilidad y un par de acompañantes salió don Wilson, seguro de que las huellas de su automóvil eran las únicas capaces de descifrar el laberinto, cuya salida los conduciría hacia la capital.

Pero la expedición no tuvo el éxito esperado en un primer momento. Don Wilson se adentraba en el laberinto embaucador cuando se agotó el combustible de su carro. Decidieron entonces regresar a Gratamira y conformar un escuadrón de expedicionarios para viajar hasta Pozo Negro, siguiendo las huellas de las ruedas del campero, y estuvieron a punto de no encontrar la salida antes de que la vegetación creciera de nuevo, pero lo consiguieron. Desde las montañas de occidente los indígenas kazimbos, que celebraban hasta el amanecer cada intento fallido de los gratamiranos, se conmovieron por el éxito de la expedición porque tenían por cierto que con una salida a la civilización sus tierras serían arrasadas y sus productos agrícolas y ganaderos perderían su alta cotización. Por esa razón, se supo después, enloquecieron durante años a los aventureros que se topaban en su itinerario con Gratamira para que no encontraran la salida. Cambiaban los árboles de posición, sembraban pastos en lugares que antes lucían áridos y movían de sus lugares las pistas que dejaban los forasteros precavidos durante su travesía. Esta vez los ventajosos nativos no pudieron borrar con facilidad las huellas del viejo campero y, desde luego, la expedición de gratamiranos cumplió con su cometido de llegar hasta la capital.

La ilusión de un mundo nuevo. El final de un prontuario

Tan pronto aparecieron en el centro de la ciudad con su aspecto de muerto resucitado, el pelo largo y desgreñado, la cara cubierta por sus barbas descuidadas y vestidos con ropas viejas, algunos incluso con prendas rudimentarias fabricadas con fibra de algodón crudo y hojas de plátano, los hombres que consumaron la hazaña fueron confundidos con una comparsa, muy aplaudida incluso, pues la fecha de su arribo coincidió con el inicio de las Fiestas del Petróleo que se celebraban en esa ciudad. Ensordecidos por el sonido de flautas, platillos y tamboras, voladores de pólvora y gritos alegres, los despistados gratamiranos formaron parte del desfile y hasta ganaron el premio a la compañía mejor disfrazada. No pasaría mucho tiempo antes de que ellos explicaran que sus ropas, sus barbas y sus melenas eran naturales y que no estaban concursando, sino buscando la manera de encontrar ayuda para su pueblo.

Una vez que aclararon su verdadera situación, los héroes de Gratamira, como los llamaron en el pueblo luego de la gesta épica, se convirtieron en noticia nacional. Morabia tenía un nuevo municipio donde buena parte de su población nativa no conocía la luz eléctrica ni los autos, sufría de analfabetismo y había varios inventos para patentar; además algunos de sus habitantes, los hijos de alemanes con nativos, pertenecían a la raza más hermosa que se podía encontrar a lo largo y ancho del planeta. Como es natural, hubo revuelo entre los periodistas de todo el país. El mundo tenía que saber esto. Y lo supo. Y el mundo conoció asombrado la noticia de la existencia de un pueblo primario y atrasado, abandonado a su suerte, en cuyos linderos cohabitaban una tribu y miles de nativos y se levantaba imponente un monte adusto sobre el que una familia de locos, a la que pertenecía el hombre más buscado del país, construyó el negocio más *sui géneris* de la historia de la humanidad: un suicidiario.

Y así fue. Desde su desaparición, a Juan Benjamín lo culparon de los asaltos y asesinatos que se cometieron en los caminos de la nación. Los bandidos de todas las regiones aprovecharon su mala fama para endilgarle cuanto crimen cometían y los mismos militares, que ya estaban gobernando, vieron fácil acomodar en su prontuario las descachadas de sus soldados. De modo, pues, que al momento de oficializar su muerte con la aparición de su cadáver y el monumento que levantaron en su nombre los gratamiranos, a Juan Benjamín Vargas lo estaban acusando de 65.843 asesinatos, 82.303 atracos a mano armada, 1.678 violaciones carnales en mujeres indefensas y un número de estafas igual al de los atracos. La prensa hizo fiestas con estas cifras y ningún caricaturista se escapó de burlarse del Gobierno. Incluso uno lo dibujó descargando la bomba de Nagasaki desde un B–52 transformado en águila, otro lo pintó disfrazado de nazi asesorando a Adolfo Hitler y uno más lo plasmó bebiendo con Al Capone al lado del hijo de Lindbergh.

A partir de entonces el monte Venir se llenó de periodistas ávidos de noticias para burlarse del régimen, pero también de una amalgama de desquiciados de todas las calañas y patologías que lo convirtieron en un lugar turístico de obligatoria visita para quienes lo escucharan nombrar.

Los mensajeros del más allá

Con el incremento de la clientela, crecieron también las oportunidades de negocio para los vendedores del altiplano y la creatividad de todos ellos no tuvo límites. Un día a algún jactancioso se le ocurrió mandar una razón a un familiar muerto con uno de los suicidas que a diario transitaban por el lugar. La noticia se regó como rayo de Sol al amanecer, y el capricho del fatuo se volvió costumbre. Cientos de viudas y huérfanos se pararon en un recodo del camino a esperar con anhelo un nuevo suicida para enviar con él una razón, por lo regular absurda, a su familiar fallecido: que dónde dejó la clave de la caja fuerte, que si es verdad que Magolita no es hija suya, que si el que está asustando en el solar de la casa es él, que qué necesita, que si le ponemos agua debajo del árbol o sobre el tejado, que si se encontró con su papá, que cuánto fue que le quedó debiendo don Efraín, que si en el cielo pudo descubrir la verdad, que si es verdad que los suicidas se van derecho al infierno, que por qué no los deja en paz, que en qué lugar del patio está enterrada la guaca, que por qué me sacó del testamento, que si se dio cuenta quién fue el que más lloró en el entierro, que por qué le dejó todo a la india de la Marcela, si ella le fue infiel toda la vida... Y en fin, una serie de preguntas interminables y hasta cómicas, por cuyas respuestas cada pariente de difunto pagaba entre dos y cinco pesos, de modo que el aspirante a homicida recogía el dinero suficiente para hacerlo circular nuevamente y reactivar así la precaria economía capitalista del lugar, del que derivaban el sustento docenas de familias que vivían envueltas en una gran paradoja, pues mínimo un nuevo desquiciado escalaba la montaña diariamente. Por esa ilógica razón, los vendedores celebraban con alborozo y algo de disimulo la aparición de un nuevo suicida en la curva de los Javieres. Y el lucro era grande, pues los índices de suicidios estaban en aumento gracias a una epidemia de inconformismo que se esparcía por el mundo entero desde que a algún filántropo errante con el pelo largo y enredado, le dio por recorrer el planeta, de la mano de un eterno chicote de marihuana, pregonando que el amor no existía y que el monte Venir los esperaba, sin preguntas, sin enjuiciamientos morales y sin censura alguna, para que saldaran cuentas con una vida que siempre les mintió.

Uno de los forasteros mejor recibidos en Gratamira, y el que habría de terminar de difundir la noticia de la existencia de un suicidiario en todos los confines de la Tierra, fue un soldado del ejército oficial que desertó de las tropas del gobierno y a cuya espalda traía un potente equipo de radiocomunicaciones alimentado por una pesada batería y una antena gigante, que por poco le parte la columna vertebral. A través de esa estación móvil de radio pudo mandar al mundo entero la noticia de que, en las coordenadas del caso, se localizaba un pueblo hasta hace poco perdido, al lado del cual existía un monte en cuya cima había una casa donde vivían las cuatro mujeres más hermosas del planeta, también decía que una de una de ellas circulaba desnuda por toda la casa y que cerca de esa casa, al borde del barranco crecía un árbol de caucho llorón, desde el cual se lanzaban las personas que le querían jugar una mala pasada a su vida, no sin antes acostarse la noche entera con la mayor de las hermanas que, sin exagerar, podía ser el mejor polvo del mundo.

Antes de que el soldadito saltara cansado de tanto cargar con ese equipo que por poco alcanzaba un peso de siete arrobas, las ondas hertzianas viajaron raudas por todos los confines de la Tierra y muy rápido se difundió la buena nueva para miles de suicidas que buscaban una forma divertida de sacarle partido a su valentía. Unas semanas después empezaron a llegar radioaficionados de todo el mundo con la sola curiosidad de conocer a las cuatro mujeres, pero muchos de ellos, gobernados y esclavizados por la lujuria debieron negociar su vida para poderlo hacer.

Como consecuencia del SOS lanzado por el soldado Manrique desde la cama de Cleotilde, aprovechando que ésta se acababa de meter al baño, la casona Miramar se convirtió en un hervidero humano y la proliferación de suicidios alcanzó su punto máximo. Cientos de muertos que deambulaban por la casona se disputaban los mejores peñascos para disfrutar el ritual de muerte en completo orden y silencio. Otros preferían seguir a las hermanas Vargas a todas partes, muchos de ellos retorciéndose de ganas por poseerlas, mientras que las almas de las mujeres vivían carcajeándose por las peripecias que tenía que montar Patricio para poder dar abasto con todas las damas que debía atender en su cama.

La concurrida afluencia de turistas al Valle de las Montañas Tristes trajo consigo el redescubrimiento de Gratamira. Era imposible que con semejante tráfico el gobierno central no se animara a sacar del anonimato a un pueblo que, para entonces, ya contaba de nuevo con cerca de veinte mil habitantes.

Un par de meses más tarde, un ejército completo hizo su aparición en el valle trayendo consigo todo un equipo de maquinaria pesada para la apertura de una vía vehicular. En pocas semanas, los caminos embusteros que por tantos años fueran manipulados por los indígenas kazimbos, sucumbieron bajo las ruedas metálicas de los bulldóceres del Ministerio de Obras y en cuestión de meses Gratamira fue conectada con el resto del mundo por una trocha decente, pero sin pavimentar, de cinco metros de ancho por la que empezaron a llegar los pocos males que aún no tenía el pueblo. Para oficializar a Gratamira en los mapas, el gobierno central nombró a un delegado del Instituto Geográfico. Se llamaba Aparicio Montiel y de él lo único que se sabía era que no tenía idea de nada, pero sí mucha presencia, olores finos, zapatos brillantes y ropas elegantes compradas en París.

El hallazgo de Gratamira se convirtió en un *show* para la prensa nacional. Al tiempo con la llegada de vendedores de ropas y calzados modernos, decenas de periodistas se dedicaron a elaborar crónicas sobre las maneras primitivas de vestir y de vivir que tenían sus habitantes. Al enterarse de lo que sucedía, Patricio les pidió a sus hermanastras que se escondieran en la montaña blanca por un tiempo mientras se disipaba el impacto de la noticia, y ellas le obedecieron. Por suerte, porque el delegado del gobierno recibió la información de la existencia del suicidiario y mandó a inspeccionar el monte Venir y su balneario misterioso, para verificar si eran ciertos los rumores sobre las actividades criminales que allí se ejecutaban. La delegación encargada de verificar el rumor no encontró pruebas contundentes del ilícito y sus miembros se marcharon, al tiempo que las hermanas Vargas regresaban intranquilas y muertas de frío a la casona.

En pocos meses, debido a la llegada del desarrollo, Gratamira se llenó de prostitutas, apostadores, galleros, criminales y contrabandistas que pusieron a sus habitantes a tono con los nuevos inventos y las nuevas manías provenientes del exterior. El dinero llegó para quedarse y con él los bancos y las compraventas, que eran casas de empeño donde le prestaban a la gente un dinero con altísimos intereses por sus joyas, bienes enseres y electrodomésticos.

Uno de los beneficiados con la llegada de toda la parafernalia oficial y sus desgracias congénitas fue don Wilson Tapias, a quien los habitantes de Gratamira culparon de todas las desdichas que se enquistaron en la naciente sociedad. Gracias a la apertura de una ruta de transporte intermunicipal que cubría la ruta entre Gratamira y Pozo Negro, capital de la provincia de Morabia de la que ahora dependía política y económicamente Gratamira, el osado motorista pudo volver a conseguir combustible para su vetusto campero que ya empezaba a oxidarse frente a la jungla de caminos encontrados donde quedó varado el día en que intentó regresar. Cuando pudo reanimar el resistente vehículo, a don Wilson la vida le planteó un dilema difícil de resolver: o se regresaba a Gratamira, donde su alma ya estaba echando raíces, o volvía a su ciudad de origen donde no lo esperaba nadie, salvo el primo que le vendió el jeep para que terminara de pagárselo. Optó por lo primero e hizo su segunda entrada triunfal al pueblo, ante los aplausos de los innumerables amigos que consiguió fabricando bicicletas rústicas con tablones de madera y llantas de bambú dobladas en círculos. Con la decisión firme de morir en Gratamira, don Wilson pasó dos noches pensando en cómo poner el carro a trabajar para ganarse la vida y decidió que el mejor oficio para él y para su vehículo era transportar a los suicidas entre el pueblo y la falda del monte Venir, aunque conseguir los clientes no iba a ser fácil porque, por orden del delegado del gobierno, el suicidio pasó a ser una actividad criminal y clandestina.

Al poco tiempo a Gratamira llegó la luz eléctrica y con ella los inventos que revolucionaron la época y que en otros lugares se conocían desde muchos años atrás. La bombilla, la estufa, el ventilador, el refrigerador, la radiola, la plancha eléctrica, la licuadora y muchos otros que se robaron la atención de los gratamiranos, que no dejaban de pasar una y otra vez por el almacén que instaló en el pueblo un árabe contrabandista de apellido Mussahar. Algo se habló sobre un invento que revolucionaba al mundo, según el cual, las personas y los lugares podían verse dentro de una caja del tamaño de una mesa de centro. Se llamaba televisión y nadie podía creer en las maravillas que de ella hablaban quienes ya la conocían.

De todos estos inventos, los únicos que acogieron los Vargas fueron el de la bombilla eléctrica y el de los ventiladores.

Como llevar electricidad hasta ese remoto lugar implicaba tender kilómetros de cable que el gobierno municipal no estaba dispuesto a pagar, el árabe Mussahar les recomendó que compraran un generador eléctrico capaz de alimentar las diez bombillas que necesitaban para alumbrar toda la casa y también los ventiladores que, en adelante, se encargarían de sofocar las calenturas de las cuatro mujeres. Cleotilde ordenó la compra y nunca se arrepintió de hacerlo, salvo porque los abanicos automáticos hicieron que la lubricación de sus relaciones sexuales disminuyera. Esto la obligó a meterse entre las cobijas cada vez que uno de sus amantes incursionaba en su alcoba.

Los vendedores también se vieron beneficiados por la llegada del progreso y gracias al árabe tramposo pudieron incrementar su oferta de productos. Ahora les podían vender a los suicidas con engaño y seriedad toda clase de caprichos gastronómicos, biblias empastadas, veladoras de greda fundida sobre trozos huecos de guadua, contras para no descender al noveno círculo elaboradas con vegetales extraños, pulseras de plata adornadas con piedras negras para repeler la envidia y el mal de ojo, dibujos y dijes con el pentagrama para impedir el ingreso de los demonios durante la descolgada, escapularios bendecidos para congraciarse con los santos; estatuillas de san Lázaro que, según los comerciantes, les garantizaban en el mundo de los muertos, sanar en el menor tiempo las heridas causadas por el golpe. También les negociaban rosarios y camándulas para hacerse a los favores del hijo de Dios y la Virgen María, crucifijos de madera, figuras y estampas de ángeles y arcángeles, el secreto inefable para ser perdonado por Dios; esencias de los nueve aromas de la montaña, diccionarios para traducir el dialecto de los mil elementales de las plantas que se encontraban a lo largo del descenso, las siete claves del absoluto, las nueve llaves de la razón, las doce oraciones para remediar las injusticias del mundo, manuales para regresar a la Tierra después de muertos y recuerdos para llevar al infierno o al cielo, según lo que terminaran creyendo, luego de hablar con el payaso Saltarín, los curas impuros y el fotógrafo nostálgico que abordaban a los suicidas antes de llegar al balneario cómplice de las Vargas.

Con el arribo de periodistas colmados de curiosidad y nuevos equipos portátiles de comunicación, especialmente el que trajera un periodista inglés que buscaba cubrir la exótica noticia de la existencia de un suicidiario, la fama del sitio se terminó de expandir por cada rincón del planeta. Al monte Venir llegaban ahora desesperados de todos los lugares del mundo.

El inventario empezó con una delegación de japoneses endeudados, una pareja de homosexuales mexicanos rechazados por su machista sociedad, varios estudiantes de los pueblos cercanos que tenían el año escolar perdido, rusos perseguidos por Stalin, chinos acosados por Mao, miembros de la oligarquía cubana perseguidos por un guerrillero barbado que les acababa de arrebatar el poder y, por ende, sus privilegios, deportistas derrotados por el cronómetro y por el racismo, presidentes derrocados en golpes militares, poetas con depresión bipolar, musulmanes rabiosos por haber entregado sus tierras sin saber que el petróleo movería al mundo, fugitivos acorralados, parejitas de adolescentes cansados de luchar por un amor imposible, noruegos, canadienses, daneses, suecos y suizos aburridos por la perfección de sus sociedades; chinas de China con un feto femenino en su vientre y políticos descubiertos en actos de corrupción.

También arrimaban lesbianas casadas con hombres, jóvenes bohemios con aspiraciones literarias incumplidas, cantantes desterrados, enfermos terminales de toda índole, pintores fracasados, mujeres árabes infieles que preferían el éxtasis de volar hacia la finca de don Misael a la humillación de morir lapidadas y apedreadas por sus propios esposos y hasta racistas sudafricanos que nunca admitieron ser minoría. Algunas veces llegaban gringos que deseaban evadir el servicio militar, amas de casa brasileñas desesperadas con el fútbol, demócratas gobernados por militares y filántropos que no resistían las escenas de hambrunas africanas ni las golpizas propinadas por los ingleses a hindúes pacifistas.

Y a pesar de los cientos de artículos de prensa, crónicas con suicidas y reportajes elaborados desde el suicidario del monte Venir, las Vargas y Patricio, por orden expresa de Cleotilde, rehusaron siempre dejarse fotografiar o dar entrevistas y declaraciones. Fueron infructuosas las artimañas de los comunicadores para poder franquear el muro de piedra y obtener así una fotografía o tan sólo una palabra de cualquiera de ellos. Desde el lado del muro que daba a la casa, Patricio les gritaba que a Miramar sólo podían entrar quienes vinieran con la intención de estrellarse contra la tierra y se retiraba luego con ira a tocar tambor sin permitirle refutar nada a nadie. Los sonidos de ultratumba que lograba en sus días más prodigiosos, o sea los de mayor histeria, retumbaban en todo el valle y prendían el jolgorio en los caseríos kazimbos, porque todos los miembros de la tribu daban por hecho que los sensuales sonidos eran producidos por el Sol al chocar contra las montañas más altas.

Por esta razón, al periodista del *Times* que tenía la orden de conseguir un reportaje completo sobre el lugar no le quedó otro remedio que contarle al mundo sobre la presencia de un músico africano en el lugar y anunciar en la puerta su inmolación para que Patricio le abriera la puerta. Tenía la idea de tejer una artimaña para lograr el registro gráfico del lugar, de las hermanas Vargas y del árbol de caucho, para después decir que estaba arrepentido de matarse y salir triunfante del lugar con el premio Pulitzer en su rollo fotográfico. No sabía, claro, que de los cuerpos de las Vargas nadie escapaba y se sometió a la aventura. Su cuajado hermanastro le advirtió que debía esperar, porque aún quedaba una mujer suicida dentro de los predios de Miramar, pero el periodista le suplicó que lo dejara pasar para observar la escena. Patricio le hizo todas las advertencias y el osado extranjero las acató, ansioso por desenfundar su cámara y dispararle a todo lo que se moviera.

Una vez allí dentro, Martin Wells se quedó atónito al ver a la mujer lanzándose desde el brazo alcahuete del caucho sin el menor rastro de miedo en el rostro. Su primera fotografía fue para su sonrisa de triunfo mientras volaba hacia la eternidad y la segunda para Anastasia, quien estaba desnuda cantándole a la moribunda. Fueron tantas y tan inverosímiles las cosas que vio allí adentro el reportero, que al cabo de una hora y luego de haber disparado más de 152 fotografías tuvo ganas de salir corriendo, pero no pudo. Fue abordado por Anastasia con su voz dulce y todo llegó a su fin. La telaraña para él ya estaba tejida y en sólo cuestión de horas quedaría atrapado en ella. La menor de las Vargas lo tomó de la mano y lo metió en su habitación para ablandar su voluntad. Luego lo llevó hasta la habitación de Ernestina para que ésta le quitara el miedo a la muerte y después donde Cleotilde, quien lo inició en los avatares del sexo sin tapujos, y terminó metido de cabeza en el altar donde Juana Margarita lo mató.

Martin Wells pasó a engrosar la lista de los muertos que habitaban el monte Venir y que eran tantos que, a pesar de su falta de materia y para no tropezarse, debían distribuirse por toda la casa, debajo de las camas, en la rama del caucho, sobre el tejado, bañándose en la alberca, tomando agua de la cascada, sobre el trapiche abandonado y hasta en la cocina, pero sobre todo en las habitaciones de Anastasia, Cleotilde, y Juana Margarita, quien para entonces había prometido su cuerpo a más de 3.000 muertos.

CAPÍTULO QUINCE
Juana Margarita decide cumplir su promesa de amor

Cansada de mentir, cansada de empujar hacia la muerte a centenares de hombres con el pretexto de estar matando demonios, cansada de prometer y no cumplir, Juana consideró que era hora de pasar a una nueva fase de su estrategia de lucha, que consistía en cumplir su promesa de hacer el amor a los fantasmas que esperaban por ella y quiso empezar por Bonifacio Artunduaga, el hombre que, según ella, más merecimientos hizo para ganar su virginidad y el único que logró vulnerar su infranqueable corazón de acero. Quería demostrarles a los demás fantasmas, que ya se estaban cansando esperarla, que sus encantos estaban intactos y que su palabra tenía tanto valor como su deseado cuerpo. Sin embargo, Helen se preocupó por sus intenciones y le mandó a decir que no se oponía a su decisión, pero que si se casaba, ella y Juan Antonio regresarían a la casa. Juana aceptó sin reparos.

Muy animada por el regreso de sus padres se fue a buscar a Bonifacio, aunque ignoraba que el hecho desataría la furia de los demás muertos. Por el camino se encontró con Martin, pero ni siquiera lo dejó abrir la boca por lo que el periodista, que aún no tomaba conciencia de su muerte y cuyo relevante artículo no saldría publicado en ningún medio escrito del Reino Unido, empezó a dudar de su realidad.

Juana encontró a Bonifacio haciendo burbujas con la boca, sumergido en el fondo de la alberca, donde se escondió desde el lejano día en que ella lo rechazó.

—Salga de ahí porque nos vamos a casar —le dijo con mucha seguridad y más tardó en darse la vuelta cuando ya el fantasma juguetón apareció a su lado, pletórico de alegría e incrédulo aún por la propuesta que acababa de escuchar. Enseguida todos los fantasmas que esperaban a Juana Margarita desde el día de sus muertes se rebelaron contra ella, por lo que la mujercita tuvo que huir del lugar.

Sus hermanas, que con excepción de Ernestina ya daban por hecho su chifladura, la vieron trepar los 30 metros que tenía de altura el caucho y empezaron a llevarle la corriente para no aumentar su esquizofrenia. Ni siquiera escatimaron esfuerzo por hacerle sentir que su fantasía era realidad y hasta le creyeron cuando Juana las reunió para contarles, al lado de una silla vacía, que estaba perdidamente enamorada y que se casaría con un muerto.

Mientras recibían la respuesta a una solicitud de ingreso enviada por correo desde Gratamira hasta el Hospital Psiquiátrico de Pozo Negro, Cleotilde se dedicó a llevarle la corriente a Juana y mandó traer un traje negro de sacoleva y corbatín de cinta gris para que su hermana se lo entregara al fantasma de Bonifacio.

Ella misma se fue a los nuevos almacenes del pueblo a comprar los mejores trajes para sus otras dos hermanas y junto con Patricio y Anastasia adornaron la casa con claveles blancos, serpentinas del mismo color y ramos de pino pegados con cintas rojas en todas las puertas y paredes. Ernestina se negó a participar en los preparativos, porque Cleotilde quiso creerle que Juana no estaba loca y que todo lo que ella decía acerca de su prometido invisible era cierto.

Anastasia rehusó ponerse un traje de gala para esa noche, por lo que Cleotilde optó por encerrarla en su habitación temiendo, principalmente, a la reacción del cura de la carpa apostada en el altiplano, a quien mandaron llamar para que oficiara la ceremonia, cuando éste la viera desnuda.

Del mismo modo, ordenó la preparación de comidas y bebidas para los tres mil invitados que una Juana Margarita muy entusiasmada con el amor tenía en lista, sin imaginar que ninguno asistiría porque estaban ofendidos con ella. Docenas de antorchas alumbraban la fachada de la casa en cuyo exterior se celebraría la boda cuando llegó el sacerdote. El padre Ramiro Guzmán se extrañó al ver la sobredimensión del montaje de una boda que sólo contaba con una novia y tres invitados por lo que empezó a comprender, y con muy buen juicio, que nada en esa casa sucedía de manera normal, como lo comentaba la gente. Comenzando porque la novia hablaba sola, besaba el viento y se reía con alguien al que no podía ver, y también porque las filas interminables de comidas y bebidas amenazaban con fermentarse antes de que alguien las tomara. Sin embargo, esperó y esperó hasta que el novio y los invitados se hicieran presentes, pero no pasó mucho tiempo antes de enterarse de que el novio estaba ahí desde su llegada, al lado de la novia, aguardando a que la ceremonia comenzara. Ofendido por la broma, el padre Ramiro se transformó en el ser intolerante que era y se paseó, sin virtudes, por todos los pecados capitales antes de abandonar la casona. Fue tanta la rabia que sintió al ver a Juana Margarita besando el viento y caminando de la mano de nadie, que decidió marcharse, exigiendo respeto y seriedad para con él, pero sin dejar de llenar los bolsillos de su sotana con montones de comidas y bebidas que tenían como destino sus vecinos del callejón comercial y un sector desocupado de su estómago.

La mala racha de Juana Margarita

Al instante el curita gruñón, que fama tenía de embaucador, regresó enfadado a su carpa por lo que él mismo consideró la mamada de gallo más aberrante que le habían pegado en toda su vida. Juana lo persiguió hasta la entrada de su tienda rogándole que la casara con el fantasma de su prometido, pero la pobre sólo sacó que el padrecito se devolviera a hablar con Cleotilde para aconsejarle que le buscara ayuda profesional a su hermana. Pero Juana no se quiso dar por vencida, y a la mañana siguiente y en medio de un ambiente enrarecido, se fue a buscar a Bonifacio para informarle que ella estaba dispuesta a desobedecer a su madre para que los dos se fueran a vivir libremente, sin importar la existencia de un acta eclesiástica ni la bendición de un cura de por medio, con tan mala suerte para ella y para el monte Venir, que lo encontró durmiendo, abrazado a una mujer que no pudo ni quiso identificar.

Muerta de celos porque Bonifacio fue el único hombre que amó en su vida, y deshecha por dentro porque también fue el primero que la traicionó, Juana se prometió vengar la burla del infiel acostándose con el primer fantasma que se cruzara por su camino, pero no lo consiguió. Por intentar casarse sin importarle el carácter sagrado de su promesa, todos los muertos estaban inmersos en una campaña de dignidad que los puso de acuerdo para no acceder a los caprichos de quien tanto tiempo los hizo penar y esperar.

Desde luego Juana, que era una mujer acostumbrada a que los hombres acudieran a ella con tan sólo insinuarlo, se sintió abrumada por una estrategia que, enseguida imaginó, fue trazada por el demonio para desesperarla y hacerla pecar, y buscó rápido la manera de demostrarles a unos y al otro que ella no los necesitaba. Por eso, y sin tener en cuenta que su prestigio ya sumaba dos derrotas, se prometió acostarse con el próximo varón que se lanzara desde el árbol. Pero esta nueva decisión tampoco fue la más atinada porque justo los dos hombres a los que decidió entregarles su cuerpo, por distintos motivos, se negaron a recibirlo despertando en ella una furia descomunal, que ya no pudo resistir y que se devolvió posteriormente contra su propia cordura.

Estos dos hombres que, consecutivamente, se negaron a consumar sus caprichos le hicieron perder la seguridad de la que siempre hizo alarde y el equilibrio y sensatez que toda la vida mantuvo. Uno era su amigo del alma, el payaso Saltarín, y el otro Atanael Urquijo, el otrora alcalde de Gratamira. Ellos, sin quererlo, fueron los encargados de acabar de resquebrajar la moral de Juana Margarita, minar el ímpetu que siempre mostró y, posteriormente, trazar el destino final de la casona Miramar. Tan intensa fue la persecución que por el orgullo libró Juana contra Saltarín y Atanael, para casi obligarlos a estar con ella, que al observarla esquivar el viento en cada uno de sus desplazamientos, gritando a seres imaginarios y lanzando carcajadas irónicas y vociferando contra ellos, Cleotilde y Ernestina ya no tuvieron más dudas sobre su demencia y la llevaron al Hospital Psiquiátrico de Pozo Negro donde a mí, que fui su doctor de cabecera, me empezó a contar toda esta historia fantástica y absurda que les estoy relatando.

CAPÍTULO DIECISÉIS
Juana Margarita es llevada al manicomio con engaños

Luego de cerrar temporalmente el suicidiario, Cleotilde y Ernestina viajaron catorce horas en el campero de don Wilson Tapias por caminos estrechos y desnivelados para trasladar hasta la capital de la provincia a Juana Margarita. En dos ocasiones tuvieron que trepar el carro al ferry, un planchón en forma de barco que le recordaba a quien subiera su automóvil que el país en que vivía era tan pobre que en muchos puntos de la geografía faltaba un puente vehicular. Ninguna de las tres jamás salió de la casona y tuvieron que camuflar muy bien su belleza para no incurrir en el delito inconsciente de provocación hacia los hombres, lo que les podría costar la perturbación de su tranquilidad. Juana Margarita usó una pava de ala ancha que le cubría buena parte de la cara; Cleotilde, quien ya conocía las bondades cuestionables del maquillaje en la tienda del árabe, se embadurnó la cara con polvos pálidos y se puso unas gafas grandes de marco grueso y lente oscuro. Ernestina usó lo mismo que Cleotilde, pero agregó un gorro a su cabeza y varias prendas a su cuerpo.

Durante el recorrido estuvieron encantadas con el sonido y el maqueo constante del carro. Se asustaron con el bus de transporte intermunicipal que se encontraron por el camino y por el que tuvieron que recostarse peligrosamente contra el abismo, porque en un trecho de la carretera se encontraron con una escena tan cómica como trágica. Gozaron con los animales que apreciaron escondiéndose apresurados en la espesura del bosque y hasta con una vista del suicidiario que se abrió ante sus ojos después de una curva, a la media hora de emprender el camino. Todas coincidieron en que se veía muy pequeño y hasta inofensivo desde la distancia. Con mucha atención y asombro observaron las cascadas de aguas puras que se descolgaban desde las cimas de la montaña y comprendieron, de esa manera, por qué al Valle se le decía que estaba triste; además, consideraron una paradoja el hecho de que se pensara que por su llanto estuviera afligido si del agua vivían sus plantas y sus animales. Mirando fijo hacia el monte y tratando de ubicar la casona Miramar, Juana Margarita les advirtió que la pequeña nube negra que se veía sobre el tanque de la edificación eran los muertos. Ante tan inverosímil comentario a don Wilson no le quedó más remedio que voltearla a ver, pero pronto recibió una mirada de explicación de Cleotilde para que no se preocupara.

Durante el viaje las tres hermanas se mostraron inquietas por dejar sola a Anastasia con Patricio, dado que la traviesa niña rehusó usar ropa para venir a la capital, pero al unísono prometieron que si él se metía con la hermana menor tendría que pagar su osadía con su propia vida. Patricio lo sabía y por eso se limitó a seguir, como a un enfermo, cada movimiento de la joven y no perdió la oportunidad de saciar sus instintos en cada parada que ella hacía. Cuando Anastasia se tiró sobre un pequeño banco de tierra a hacer maromas y a pararse sobre la cabeza, tuvo todas las intenciones de violarla, pero se contuvo al suponer que ella les contaría lo sucedido a sus hermanas y ese sería su fin. Por eso se conformó con pasar saliva y arrimarse a ella con el pretexto de entregarle un vaso con leche o alguna fruta. Con la cabeza atornillada sobre la tierra, la voz ahogada y las piernas mirando al cielo, Anastasia le respondía que no quería nada mientras abría las piernas una y más veces recordándole en medio de su ingenuidad el nombre del ejercicio:

—Este ejercicio se llama la tijera, Patricio.

—Acérquese y no me deje caer.

—Eso, sosténgame de los pies cuando pierda el equilibrio.

Sin poder soportar más la escena, Patricio le ayudaba un par de minutos y salía corriendo hacia el baño a punto de reventarse por dentro y regando el contenido del vaso por todo el camino.

Cuando Cleotilde y sus dos hermanas llegaron a la ciudad, el mundo se abrió ante los ojos extrañados de las tres. En menos de un minuto le hicieron más de mil preguntas a don Wilson, que se vio a gatas para responderlas todas. Indagaron por el semáforo y sus luces de colores; por las casas inmensas repletas de ventanales y si en ellas vivían gigantes y si las ventanas servían para que ellos respiran; por los automóviles con puertas, ya que el de don Wilson no tenía; por la manera como secaron y alisaron el barro de las calles; por las luces de neón, por los postes de la luz, por las cuerdas del telégrafo, por las rejas de hierro que recogían las aguas lluvias en las esquinas, por los hidrantes, por el carro de bomberos que pasó por su lado haciendo sonar una campana desesperada, y hasta por el afán y la seriedad con que caminaba la gente.

No podían creer que esto sucediera, sin saberlo, mientras ellas crecían en Miramar. Pero más se asombraron cuando don Wilson les contó que no estaban viendo las mejores cosas, porque apenas estaban llegando a la ciudad con menos desarrollo de un país que, a su vez, era uno de los más atrasados de la Tierra.

Gustavo Bolívar Moreno

Aunque ellas no alcanzaron a imaginar qué otra cosa podía tener una ciudad más avanzada, don Wilson les enumeró algunas cosas que no tenía Pozo Negro como por ejemplo un tren subterráneo, o un aeropuerto, como los que existían en otros países.

–¿Qué es un país? –preguntó Juana Margarita.

–Un país es un imaginario donde no caben los sueños, señorita...

Al pasar por un teatro donde una pancarta muy grande anunciaba una película que ninguna de las tres pudo pronunciar correctamente, pues se llamada *Ben–Hur*, un largometraje de William Wyler estrenado en 1959, aunque esta fecha no debe tomarse como referente exacto del día en que Juana y sus hermanas viajaron a Pozo Negro ya que estos filmes solían llegar a las provincias subdesarrolladas como Morabia con varios años de retraso. Don Wilson les explicó que se trataba de una sala de cine en la que los espectadores podían ver en una pantalla de tela blanca muy grande, una historia contada por un escritor y actuada por seres humanos de carne y hueso. No entendieron muy bien lo del cine, pero sí se interesaron por la forma como trabajaba el tranvía, que recién pasaba.

Y no acababan de asombrarse con el paso de un camión atiborrado de botellas repletas de un líquido negro, cuando las sorprendió un sonido ensordecedor que provenía del Cielo. En segundos vieron aparecer un pájaro gigante de alas plateadas y nariz larga, que las hizo abrazarse con terror entre sí: era un avión. En medio de carcajadas don Wilson tuvo que explicarles cómo funcionaban, para qué servían, quién los manejaba y por qué no se caían. Cleotilde sonrió al recordar que la esposa de Atanael tenía el mismo nombre de los aviones, pero don Wilson le explicó que Usnavy significaba avión de los Estados Unidos.

Juana Margarita, que era la más sorprendida con cada nueva maravilla que acababan de descubrir, manifestó enseguida su deseo de volver a Gratamira en uno de ellos, pero don Wilson le explicó que para eso el pueblo debía acondicionar una pista de aterrizaje de varios kilómetros de longitud. Para darle esperanzas, le dijo que si el suicidiario seguía teniendo el mismo auge, no descartara que antes de cinco años ese servicio estuviera a la mano de ella y de los demás habitantes del pueblo.

A Juana Margarita la trajeron engañada a la ciudad. Ernestina le dijo que un mago les iba a enseñar los secretos para regresar al limbo que el universo instaló en Miramar y Cleotilde reforzó su historia explicándole que en Pozo Negro conseguirían la ropa y el mercado mucho más barato que en el almacén del árabe. Pero Juana sospechaba algo, porque no le parecía un ahorro de dinero pasar todo un día

127

dentro de un carro. Por eso guardó silencio y exploró sus miradas.

Cuando el jeep Willys se detuvo frente a un edificio de aspecto tétrico, cuyas ventanas enrejadas le daban un aspecto de prisión, Juana dedujo con inmediatez que sus hermanas le acababan de poner una trampa e intentó correr, pero fue tarde. Una horda de funcionarios altos y fuertes entrenados para estos casos, la atrapó con la facilidad con que un escualo atrapa un pez, mientras ella les confirmaba su demencia pronunciando las palabras que decían todos ante la misma situación:

—Un momento, aquí hay una equivocación... ¡Yo no estoy loca! Ernestina, ¡dígales que yo no estoy loca! ¡Auxilio! ¡Ayúdenme! ¡Suéltenme! ¡Yo no estoy loca! ¡Les juro que yo no estoy loca! Cleotilde, ¿qué está pasando? ¿Por qué no me ayuda? ¡Suéltenme! ¡No me toquen! Ernestina, ¡usted sabe que todo lo que digo es verdad!

Pero Ernestina apenas sonrió avergonzada y no la ayudó, aunque sabía que Juana jamás había mentido. Y así, en medio de los fuertes pataleos y los espantosos alaridos de la bella mujer, los camajanes la introdujeron a la brava en el hospital, mientras Ernestina y Cleotilde permanecían impávidas, una con la mirada adusta y la otra tratando de no llorar.

Estaba en mis labores cotidianas tratando de adivinar por qué uno de mis pacientes aseguraba ser la reencarnación de Quetzalcóatl cuando ingresó a mi consultorio Alicia, una de las enfermeras del hospital, con la noticia del arribo de una paciente muy especial. Supongo que lo dijo por el extraño color de su piel, su elegancia y sus facciones finas, y no se equivocó. Era absolutamente bella y ese factor trastornó para siempre el profesionalismo de mi trabajo. Un segundo después de verla, deseé con mi alma poderla recuperar y dos segundos más tarde decidí convertirla en la madre de mis hijos. Y mientras todos estos pensamientos utópicos pasaban por mi mente, sus hermanas, una muy recatada y la otra muy coqueta, pero las dos tan bellas como la paciente, se dedicaron a contarme el motivo por el cual tomaron la decisión de traerla.

—Juana Margarita habla con los muertos —me dijo la que traía ropa en exceso.

—Y no bastándole con eso, dice que los ve, juega, pelea con ellos y que hasta se va a casar con uno de ellos —complementó la de traje ligero y sonrisa distraída.

Con ese simple diagnóstico la acepté y ordené su internación, olvidándome de paso de todos los sueños que tejí al verla. Ernestina y Cleotilde no se comprometieron a volver antes de que Juana estuviera cuerda pues, según ellas, el viaje hasta la capital provincial, donde en ese momento estábamos, les implicaba recorrer más de 400 kilómetros por caminos destrozados. Por un compromiso que nació de mi alma, acepté el plazo y me comprometí a cuidar a Juana Margarita hasta que ellas volvieran. Incluso prometí hacer todo lo posible para que cuando ellas regresaran su hermana estuviera bien de la mente.

La paciente más bella de cuantas vi en toda mi vida despertó a la mañana siguiente del efecto de los sedantes y lo primero que hizo al verme fue preguntarme si yo estaba vivo. Desde luego me sorprendí con la pregunta y le respondí que era obvio que sí. Tal vez no me creyó, porque me tocó la mano y luego sonrió para lanzar otra de sus preguntas triviales:

—¿Vienes a matarte?

Le dije nuevamente que no y tuve la sensación de que ella quería manipular la situación. Por eso le recordé, como mandan las reglas, que yo no era el paciente, sino ella y que, en adelante, yo formularía las preguntas. No dijo nada. Simplemente empezó a observar lo que la rodeaba con desconfianza y su mirada reflejaba la incertidumbre de un gran dolor. Le dije que estaba en un hospital para enfermos mentales y que yo era su psiquiatra. De inmediato se echó a reír, como solían hacerlo algunos dementes con los que traté en diferentes ocasiones. De repente se silenció abruptamente y me pidió que la dejara salir porque tenía que ir en busca de un tal Bonifacio Artunduaga, un fantasma con el que se quería casar.

Supe que estaba desvariando, pero traté de darle un manejo adecuado a la situación diciéndole que Bonifacio podía esperar porque ella no iba a salir de aquel lugar antes de cuatro meses por órdenes directas de sus hermanas. Enseguida intentó levantarse de un solo movimiento, con la ira desbordando por sus ojos, pero las correas de la cama donde permanecía acostada se lo impidieron. En un comienzo pensó que se trataba de un juego, luego creyó estar inmersa en un sueño y, por último, sonrió con suficiencia para que la aflojara sin atenuantes. Sabía que todo el reino de la Tierra era suyo y no creyó conveniente suplicar. Yo la miré con calma y no había empezado a ponerla al tanto de su situación, cuando gritó en tonos agudos, pidiéndome que la soltara, que no me atreviera a cercenar sus ansias de volar o se vería en la necesidad de invocar a todos sus amigos del más allá para que vinieran a liberarla. Desde luego, no acepté su capricho inverosímil y le pedí que bajara la voz para que pudiéramos hablar. Luego de un rato obedeció mi sugerencia y rompió en llanto por la impotencia que sintió. Me dijo, como todos, que ella no estaba loca y que si alguien merecía estar en ese lugar era Cleotilde por haberse acostado con cerca de 3.500 personas antes de que éstas se suicidaran.

Esto me confirmó que si había una persona con el cerebro desconectado y las neuronas freídas en el mundo, era ella. No obstante, le mentí diciéndole que le creía, pero la exhorté a concentrarse con tranquilidad para que me contara toda su verdad. Le dije que su libertad dependía de lo que me relatara y ella aceptó con una calma sorprendente que me hacía dudar del diagnóstico que *a priori* se puede hacer de una persona con tantos desvaríos juntos. Sin embargo, en la siguiente frase sentí que trataba de impresionarme, al igual que lo hacen quienes aún poseen en su razón un rescoldo de lucidez como mecanismo de defensa contra el psiquiatra que los quiere sumergir:

–Mi única verdad es que estoy aquí por haber sido honesta con mis sentidos –me dijo sin pestañear, mirándome fijo a los ojos, pero luego deshizo la buena impresión que me causó con esa frase diciendo otra menos afortunada que despejó toda duda en mí–. Y si tengo que decir que no trato con los muertos para que usted me saque de aquí, puede encerrarme mil años más, señor, porque no pienso decir mentiras para salvarme.

Al ratificarse en que hablaba con los muertos y que, por estrategia de guerra, hacía el amor con ellos para acabar con el demonio de la lujuria con quien mantenía una lucha sin cuartel, mis colegas y yo decidimos que Cleotilde y Ernestina tenían razón. Juana Margarita sufría de una disociación en las funciones psíquicas que le impedían enfrentar la realidad sin esquizofrenia. Lo confirmó cuando, con la naturalidad de quien dice la verdad, terminó de expulsar todas sus fantasías de la cabeza.

Dijo que vivía con sus tres hermanas y un mayordomo lujurioso y neurótico en una casa muy grande, construida en la cima de una montaña a la que alguien bautizó con el nombre de monte Venir. Afirmó que el lugar se convirtió en el suicidiario más famoso del mundo desde que sus abuelos se lanzaron al vacío, tomados de la mano, sonriendo y cumpliendo su promesa de amor eterno. Me habló de Gratamira, del río Cristales y de su furia en determinadas épocas del año. Me describió el monte Venir con la exactitud de quien lo está viendo y me refirió con melancolía la historia fatídica de sus antepasados y con rabia los hechos infames de don Cuasimodo Bastidas y la de su bandido retoño, don Misael, a quien culpó por la muerte de sus padres. Describió con perfección la ubicación de las carpas donde un cura, un fotógrafo y una bruja atendían a los suicidas, e incluso me contó la historia de un payaso que los hacía reír por gallinas antes de saltar y que un día, frustrado por no haber podido hacer reír a un cliente, optó por quitarse la vida con él. Hasta me dijo que el payaso y la persona que le hizo perder las ganas de vivir fueron los últimos seres vivos que ella vio lanzarse desde el caucho milenario. Me aseguró que los suicidas regresaban al lugar, luego de matarse, en busca del cumplimiento de su promesa de amor. Me explicó, ante mi gesto de duda, que ella les prometía su cuerpo en la cuarta dimensión.

Quedé más despistado con la explicación, pero le pedí que siguiera, porque entendía su relato a la perfección. Era necesario mentirle para que sus cuentos siguieran fluyendo con energía. Entonces me dijo que todos volvían desnudos y sin rastros del golpe en sus cuerpos, y que los casi cuatro mil fantasmas del mismo número de muertos estaban distribuidos por toda la casa; incluso me contó que algunos dormían dentro del estanque de agua o bajo el chorro de la cascada caliente.

Era imposible hacerla coordinar frases lúcidas, pero no había opción. Tenía que escuchar todo su relato, aun a sabiendas de que llegaría a la misma conclusión sobre su maltrecho estado mental. No sé por qué imaginó que yo creía en su relato, pero esa percepción la animó a contarme más detalles de su mundo fantástico. Me dijo, entonces, de la rabia que tenía porque dos de los fantasmas rehusaron meterse en su tina de aguas tibias y aromáticas después de suicidarse, como era la costumbre, y hasta me aseguró que los muertos no se querían ir a enfrentar sus juicios con una cuarentena de sabios porque estaban esperando que ella muriera para hacerle pagar con creces la estafa que les hizo al ofrecerles algo que nunca les cumpliría.

Luego me dijo que su padre, antes de morir, mandó levantar un muro muy fuerte que separaba la casa de un grupo de vendedores que, aprovechando el auge del lugar, se instaló allí con la complicidad de don Misael para explotar los últimos caprichos de los suicidas. Hasta aquí todo era imposible de creer.

En otra sesión me refirió, con lujo de detalles, como si se tratara de una verdad diáfana, que la suya era una familia de suicidas, y que ella y sus tres hermanas eran las últimas representantes de una estirpe que a lo largo de los siglos vio inmolarse a todos sus miembros. De acuerdo con su relato, narró la manera en que su tía Rosalba se incendió frente a un hombre malvado que los despojó de sus tierras, y no se sonrojó al contar que su padre observó cuando a Apolonio le nacieron alas para viajar hasta el mar el día en que saltó desde el borde del abismo con rumbo desconocido. Eso era poco probable, pero lo fue más cuando me contó que Apolonio era un caballo. Habló también de la manera como sus abuelos y sus padres saltaron al vacío tomados de la mano y fundidos en sus miradas de amor celestial en compañía de su sirvienta, y dijo que Patricio disipaba su furia tocando un instrumento de percusión al que sacaba melodías exquisitas y sensuales, que al llegar a la adolescencia se había puesto hermoso y guapo y que, al igual que lo hacía Cleotilde con los hombres, él les brindaba una última noche de amor a las mujeres que llegaban con la intención de acabar con sus vidas.

–La de las gafas grandes, la misma que usted conoció, doctor –me explicó con una sonrisa y continuó su desdén fantasioso que nos tenía a todos alarmados.

Aunque los datos que nos suministró Juana Margarita eran suficientes para decretar su enfermedad, los médicos y yo queríamos seguirla escuchando. Nos enviciamos a sus relatos.

–Es como si nos estuviera leyendo una novela de Tolkien –comentó con simpatía el director del hospital.

La sesión continuó y la imaginación de Juana Margarita fue más lejos. Nos dijo que intentó casarse con Bonifacio, uno de los muertos que vivían en Miramar, como me dijo que se llamaba su paraíso mental, pero que un cura incrédulo desistió de darles la bendición, echando a perder la única aproximación al amor que tuvo en su vida. Pero cuando nos relató las luchas intestinas de Ernestina contra el diablo durante sus días menstruales, todos nos miramos perplejos. En ese momento, el Director del hospital me hizo una mirada por encima de sus lentes que yo entendí como una orden para que acabara la junta porque para él y, debo confesarlo, también para mí, las cosas estaban muy claras.

Además, sus hermanas nos dieron una versión muy distinta de los hechos. Nos contaron que vivían las tres en un pueblo llamado Gratamira, frente a una selva que separaba el pueblo del mar; en una casa normal, es decir con perro, hormigas en el patio y un baño con cortina; en un barrio con vecinos chismosos y solares con gallinas. Nos dijeron que sus padres murieron en un accidente y que vivían del dinero que les producía la venta de jarabes, ungüentos y menjurjes botánicos en una farmacia homeopática. Cuando le contamos a Juana Margarita lo que dijeron sus hermanas, ella no tuvo más remedio que disentir con la cabeza en medio de una sonrisa de impotencia y tristeza con la que intentó convencernos de que ellas eran las que estaban locas. Incluso pronunció, según ella, la única grosería que expresó en toda su vida.

–Usted me va a perdonar, doctor, por esto que voy a decir y que Dios me desmienta si no es la primera vez que digo una grosería, pero mis hermanas son un par de hijueputas.

Desde luego que no logró persuadirme de que estaba diciendo la verdad, pero sí alcanzó a salpicarme de amor. El amor que transmitían sus palabras, sus falacias inocentes y sus miradas de honradez se internaron en mí con la fuerza lenta del huracán que no avanza raudo porque no quiere hacer daño, pero que, al final, termina arrasándolo todo. Incluso nos dijo que sus hermanas no eran dos sino tres y que la otra no estaba aquí porque nunca usaba ropa y que aún hoy, con su cuerpo ya formado y su inocencia fabricando descomposturas, se la pasaba desnuda por toda la casa y sin el menor asomo de vergüenza. El director sonrió, se quitó los lentes, se levantó con decisión y se fue moviendo la cabeza hacia los lados en clara demostración de su convencimiento.

A todas luces, el cuento de la hermana también mera era ilusión porque yo solo vi a las dos que vinieron a internarla y me parecía imposible que una mujer adulta se negara a vestirse, con lo penosas que han sido siempre las mujeres. Una, Ernestina, venía vestida de señora, a pesar de que no sobrepasaba los 18 años. A simple vista se notaba que sus lentes no tenían aumento, que no se había peinado adrede y que la ropa que llevaba puesta no era la apropiada. Sin embargo, y más por la inocencia que proyectaba, no pude imaginármela con la regla y fajada contra el diablo. La otra, Cleotilde, dos o tres años mayor, venía vestida con un traje menos conservador y sonreía más. Ambas eran preciosas, con los cabellos rubios y ondulados y los ojos azules. Las diferenciaba la manera de vestir y de mirar y la actitud que ambas mostraban frente a la vida. Mientras la una se consumía el mundo con sus ojos y su sonrisa, la otra mantenía las puertas de su observación cerradas por los prejuicios que adquirió desde niña, a causa del recatamiento que heredara de su madre.

Aunque lo fueran, Cleotilde jamás me pareció la ninfómana que Juana Margarita intentó dibujarme, ni Ernestina la bruja esotérica que la misma Juana me describió en relatos posteriores. A pesar de su exagerada hermosura, ninguna de las dos superaba en belleza a mi paciente. Por eso me resultaba difícil creer en su locura. No me cabía en la mente que Dios echara a perder semejante obra maestra con un cerebro chiflado. Si ella, en vez de hablarme del monte Venir y su casa de dementes, y de un pueblo sin curas y sin iglesia, cosa más increíble aún, me hubiera referido la historia de un hogar con problemas de violencia o el cuento de una niña violada a la edad de ocho años, a lo mejor analizo su caso desde otra óptica y no apelo al juicio de mis superiores para darle el tratamiento más fuerte de todos los que usábamos en la clínica.

Fue irremediable no aplicar los mandatos profesionales que para estos casos tiene prevista la psiquiatría. Tuve que formularla, aunque con el corazón destrozado, porque verla despierta significaba estar presente en el suceso más hermoso de todos cuantos a esa hora producía el universo. Cuando la notifiqué del tratamiento que se le iba a aplicar, ella solo atinó a disentir con tristeza y me preguntó si el tratamiento era obligatorio. Yo le dije que no sólo era obligatorio, sino que su culminación era lo único que podía garantizarle su salida de la clínica. Con total resignación me manifestó que, aunque no los necesitaba, ingeriría los medicamentos sin oponer resistencia, pero no se quedó sin decirme algo que pudiera ponerme a pensar:

–Queda en su conciencia, doctor. Queda en su conciencia haber acabado con la verdad y con la salud de una mujer sana.

Afortunadamente, no me dejé impresionar ni me adjudiqué cargos de conciencia. Sabía que, con honestidad, aplicaba el tratamiento correcto.

CAPÍTULO DIECISIETE
Génesis del amor

Era indudable que me estaba enamorando de ella. Todo sucedió como en la semana de la creación.

El primer día se hizo la luz

Su belleza me impactó de manera natural. No era fácil para hombre alguno en la Tierra dejar de admirar un encanto que se convirtió en mujer para que los sueños se volvieran realidad. Mi primera impresión profesional fue traumática, pero supuse que su locura obedecía a una especie de karma producido por la infinidad de hombres a los que habría vuelto locos con su excedida preciosidad. Sin embargo, al término de su extenso relato me miró con calma en espera de mis primeras palabras. Yo estaba tan impactado que las suyas se escucharon primero:

–Usted también cree que estoy loca, ¿verdad?

Me sorprendió mucho el hecho de que no pidiera a gritos, nuevamente, que la sacaran de su cuarto insípido. Ni siquiera lloró durante esos primeros largos días y se dedicó a leer algunos textos de excelente calidad literaria, mientras hablaba con alguien a quien nunca vi.

Muchas mañanas permanecí a su lado observándola ingerir las cápsulas con total resignación mientras se consumía en una depresión con la que, debo admitirlo, no llegó al hospital. Otras mañanas me dediqué a contemplarla dormida, mientras su cuerpo asimilaba los medicamentos que receté. Incluso, y sin que fuera un devoto creyente, me consagré a rogarle a Dios por su recuperación. Aun así, la situación no mejoró. Un mes después de permanecer en el sanatorio una junta médica se dio a la tarea de evaluarla y la conclusión fue la misma que yo les predije: Juana Margarita sufría de delirios agudos y por terquedad, o por incapacidad mental, las causas de su demencia se tornaron irreversibles.

Ante el veredicto de la junta médica y mi incredulidad, Juana optó por el silencio. Descubrí entonces que mientras menos palabras decía, su voz de protesta crecía en la misma proporción a su belleza, alimentada por el descanso y el martirio sin causa justa. Las poquísimas veces que abrió la boca lo hizo para asegurarme con paciencia que la verdad se defendía sola y que ella no cambiaría su versión de los hechos para darnos gusto o para lograr una libertad de la cual disfrutaba desde el momento mismo en que pisó el sanatorio.

Este día duró 45 días.

Al segundo día se hicieron las tinieblas

Durante esos dos meses anteriores pensé en sus asombrosas historias y sentí pesar por ella. Fue un día de mil horas durante las cuales me llené de motivos para creer en su demencia. Ese día fui su peor enemigo y me ensañé con cuadriculado profesionalismo contra sus delirios en la primera junta médica donde decidimos diagnosticar su extremado desequilibrio mental. Y no era para menos. La volví a interrogar y se reafirmó en todo lo dicho, incluso agregando algunos detalles que, según ella, se le escaparon durante la primera indagatoria. Me dijo que los muertos, de acuerdo con una lista que elaboraba Cleotilde, eran casi 4.000, que esos muertos caían a la finca de un señor muy perverso que sacaba provecho de sus muertes y enriquecerse, para lo cual había instalado una taquilla en la entrada de su finca, con el fin de cobrar el ingreso a la montaña porque ese era el único lugar por el que se accedía al monte Venir.

Me dijo que don Wilson, el señor que las transportó desde Gratamira, prestaba, con un carrito con forma de zapato, el servicio de coche fúnebre a los suicidas trasladándolos entre el pueblo y la finca de don Misael. Me habló de un fotógrafo italiano que registraba la última sonrisa de los decididos a morir y me volvió a referir con nostalgia algunos apartes de la historia de Saltarín, y por primera vez reconoció que ese payaso y Atanael Urquijo eran los culpables de su actual situación, por lo que su sentimiento para con ellos era de odio. Un odio que nunca antes sintió y que le sirvió para darse cuenta de que estaba lejos de ganar su batalla contra los pecados capitales. Muchas horas estuvimos hablando de ellos dos y creo que llegué a conocerlos de manera tan profunda, que no dudo que en sus historias tristes reposen las claves para entenderlo todo.

Me relató, y noté el terror en sus ojos, la historia de unas almas que deambulaban por la parte baja del Monte, cerca del río, y que en las noches emitían unos lamentos pavorosos. Me dijo que ella creía que eran almas en pena, sufriendo porque algo o alguien les impidió regresar a Miramar después de morir, y que no estaba muy equivocada porque los gritos salían siempre de los predios de don Misael. Me reveló también la existencia de personas que enviaban razones al más allá con los suicidas de turno y apuntó con molestia que, algunas veces, Patricio fisgoneaba a sus hermanas a través de los ventanales de sus alcobas.

Llegaba entonces el momento de los medicamentos y empezaba a quedarse dormida, mientras las palabras se apagaban en su boca y al día siguiente, cuando el efecto de la droga empezaba a cesar, despertaba indignada por la manipulación que de los suicidas hacían los pastores religiosos apostados en una carpa y no pocas veces despertó llorando porque, según ella, Ernestina era completamente infeliz. Me dijo que la vio sufrir, luchando contra los demonios de su lujuria e intentando masturbarse sin éxito. Que se desnudaba frente a un espejo con parsimonia, alumbrando sus órganos genitales con una veladora y que, luego, la soltaba sobre su tocador de madera buscando liberar sus manos para tocarse. Que nunca podía. Que apenas sus dedos se posaban sobre su pubis empezaba a azotarlos contra las paredes, lloraba apesadumbrada por sus cargos de conciencia y que luego se lanzaba a la cama apretando las piernas mientras se castigaba con una fusta, cuyo origen ignoraba. Que ya con su espalda y sus piernas laceradas y sangrando, descansaba con la cabeza descolgada desde el borde de su cama y que en ese estado esperaba el día para pasar al baño, hacerse curaciones, mirarse los senos con desprecio y ponerse luego, una tras otra, todas las prendas olorosas a moho que encontraba en su armario.

Cansado de no creerle, por primera vez y desatendiendo todos los mandatos de mi profesión, me di a la tarea de vivir su fantasía como una forma de introducirme en su mundo para comprobar lo que sentía, lo que pensaba y lo que soñaba la mujer de la cual ya estaba enamorado con toda o la poca pureza que pudiera tener en mi alma. Con el paso de los días nuestras conversaciones se tornaron familiares y no era raro encontrármela en los jardines del sanatorio escribiéndole una carta a Patricio o a Anastasia.

Era tal la seriedad con la que me repetía el mismo cuento que un día, cuando mi corazón ya se encontraba atado al suyo por una línea imaginaria que no pasaba por mis sentidos, tomé la determinación de escucharla sin interrupciones con la promesa de creer en todo lo que me dijera. No sólo se ratificó en todas sus inverosímiles historias, sino que a ellas agregó una más. Me dijo que con las drogas alcanzaba un estado de supraconciencia absoluta que le permitía desdoblarse y me explicó que esa era una técnica aprendida con anterioridad, que le permitía ingresar a una dimensión donde se podía desplazar a voluntad con tan sólo usar su pensamiento. Como no puse en tela de juicio su versión, más por otorgarle el beneficio de la duda que por prudencia, siguió contándome todo lo que estaba pasando en Miramar, a donde viajaba, en las noches, movida sólo por su deseo. Esta vez no tuvo temor a que yo me negara a creerle. Este día duró 30 días, al cabo de los cuales ya su voluntad amenazaba con quebrantarse.

El tercer día dijo Dios "hágase la ternura"

Y la ternura se apoderó de mis gestos duros e intranquilos. Fue la mañana en que la encontré dormida, tal vez por el efecto narcótico de las drogas, cuyas dosis, por sus excéntricas alucinaciones, tuve que intensificar. Fui atacado por una fiebre de ternura que me hizo olvidar mi ética profesional para, sin más remedio, terminar estrechándola entre mis brazos. Durmió largas horas atada de pies y manos a una cama con sábanas de fondo blanco y flores púrpuras, dentro de un cuarto sin ventanas, de pisos fríos y paredes vacías y con la pintura cayéndose, y sin tener la oportunidad de defenderse ni de abrir los ojos para exigir sus derechos ni la credibilidad de sus palabras. Como un delincuente amparado en las sombras, no pocas veces me introduje en su habitación y la besé en sus labios inertes y fríos y en sus ojos dormidos. Su estado de indefensión me excitaba y no pocas veces pensé en desnudarla para contemplar, quizá, la octava maravilla del mundo que escondían sus ropas. No fui capaz, desde luego, pero ganas nunca me faltaron.

Este día duró siete días.

El cuarto día se hizo el amor

Mi corazón empezó a iluminarse por completo, mis ojos brillaron con delirio y las sesiones se hicieron más largas. Era indudable mi deseo sensato de quedarme a vivir en sus ojos. Fue el día en que fui arrollado por su poder de atracción. Sentí que naufragaba inevitablemente en el torrente de su aroma a selva. Quería transpirarla, consumirla con mi olfato, recorrerla con la yema de los dedos, absorberla para siempre, poner fin a todas las imágenes del mundo para conservar la suya tallada en mis ojos como único vestigio de vida humana sobre la Tierra. Me enamoré. Perdidamente, me enamoré. Sentí por primera vez que perdía autoridad sobre mi vida y sobre mis actos y decidí endosarle mi felicidad entera. La empecé a amar tanto, que sus deficiencias de razón pasaron a un segundo plano y terminé admirándolas. Tanto que nunca imaginé el amor sin sus hermosas fantasías.

Este día duró ocho días, y en sus ojos vi renacer la esperanza.

El quinto día se hizo la vida

Creí en sus historias, no porque hubiera podido comprobar su verosimilitud científica, algo improbable, sino por la solidaridad que inspira el amor. "¿Cómo puedes dudar de la persona que amas?", me pregunté, y opté entonces por sumergirme en su mundo, a sabiendas de que transgredía mis propios límites morales y cognitivos. Empecé entonces a embeberme en sus falacias, a disfrutarlas, a vivirlas con su misma intensidad y seguridad. Descubrí en sus quimeras el camino allanado para encontrar el cielo. Su alma de niña trastornada impregnó todo mi ser de ilusión. Me llené de un aire nuevo y puro, y entendí que lo importante no es vivir, ni ver, ni sentir, ella me enseñó que lo más importante en la vida es soñar y no luchar mucho por descubrir que los sueños, sueños son. Vivir dentro de ellos, naufragar en sus olas sin oponer resistencia, morir si así está escrito en el libreto, dejarse morder por un perro y no correr muerto del susto, sentir la lluvia y permitirle mojar nuestro cabello, soltar la risa ante la aparición intempestiva de un monstruo. Juana Margarita me sedujo a guardar mi pragmatismo científico en un cajón, cuya llave ella misma extravió en uno de sus delirios. Y nunca más lo volví a ver... Debí esforzarme mucho para no preguntarle por Cleotilde y sus últimos amantes o por los últimos suicidas que se lanzaron desde el árbol. Para no preguntar por los nuevos intentos de Ernestina por brindarse autoplacer y por lo que alcanzaba a ver Patricio en sus incursiones voyeristas. En repetidas ocasiones apreté los labios y amarré mi lengua para no tener que indagar por los muertos y sus vestimentas, sus pensamientos sobre la muerte, sus estados de ánimo. Aunque quería y me moría por saberlo, tenía que esperar a que ella voluntariamente lo dijera para no tener que alimentar su esperanza de que algún día yo creyera en su mundo.

Margarita, adalid de las fantasías ajenas

Lo que ignoraba Juana Margarita es que, a fuerza de corazonadas, mi intuición ya me presionaba a creer en ella y en lo que decía. Por este motivo empecé a delegarle cada día más libertad. Una libertad que ella aprovechó para estrechar sus lazos de amistad con los demás pacientes, según lo que me contara una mañana una de las enfermeras asignadas a su cuidado:

—Doctor, no sé qué está pasando, pero los pacientes andan detrás de la señorita Juana.

No lo creí, dado su hermetismo al hablar, hasta el día en que llegué a su habitación y no la encontré. La misma enfermera me dijo que se estaba en el patio trasero dialogando con sus demás compañeros de infortunio. No quise imaginar el tema de conversación entre una mitómana encantadora con una recua de dementes, muchos de los cuales la superaban en imaginación. No tardé mucho en averiguarlo, pues me camuflé entre los pacientes y me propuse oír lo que ella les decía.

Entre otras cosas, la escuché hablar de un mundo perfecto al que los humanos, salvo ellos, podíamos tener acceso por haber cerrado la compuerta de los sueños y las fantasías, por la presión social de tener que pensar únicamente en lo que los dueños de la verdad creían. Sin lugar a dudas, era un discurso filosófico con altura que me hizo sentir orgulloso de ella.

Después les aseguró que la salvación de todos consistía en aprender a entrar a ese mundo donde el tiempo y el espacio no esclavizan y dedicó el día entero a enseñarles técnicas de desdoblamiento astral, aunque esto no fuera lo increíble. Lo fantástico es que todos le creyeron, y no sólo eso, sino que asimilaron sus enseñanzas que, aunque carecían de toda pedagogía, sí estaban cargadas de una buena dosis de credibilidad. Desde ese día y por mucho tiempo, Juana Margarita se convirtió en su líder y ninguno hacía algo sin consultarle. Fue tanta la dependencia que adquirieron todos los pacientes frente a ella, que un día uno de ellos buscó su consejo para no ceder a las tentaciones carnales de Cleopatra. Otro día la abordó un trastornado para pedirle consejo sobre si debía atacar Troya en el día o en la noche, teniendo en cuenta que el viento soplaba en contra de las naves apostadas en el mar Egeo.

Muchas mujeres le preguntaban por la mejor manera de asesinar a un hombre sin cercenar su sonrisa, y alguna le confesó que estaba ennoviada con Benito Mussolini porque a ella le gustaban los hombres fuertes y determinados como él. Lo más hermoso de todo era que Juana respetaba con solemnidad sus mundos mágicos, se inmiscuía en ellos y respondía a los interrogantes de sus compañeros con un amor infinito y un respeto sublime.

Por ejemplo, al hombre que la abordó para pedirle consejo acerca de si caer en brazos de Cleopatra o no, le dijo que la respuesta se encontraba en su corazón. Que no se fuera a acostar con ella por el simple hecho de sumar a su prontuario a una mujer famosa y poderosa, sino que examinara su corazón para saber si en él existía algún sentimiento noble y verdadero para con ella y no hacia lo que era ella. Que si no lo encontraba que se apartara de ella y se la dejara en paz a Marco Antonio, porque a lo mejor él no merecía que su mujer le jugara sucio. Al otro paciente le aconsejó que atacara en la noche Troya para que el poder de confusión que dan las sombras y el factor sorpresa jugaran a su favor.

A la admiradora de Mussolini le pidió que no confundiera admirar con cohonestar y que lo mejor era olvidarse del hombre que se confabuló con Hitler para asesinar por capricho y ambición a tantos millones de personas, aunque pensaran que muchos defectos tuvieran. A una adolescente que le escribía una carta al Papa en la que pedía su destitución, le pidió que apoyara la misiva con la firma de sus compañeros para que ésta tuviera más poder y le aconsejó que se la entregara personalmente al Concilio Vaticano para que dispusiera de inmediato lo necesario y convocara un cónclave con el fin de buscar el remplazo de Su Santidad. El caso es que por fin alguien escuchaba a los locos y por fin alguien patrocinaba sus fantasías, lo que despertaba en ellos una comprensión inmensa que era lo único que pedían de la gente.

No querían curarse, ni que les quitaran sus ideas de la cabeza, ni que les hicieran sentir que estaban equivocados. Ellos sólo pedían que alguien comprendiera sus desvaríos y los llevara de la mano a recorrer ese mundo que imaginaban y esa persona fue Juana Margarita. Por eso empezaron a adorarla y yo no fui ajeno a ese cariño.

Este día duró 34 días, y su corazón empezó a cantar.

El sexto día Dios dijo "hágase la verdad"

Y la verdad se presentó ante mis ojos. Ese día, que fue el más largo de todos, acepté su propuesta de viajar al monte Venir para comprobar la verdad. Ni siquiera creí que el lugar existiera, pero en el fondo la idea de emprender un viaje de aventuras al lado del ser que amaba me llenó de gozo. Por eso me valí de mi autoridad profesional para certificar los avances de su tratamiento y sacarla del hospital con el pretexto de investigar con ella, en su pueblo y en su casa, algunos traumas de su niñez. Desde luego acepté su propuesta de viajar hasta el tal monte Venir, pero le advertí que para hacerlo ella debía mentir. Era necesario que lo hiciera para que la junta médica entendiera que estaba recuperada. Ella rehusó hacerlo, alegando que, desde un comienzo, ella me advirtió que no usaría la mentira para salvarse. Sin embargo, le dejé claro que si no cambiaba de parecer, por mucho que yo la amara y quisiera ayudarla, tendría que permanecer en el sanatorio por tiempo indefinido.

Apelando a su inteligencia, Juana aceptó cambiar su declaración inicial. Siguiendo al pie de la letra mis sugerencias se enfrentó con total claridad a la junta médica e hizo coincidir su versión de los hechos con la dada por sus hermanas:

–Tengo dos hermanas. Las tres vivimos en Gratamira, frente a una selva que separa el pueblo del mar; en una casa normal, es decir con perro, hormigas en el patio y un baño con cortina; en un barrio con vecinos chismosos y solares con gallinas. Mis padres murieron en un accidente y vivimos del dinero que nos produce la venta de jarabes, ungüentos y menjurjes botánicos en una farmacia homeopática.

Mientras hablaba, casi copiando la versión dada por sus hermanas, yo la sentí libre. Tuve la visión momentánea de verla en la puerta del hospital abrazándome con fuerza y depositando en mis labios el primer beso que, con tanto deseo, anhelaba desde que la vi. Y fue el mismo Director del hospital quien avaló su recuperación cuando ella pidió excusas por todas las barbaridades que dijo. Hasta tuvo tiempo de burlarse de sí misma por haber concebido tantas y tan grandes utopías en su cabeza.

–Qué vergüenza con ustedes. ¿De verdad les hablé de un suicidiario? ¡Qué locura!

–De un suicidiario, de caballos con alas, de las peleas de su hermana con el diablo, de sus conversaciones con los muertos, en fin… –anotó el director sonriendo. Juana pidió excusas de nuevo.

Sin embargo, la salida no fue definitiva, sólo se trató de un permiso temporal en el que yo me comprometía a hacerle un seguimiento a la paciente y a pasar un reporte que sirviera para tomar una decisión final.

No le dije al director que nos íbamos para el suicidiario instalado en el monte Venir porque, con seguridad, ordenaría mi reclusión inmediata. Con la autorización de salida en la mano, emprendí con mi amada el viaje más sorprendente de mi vida. Sólo quería compartir con ella un espacio diferente del de las cuatro paredes corroídas por la humedad y el tiempo, donde nos encontrábamos, aunque en la práctica nunca hubiéramos estado dentro de ellas gracias a su infinita capacidad de crear mundos fantásticos, para recordarnos a los mortales que el universo no está sólo conformado por materia.

Mi única intención era permitirle jugar con sus quimeras, demostrarle que yo no sería un obstáculo a los vuelos secretos de su imaginación. Durante las primeras horas de viaje se mantuvo intranquila y triste. Sintió mucha pena por sus compañeros. Se encariñó tanto con sus inocentes disparates, que lloró al despedirse de ellos e incluso les prometió volver.

–Volveré y no será a saludarlos, amigos del alma –les dijo y se dedicó a despedirse de cada uno de ellos con un abrazo sincero que incluía algunas palabras muy cercanas a sus oídos, en un tono inaudible y sobre algo que logró entusiasmarlos. Yo sabía que para Juana regresar no era posible, pero me mantuve al margen de la promesa. Cuando volvió al patio principal con su pequeña maleta en la mano y un saco de lana colgando de uno de sus brazos, les reiteró a todos sus amigos su promesa de volver y les pidió que no olvidaran nunca lo que ella les acababa de decir. Enseguida todos estallaron en júbilo y se empezaron a abrazar con una ilusión evidente pintada en sus rostros. Tuve miedo de lo que pudiera pensar el director del hospital, que nos observaba desde una ventana del segundo piso, por lo que apuré a Juana y nos marchamos. Nunca me quiso contar qué les dijo a sus compañeros aunque, a juzgar por sus miradas de esperanza, sospeché que se trataba de algo demasiado importante. Sólo se limitó a informarme que volvería.

El séptimo día Dios dijo "hágase la muerte"
Luego de un largo viaje sobre una carretera angosta y sin pavimentar y surcando montañas infinitas y atestadas de animales y plantas de los que nunca tuve conocimiento, llegamos a Gratamira una mañana cualquiera, cuando los habitantes de aquel pueblo resignado a los caprichos de la naturaleza se disponían a gastar un día más de vida. Afanada por demostrarme que todos sus relatos eran verdaderos me llevó directamente a la plaza central donde me enseñó la estatua de "Juan Pueblo", según ella su bisabuelo, cuyo verdadero nombre fue Juan Benjamín Vargas, ladrón de caminos, benefactor de los débiles y descubridor del Valle de las Montañas Tristes. Nuevos elementos que no mejoraban mi percepción de su lucidez. De repente me encaminó hacia la plaza de mercado y allí me trepó con ansiedad al alegre campero que las llevó hasta el hospital psiquiátrico de Pozo Negro.

Ella estaba nerviosa, pero confiada en propinarme más de una sorpresa. Don Wilson me observó con reverencia, pero no con la postración que se tiene para con los vivos a quienes se considera de una posición social superior, sino con la que reservan los humanos para despedir a sus muertos. Alcancé a recordar que ella habló de ese campero, pero lo tomé como una simple coincidencia. Estaba equivocado, claro. Lo entendí después de una pregunta, más impertinente que imprudente, que me lanzara apenas nos dirigimos a un lugar que tenía un nombre que jamás había escuchado en mi vida.

–¿El señor va para el suicidario? –me preguntó con total naturalidad, pero yo, que me quedé estupefacto con la sola posibilidad de que existiera, no supe qué responder y sólo atiné a mirarla para que ella contestara por mí. Juana le dijo que sí y me explicó que el suicidario era el nombre con el que se le conocía al lugar de donde saltaban los suicidas. Primera gran sorpresa y el conductor, que tenía más pinta de maestro de escuela, me preguntó en el mismo tono natural:

–¿El señor regresa?

Desde luego, yo no supe contestar a su pregunta, más porque me parecía obvia, que por mala educación. Claro que retornaría, pero Juana Margarita me susurró al oído que don Wilson Tapias se refería con su pregunta a que si yo iba a matarme o en plan de turista a ver saltar a los suicidas. Algo me predispuso a creer que una verdad oculta me comenzaba a arrollar y le respondí que claro, que yo regresaba, que no me iba a matar.

El jeep Willys, de los de carpa de lona y ventanas plásticas y amarillentas, continuó su camino por carreteras desestabilizadas y polvorientas, bordeando un río escaso de aguas al que no sé por qué incoherente razón llamaban río Cristales. De repente escuché de nuevo el susurro de Juana en mi oído:

–Este es el coche fúnebre dentro del cual don Wilson dialoga con los muertos –me dijo y quedé pasmado con el recuerdo de ese día en que me reveló la absurda historia. Me llené de temor. Empecé a pensar en lo que sucedería en caso de que las fantasías de Juana no lo fueran tanto. Sin embargo, confié en que todo se debía a una seguidilla de simples coincidencias y traté de no pensar más.

La verdad es que mi peor miedo tenía que ver con que el universo maravilloso que ella me enseñó a amar en la imaginación, se principiara a derrumbar ante mis sentidos. Y así fue. Las sorpresas siguieron aflorando. El vehículo se detuvo en un lugar contaminado de letreros, alambrado como campo de concentración y ensordecido por el sonido del agua del río que en ese punto se arremolinaba antes de saltar muchos metros en dirección a una jauría de rocas hambrientas, para poder continuar su tranquilo trasegar hacia el mar, convertido en espumas nómadas. De repente, una turba de vendedores se abalanzó sobre nosotros ofreciéndonos todo tipo de mercancías y alimentos, pero apenas vieron a Juana Margarita se retiraron sin explicación alguna. Las increíbles imágenes que ya comenzaban a confirmarme el enorme juicio de mi amada se tornaron más reales por cuenta del torniquete rudimentario anclado en la entrada estrecha de una finca próspera que rayaba en la opulencia y de la que según un aviso pequeño y mal dibujado, su propietario era un señor con el nombre de Misael Bastidas.

Tal como ella me lo contó, le pagamos cinco pesos por mi entrada a un hombre de aspecto rudo y campesino que la saludó con familiaridad y que no le cobró. Valiéndonos de un par de bestias que alguien le prestó a Juana Margarita, ascendimos a lo alto del monte por un camino mil veces usado por humanos y pisado por animales, lo que le imprimía una contextura de firmeza, erosión y credibilidad. Durante todo el viaje Juana Margarita permaneció muda, tal vez dejando que los hechos hablaran por sí solos, y yo le hice coro a su mutismo dejándome sorprender por cada cosa que, aunque ya conocía de antemano por sus relatos previos, no dejaba de mortificarme por la posibilidad que me mostraban de haberme equivocado.

Esa posibilidad dejó de serlo para convertirse en una realidad cuando los caballos, haciendo su mayor esfuerzo, superaron un trecho inclinado y curvo que confluyó en una recta, como de unos cien metros y repleta de un comercio informal, que moría en un muro de piedra con una puerta de dos hojas como la que ella me describió. Nos detuvimos un momento en ese punto desde el cual se divisaban todo tipo de carpas y parrillas humeantes y de las que saltaron como resortes sus propietarios o encargados.

–Esta es la curva de los Javieres –me dijo en tono de recordatorio e hizo que los caballos se acercaran a unas barandas de greda fundida para que yo pudiera admirar el imponente paisaje que desde allí se divisaba.

–En este lugar se paran las personas a observar los suicidios –exclamó, señalando las ramas del caucho que desde la curva de los Javieres se alcanzaban a divisar desestabilizadas por el viento y al momento volvió su mirada a una carpa multicolor, cuya lona ya empezaba a rasgar el viento porque su propietario no le daba mantenimiento.

–Esta era la carpa de Saltarín –expresó con nostalgia y luego se llenó de una rabia inexplicable, instándome a observar el imponente paisaje.

–Desde aquí se ve todo –me dijo y aclaró–: todo lo que uno quiere ver.

Efectivamente, desde allí se veían el mar y la estepa frondosa e inaccesible que lo separaba de Gratamira. En la falda de la montaña y sólo por un camino de honor que le hacían los árboles, aprecié el río Cristales. Juana sonreía con humildad por la certeza que tenía de mi convencimiento paulatino de su verdad, que ahora empezaba a ser la mía también.

Reanudamos la marcha a paso lento, aunque los caballos quisieran acelerarla, y vimos enseguida la carpa abandonada del payaso y en perfecto orden y de la manera en que lo visualicé cuando ella me lo contó, las carpas de los religiosos estafadores que salieron a saludarnos con hipocresía y la del fotógrafo italiano que no salió porque solía esperar a sus clientes dentro de su circo pestilente a químicos para no poner en tela de juicio su intención de no lucrarse fotografiando a las personas que, horas más tarde, se desbarataban contra el suelo. Unos pasos más adelante encontré la carpa de la bruja Stella y tuve la sensación de que el dibujo de la mujer serpiente pintado en la entrada nos miraba. Luego Juana pasó por el lado del padre Ramiro y no lo quiso saludar.

–Estoy brava con él porque si me hubiera casado con Bonifacio las cosas habrían sido distintas –me dijo sin volver la mirada y siguió altiva hacia su casa.

De pronto llegamos al muro de piedra con cactus y ortigas sembradas en su lomo y empecé a sentir pánico. Era como estar recorriendo los pasos trazados los meses anteriores por un sueño que amenazaba con convertirse en pesadilla. La miré y ella me tranquilizó con su sonrisa siempre nueva, hasta que sonaron los seguros de una puerta inmensa y pesada que en segundos se abrió con mucha lentitud para que descubriéramos un hombre hermoso y apuesto derrochando energía y celos al abrir la puerta.

Y fue tanta mi impresión al observar con asombrosa precisión las cosas descritas por Juana Margarita en los interrogatorios, que saludé al hombre con familiaridad y por su nombre, pues experimenté la rara sensación de haberlo conocido antes, en esta o en una vida anterior.

—¡Hola, Patricio! —le dije sin temor a equivocarme y el hombre se acercó a mí con ademanes educados y me extendió la mano con firmeza, mirándome a los ojos con algo de compasión por la sospecha que tuvo de mi admiración por Juana para luego expresarme su complacencia con un "Doctor, lo estábamos esperando" que me sorprendió aún más, pues nunca dijimos que vendríamos. Enseguida miré a Juana Margarita y ella sólo atinó a responder a mi atolondramiento con una respuesta que terminó por borrar de mi mente el último rescoldo de duda que tenía acerca del universo que pintó con pinceles de amor en mi desconfianza:

—Ernestina —exclamó con su sonrisa de ángel y concluyó—: recuerda que ella lo sabe todo.

Enseguida Patricio hizo sonar una campana con el afán que llevan las buenas noticias y apareció Ernestina demostrándome que, en efecto, lo sabía todo. Al verme sonrió y me dijo con su consabida tacañería dialéctica y en forma de acertijo:

—Deje al doctor afuera y pase usted.

Enseguida supe que no trataba con alguien normal. Cada frase, cada palabra suya ponían a pensar, tenían el toque de la elaboración a pesar de la espontaneidad con que las arrojaba al viento, con la resignación de quien da sin saber si va a recibir algo. Ernestina se echó a andar, y mi amada y yo la seguimos.

No era la misma que conocí el día en que fueron con Cleotilde a llevarla al sanatorio. La verdad es que no quería avanzar mucho sin masticar cada verdad. Y ahí estaban las cosas descritas con desinterés y sensatez por mi Juana. Las cascadas, las nubes eternas, las aves de rapiña descansando con un ojo abierto, el caucho llorón meciéndose como un niño, la imponente casona hecha con infinidad de estilos mezclados, el alambique, el trapiche que movió en algún tiempo un caballo revoltoso, las palmas de ramas inalcanzables, una roca blanca llena de inscripciones escritas con carbón de madera de la que nunca me habló, el tanque del agua, los jardines descuidados bordeando la edificación, la cocina aislada del rancho principal, los caminos empedrados, el olor a albahaca pisoteada y el sonido del agua ilusionando con un mundo mejor. Sólo faltaban los muertos y los gritos espeluznantes de las bestias, pero Juana Margarita tuvo que haberme leído el pensamiento porque me insinuó con estas dos frases sacadas de la nada que continuáramos el camino: "Nos están mirando" y "Todo a su debido tiempo".

Me llené de tanta verdad, de tanto miedo, de tanta vergüenza que me sentí allanado por una sensación asfixiante que me hizo pensar que hasta ese instante empezaba a nacer y que mis más de 20 años de estudio no me sirvieron para un carajo. La energía del lugar me inundó los sentidos y no volví a saber de mí hasta el séptimo día del Génesis... El último día de mi vida. El día en que Dios dijo "hágase la muerte" y la muerte vino a mí.

Este día, por cuenta de una promesa que me hiciera Juana Margarita, fue eterno. Y aquí estoy, esperando que el milagro del amor me devuelva al lugar de donde soy.

SEGUNDA PARTE

"Es absurdo temer a la muerte
cuando toleramos con pusilanimidad
una vida terrorífica y vacía".
Cleotilde Vargas

CAPÍTULO DIECIOCHO
Y la verdad se hizo ante mis ojos

Al momento apareció Cleotilde posesionada de su papel de matrona precoz y me saludó con algo de sorpresa. No esperaba nuestra visita, por lo que se extrañó y no supo si creer en la pronta recuperación de su hermana o en mis debilidades, lo cierto es que Ernestina, en secreto, la hizo inclinar por lo segundo, quedando mis intenciones al descubierto. Como siempre, Cleotilde tomó entonces el manejo de la situación:

–Estábamos preparando el viaje para averiguar por tu suerte, Juana.

–Mi vida no se basa en la suerte, hermanita… Siempre sé para dónde voy aunque tenga el agua arriba del cuello –le respondió con altivez

–Te siento más aplomada y eso dice mucho de tu recuperación – interpeló.

–Mi recuperación aún no se ha producido porque no tengo partes de mi cuerpo ni de mi mente por recuperar, Cleotilde. En ese caso – les dijo mirándolas a ella y a Ernestina– las que deberían intentar una recuperación serían ustedes.

–Por lo menos llegó de buen humor –exclamó Ernestina, y sin quitarme la mirada indagó por mi silencio–: doctor, nunca pensé encontrármelo por aquí. Las cosas que hace el amor, ¿cierto?

–Nos mintieron. No fue cierto lo que dijeron en el hospital –les recordé en tono de reclamo para distraerlas. Cleotilde y Ernestina se lanzaron una mirada cómplice y la primera empezó la defensa de su bellaquería.

–¿Nos habría creído que todo esto existe? –exclamó justificándose a sí misma.

–Sea sensato doctor, reconozca que nos habría recluido a las tres – opinó Ernestina con sarcasmo.

Yo les dije que de pronto sí, pero habría preferido la verdad.

Me senté a manteles con las tres, calculando que si todo lo que me había contado Juana Margarita era cierto faltaba algo: Anastasia. No pude comer con tranquilidad. Sabía que ella nos observaba y ensayé varias actitudes para cuando apareciera con su vulva tranquila y sus senos de gorila desvergonzada frente a mí. Con esa expectativa permanecí, casi en silencio, respondiendo lo necesario, rogando que no fuera ella la única mentira de este carnaval de verdades que me atropellaban sin piedad.

Y así, mirando por encima de los hombros y las cabezas de las tres hermanas, tratando de descubrir la presencia de la Venus que faltaba, transcurrió el almuerzo. Les aseguré que a mi regreso al hospital explicaría a mis superiores el error que nos hizo creer en la demencia de Juana Margarita, para que la finalización de su tratamiento quedara oficializada. Cleotilde se mostró inconforme con mis intenciones y le preguntó a Juana Margarita si seguía creyendo que podía casarse con un muerto y que si continuaba pensando que la casa permanecía llena de ellos.

Para no echar a perder su regreso a casa, tal como lo hizo ante la junta de psiquiatras, Juana Margarita, que los observaba y que ya aprendió a esquivar los pensamientos escrutadores de Ernestina, le dijo que nunca los vio, que todo se trataba de un delirio suyo producido por el impacto que le causaban tantas muertes y el trato quedó sellado: Juana estaba cuerda, sus hermanas contentas y, por petición de Ernestina, yo debía regresar en el acto porque acababa de llegar un suicida y la casona no tenía un espacio disponible para mí.

Juana Margarita y yo quedamos en suspenso porque ni ella me quería lejos de su vida ni yo quería marcharme de su casa, pues sabía que jamás volvería a verla y también porque sentí la necesidad de investigar ciertas cosas que aún me giraban en la cabeza sin norte alguno, por razones inconclusas.

Apelé, entonces, a su inteligencia para que intercediera por mí ante sus hermanas y me permitieran quedarme, aunque fuera tan sólo por esa noche.

Claro que ella confundió en parte mis intenciones y me inquirió con un dejo de celos que no habría creído en una mujer con sus niveles de seguridad:

—No te quieres ir sin ver a Anastasia, ¿verdad? —me preguntó exhalando un suspiro nervioso que me hizo creer en la esperanza de que ella podía cambiar su gusto por los muertos, por alguien como yo que ahora se sentía más vivo que nunca.

—Entre otras cosas —le respondí con honestidad y sonrió de mala gana para luego dirigirse a la puerta, tal vez con la intención de hablar con el nuevo suicida que ya tocaba la campana por tercera vez.

No sé que argumentos utilizó, pero lo logró. El suicida, un judío avaro arrepentido por dejar morir de hambre a sus familiares lejanos, aplazó la ceremonia de su deceso para el día siguiente y Juana consiguió que sus hermanas me permitieran dormir esa noche en la habitación que ocupaban, a diario, los hombres y mujeres que iban a ese lugar para poner fin a sus segundos sobre la Tierra.

Al llegar a la habitación y mientras Patricio ensayaba varias llaves para abrirla, se podía leer una inscripción contundente con la que las dueñas de casa disipaban cualquier duda que el suicida tuviera sobre su decisión. La frase estaba firmada por Séneca y decía:

"Si te place, vive; si no te place, estás autorizado para volverte al lugar de donde viniste".

Comprendí que la demora de Patricio en abrir no era más que una estratagema para darles tiempo a los suicidas de leer la frase. Al momento se paró en el umbral con la puerta tomada de su manija y me despidió con una sonrisita estúpida que no supe interpretar.

—Que pase buena noche, señor…

Luego se fue sin afán y sin mirar atrás. Entré y cerré la puerta con algo de temor. El solo hecho de saber que miles de personas que pasaron por esa habitación ya estaban muertas me llenó de frío.

Era un cuarto sombrío, lleno de inscripciones relacionadas con el acto de la inmolación con las que Ernestina contribuía a los niveles casi nulos de arrepentimiento que existían en el suicidario.

Tenía una cama y dos mesas de noche chorreadas con parafina de todos los colores que formaban figuras diabólicas o religiosas, según lo que uno quisiera interpretar de manera subjetiva. Sobre la baranda mayor de la cama estaba escrita en letras grandes otra frase:

"Nadie tiene la obligación de soportarse a sí mismo".

Sobre la mesa de noche de la izquierda había otro letrero, un tanto más pequeño, que rezaba:

"La felicidad es una obligación del ser humano, el no tenerla es causal de autoeliminación".

Y sobre la mesa derecha se podía leer un aviso de similar tamaño al anterior, que decía:

"Vivir sin dignidad es una humillación que ningún ser vivo debería soportar".

Las frases estaban firmadas por Ernestina, al parecer eran de su autoría y la intención tan contundente que percibí en cada una de ellas me pareció una apología a la muerte. Sin embargo, no me indigné porque, al fin y al cabo, las personas que ingresaban a esa habitación tenían claro que horas después iban a morir.

Frente a la cama, sobre una mesa de madera y de tamaño mediano reposaban, abiertos, varios libros que me llamaron la atención por lo ajadas que lucían sus hojas. Observé con gran interés los cuatro textos sánscritos que forman parte del *Veda*, los versos gemelos del *Dhammapada*, el *Mahabharata*, una copia no muy antigua del

Ramayana, un epítome de los dos libros de los *Macabeos* que fueron excluidos de la *Biblia* y el *Tanaj*, uno de los libros judíos que el Antiguo Testamento tomó como base. También reposaban sobre la mesa, con gran desgaste, la *Biblia*, un tratado sobre el pensamiento reformista de Martín Lutero, el *Corán* y *El libro de Buda*. En una urna de mimbre, sin tapa, encontré una cantidad enorme de cartas escritas por todos los suicidas de acuerdo con una petición que les hiciera Ernestina al entregarles la habitación. A cada uno le solicita que responda siete preguntas básicas: ¿Cómo se siente?, ¿por qué se mata?, ¿cuándo empezó a considerarlo?, ¿cuándo a planearlo?, ¿qué quiere conseguir matándose?, ¿por qué hacerlo en el suicidiario del monte Venir?, y la última, que era una pregunta múltiple donde el suicida tenía que marcar una o varias de las opciones y que decía: ¿Lo hace por venganza, frustración, capricho, necesidad, desespero, curiosidad, ignorancia, trascendencia o ninguna de las anteriores? En ese caso, ¿cuál otra? _____.

Me tomé la molestia de leer varias de ellas y me asombré de la similitud en las respuestas. Por ejemplo, concluí que los suicidas se sienten bien el día de su partida. Increíble. Decir que encontrarse a las puertas del infierno produce bienestar me pareció un contrasentido enorme. Casi todos coinciden en afirmar que la zozobra se siente los días previos. Acerca de los motivos que impulsaban a una persona a matarse sí encontré un menú más variado, pero, básicamente, por lo menos los que llegaban a ese sitio lo hacían por crisis económicas, por problemas sentimentales o por crisis existenciales y de identidad.

Casi todos empezaban a considerarlo con mucho tiempo de anticipación, tres o cuatro meses a lo sumo, y elegían el suicidiario por el enigma que representaban sus mujeres y porque el espectáculo que se montaba con cada suicidio en el mirador de la curva de los Javieres garantizaba esa cuota de admiración que necesita una persona cuando sabe que realiza algo importante. También lo hacían desde el monte Venir por las pocas posibilidades de quedar vivos y por la fama que tenía el lugar de garantizar la muerte instantánea. Era algo que los mortificaba, pues sabían que de sobrevivir las deformidades y consecuencias del golpe los harían infelices por el resto de sus vidas. En ese momento, escuché un grito espeluznante y lejano, como lanzado por una fiera, y sentí un miedo insípido que se convirtió en terror cuando otras voces igual de espantosas se unieron en coro. Decir que sentí escalofrío es redundante, porque no se puede experimentar otra cosa distinta ante una situación igual que se tornó más angustiante con los gritos de dos hombres, un par de disparos y los pasos apresurados y los murmullos de todos los que vivían en la casona. De repente la bulla cesó, casi al tiempo con el sonido seco de un portazo, seguido de un arrastre de cadenas metálicas. Debieron ser los lamentos de las almas en pena de las que me habló Juana Margarita.

Cuando la calma retornó al lugar seguí observándolo todo con interés infantil, pero con el corazón aún latiendo más de lo normal. De todas las cartas y los formularios diligenciados que leí, me llamó bastante la atención el manuscrito de una mujer, muy joven, en la que aseguraba suicidarse porque ya lo había hecho todo en la vida y su vida se había vuelto monótona:

"Viví muy rápido, me bebí el mundo de tres sorbos, ya lo he probado todo, ya lo he experimentado todo, no me queda nada por hacer y no pienso vivir otros 30 años rascándome la cabeza, mirando pasar estúpidos mentirosos que luego escupen porquerías en mi cuerpo, escuchando los problemas del mundo, ni viendo en el espejo cómo se transfigura mi rostro en una máscara decrépita con la que mis nietos se han de asustar. Lo siento, pero mi vida se ha convertido en un circo muy monótono y tengo que partir. Pido perdón a todos los que se puedan ver afectados por mi decisión, especialmente a mi madre, pero no hay nada que hacer, no sabría cómo vivir de aquí en adelante".

En otra carta se decía que la vida era una mierda, pero que la mierda sabía delicioso, y en una más extraña se hablaba de morir para cambiar de piel. Uno de los formularios no tenía una casilla marcada en las opciones de por qué se mata y el que lo llenó simplemente escribió: *"Por placer".*

Entre las cartas que no entendí estaba la de un anciano que se refería al suicidio como su silla de ruedas y la de un joven que se mataba para alcanzar la notoriedad que no obtuvo en vida. La de un poeta frustrado decía claramente que su vuelo a la fama era este poema escrito con algo distinto de su pluma:

"Escribo este poema con mis cojones, porque sé que mi vuelo es el único capaz de otorgarme el respeto y la importancia literaria que mis letras nunca conocieron".

La que más me aterró fue la de un hombre que aseguraba tenerlo todo y ser inmensamente feliz. Dijo sentirse amado por su esposa y por sus hijos, admirado por sus amigos, envidiado por sus enemigos e idolatrado por su madre y sus hermanas. Se dolió de no conocer jamás el sufrimiento, ni una traición ni la frustración ni una crisis económica y menos una necesidad, y dio gracias a Dios por bendiciones recibidas.

—Entonces, ¿por qué se mató este imbécil? —me pregunté con rabia—. A lo mejor no quería conocer la infelicidad y su misma alegría y su abundancia lo estaban empezando a volver infeliz —pensé para mis adentros y concluí—: el pobre prefirió morir para no tener que salir de la burbuja de cristal donde siempre vivió. En fin, cientos de cartas que dejé de leer tan pronto como me percaté del poco tiempo que tenía para dedicarles a las hermanas Vargas. Sin embargo, no me quería ir de esa habitación sin antes ojear, cuando menos, unas páginas del *Corán*. Cuando intenté tocarlas apareció Juana Margarita de la nada y me preguntó que si yo era musulmán. Le dije que no. Ella explicó que en ese lugar no existían religiones, que se respetaban todas las creencias y que para ellas Dios era una misma persona, sea que éste fuera amorfo, tuviera la barba blanca, los ojos rasgados, o fuera negro o blanco o un simple destello de luz. Discutimos un poco sobre las guerras que se emprendían en su nombre y me respondió con seguridad y en tono de filósofa recién graduada que todos eran unos estúpidos.

—Deberían buscar otro pretexto para matarse —concluyó.

En la noche, cuando ya casi todas las cosas que me reveló Juana Margarita estaban probadas, le pedí que me perdonara por confundir sus verdades con fantasías y ella lo hizo, consciente de lo inverosímiles que podían resultar sus historias para personas ajenas a su realidad. No obstante, no me quedé con la curiosidad que tenía desde la irrupción de los alaridos y le pregunté al respecto. Sin inquietarse, evadió mi pregunta y sólo atinó a decirme que la verdad total causaba daño. Quedé más inquieto aún con su respuesta que sin ella.

Por el poco tiempo que tenía, decidí pasar la noche sin dormir. Quería saberlo todo acerca de ese lugar que, con lentitud, comenzaba a caberme en la cabeza y concreté una cita de dos horas con cada una de las hermanas de mi paciente amada.

Mi experiencia junto a Ernestina

A la primera que visité fue a Ernestina. En las paredes de su habitación estaban escritas otras frases que justificaban el suicidio. Me llamó la atención una que decía:

"Para tomar sin remordimientos la decisión de morir, sólo basta con cerrar los ojos y preguntarle al corazón si se siente amado".

Estaba firmada por ella y sonrió con orgullo al verme leerla.

—Sólo un filósofo puede escribir frases así —le dije para romper el hielo, y me respondió con suficiencia y poca modestia:

—Soy filósofa.

Asentí en respaldo de sus palabras y entré en materia. Le dije que no me interesaba saber lo que me esperaba en el más allá porque no acudí a la casona a matarme y se quedó mirándome con algo de compasión, como si lo que yo le estuviera diciendo le hubiese parecido mentira. Le pregunté sobre el porqué de su mirada y si ella consideraba que decía algo malo. Me respondió con voz de ultratumba que no, que mis palabras eran inofensivas y que, simplemente estaba equivocado. Le pedí que me explicara su respuesta y no quiso.

Con esa tensión principiamos la charla de dos horas que inicié preguntándole por los gritos escalofriantes que se escucharon un rato antes y que parecían lanzados por monstruos asquerosos. Me dijo que ella no sabía de lo que le hablaba y me cambió de tema arbitrariamente. Yo recalqué sobre mi inquietud y algo me dijo de una bestia que rondaba por el monte Venir en busca de su pareja, pero que, extrañamente, los sonidos no venían de los nevados, sino de la parte baja del monte cerca del río.

–¿Qué tipo de bestia? –insistí.

–Dicen que un gorila –murmuró y me miró fastidiada–: ¿por qué mejor no hablamos de Juana Margarita? A eso vino, ¿o me equivoco?

Le respondí que en parte sí, y empezamos una charla franca con la que confirmé hasta la saciedad que Juana Margarita jamás inventó nada. Me dediqué, entonces, a profundizar en las razones que tuvieron ella y su hermana para recluirla en el hospital psiquiátrico sin estar loca y la sentí recular. Con algo de vergüenza porque se sentía descubierta, me contó que la confusión empezó el día en que a Miramar llegaron Saltarín y Atanael Urquijo, un hombre que transpiraba sufrimiento pero a la vez ternura. Me dijo que ignoraba el tipo de acuerdo que tenía Juana con estos dos personajes, pero que algo sucedió después de que ellos se mataron porque sus muertes coincidieron con la esquizofrenia sufrida por su hermana. Muy interesado en conocer sus historias con profundidad, le pedí a Ernestina que me contara detalles de las vidas de estos dos hombres y no se negó. Con los otros datos que sobre ellos recopilé durante mis entrevistas con Juana en el hospital, pude compilar un buen par de biografías de Atanael y de Saltarín que, aunque sucintas, nos harán entender con mayor claridad porqué un imperio tan sólido sucumbió a la más leve zozobra.

CAPÍTULO DIECINUEVE
Atanael Urquijo

Recién excomulgado por estafar a un par de religiosos, odiado por dos de las hermanas Vargas, amado en silencio por una de ellas y luego de mecerse como un niño sobre la rama seca y flexible del caucho, Atanael Urquijo saltó a lo profundo con su alma destrozada por algo que acababa de descubrir. El dolor que sentía era tan grande que tal vez por eso no prestó mucha atención a una bella melodía lírica que florecía de los labios de Anastasia con absoluta melancolía, en un italiano perfecto y en tonos tan agudos que alcanzaban a lastimar el ánimo. Mientras cantaba, la menor de las Vargas nunca dejaba de mirar a los humanos con ojos vivaces y gesticulaciones lentas. Su inocente monte de Venus se extendía como enredadera hacia el norte, y fue su vagina en llamas la última imagen que grabó en su mente el desquiciado de Atanael antes de saltar.

Aun así, el hombre que sufría pobreza de valentía para seguir batallando contra sus reminiscencias y sus traumas sentía una angustia terrible, pero no tenía frío, hambre ni ganas de arrepentirse. Atanael voló lleno de recuerdos irrelevantes y completamente embriagado, como lo aconsejaba el ritual establecido por Cleotilde, quien aseguraba que esas decisiones traumáticas y determinantes debían tomarse sin el juicio en orden. Por eso, la mayor de las Vargas empezaba a emborrachar a los suicidas con todo tipo de licores preparados en un alambique donde trabajaban con pereza sus tres hermanas y, obligado, Patricio, en el que se preparaban, entre otros menjurjes, zumo de anís, jugo de uvas fermentadas, chicha de piña, canelazo, mate y aguardiente de caña, exprimida en el trapiche mecánico que, a falta de bestia, ahora lo impulsaba el fuerte Patricio. Uno de los muertos que estaba trepado en el árbol junto con sus compañeros de dimensión alcanzó a comentar, con algo de mordacidad y creyendo que Atanael venía de pasar una noche de intensa lujuria al lado de Cleotilde, que el pobre lucía como bagazo de caña recién exprimido en los piñones del trapiche.

Mientras se mecía en la rama del caucho, se aterró de la frialdad del siempre callado Patricio, quien continuó con sus oficios cotidianos, como si su muerte no le importara. Al momento recordó eso terrible que encontró en la habitación de Cleotilde y el ahogo que sintió le impidió intuir la presencia de la multitud de fantasmas invisibles, silentes y fríos que todas las mañanas se agolpaban cerca del árbol para dar consejos o formular críticas virulentas a quienes se aprestaban a morir. El desdichado se lanzó al espeluznante abismo de pie, con los brazos pegados al cuerpo como ficha geométrica de encajar.

El de Atanael se convertiría en uno más de los cientos de suicidios que se presenciaban en el monte Venir cada año, pero su alma tardó mucho tiempo en regresar a la cascada, por lo que Juana Margarita envió a Patricio con premura a la finca de don Misael para que constatara que estaba muerto. Patricio regresó con la noticia del hallazgo de su cadáver y Juana respiró tranquila, aunque un tanto inquieta porque su alma seguía sin aparecerse en la cascada.

Varias horas después, llegó. Juana Margarita, quien lo esperaba encaramada en el techo de la casa; mientras tertuliaba animadamente con dos muertos, lo vio entrar a Miramar. Estaba asustado y más desesperado que ningún otro muerto y decidió no delatar su presencia ante sus hermanas, temiendo que ellas se siguieran llenando de motivos para creerla demente.

El porqué de la decisión fatal

Atanael tomó la determinación de interrumpir sus horas de manera abrupta y voluntaria un domingo en la mañana, luego de mirarse al espejo por largos minutos. Era obeso en exceso y ese defecto físico le impidió retener a su esposa, dos horas antes, cuando ella y sus dos hijos partieron de casa con un par de maletas misteriosamente desocupadas y la amargura a flor de piel. Usnavy salió con sus hijos a las ocho de la mañana sin discutir, ni hacer reclamos ni utilizar pretextos, como siempre lo hacía, por lo que el infortunado intuyó, con muy buen juicio, que el amor de toda su vida se marchaba para no regresar jamás. Tampoco se tomó la molestia de detenerla. Sabía que los problemas de índole comercial y personal que los llevaron a esa situación se tornaron insalvables.

Las relaciones sexuales eran de muy mala calidad y demasiado esporádicas, al tiempo que los besos fueron sucumbiendo proporcionalmente al crecimiento de la barriga, la inseguridad y el mal aliento de Atanael. Los abrazos se fueron para siempre con la llegada del primogénito y la situación económica no podía ser más precaria debido a la obsesión que tenía Atanael por adelgazar, gracias a la cual el dinero del hogar iba directo al bolsillo de brujos, hechiceros, teguas y falsos farmaceutas que, ya para entonces, vivían en Gratamira. Los farsantes le vendían infusiones de hierbas mágicas, pócimas de yodo, ungüentos de alta temperatura para quemar la manteca que su cuerpo producía en exceso, masajes de sebo de cabra y vendas de telas negras impregnadas con petróleo y quina, purgas con paico de terrible convalecencia, e incluso dietas extrañas que nunca decían la verdad, como aquella que obligaba al paciente a comer piña durante doce días seguidos, al cabo de los cuales, muchas veces, había que enterrarlo.

Por todas estas razones, pero sobre todo, porque nunca lo amó, Usnavy tomó la decisión de irse del lado del hombre que le salvó la vida, pero que fue incapaz de mantenérsela encendida.

Aquel 31 de diciembre trágico

Y esa fue la verdad. Atanael se la arrebató a las aguas del río Cristales, cuando Usnavy era una niña, un 1º de enero, mientras los gratamiranos celebraban la llegada de un nuevo año y el primer día del carnaval, en medio de un ritual de agua y harina, y la música que un alemán interpretaba en el piano, el único instrumento musical que existía en Gratamira, cuyas notas el viento llevaba en oleadas melancólicas hasta los oídos de Juan Antonio y Rosalba. Los nativos despedían el año al tiempo que empezaban a celebrar las Fiestas del Embuste, en honor de Juan Benjamín Vargas, el hombre que descifró los caminos patrañeros para convertirse en el primer poblador del valle de las Montañas Tristes. Desde luego que no fue el primero porque los indígenas kazimbos ya se encontraban habitando esos territorios, pero en los textos de historia a los indígenas nunca se les reconocían estas conquistas.

En ninguna otra época los habitantes de Gratamira ponían festones y faroles de colores frente a sus casas, ni volvían a desfogar sus pasiones ni a desordenarse como en esos tres días de carnaval, en los que daban rienda suelta a instintos tan disímiles como la lujuria y el chisme, la gula y la vanidad.

De repente fueron sorprendidos por la furia inmisericorde del reío, cuyas aguas mansas se represaron en el cañón de las Águilas debido al enorme derrumbe natural que se presentó, sin testigos, el día anterior. Enfrente de una casa sin antejardín, construida sobre la vía principal, estaba Atanael con sus 16 años, tratando de entretener con una pelota de trapos a su prima Usnavy quien apenas tenía cuatro años y los calzones sucios y descosidos. No intuyó siquiera que esa noche la vida les iba a cambiar a todos para siempre y de manera total.

La primera en sospechar que algo terrible sucedería fue doña Isabel Bastidas, hermana de Misael y cuidandera de su mal habida finca. Ella, que habitaba a la orilla del inofensivo afluente y que con su esposo vivían de saquear a los suicidas que caían muertos cerca del río, estaba preparando unos tamales para sus siete hijos y su esposo, cuando varios de ellos se quedaron dormidos, exhaustos de jugar hasta el cansancio con un camión de madera que les fabricara con mucha dedicación su ventajoso tío. En esa pausa silenciosa que inundó la casucha mientras los niños descansaban, Isabel extrañó ese murmullo constante de trueno infinito que caracterizaba el incesante golpeteo de las aguas contra las rocas, y se asomó al patio a ver qué ocurría. Como no escuchó nada diferente del lamento de las almas en pena, que ya era común en la zona, corrió hasta donde su esposo gritando entre sorprendida y desprevenida:

–¡Mijo, el río se secó!

Al instante apareció Miguel muy asustado y, sin mediar palabra, la arrastró con fuerza de una mano, mientras le gritaba por el camino que le ayudara a despertar a los niños porque a Gratamira se lo llevaría el diablo.

Entre tanto e ignorando que el río Cristales estaba a punto de liberarse con furia de su cautiverio involuntario, los gratamiranos recorrían las calles como hormigas, aparentemente desorientadas. Los adolescentes aprovechaban la nochebuena para iniciarse, con orgullo, en el dañino oficio de mezclar licores caseros de distintas procedencias, sabores y grados de alcohol en sus hígados, y los hombres se paseaban orgullosos por todo el pueblo, con su ropa recién lavada, sus barbas peinadas y sus cabezas dando vueltas por la chicha y el guarapo, que era un licor elaborado con cáscaras de piña fermentadas con agua de panela. En ese estado de embriaguez artesanal se hacían esguinces a los compromisos sagrados, tratando de sortear con astucia los dilemas que les planteaban su infidelidad y su imposibilidad de estar en varios lugares al mismo tiempo.

El reloj de la torre inalcanzable del mirador marcaba cinco para las doce y todo el mundo esperaba el conteo regresivo para recibir el nuevo año con mucho respeto y palpitaciones profundas. Por la oscuridad y la carencia de luz eléctrica, la torre no se podía divisar desde el suicidario en las noches, por lo que Juan Antonio y Rosalba jamás deducirían en qué momento se acababa el año. Aun así, trataban de hacer un cálculo cercano y a su medianoche sonreían sin decirse palabra alguna y se abrazaban, esforzándose para no llorar en medio de su soledad y aislamiento voluntario y para escuchar las melodías del piano que lanzaba notas al aire, algunas de las cuales llegaban hasta Miramar.

Nadie notó que el pueblo estaba en silencio, impávido, resignado, como esperando la muerte, porque la gente no paraba de cantar algunas canciones que recordaban de su vida pasada en la civilización y otras que debieron inventar para no aburrirse con la repetición de las primeras. De repente, irrumpió endemoniado por la calle principal un arcaico vehículo de tracción animal, ruedas de madera y aspecto apocalíptico. Miguel y su esposa, que lo conducían, estaban de pie y gritaban con angustia que todos debían marcharse porque el pueblo desaparecería. Pero nadie hizo caso. Unos transeúntes esquivaron la carreta con insultos y otros se rieron de la forma estrafalaria como recibirían el año la hija de don Cuasimodo y su esposo. Los acompañaban sus siete hijos, un perro, dos colchones, un baúl repleto de ropas desordenadas y varios canastos con alimentos y tamales crudos. Al verlos gritar pidiéndoles a todas las personas que corrieran, los transeúntes comentaban con fastidio que esas chanzas no se deberían hacer y menos en una fecha tan especial. Cuando la carreta con los nueve miembros de la familia pasó por el frente de la casa de Atanael, los niños de la cuadra empezaron a perseguirla en medio de risas y peripecias, apostando carreras y tratando de demostrar, subiéndose al planchón, quién era el más fuerte. Atanael y su amigo de infancia, Arnoldo, fueron los únicos en lograrlo y ambos se aterraron por la pasiva actitud de don Miguel, a quien nunca le simpatizaron los niños y, sin embargo, no la emprendió a gritos contra ellos. No podían creer que, en vez de espantarlos y echarles el perro, los ayudaran a subir. Mientras se alejaba con enorme susto y a gran velocidad de su casa, Atanael grabó en su mente, y para siempre, la imagen de su padre saliendo al portón con angustia, achicándose paulatinamente con la distancia, recogiendo en sus brazos a Usnavy y corriendo al centro de la calle para hacerle todo tipo de advertencias y amenazas con la mano derecha por andar de callejero. Por eso le pidió a don Miguel que parara la carreta, pero éste no se detuvo. Arnoldo y Atanael comenzaron a gritar y tuvieron que pasar varios minutos para entender las agresivas palabras de Misael:

—¡Si se bajan se mueren, chinos maricas!

Al cabo de algunos minutos se pusieron a salvo en una loma donde las aguas del río llegarían y se aterraron al ver allí, con un costal repleto con sus pertenencias, a don Misael Bastidas. Él también se sorprendió al ver a su hermana, pero se disculpó con ella preguntándole si el hijo de no sé quién le dio la razón.

—¿Cuál razón, Misael? ¿Usted iba a dejar que mis hijos y yo muriéramos?

—No, señora, cómo se le ocurre. Yo le mandé a decir con el hijo de doña Ana que se salieran porque el río se crecía.

—Eso es mentira, Misael. Usted quería que todos nos muriéramos para quedarse con la herencia de mi papá —le gritó, cayendo en cuenta de la no ausencia de su progenitor, pero más tardó en preguntarlo que Misael en contarle sobre su decisión:

—Mi papá dijo que no se quería salvar, que ya estaba viejo y que bajaba los brazos porque estaba cansado.

La traición del río Cristales

Cuando sonaron los doce campanazos y la gente estalló en risas, abrazos y llanto, el río Cristales recobró su libertad con la fuerza de un inocente y se lanzó en una rauda e impetuosa carrera a recuperar su cauce, arrastrando consigo rocas, árboles, vacas, niños, casas y cuanto objeto osara desafiar su grandeza aplazada. Su velocidad era tal, que cuando algunas personas se percataron de su desmadre, corrieron a las habitaciones o a los solares a sacar a sus hijos, pero el agua los sorprendió en la alcoba o la cocina y los arrastró sin misericordia alguna para luego licuarlos, sin compasión, entre olas enormes y remolinos inesperados para reventarlos como huevos inofensivos contra las rocas que viajaban a la misma velocidad.

Repletas de escombros, cadáveres de animales y humanos, que para los efectos prácticos del momento ya costaban lo mismo, las aguas del río Cristales irrumpieron con estruendo de cataclismo en las goteras del pueblo, arrastrando todo lo que encontraba a su paso demoledor y sepultando bajo el lodo lo que le diera la gana. Gente corriendo hacia la montaña con sus hijos y sus esposas. Ancianos tercos pidiéndoles a sus hijos y a sus nietos que los dejaran allí y se salvaran ellos. Casas, animales y hasta el cementerio de donde levantó de sus tumbas a todos los muertos que al momento confundieron sus cuerpos ajados y esqueléticos con los cadáveres rozagantes que flotaban sobre la corriente.

Ningún gratamirano, inmerso a esa hora en los primeros minutos del año, escuchó el gutural estruendo que producía el inmenso mar en que estaba convertido el inofensivo riachuelo, que incluso en época de verano desaparecía sin dignidad alguna, dejando ver en el fondo las arenas blancas y las piedras de colores que lo habitaban. Cuando el río crecido llegó al parque y su estruendo de trueno inundó cada rincón, el ineficiente alcalde, don Eliseo Puerto, expidió verbalmente el ridículo decreto de evacuación del pueblo. Y no terminaba de decir las palabras acátese y cúmplase cuando ya las aguas densas del río lo arrastraban hacia la muerte.

Apostado desde una colina que servía de fuerte apache a los niños del pueblo, Misael Bastidas, su hermana Isabel, su esposo Miguel y los nueve niños, incluidos Atanael y su amigo Arnoldo, observaron con impotencia la debacle. Incluso vieron pasar al alemán del piano flotando con su instrumento sobre las olas y sin dejar de interpretar una sonata mozartiana mientras se hundía poco a poco. Atanael, cuya familia entera era arrastrada a esa hora por la corriente, quiso devolverse al pueblo con la esperanza de salvarlos, pero don Misael no se lo permitió, incluso recurriendo a los golpes cuando el muchacho se puso testarudo y no consideró razones para irse a cometer su épica locura de luchar contra las aguas de una represa desbordada.

A medida que algunos sobrevivientes llegaban a la pequeña loma, estupefactos, empapados y llenos de lodo, el drama crecía. Niños preguntando por sus papás, padres preguntando por sus hijos, mujeres preguntando por sus esposos, todos envueltos en gritos lastimeros y un desespero similar al que produce una gota de limón en los ojos. Revoloteaban de un lado a otro mirando pasar cadáveres por su lado y, lo que es peor, personas vivas luchando contra la violencia de las aguas, bailando como marionetas al ritmo de los remolinos que los hacían zambullir sin misericordia y desaparecer por minutos enteros y eternos. Algunos infortunados apenas alcanzaban a pedir clemencia con la mirada antes de ser sumergidos para siempre en el ojo de aquel huracán. Lo más triste era que quienes se encontraban a salvo no tenían sogas ni elementos de socorro para ayudar a los que pasaban pidiendo auxilio con el desasosiego en los rostros y estirando las manos como marionetas en apuros, buscando así la salvación milagrosa.

El conjunto de la espantosa acción, estaba conformado por un cuadro dantesco similar al del purgatorio, donde las almas luchaban por no sucumbir en las llamas de la muerte con sus rostros demacrados y sus alientos menguados. Sin embargo, los salvavidas voluntarios formaron varias cadenas humanas, de modo que el último de la fila, que estaba al borde del cauce, estiraba una de sus manos, tratando que los náufragos se agarraran de ella, pero sólo pudieron rescatar a tres personas. Las demás se resbalaron de sus dedos jabonosos en medio de gritos espantosos, cuando el encargado de agarrarlas ya celebraba la victoria. Otras víctimas pasaban muy cerca del brazo salvador que, por ser el más fuerte, era el de don Miguel. Varios intentaron alcanzar sus manos con el último suspiro en remojo, pero la corriente los licuaba con más velocidad en ese momento, como arrebatándoselos a la vida. La veintena de personas que estaban enlazadas se tenía que resignar con ver la zozobra y algunas lágrimas en los rostros de los condenados a muerte, que se alejaban con la velocidad del agua hasta estrellarse contra una roca, o morir succionados por un remolino.

La hazaña de Atanael Urquijo

De repente pasó algo inesperado, que habría de cambiar para siempre el sino fatal de Atanael. Ernestina me dijo que el obeso hombre empezó a morir ese día de la creciente y no el día en que comenzó a trepar el monte Venir. Fue el paso inesperado de Usnavy, su sobrina de cuatro años, por la parte baja de la colina. Nadaba entre la corriente de lodo, aferrada a los brazos de su padre, que luchaba por no dejarla ahogar. Lucía petrificada por el miedo, entregada a su suerte.

Poseído por un héroe inédito en su espíritu, Atanael rompió la cadena humana en la que ocupaba lugares intermedios y corrió como avioneta tomando pista para lanzarse a las aguas monstruosas del río Cristales, sin pensarlo más de media vez. Estupefacto por la escena Miguel Moreno quiso ir tras él, pero su cuñado Atanael, su esposa y sus hijos se lo impidieron. Impávidos, observaron la heroica gesta y vieron cómo el adolescente se sumergía y luchaba contra los remolinos por dar alcance a su padre y a su pequeña prima. Muchos metros adelante, lejos de las miradas de quienes salvaron sus vidas en la colina, Atanael los alcanzó. Expulsando bocanadas de agua que entraban a su garganta y lo atoraban, intentó establecer comunicación con su padre, pero descubrió que el pobre había muerto y que simplemente le estaba sirviendo de tronco flotador a Usnavy, quien se hallaba tan aferrada a él, que para zafarla fue necesario que Atanael empleara toda su fuerza y hasta le golpeara las manitas con sus puños. Cuando se pudo hacer a ella, Atanael buscó la orilla con ahínco y vio cómo las aguas envalentonadas arrastraban para siempre el cadáver de su papá. Enseguida se le vino a la mente la última vez que lo vio en vida, precisamente en la calle donde habitaban y mientras él se alejaba del lugar en la carreta de Miguel Moreno. Esta vez el que se marchaba a gran velocidad de su presencia era él.

CAPÍTULO VEINTE
Muere una flor, nace un amor

Tres días duró Usnavy aferrada a la humanidad de Atanael Urquijo, sintiendo el latir de su corazón, fusionándose con su calor, buscando refugio en su inconmensurable nobleza. Y con Usnavy agarrada a su cuello como un mico, el pobre Atanael buscó entre los sobrevivientes al resto de su familia y sólo encontró a su madre, pero en una lista de heridos graves a quienes, debido a la gangrena gaseosa, les amputaron una de sus extremidades en una carpa improvisada donde una enfermera sin experiencia y un médico que ya olvidó lo que aprendió en la academia atendieron las emergencias con total torpeza y algunos cuchillos de mesa afilados contra una piedra por dos voluntarios.

El río Cristales, borró del mapa a Gratamira, pero como en ese tiempo en el mapa de la nación no existía ese municipio, la tragedia fue doble por la falta de asistencia y medicinas. Ernestina me recordó que los primeros en descubrir la desventura fueron su padre y su tía cuando se levantaron a mirar la hora en el reloj de sol de la torre medieval. Me comentó que ellos dijeron que desde las alturas Gratamira parecía un desierto de lodo que daba lástima y que el mirador de la torre se había desplomado sobre la superficie como si un gigante lo arrancase de su torre y lo hubiese puesto con las manos sobre la superficie de la Tierra. Que sólo se veían unas pocas casas, entre ellas las de los alemanes, cuyo barrio resultó parcialmente ileso de la catástrofe. Me dijo que Juan Antonio y Rosalba sintieron la necesidad de ir a colaborar en las labores de rescate, pero el lodo no los dejó salir del monte, cuya parte baja se inundó por una gruesa capa de chocolate espeso que tardó varias semanas en secarse.

Por su gesta homérica, que se comentó largamente en los refugios improvisados bajo los árboles de las lomas cercanas, Atanael se ganó el respeto de los sobrevivientes que dos semanas después, cuando el Sol secó el fango y el río Cristales volvió a su pequeñez, regresaron a buscar los restos de sus muertos y a localizar, a punta de señas, el lugar donde quedaban sus casas. Para ubicarse medían los pasos que había desde la punta de la torre del mirador hasta una esquina imaginaria y luego doblaban las esquinas, pintándolas con chamizos sobre el lodo reseco y agrietado. Otros calculaban las distancias desde el asta de la bandera de fundación que siempre ondeaba en la alcaldía, que quedaba a un costado del parque principal, pero ninguno daba en el lugar exacto porque la extensión desértica en que se convirtió el pueblo les hacía perder las proporciones y las distancias. De repente alguien creía haber encontrado el lugar donde nueve metros abajo, estaba su casa pero se topaba con una persona que aseguraba que la de al lado era la suya. Después de recordar que nunca fueron vecinos reconocían la equivocación y suspendían la búsqueda, a veces para siempre.

El que sí pudo encontrar su casa fue Atanael. La reconoció porque estaba construida al lado de una ceiba enorme que cobijaba el solar de su casa y cuya copa frondosa quedó expuesta a la altura de los humanos. Alcanzó a dudar de la localización cuando vio, medio enterradas, las teclas embarradas de un piano de cola en el sitio donde debería quedar el patio de la casa, pero supuso que la corriente lo puso en ese lugar con un propósito premonitorio que se prometió descubrir desde ese día.

Los hallazgos más alucinantes tuvieron lugar en el barrio de los alemanes. Por ser las únicas que quedaron en pie, las casas de los arios se convirtieron en sitio de obligada visita para los sobrevivientes. Curiosos, damnificados, saqueadores y socorristas que llegaron de todas partes del pueblo se extasiaban al mirar artefactos que jamás imaginaron y no pasaron tres días antes de que éstos desaparecieran. En el patio de una casa, por ejemplo, encontraron los restos de un aparato metálico del color del cielo en la noche y del tamaño de una cocina. Tenía puertas y en la punta un emblema que a los pocos años se acuñó en el mundo entero como el símbolo de la paz. Nunca supieron cómo llegó a ese lugar, porque hasta el día de la avalancha aún no existía una carretera que comunicara a Gratamira con el mundo civilizado: lo cierto es que el primer automóvil que vieron los gratamiranos que no conocían la capital, donde sí existían muchos de éstos, fue ese.

Se especuló mucho sobre la manera como entró al pueblo y no faltó el fantasioso con ínfulas de científico que aseguró ver autos voladores en la gran ciudad. En la sala de otra casa encontraron personas de bronce. Algunos tuvieron claro que se trataba de esculturas elaboradas por artistas europeos que marcaron, en silencio, una época de opulencia entre los extranjeros que llegaron al país buscando asilo y que, no obstante las incomodidades y las necesidades, se negaban a renunciar a sus grandes y pretenciosos lujos. Sin embargo, dos señoras, seguramente las más fantasiosas, no se comieron el cuento de las esculturas de bronce y regaron el chisme de que algunos alemanes se transformaron en estatuas luego de morir ahogados en la avalancha. Incluso una de ellas extrajo del jardín de una de las casas la figura en bronce de un niño orinando y junto con sus supersticiosas amigas le dieron cristiana sepultura. Pero el hallazgo más celebrado de todos fue el de la máquina de hacer libros. Lo supieron porque la tipográfica tenía puesta aún la plancha metálica en su rodillo, en la que se podía apreciar un texto en alemán levantado tipo a tipo dentro de una moldura metálica. Las mismas señoras que enterraron la estatua del menor, extrañadas por la rara composición de las palabras que no pudieron leer por más que le dieron vueltas al marco de hierro, aseguraron que ese era el idioma del diablo y que esa era la razón por la que nunca les entendieron nada de lo que hablaban.

En el resto de las casas se encontraron uniformes militares, cascos, dagas, espadas, armas antiguas, muebles forrados en terciopelo, pinturas originales que a las mismas señoras les parecieron mamarrachos inconclusos, radiolas de manivela, binoculares, transistores, botellas de vodka, ginebra y whisky sin destapar, vinos madurados en las profundas cavas construidas en sus sótanos, órganos, saxofones, trompetas, guitarras y violines con las cuerdas estalladas como el pelo de la loca del pueblo que no apareció en la lista de sobrevivientes. Estos descubrimientos, sobre todo los de artículos de consumo, despertaron la ira del pueblo y las sospechas de Atanael sobre su procedencia. El padre adoptivo de Usnavy no tardó mucho en iniciar la investigación para concluir con mucho juicio que los alemanes, en una actitud egoísta y cruel, mantenían contacto clandestino con la civilización, gracias a los sobornos que les pagaban a los indígenas kazimbos para que no los despistaran durante sus travesías en el auto Mercedes Benz que poseían en común.

Aprovechándose de la ubicación del barrio, construido a las afueras del pueblo, los teutones encendían el carro en las madrugadas y se marchaban hacia Pozo Negro por la posibilidad que les brindaba el vehículo de transportar todo lo que en Gratamira faltaba y que a ellos les sobraba. Cada mes viajaban a la capital de la provincia y se abastecían de elementos de primera necesidad con total indolencia, sin importarles las angustias y padecimientos de sus coterráneos.

Los alemanes justificaron este hecho como un acto de supervivencia. Alegaron, con toda razón, que el mundo los estigmatizó por una masacre en la que sólo unos pocos participaron y tuvieron que buscar refugio para ellos y para sus hijos en los lugares más recónditos de la Tierra. Por eso, por el temor a que el mundo conociera el lugar donde se escondían, no pudieron compartir sus reservas y sus secretos con el resto de los gratamiranos. Aun así, este acto fue mal visto por los pobladores, que se llenaron de rabia por esta injusticia y arremetieron con odio sobre las alacenas y depósitos de sus hogares, saqueándolos a punta de hambre y fuego. Las casas de los alemanes ardieron durante toda la noche, mientras sus habitantes huían hacia las montañas buscando refugio en las tiendas de los kazimbos.

Toda una paradoja, pero gracias al desmadre del río Cristales, muchos colonos volvieron a degustar el vino tinto, el whisky, los embutidos enlatados, a escribir sobre cuadernos y agendas y a olfatear el aroma del perfume de mujer. De modo que el gran tesoro que los teutones guardaban en secreto fue devorado por los saqueadores y por las llamas en unas pocas horas. En un acto de torpe venganza, los gratamiranos que no alcanzaron a morder una buena tajada del preciado botín también destruyeron el Mercedes Benz, echando a perder la posibilidad de regresar a Pozo Negro y contar que Gratamira existía.

Cuando se cumplió el mes de la calamidad, varios sobrevivientes culparon de la desgracia al ateísmo de los gobernantes y contraviniendo el decreto que prohibía manifestar públicamente las preferencias religiosas, mandaron clavar una cruz de palo en el lugar donde quedó sepultado el parque central. Al lado de ese símbolo, que para algunos significaba decadencia, los gratamiranos oraron en honor de los miles de muertos que dejó la avalancha. Luego de la sentida jornada de oración al cabo de la cual ya no quisieron desgarrar más lágrimas, porque las guardaban para cuando aparecieran los cadáveres momificados de sus familiares, Atanael, aún con Usnavy aferrada a su humanidad, tomó la palabra y se dirigió a la pequeña multitud para proponerles el perdón de los alemanes, que ahora representaban 20% de la población, y contribuirían a la reconstrucción del pueblo. El pueblo aceptó con contadas excepciones y Atanael se convirtió en el adalid del proceso.

Ochenta personas dotadas con las herramientas encontradas en el barrio alemán y cargadas de tolerancia a los malos recuerdos y a los malos olores, volvieron a rehacer su pasado. Se optó por reconstruir el nuevo caserío en la parte alta de las montañas, aunque la mayoría de los colonos se opuso alegando mayores dificultades para la construcción y la integración de sus habitantes. El río estaba tan manso e insignificante para entonces, que nadie fue capaz de pensar que algún día volvería a cometer la hazaña de crecerse con la furia que lo acababa de hacer. Sin embargo, tomaron las precauciones debidas y movieron a las orillas del río muchos montículos de piedra y lodo que en el futuro les sirvieran para contener las aguas en caso de que éstas se quisieran volver locas de nuevo.

Fue este el período de mayor afluencia de suicidas al monte Venir. A medida que fueron apareciendo los cadáveres los sobrevivientes, que se sintieron solos en el mundo, sin casa ni familia, optaron por la desesperada decisión y no fueron pocos. Atanael se vio a gatas para atajarlos disparando contundentes discursos en pro de la vida y del sentido que adquiría aquella cuando las dificultades nos planteaban un dilema tan terrible como vivir para recordar algo terrible o morir para no recordar nada. No tuvo éxito. No obstante, su esfuerzo por impedir que la gente se matara y terminara dejando el pueblo en estado fantasmal y su reconocido heroísmo al arriesgar su vida para salvar a su prima de cuatro años le valieron un respeto que, a largo plazo, le sirvió, pues los colonos del pueblo se reunieron y lo nombraron alcalde, aunque de manera temporal.

Su primer acto de gobierno fue muy popular y la gente lo recibió con aplausos: prohibió a los habitantes del pueblo morir en Navidad, Fin de Año o durante las fiestas de efemérides. Fue tanto el impacto de recibir el nuevo año en medio de muertos, que la medida la tomaron con entusiasmo los sobrevivientes quienes se propusieron desde ese día morir sólo en fechas tristes o normales.

Por ejemplo, a don Patricio Merchán, un sobreviviente del embate del río que meses después falleció de pena moral porque jamás pudo recuperar el cadáver de su esposa, le tocó aplazar su muerte por dos semanas porque su entierro coincidiría con el inicio de los carnavales. Y doña Eugenia Tierradentro duró nueve días agonizando, porque la muerte intentó sorprenderla un 23 de diciembre. Ella no quería violar el decreto del alcalde y por eso aguantó los terribles dolores de un cáncer de piel y murió el 2 de enero. En el suicidiario también se sintonizaron con el mandato y decidieron no atender suicidas en esas fechas.

Lo cierto es que la popularidad de Atanael alcanzó a mortificar a Misael y a otros colonos que lo doblaban en edad. Por eso promovieron una junta de colonos que se encargó de nombrar a don Baltasar Munévar, el antiguo notario, como alcalde de Gratamira en propiedad, alegando que se tenía que aprovechar su prodigiosa memoria para gobernar durante un periodo en el que no se contaría con el archivo histórico del pueblo, que quedó sepultado en el barro. Atanael entró en depresión por la sucia movida de Misael y se dedicó a comer como un elefante, sin darse cuenta de que Usnavy llegaba a la adolescencia sin despegarse de él, ni siquiera en las noches.

Merced al apoyo que le brindó para su nombramiento y a las fichas que movió para que la elección no se dañara, Baltasar Munévar se convirtió en el alcalde de bolsillo de Misael y su primer acto de gobierno consistió en escriturarle en su memoria casi todo el monte Venir.

Juan Antonio y Rosalba, que ignoraban la paulatina desaparición de su herencia, no tuvieron necesidad de bajar hasta Gratamira para enterarse de lo que sucedía gracias a los chismes que les llevaron varios sobrevivientes de la tragedia que recibieron por esos días con la intención de matarse. Como nunca antes ocurrió, y contra la propia tradición del lugar de respetar el libre albedrío de la gente y su derecho a morir cuando les diera la gana, los hermanos Vargas se fajaron a fondo para impedir que muchos de ellos tomaran la fatal decisión, creyendo, con toda razón, que sus decisiones estaban viciadas por el dolor, como también estaba viciado por el agradecimiento el amor que Usnavy empezó a sentir por su tío redentor. Su amor por él creció en la misma forma precipitada y desmedida en que crecieron sus senos y la nueva Gratamira bajo el mando del corrupto de Baltasar Munévar.

Cuando Usnavy cumplió quince años, le dijo a su tío, durante un desayuno cualquiera, que ya estaba lista para casarse con él. Éste, que jamás le hizo propuesta parecida, se quedó alucinado con lo que acababa de escuchar y no pudo hablarle durante varios días, a pesar de que ya dormía a su lado desde hacía diez años. Desde el día en que la rescató, Usnavy jamás pudo separarse de él. Comían, dormían, bebían y se bañaban juntos. Fue tanto lo que compartieron a causa de sus traumas, que Atanael ni siquiera tuvo tiempo de fijarse en otra dama ni en los cambios anatómicos de su sobrina. Siempre la respetó y jamás, ni en sueños, acarició la posibilidad de hacerla su mujer, aunque no pudiera soportar la idea de que en pocos meses la bella damita se apareciera en la puerta de la casa con un novio de su edad y 80 kilos menos de los que él tenía, para pedirle permiso de visitarla.

Usnavy se fue convirtiendo con el paso de los días en un miembro más de su cuerpo, un órgano vital de su alma que se fusionó con su organismo haciéndolo depender de ella para respirar, dormir, soñar, comer, sonreír. Para no defraudar el sueño de su pequeña protegida y para evitar que un buen día los muchachos de Gratamira vinieran por ella, Atanael le respondió a Usnavy que estaba de acuerdo con la boda, entre otras cosas porque él no era capaz de hacerle el amor sin la bendición y sin el perdón de Dios de por medio. Ella aceptó. Sin embargo, él estaba lleno de dudas, pues no sabía si lo que buscaba la adolescente era un padre que la protegiera, pagarle el favor por salvarle la vida o, en realidad, un hombre que la realizara como mujer. Con esa duda la llevó al altar sin importarle su ascendencia judía, pues el padre de Usnavy era un polaco de origen hebreo que vivió los horrores de la segunda guerra mundial y que bautizó a su hija con ese nombre como un homenaje a la presencia de los aviones estadounidenses en la Europa saqueada y destruida que vio morir de manera espantosa a millones de sus hermanos.

CAPÍTULO VEINTIUNO
Terapia sexual por una maestra infeliz

Como en Gratamira jamás existió un sacerdote, se fue a buscar al que canjeaba almas por dinero en el altiplano de la curva de los Javieres, que era el único cura que existía, aunque todos supieran que se tratara de un vividor sin Dios ni ley. A falta de iglesia, el padre Ramiro los casó una tarde de sábado sin invitados ni familiares, en el despacho del alcalde que ahora cumplía la doble función de mandatario y notario. Estaban en plena ceremonia civil cuando una multitud indignada rompió las ventanas de madera de la oficina y forzó la puerta de entrada de la notaría, pues querían linchar a Atanael por aprovecharse de la ingenuidad de la niña. Alegaban los exaltados que una niña impúber no podría entender los vericuetos del sexo.

Pero lo que en el fondo no aceptaban no era que él le llevara doce años de edad, ni que le estuviera cobrando el favor de salvarla, sino la imagen abstracta de semejante mastodonte sobre la humanidad de la frágil Usnavy, quien para la fecha, y a pesar de sus quince años, lucía la delgadez de una enferma terminal. El alcalde intervino y evitó el accidente, pero la indignación de la población terminó con el encierro voluntario de la pareja.

Calumniados y vilipendiados, Atanael y su esposa se encerraron en una casita que construyeron en la parte alta del pueblo, y dedicaron el tiempo completo a descubrir el amor, pues ninguno de los dos conocía las mieles del sexo. Dada la desproporción de sus cuerpos nunca encontraron una posición adecuada para la penetración, por lo que tuvieron que ir hasta la casa de la mujer que más hijos parió en el pueblo para que les enseñara a procrear.

Doña Virginia Casales los metió en su alcoba sancochada por el Sol, tapó las ventanas para que ninguno de sus trece hijos observara la terapia y trancó la puerta con su cuerpo. Desde ahí dirigió la clase, que empezó con un regaño cuando Atanael se quiso desvestir dando la espalda a Usnavy y con movimientos mecánicos.

–¡Ah, ah! –le gritó sonriendo y caminó hasta él para corregir su primer error, sin importarle que la puerta se entreabriera dejando al descubierto los ojos desorbitados de al menos media docena de sus hijos.

—Uno no se desviste ni muy rápido ni como si hacerlo fuera una obligación y menos de espalda a su pareja —apuntó girando con decisión hacia Usnavy. Luego caminó hacia la puerta lanzando groserías contra los niños, la volvió a trancar con sus nalgas y desde allí les dio el resto de las indicaciones:

—Uno se desviste después de que haya desvestido a la otra persona, don Atanael. Usted tiene que besarla primero porque a las mujeres nos gusta que nos besen. Que nos besen mucho. Tiene que decirle que la ama, porque a las mujeres nos gusta que nos digan que nos aman. La boca y el oído son las puertas principales de la mujer, y no la vagina, como ustedes creen. Si usted no entra por la puerta principal, las cosas no van a estar bien. ¿Ya comprendió? Ahora bésela de nuevo. Muchas veces, con ternura, pero sin dejar de lado la pasión. Eso es. Mientras la besa, la va llevando lentamente hasta la cama, eso es, despacito, sin dejar de besarla, don Atanael, sin dejar de besarla. ¡Muy bien!

—Ahora la acuesta, se sube sobre ella. Sí, señor, sin quitarse la ropa aún. Exacto. Empiece a tocar los senos por encima de la blusa... así, así. Mueva un poco las caderas para que ella sienta su miembro, que la niña sienta que está acostada con un varón. No, no importa el peso porque usted se apoya en los codos. Así está perfecto. Bien, ahora mete una mano por debajo de la pierna, arrastrando el vestido hacia arriba. Sí, puede ser desde arribita de la rodilla, exacto.

—Ahora le acaricia las nalgas un ratito con las manos bien abiertas, apretándolas un poco, eso... pero sin dejar de besarla; eso es... Nunca olvide que el beso es la llave de la puerta al corazón de una mujer y recuerde que una mujer no abre las piernas nunca si el hombre antes no le ha abierto el corazón. Sí, el corazón, nunca lo olvide.

—Ahora, como usted es tan pesado se va a sentar, va a abrir las piernas y la va a parar frente a usted. La va mirando con amor y con deseo, que se noten las dos cosas, y la va a desvestir mientras le besa el cuello y luego los senos; muy bien, incluso le puede morder suavemente los pezones. ¡Suavemente dije! Pobrecita la niña. Ahora le besa los ojos en señal de perdón mientras le zafa los botones del vestido y le dice otra vez que la ama y que ella le gusta más que cualquier otra mujer en la Tierra. Cuando el vestido caiga, la toma suavemente de la mano, la acuesta y la empieza a besar toda, de los pies a la cabeza, sin saltarse un centímetro de piel. Muy bien, mojándola con su saliva, rozando su lengua entre sus dedos, soltando un aliento caliente sobre sus vellos.

–Ahora sube hasta las rodillas, se detiene un poco en esa parte que es tan sensible mientras empieza a subir las manos hacia su vagina o hacia sus senos… como preparando la llegada de su boca a esos lugares. Perfecto, lo hace muy bien, don Atanael. Ahora se despide de las rodillas con un pequeño mordisco y comienza a subir su cabeza por el muslo sin tanto afán. Este es el punto en que las mujeres queremos que la boca del hombre llegue pronto a nuestra vagina, pero demórese. Hágala sufrir, hágala desearlo, juegue con sus afanes… Muy, pero muy bien. Que cuando llegue al paraíso la niña ya esté mojadita. Eso es…

–Ahora se va aproximando con maldad, con sevicia, con cara de loco, que ella piense que la va a matar. ¡Perfecto! En ese momento le dice otra vez que la ama, que la desea desde hace mucho tiempo y que ya no aguanta más las ganas de penetrarla. Con sutileza le abre las piernas con la boca y la principia a besar por los laditos, sin afán, lentamente y ya está, ahora sí puede besarla donde usted sabe, pero sin morderla porque los hombres son torpes y creen que a una le gustan los mordiscos ahí y eso no es cierto. Duele. Muy bien, quédese ahí hasta que ella no resista más y lo traiga con sus manos. Mójela, descargue saliva en su puerta porque la van a necesitar, sobre todo ustedes que están vírgenes. Ahora recórrala con los ojos y la barbilla. Pase la nariz por donde sabemos, embadúrnese la cara con su pecado y dígale que está muy linda, que está sabrosa, a las mujeres nos gusta que nos digan que estamos deliciosas…

–Muy bien, ahora es suya… Hágala feliz tratando de no maltratarla, recuerde que es una flor. Las mujeres somos flores. Algunas tenemos espinas, pero la mayoría somos frágiles y olemos a bueno. Ahora los dejo… Ya saben lo que tienen que hacer. Están listos.

Enseguida salió regañando a sus hijos por andar husmeando y dejó a sus alumnos listos para hacer solos lo que vinieron a aprender con asesoría. Doña Virginia simplemente los preparó en lo más difícil que, según ella, tiene una relación amorosa: el preámbulo.

Al cabo de tres horas salieron sonrientes. Usnavy, como siempre, aferrada a él, y Atanael caballeroso y agradecido con doña Virginia, pero con muchas ganas de saber el origen de su sapiencia en los intríngulis del amor. Ella le respondió, con gran pesar, que nadie le enseñó nada y que jamás tuvo una relación sexual de esa calidad, a menos que fuera en sueños. Que ella simplemente les transmitió sus deseos reprimidos, lo que ella deseaba que un hombre le hiciera alguna vez en su vida. Que, contrario a lo que ellos creían, los hombres que la poseyeron, seis en total durante toda su vida, la tiraban a la cama como a un animal, se le subían encima sin ni siquiera tener la cortesía de bajarse los pantalones más allá de la rodilla, sin quitarse los zapatos ni las medias y sin desabotonarse la camisa. Que así, con aliento a cerveza y sin caricias, ni besos ni palabras bonitas, saciaban sus instintos salvajes y se iban sin siquiera darle las gracias ni tomarse la molestia de preguntarle si ella estaba en los días para saber si en nueve meses debían venir a reconocer a su hijo.

Con algo de tristeza por la revelación, pero muy agradecidos por todo lo que aprendieron, Usnavy y Atanael se retiraron a su casa durante dos años a hacer dos niños. Cuando cumplió los 18 años, Usnavy ya había parido a los dos pequeños con tan mala suerte que ninguno de los dos pudo ver la luz del Sol ni conocer los colores de la primavera. Nacieron ciegos por alguna razón que ignoraron. Sin embargo, se tardaron en descubrirlo. Mientras tanto, los jóvenes del pueblo revoloteaban por los predios cercanos a su vivienda como gallinazos sobre un difunto. Con los embarazos, las caderas de Usnavy crecieron a límites morbosos y la lactancia le hacía ver los senos más grandes. Sus piernas se volvieron más torneadas y protuberantes y en sus ropas de talla infantil ya no cupo más ese cuerpo sospechoso de pecado.

Aunque nunca sonreía, porque no tenía motivos para hacerlo, su rostro angelical agregaba un ingrediente morboso a sus facciones. Por eso se convirtió en el referente sexual más invocado por los masturbadores de Gratamira y empezaron a lloverle propuestas de fuga, de noviazgo y hasta de asesinar a Atanael. Pero ella, que creció pendida a su cuello, las rechazó todas, aunque en el fondo habría querido aceptar algunas porque la verdad es que nunca fue feliz a su lado. Y menos cuando sus hijos comenzaron a caminar y notó que se tropezaban con todo y miraban a otro lado cuando ella les hablaba.

Atormentado por la ceguera de los ojos de sus hijos, Atanael se durmió en los laureles y olvidó muy pronto las clases de doña Virginia. Durante varios años se abstuvo de cultivar su amor por ella, más por amargura que por desidia, y a Usnavy no le quedó más remedio que sucumbir a la tentación. Y aunque jamás se lo dijo por temor a matarlo de tristeza, empezó a verse a escondidas con Roberto Munévar, el hijo de don Baltasar, un cirujano que pudo estudiar en la capital y especializarse en el extranjero gracias a que su padre, el alcalde del pueblo —que meses después moriría asfixiado por su codicia—, no escatimó un céntimo del erario para su educación. Roberto era apenas un año mayor que ella y no heredó nada del físico de su padre, y menos mal, tampoco sus costumbres deshonestas.

Atanael le contó a Ernestina que él se enteró de esa relación y le dolía mucho que a sus citas fuera acompañada por los niños, pero que no hizo nada para acabarla, temiendo que su esposa lo abandonara.

Prefirió compartirla a perderla, pero se sumió en el alcohol con el consciente propósito de flagelarse, sin importarle, incluso, que un día llegaran los colonos del pueblo a proponerle que remplazara al papá de su rival en la alcaldía, porque el infame acababa de morir asfixiado con una tonelada de fríjol sobre la cabeza.

Como era de esperarse, la segunda no fue la mejor etapa de Atanael en la alcaldía y el municipio muy pronto se vio afectado por los constantes abandonos de su máximo dirigente. Sus hijos y el hogar sufrieron también un deterioro irreparable por cuenta de la infidelidad de Usnavy, así como por las nuevas ocupaciones y la tristeza que irradiaba Atanael. Las relaciones sexuales se acabaron y el aspecto del pobre llegó a tales límites de descuido que a Usnavy le daba asco acercársele. Hasta que un día sucedió algo terrible. Uno de los pequeños, el menor, se fue de cabeza a un aljibe y por poco pierde la vida. Atanael y sus amigos debieron cavar un hueco enorme en la tierra para rescatarlo y lo lograron, sacando de paso a Usnavy del hueco moral en que se encontraba. La mujer no resistió más ver a su esposo y a sus hijos abandonados a su suerte, pegándose contra todo y caminando por la vida sin pasar. Por eso tomó una decisión valiente desde el punto de vista de los cobardes, y cobarde desde el punto de vista de los valientes.

Al día siguiente madrugó con sus dos hijos, les dio el desayuno y se los llevó sin rumbo y para siempre sin decirle nada a Atanael. Cuando se cansó de buscarlos hasta la madrugada del día siguiente con cuadrillas de hombres que cabalgaron por el bosque hasta el amanecer, Atanael renunció a la alcaldía maldiciendo su mala suerte y se fue al monte Venir. Antes de salir apabullado de su casa se miró en el espejo, estrelló contra la pared un retrato familiar, escribió una confusa y breve carta, sacó el poco dinero que le quedaba y se despidió de los objetos que más amaba: el primer zapatico que les fabricó a sus hijos con el cuero de la oreja de una vaca y que conservaba como amuleto, un radio transistor de baterías grandes robado a los alemanes durante los saqueos posteriores al desbordamiento del río, el piano de cola restaurado que encontró en el patio de su casa después de la avalancha y un rostro de Jesús esculpido en madera que le regaló el árabe Mussahar por la época reciente en que Gratamira encontró el camino al capitalismo.

En el patio de la cocina se despidió cariñosamente de un canario que cantaba tranquilo sin conocer el sentido de la libertad, porque nació en esa jaula, y le dejó abierta la puerta para que lo descubriera. Como el ave no se inmutó, empezó a repetirle que era un pajarraco estúpido y que si seguía negándose a salir le cerraría de nuevo la puerta. Como el pródigo siguió incólume, y además cantando, Atanael caviló largos minutos sin quitarle la mirada de encima y lo dejó en paz luego de descubrir que el concepto de relatividad se podía aplicar a la libertad.

Caminó hasta su alcoba, dando tumbos y golpeándose contra las paredes. Empujó la puerta con el hombro y se trasladó hasta la cómoda de madera tallada. Abrió el segundo cajón y empezó a despedirse de la ropa interior de su esposa con un dolor profundo mezclado con celos y rabia. Olfateando y besando sus bragas, comenzó a insultarla con palabras indescifrables y lloró de nuevo, añorando esa época posterior a las terapias sexuales dictadas por Virginia que los llevó de camino en camino haciendo el amor en cuanta caverna oscura, laguna revolcada o colchón de hojas encontraban en las montañas aledañas a Gratamira. Luego regresó a la cocina donde la jaula del canario ya estaba sola, abrió la alacena y la cerró al momento, con desidia, pues comprendió que tenía más ganas de morirse que de comer.

Los cientos de problemas de su universo le arremolinaron en la cabeza y se multiplicaron en varios tomos, como si los motivos para matarse vinieran por entregas semanales, a manera de enciclopedia. La enciclopedia de la muerte. Los problemas que no tenía se los inventó y principió a desechar las soluciones que su creatividad le ofrecía para no perder el impulso de quitarse la vida. Y así, con el estómago vacío y el corazón desdichado salió de su casa, atravesó las calles empolvadas del pueblo con la decisión de un torero pero con la zozobra de un reo condenado a la horca y se fue al monte Venir a encontrarse con la muerte.

Con los ojos cristalinos caminó a la plaza de mercado mirando las ramas de los árboles con la esperanza de ver al canario que los acompañó durante más de dos años, pensando en el golpe que le produciría el salto desde el árbol de caucho, y observando hacia el interior de los negocios con la ilusión de encontrar a su mujer y a sus hijos. A la una en punto llegó a la bahía donde se paraba el campero de don Wilson a esperar pasajeros.

A raíz de la fama del suicidiario, el mercado de la muerte se desarrolló tanto en Gratamira que los ayudantes de don Wilson ya identificaban, a leguas, a los suicidas. Caminaban despacio y dispersos, no le sostenían la mirada ni a un perro y observaban todo con pesar. En sus rostros denotaban la angustia de saber que en pocas horas ya no estarían vivos y a cada nada se esculcaban los bolsillos. Por eso, ante la seña a mansalva de uno de sus empleados, don Wilson se acercó al desdichado de Atanael a preguntarle, sin tapujos ni misterios, si viajaba al monte Venir a matarse o a cerrarlo. Atanael le dijo que a lo primero y se subió al vetusto Willys, que era el único vehículo capaz de sortear las cuestas empinadas y angostas que conducían a la finca del siempre ventajoso don Misael Bastidas.

Durante el camino, don Wilson le preguntó de todo a Atanael, como solía hacerlo con los cuasi difuntos que subían al coche fúnebre en que se había convertido su jeep, menos sobre los motivos que tenía para matarse.

Era la regla de oro: no preguntar las causas por las que una persona decidía poner fin a su película.

Al llegar a la finca de don Misael, divisó un tumulto de gente que se movilizaban con afán hacia el lugar donde acababa de caer un suicida y se aterró de ver ahí entre los curiosos a Roberto Munévar, el hombre que le robó el amor de su mujer. Tuvo ganas de ir a matarlo, pero don Wilson le pidió que no se enmugrara las manos a ver si Dios le permitía entrar a su reino. Aceptando las razones del conductor y aplazando su ira, se despidió de él con algo de timidez, le dio un fuerte abrazo y se bajó del Willys con el llanto a punto de romper la represa de sus emociones.

—Ya ve usted, tanto que critiqué y perseguí el suicidiario y ahora vengo a utilizar sus servicios…

—Así es la vida, señor alcalde, pero no se amargue porque la consigna aquí es hacer lo que toca…

—Pídale perdón al pueblo en mi nombre y dígales a todos que no tuve el valor de despedirme porque nunca aprendí a hacerlo.

—Sus órdenes siempre serán cumplidas, señor alcalde.

—Hasta nunca, don Wilson.

—Hasta nunca, alcalde.

El conductor de tragedias tragó saliva para evitar que se le desgajaran las lágrimas, le dijo lo que siempre les decía a sus pasajeros, que si se arrepentía agitara una camisa roja desde lo alto para venir por él a recogerlo y arrancó espantado para que los remordimientos, que viajaban raudos, no lo fueran a alcanzar por el camino culebrero y polvoriento que lo regresaría a Gratamira.

Al llegar al sombrío lugar, Atanael pasó por el torniquete sin mirar al joven que anotaba con rayitas verticales el número de visitantes, miró a lo alto del monte, inmerso en un letargo que no le permitía sentir ni miedo ni ansiedad, pagó a un empleado de don Misael los cinco pesos que costaba el derecho a usar el camino y empezó a trepar la empinada montaña con la dificultad que supone el ascenso de un hombre que en ese momento pesaba 140 kilos por una trocha angosta y escalonada, repleta de pringamozas y arbustos medianos, algunos ásperos y otros con espinas. Cada 80 ó 100 metros se detenía a descansar y a pensar en su pasado, mirando con nostalgia a la nada.

El viacrucis de Atanael

Durante su primera parada vio el edificio de cinco pisos que el árabe Mussahar construyó a punta de vender hasta el alma de su madre y que ya le competía en altura a la torre de una iglesia que los jesuitas levantaban en el centro de la población.

Durante su segunda parada, 60 metros arriba, vio el río Cristales con sus aguas mansas y sus riberas casi secas y recordó la tragedia que borró a Gratamira de los mapas y a su familia de su vida. Se arrepintió de haberse arriesgado para salvar a Usnavy, pero recordó a sus hijos y concluyó con resignación que en mucho había valido la pena.

Durante su tercera parada, y cuando ya el paisaje se insinuaba inmenso y distante, vio la jungla que separaba a Gratamira del mar y recordó los amigos de infancia que un día se aventuraron a atravesarla y jamás regresaron. Incluso pensó que, de haberles aceptado la invitación de integrar el equipo expedicionario, a esa hora no estaría con la angustia de llegar al lugar que le serviría de trampolín para morir por un motivo menos heroico.

Cuando se detuvo por cuarta vez y el río se comenzó a ver como un hilillo de agua que culebreaba por entre la espesura, pensó en sus hijos, en su maldita ceguera, en lo mucho que los amaba y los extrañaría, pero nada como la insoportable agonía que le esperaba. Desde esta altura, ya observaba al pueblo en su totalidad, con sus calles marcadas por las filas de árboles en pleno crecimiento y el bus intermunicipal esperando pasajeros en la plaza principal. En este punto, donde su descanso fue más largo, recordó los hechos recientes que desembocaron en su separación y lloró.

En una quinta estación disertó sobre la vida y dudó de su inutilidad cuando apreció el horizonte infinito, el mar rizado y sin pretensiones pero inmodesto, las aves estampando su sombra efímera y a contraluz sobre un Sol enfermo y del tamaño de sus fracasos, y el pueblo silencioso por el sopor húmedo de las cuatro de la tarde. Cuando ya su corazón empezaba a colapsar por el miedo, pensó en su esposa, en la posibilidad de que Roberto Munévar la estuviera acariciando, incluso en esos precisos momentos, y se arrepintió de no haberla asesinado junto con sus hijos cuando tuvo la oportunidad.

Durante la sexta estación, a la que llegó en penumbras, no se detuvo, motivado por la cercanía de su irremediable destino, y observó el mar a punta de reflejos con nubes amarillentas y otras de color violeta sobre sí, dejando ver con nitidez la redondez de la Tierra. A lo lejos escuchó un sollozo lastimero y sintió miedo al recordar los comentarios sobre las almas en pena que rondaban por el monte Venir. Cerca de las doce de la noche, Atanael llegó a la curva de los Javieres y se asombró doblemente. De un lado por el imponente espectáculo visual que desde esa altura le brindaban los nuevos faroles del pueblo, que parecían estrellitas caídas del cielo y, del otro, por la parafernalia de una calle repleta de luces de neón y teas encendidas, carpas, vendedores, divas bellas y semidesnudas, gitanas, adivinos y charlatanes de todo tipo y hasta mujeres con rastros de dolor en el rostro. En silencio, todos murmuraban que el alcalde acababa de llegar y hasta se intimidaron con su presencia pensando que venía a dictar alguna medida absurda contra sus negocios o la casa de las Vargas.

Luego de detenerse un poco más de media hora tratando de asimilar el porqué de la existencia de esa calle comercial que tenía ante sus ojos, Atanael empezó a despedirse del mundo paseándose antes por todos estos negocios cuyos propietarios tenían un por qué y una historia que a su debido tiempo comprendería. A la primera carpa que ingresó fue a la del payaso Saltarín.

CAPÍTULO VEINTIDÓS
La historia del payaso Saltarín

Estaban esperando a Atanael, quien ya llevaba media hora recibiendo encargos para los muertos cuando, desde el catalejo que ahora tenía apostado Ernestina en su balcón, lo vieron ingresar a la carpa de Saltarín, un cómico mediocre que un día decidió convertirse en bufón de la muerte por el miedo que le produjeron los cientos de metros que lo separaban del suelo. Desde lejos, el filántropo que se hizo cómico por caridad adivinó las intenciones que tenía el alcalde de entrar a su carpa y corrió hacia adentro, con premura, tratando de ultimar detalles. Recogió el reguero, pasó la mano con rapidez sobre algunos objetos empolvados y ordenó el desorden. Estaba empujando una basura con la punta enorme de su zapato de charol blanco cuando se escuchó la voz tembleque e insegura de su nuevo cliente.

Lo hizo seguir con un chiste inicial, con el que pensaba romper el hielo, pero tan sólo consiguió disgustarlo más. Como era su costumbre, Saltarín le ofreció su mano para saludarlo.

—¡Muy buenas noches, señor alcalde!

Cuando Atanael extendió la mano para corresponder el saludo, el payaso la evadió con ondulaciones de la muñeca que simulaban el vuelo de una mariposa. Atanael, quien nunca gozó del don de reír por estupideces, mostró algo de disgusto y le manifestó que venía a que lo hiciera reír por cinco pesos, como se lo dijeron. Saltarín tomó los billetes y los desapareció con un truco de mago principiante y le pidió que se acomodara en una vieja silla de madera con sentadero de cuero de vaca que tenía las cuatro patas retráctiles. Atanael se sentó de manera desprevenida y la silla se abrió de patas, aparatosamente, dejándolo espernancado en el piso en medio de las carcajadas del payaso. Mucho tuvo que esforzarse Atanael para contener su ira, mientras observaba cómo se rearmarba la silla en un solo segundo.

De esta manera se convirtió en el primer hombre en no reír a pesar de su estrepitosa caída y se levantó pesadamente, rehusando a darle la mano al payaso que le ofrecía la suya para ayudarlo a levantar, temiendo caer de nuevo en una de sus estúpidas chanzas. Saltarín empezó a entender que estaba frente al más caradura de cuantos potenciales suicidas entraron en la carpa desde su instalación.

Temiendo romper su récord de no haber permitido que nadie saliera del circo sin una sonrisa en sus labios, se batió a fondo para hacerlo reír. Primero, luego de tomarle las medidas de su cuerpo con un decámetro de números exagerados, le preguntó cómo quería caer: si de pie, caso en el cual el fémur le atravesaría el tórax amenazando con salirse por los ojos, si de cabeza, para lo cual él le podía vender una pomada para el dolor; si de barriga con altas probabilidades de rebotar y caer de nuevo en la casa de las Vargas, o de nalgas, corriendo el riesgo de quedar vivo, a juzgar por su enorme trasero. Con ninguna de las posibilidades Atanael esbozó siquiera un gesto agradable.

No obstante sus limitaciones, Saltarín no se amilanó y arremetió con un nuevo repertorio. Le preguntó si era consciente de la imposibilidad de encontrar, en toda la región, un ataúd tan grande como para albergar su descomunal cuerpo y sus ganas de morirse. Atanael continuó serio. Le empezó entonces a dar consejos sobre su salto y la forma de caer sin afectar las finanzas del municipio.

Le dijo, haciendo la pantomima, que durante la caída cerrara la boca, porque muchos muertos caían en la finca de don Misael enredados entre ramas de olivos, nidos de pájaros, huevos de águilas, libélulas con sus alas destrozadas, abejas, moscos y hasta ranas atarugadas en la boca. Atanael permaneció serio.

El payaso sin nombre le recordó, entonces, que los muertos también sentían vergüenza, por lo que le aconsejó que, al momento de saltar, revisara que sus interiores y sus calcetines no tuvieran huecos, ya que corría el rumor de que los fantasmas regresaban a la casa de las Vargas luego de saltar. Atanael bostezó. Le dijo que si quería que algún periódico registrara su muerte tenía que dejar una carta en la que explicara que se quitó la vida porque la sociedad no entendió su homosexualidad, y en ese punto de la función Atanael cambió el pie de apoyo y recostó su quijada contra una de las manos.

Antes de concebir una primera frustración en su vida, Saltarín continuó aleccionando a su difícil cliente sobre las distintas maneras de saltar: con los oídos tapados para no escuchar el golpe de su caída, o con las manos entre los bolsillos para evitar ser saqueado por los sobrinos de don Misael, que con ansia esperaban el muerto de cada día. Con tiza en mano se dirigió a un tablero negro que pendía de una de las lonas del circo y dibujó el monte Venir exagerando la caída, el caucho al que puso ojos y a las cuatro hermanas Vargas con pocos trazos y sin ropas. Atanael pensó que, de todos, ese era el peor chiste y se levantó exasperado con intenciones de abandonar la carpa. Saltarín saltó como un resorte y se paró a la entrada del circo suplicándole que no se fuera, que le diera otra oportunidad, que si se iba de esa manera, sin dejar escapar una sonrisa al menos, él se moriría de pena moral. Atanael pensó que ese era un chiste más, por lo que insistió en salir. Por eso el payaso optó por tirarse al piso y aferrarse a una de las obesas extremidades inferiores del hombre que, mientras lo arrastraba en su camino hacia la puerta, se convertía en el primero que no se inmutaba ante sus bromas.

Comprometido por las lágrimas y la actitud humillante del cómico, Atanael volvió a su puesto y comenzó a escuchar, durante más de dos horas, todo un concierto de chascarrillos que a él le parecieron mentecatos y que tampoco le arrancaron el preciado trofeo de dientes blancos que Saltarín anhelaba. Durante ese tiempo, el malogrado payaso no paró de hacer el ridículo delante de su amargado espectador: se trepó a un escaparate con saltos de primate, se dejó caer torpemente al piso en medio de risas, se levantó y tropezó adrede contra un balde repleto de agua mientras criticaba la torpeza de algunas personas, se puso un fósforo encendido en la desembocadura del ano y soltó un gas que estuvo a punto de quemarle el disfraz y hasta se embutió una docena de panes en seguidilla, parodiando luego a un desesperado que muere por ahogamiento.

Y Atanael ni siquiera sonrió. Empapado en sudor y angustia se recostó confiado contra el viento intentando hacerle creer que él pensaba que un muro lo sostendría y cayó en sus piernas en medio de sonrisas de imbécil, para luego aferrarse a su cuello chupándose un dedo como un bebé y refregando la pintura de su cara en la camisa azul cielo con la que el serio hombre pensaba lanzarse desde la cima del monte Venir.

Cansado de su ineficiencia, Atanael se levantó con ira y Saltarín cayó al suelo, exagerando los golpes que recibía del mundo y retorciéndose con simpáticas muecas, por el supuesto ardor en la cadera que en realidad no era supuesto. Segundos más tarde, vio cómo Atanael abandonaba su imperio de risas que, a partir de ese momento, se derrumbaba como casa de cartón en tempestad.

Aunque trató de ir tras él con todo tipo de artimañas histriónicas, Atanael no atendió su pataleta pensando que se trataba de otro de sus malos trucos y se introdujo con rabia en la carpa de un sacerdote que con ademanes amables y voz de monje gregoriano lo estaba esperando en la carpa de al lado.

Saltarín perdió para siempre la seguridad que otrora le significó convertirse en el último humano en hacer reír a los suicidas y se sumió en la más profunda de las depresiones. Con pasos lentos, el cuerpo encorvado, pasando saliva, la mirada perdida, los brazos desgonzados y esforzándose por no dejar escapar un millar de lágrimas que hacían fila en la puerta de sus ojos, entró en su carpa y apagó con los dedos untados de saliva seis de las siete veladoras de un candelabro que alumbraba a medias el lugar. Con parsimonia y desánimo, cerró las cremalleras que le servían de candado a la tienda y se despojó de su peluca de crespos amarillos y su nariz de tomate. Luego caminó hasta un viejo baúl de madera, su único tesoro terrenal, y al abrirlo sintió que un revuelto de olores a moho, a calor guardado y a alcanfor le golpeaba la cara.

Con desidia escarbó dentro del cofre y sin aliento alguno extrajo de su misterioso interior una botella de extracto de anís que conservaba desde el día en que su padre lo llevó a conocer las prostitutas, muchos años atrás.

Fue la ocasión en que éste le vendió la virginidad de Saltarín a una experimentada trabajadora sexual de la zona de tolerancia de Pozo Negro, por los días en que su padre ignoraba que mataría a un hombre, por lo que tendría que huir al valle de las Montañas Tristes.

Orgulloso por el trascendental paso que estaba dando su hijo, don Pascual pidió una botella de vino para celebrar el suceso y se puso a esperar, con una prostituta en cada una de sus piernas, a que su niño saliera por la puerta de la alcoba de Gisela convertido en hombre. Saltarín ingresó petrificado del miedo a un cuarto oloroso a esencia de petunias y decorado con fotografías familiares, entre las que se destacaban la de los dos hijos de la meretriz que lo hizo seguir con una sonrisita morbosa, pero maternal. Mientras la mujer se desnudaba en un acto mecánico, el chico tuvo la sensación de estar frente a un verdugo enmascarado y con un hacha entre las manos. El corazón comenzó a bombear sangre a cántaros y un grito de la meretriz lo sacó del letargo.

–¿Qué espera que no se empelota, mijo? ¿Acaso cree que tengo toda la noche?

Muy asustado, el pobre Saltarín, quien para entonces no usaba ese apodo sino su nombre de pila, observó la foto de los pequeños con respeto y empezó a desvestirse con la certeza de estar avanzando hacia el patíbulo.

Y mientras don Pascual brindaba por la primera vez de su hijo, la mujer alistaba una serie de menjurjes para hacer más expedito y exquisito el encuentro. De un momento a otro se lanzó a la cama y se recostó contra su baranda metálica y oxidada, con las piernas abiertas como planta carnívora, una sonrisa amplia y las manos esparciendo cremas y aromas a lo largo de sus muslos.

–Ven, amor, que desde ahora vas a saber lo que es bueno –le dijo, y principió a presionarlo para que se desvistiera con más prisa.

Pero Saltarín sabía que sus nervios lo traicionarían y corrió al baño con un "ya vengo" inaudible que la mujer no comprendió, mientras trataba de ganar tiempo limándose las uñas. Allí, Saltarín supo que algo andaba mal. Su miembro, toreado sin compasión, aunque sin éxito, en todos los baños de la escuela y detrás de muchos árboles cercanos al río donde se bañaban semidesnudas las hijas de su tía, había fenecido. Intentó acariciarse un par de veces con el afán de reanimarlo, pero no respondió. Dobló su cuerpo intentando alcanzarlo con la boca para darle respiración artificial, pero las costillas falsas se lo impidieron. Cerró los ojos para recordar por entre la cerca de guadua a su vecina bañándose en el patio, pero tampoco lo logró. Y mientras Gisela lo acosaba desde el cuarto dejando notar un cierto disgusto en su voz, el pobre Saltarín no tuvo más remedio que husmearla para ver si encontraba en sus encantos decadentes la inspiración para revivir al amigo que lo traicionaba por primera vez en su vida.

Tratando de no hacer bulla, con algo de timidez y miedo se subió al inodoro de piedras, luego al tanque del agua y asomó sus ojos grandes y negros por entre los huecos de un calado que separaba el baño de la habitación. Allí la vio sentada desnuda en la cama, limándose las uñas de los pies. Tenía las tetas blandas y blancas y su vagina frondosa y pulposa. Y mientras ella encendía con impaciencia un cigarrillo, él empezó a masturbarse con la presión de quien sabe que no puede fallar. Estaba logrando algún resultado cuando la mujer apagó el cigarrillo contra una pared, metió la lima en su bolso y empezó a vestirse con rabia, advirtiendo a gritos que pediría la devolución del dinero que había pagado por su virginidad. Saltarín salió del baño desnudo, con la palidez de quien está a punto de ser delatado, y le pidió que se quedara. Al verlo ahí parado, con su desgarbado cuerpo, sus vellos ensortijados y su órgano incapaz, Gisela empezó a reír a carcajadas con un estruendo tal que su risa burlona traspasó los muros de la habitación y se enquistó en los oídos de don Pascual, quien la interpretó a su manera. Pensó el enorgullecido padre que su hijo estaba enloqueciendo a Gisela en la cama, pero la realidad era otra. Saltarín luchaba con ímpetu contra su impotencia, mientras que Gisela, que en medio de burlas agotó su repertorio de emergencia, estaba a punto de darse por vencida. Una hora después de intentar todo tipo de artimañas para lograr la erección del muchacho, la meretriz claudicó, incluso luego de aplicar el truco infalible de la estimulación oral. La naturaleza no le funcionó al joven, que acababa de cumplir los quince años, y desde entonces la vida de quien habría de convertirse en un payaso gocetas se volvió todo un caos. Se llenó de inseguridad y rompió en llanto por la frustración. Gisela no supo cómo sortear la situación y se limitó a sentarlo en sus piernas y a arrullarlo como a un bebé, despertando tanto sentimiento en su pequeño cliente que los dos terminaron llorando a cántaros hasta el amanecer, cuando el dueño del establecimiento y don Pascual abrieron la puerta con el concurso de un cerrajero. Cuando el padre de Saltarín, que apenas se podía sostener de pie con mucha dificultad, observó la inconfundible escena de su niño desnudo encaramado en los pechos de la prostituta a la que supuestamente acababa de noquear en una larga lucha de varias horas, exclamó con vanidad antes de abandonar la habitación:

—¡De tal palo tal astilla, mi hijo ya no va a salir marica!

Pasadas las ocho de la mañana Saltarín despertó con vergüenza, recordó su fracaso y saltó de la cama con sumo cuidado. Sin dejar de mirar a Gisela, que estaba espernancada y con la boca abierta y de quien acababa de enamorarse, se vistió en silencio rogando a Dios que ella no se fuera a despertar. Estaba a punto de ganar la puerta con los zapatos en las manos cuando optó por devolverse a observarla con melancolía y con la certeza de que esa sería la última mujer desnuda que sus ojos verían en su triste vida.

Gisela era una mujer grande de contextura mediana, músculos flácidos, piel exageradamente blanca y facciones fuertes. El estrambótico maquillaje que llevaba esa noche la hacía ver como a un payaso delirante. Saltarín sonrió mirando su piel empolvada y sus pestañas encrespadas a punta de betún, ignorando que años más tarde esa careta de mimo vendedor de placer que vio en ella le serviría de inspiración para su personaje de payaso vendedor de sonrisas. Bien sea que estuviera despierta o bien que estuviera dormida como en aquella ocasión, Gisela parecía un cadáver que, de vez en cuando, sonreía con tristeza o lloraba con total honestidad. Tenía la piel ajada como terciopelo de féretro al momento de una exhumación, las uñas extremadamente largas y rojas, el pelo trajinado, y a Saltarín le pareció que no tenía corazón. Por eso se acercó a ella con intenciones de sentir sus palpitaciones y se detuvo unos segundos a admirar sus pezones achocolatados, que más parecían un ruedo de plaza de toros que una fuente de placer. Estaba en esas cuando la mujer despertó y notó que su pequeño cliente estaba de salida. Gisela lo detuvo con una frase lapidaria que pronunció a gritos y mientras se levantaba con premura:

—¡Si cruza esa puerta sin devolverme la plata que pagué por su puto virgo, todo el pueblo sabrá que ese pájaro no le funciona, mariconcito de mierda!

Saltarín, quien no entendió el chantaje, intentó abrir la puerta de nuevo, pero la mujer se encargó de que él comprendiera caminando a pasos largos y desbaratados hacia él, con la única intención de saquearlo. Con rabia le esculcó los bolsillos y no encontró más que un par de canicas y el as de bastos arrugado y desteñido a causa del sudor, por lo que le advirtió zangoloteándolo, que o le conseguía 30 pesos, casi el triple de lo que pagó, o ella salía a contarle a don Pascual que el miembro no se le paraba. Asustado por la inminencia de ver lesionado su ego, Saltarín tuvo que ir en busca de su padre con el pretexto de pedirle más dinero para seguir saciando su instinto acumulado, pero lo encontró dormido, abrazando con cariño la botella de vino que conservaba para la celebración de la iniciación de su hijo en el sexo, sentado en la taza de un baño y con los pantalones enrollados a la altura de la rodilla. Como pudo lo asaltó y con lo poco que le quedaba corrió hasta la habitación de quien no pudo ser la primera mujer en su vida y le compró su mutismo. Gracias a los comentarios grandilocuentes y exagerados de don Pascual sobre la virilidad de Saltarín, las niñas de todo el pueblo intentaron poseerlo durante años, aunque sin resultado alguno porque el joven quedó traumatizado para siempre. Cuando los problemas jurídicos de don Pascual lo llevaron a Gratamira, Saltarín quiso empezar una nueva vida sexual, pero su inseguridad jamás le permitió conquistar a otra mujer.

CAPÍTULO VEINTITRÉS
Saltarín, rumbo al suicidiario

Años más tarde, presionado por su mal ganada fama de homosexual, Saltarín avanzó hasta la plaza de mercado "con el mismo tumbao que tienen los suicidas al caminar", y se embarcó en el Willys de don Wilson Tapias con la clara intención de no regresar jamás. A pesar de haber vivido siempre con el ceño fruncido y las sonrisas escondidas bajo el colchón de su cama, Saltarín decidió que no era justo seguir viviendo calumniado, y como no tenía la capacidad de desvirtuar los chismes del pueblo se fue a buscar la muerte.

Por el camino pensó que su último día en la tierra debería ser diferente y lo logró. Por eso empezó a extrovertirse con un par de comentarios que don Wilson supo apreciar, dado que lo conocía como un hombre amargado desde tiempos de la avalancha y se tomó confianza para burlarse de una pareja de novios que lo acompañaban hacia la finca de don Misael con la intención de trepar el monte en seis horas y bajarlo en diez segundos. Quería reír en esos pocos minutos lo que no en toda su vida. Por eso, sin advertir de sus intenciones a don Wilson, se bajó del campero en pleno movimiento y empezó a correr tomado de la puerta abierta del vehículo ,con deseos de demostrar que él era más veloz. Se arrastró, cayó, tropezó con sus propios pies, se levantó, se sacudió el polvo y le dio alcance al vehículo dentro del cual la pareja y don Wilson reían a carcajadas. Sudando, se subió de nuevo al coche, se paró en el estribo y cuando divisó un matorral acolchado se lanzó sobre sus ramas sin temor alguno. Volvió espinado, diciendo que estaba entrenando su vuelo desde la cumbre del monte Venir y se volvió a subir, esta vez al techo del automotor. Don Wilson, quien en medio de su asombro ya entró en juego, puso su pie derecho en el pedal del freno con algo de maldad y Saltarín salió expelido con la fuerza de una bala de cañón cayendo en el centro de la descompuesta carretera y levantando una polvareda en el lugar del impacto. Muerto de risa se sacudió y se paró a la vera del camino, exhibiendo sus piernas raspadas con algo de seducción, y el conductor del coche fúnebre se detuvo a recogerlo, agonizando de la risa. Saltarín seguía empeñado en no dejar de divertirse durante su último día en la Tierra y se trepó esta vez al capó del carro, como lo hacían las reinas populares durante las fiestas de Gratamira. No había alcanzado el equilibrio que necesitaba para intentar un nuevo salto cuando don Wilson volvió a frenar, haciéndolo volar por los aires en una curva cuya perpendicular pasaba por una laguna de bellotas y algas verdes donde las vacas calmaban su sed. Mojado y con plantas acuáticas enredadas en el cuerpo, Saltarín regresó al jeep donde sus compañeros de infortunio ya lloraban de la risa. De todos, ese fue el paseo fúnebre más ameno que don Wilson jamás tuvo, por lo que sintió nostalgia al despedirse para siempre del eternamente amargado don Bruno Puentes.

Por el camino al monte Venir, Saltarín continuó su función y se trepó con musaraña a cuantos árboles encontró por el sendero. Escaló algunos tramos del camino con las manos en el piso, resbaló por trechos húmedos poniendo el pecho en el barro y hasta tuvo tiempo de hacer bromas con flores en la cabeza que lo hacían caminar como el afeminado que nunca fue aunque todos lo creyeran así. En esa tónica, él y los otros dos moribundos continuaron su ascenso, hasta que en la distancia se divisaron las sombras lumínicas que proyectaban los velones encendidos en cada rincón de la casona de las Vargas. Ya sin alientos y con dolores abdominales causados por las continuas carcajadas que Saltarín les hizo desgajar a lo largo del viaje hacia la cumbre del monte Venir, los novios se sentaron en la baranda del mirador de la Curva de los Javieres, se observaron fijamente durante un breve lapso, luego miraron hacia el río, se abrazaron y, sin decirse una sola palabra, llegaron a la misma conclusión que enseguida le hicieron saber al saltimbanqui. Le dijeron que su presencia y sus payasadas les había cambiado la forma de ver la vida y que la muerte no podía tener cabida en el mismo lugar donde proliferaban las sonrisas. Que él era el causante de ese hermoso renacer de sus conciencias y que, por ese poderoso motivo, reconsiderarían la decisión que tenían de bajarse de la Tierra. Cuando Saltarín los quiso persuadir de que no lo dejaran lanzar solo, ellos le dijeron que él tampoco se inmolara, porque todo se puede asesinar, todo puede ser perenne, menos la sonrisa, y que por esa razón un cómico jamás debería morir. Que se salvara, que les permitiera a otros moribundos disfrutar de su espectáculo y que, en lo posible, los persuadiera de seguir viviendo a través de la risa.

—No se muera, don Bruno —le dijo el hombre suplicándole con la mirada y la mujer complementó con seguridad:

—Sus chistes pueden salvar muchas vidas.

Saltarín se puso serio al considerar la propuesta y, aprovechando una cobardía que le fue aumentando a medida que ascendía la montaña, aceptó seguir en el baile. Desde aquel día, esa fue su misión.

Luego de un descanso prolongado, Saltarín regresó al pueblo junto con sus dos amigos y con la firme intención de convertirse en bufón. Como antes de marcharse de Gratamira, pensando en no volver, había regalado sus pertenencias y animales a distintos amigos y familiares, tuvo que regresar a sus casas. Todos se asustaron por su presencia, pero él les advirtió que no venía por sus antiguas pertenencias, sino a pedirles que le regalaran telas, carpas, cobijas y cortinas. Ninguno entendió el porqué de la extraña petición, pero todos cumplieron su capricho. De vuelta al monte, don Wilson celebró con alborozo la noticia de su resurrección y lo transportó de nuevo y en medio de risas hasta la finca de don Misael, con un centenar de metros de telas de todas las texturas y colores. Por el camino comentaron su proyecto de levantar una carpa de circo para divertir a los suicidas buscando su salvación y discutieron la mejor forma de hacerlo. Saltarín evocó la imagen de Gisela dormida con su maquillaje caricaturesco y exagerado, por lo que se propuso adoptar la personalidad de un payaso. Sobrevino entonces el dilema del nombre. Don Wilson recordó sus espectaculares saltos desde el techo de su carro en movimiento y concluyó que sólo existía en toda la jerga humana un alias posible para el payaso en que se convertiría su amigo:

–¡Saltarín! No puede ser otro, don Bruno –le dijo, y de inmediato el cómico aceptó con agrado el apodo que habría de acompañarlo hasta el día de la boda de Juana Margarita con Bonifacio Artunduaga.

Durante largos días estuvo uniendo mantas, cobijas y cortinas con una aguja capotera y cientos de metros de cáñamo, hasta que pudo conformar una carpa multicolor y de aspecto circense que amarró con manilas a varias guaduas ancladas en la tierra. Cuando don Misael se enteró de que el lugar no tendría fines de lucro, lo instó a pagar un impuesto que lo obligó a cobrar sus funciones a razón de algún animal por cliente en la época del trueque o cinco pesos por los días en que Gratamira ya era famosa en todo el mundo. Cientos de hombres, mujeres, ancianos y hasta niños pasaron por su carpa y rieron hasta el cansancio viéndolo cometer torpezas, hacer magia sin resultados y contar chistes malos. En su absoluta mediocridad radicaba su éxito, hasta que se estrelló contra alguien con tan mal sentido del humor como Atanael, quien no fue capaz de abrir la boca para mostrar los dientes ni siquiera cuando Saltarín, en su afán por no perder el duelo, le pidió que la abriera para zamparle una manotada de harina, recordando la costumbre de su pueblo natal en época de carnaval cuando todo el mundo se agredía de esa divertida manera. Atanael sería su agasajado número 1.477, pero no lo fue. Cuando lo vio asomar en la curva de los Javieres, Saltarín sintió que la muerte venía a llevárselo, pero no quiso atender las sutilezas de su intuición creyendo que nada distinto podía sentirse en un lugar donde se autoeliminaba tanta gente y que de muertos estaba lleno, según las historias que ya se empezaban a tejer en torno a la locura de Juana Margarita. Por eso creyó que esa noche amenazaba con convertirse en la mejor de todas las de su vida, pues acababa de hacer arrepentir de saltar a una joven con acné y Juana Margarita, su amiga del alma, lo había invitado a cenar en su casa. Tenía planeado cumplir la cita una vez que Atanael saliera de su carpa, pero, ante el descalabro de su función, que lo tenía pensando seriamente en lo mal cómico que era, prefirió destapar la botella de vino con sabor a corcho y empezar a beber repasando su vida desde la baranda del mirador de la curva de los Javieres. Sin dejar de rememorar su vida con la mirada fija en las luces del pueblo, pasó los 40 minutos que tardó Atanael en salir de la carpa donde el padre Ramiro Guzmán y un pastor evangélico lo convencieron de salvar su alma, dejando a sus iglesias la poca fortuna que, de todos modos no podía llevar al cielo.

El reino de Dios por una mentira

Los dos hombres con alma de diablo y aspecto de santo le manifestaron su desprecio por el acto de desafío a la voluntad de Dios que cometería y por esa vía, la del ablandamiento psicológico, empezaron a trabajarle la moral. Le dijeron, alternadamente y en perfecta comunión, que la vida pertenecía a Dios y que nadie más podía violentar su poder de decidir cuándo y a quiénes dársela o quitársela. Que quien osara pasar por encima de su providencia quedaba condenado, ineludiblemente, a arder en las calderas del infierno ppor toda la eternidad, sin derechos ni visitas y, lo que es peor, padeciendo la peor sed que se puede sentir sin posibilidad de beber algo distinto de su propio sudor. Atanael, quien siempre tuvo la costumbre de reflexionar sobre todo lo que le decían, empezó a sospechar de los dos hombres cuando recordó que una persona se carboniza en cinco minutos y que, en esas condiciones de sequía, podría deshidratarse en máximo dos horas, por lo que dudó de la premisa según la cual un hombre podía arder eternamente en el purgatorio. Cuando les expresó a los religiosos sus dudas ellos se confundieron y mostraron sus debilidades conceptuales, pero terminaron salvándose con un argumento que pronto fue desbaratado por Atanael. Le dijeron que sentiría sed sin deshidratarse y que ardería en el purgatorio sin quemarse, porque al infierno sólo llegaba su alma. Entonces les respondió que no había nada que temer porque un alma, entendiendo como tal un ser sin materia, no podía sentir sed ni el dolor físico de las quemaduras.

Exasperados por la resistencia que a punta de lógica les oponía su desaplicada oveja, el par de vivarachos atacaron por otro flanco, el psicológico. Uno de los dos le habló de la fe, le dijo que la cuestión era creer o no creer porque aun cuando a Dios no lo conocía nadie, la mayoría reconocía su existencia. El otro complementó la débil tesis diciendo que, de la misma manera que Dios existía sin existir, el infierno también estaba ahí sin estar y que sólo le bastaba con poner un poco de fe para que pudiera verlo y sentirlo. Ante tamaña contradicción *"si quieres sentir el infierno, ten fe en que existe"*, Atanael no pudo evitar desternillarse de la risa, sembrando en Saltarín, que lo escuchaba desde la baranda del mirador, la más profunda agonía. El payaso agilizó la bebida de su botella, cuestionándose con tristeza el que dos religiosos fueran capaces de hacer carcajear a quien no pudo un payaso como él. Ante la cruel paradoja resolvió jubilarse, y canceló su ida a Miramar, donde Juana Margarita lo esperaba para cenar. Periódicamente las visitaba, y de bufón de las Vargas Saltarín pasó a convertirse en un amigo leal para todas. Acto seguido, regresó al mirador y se dedicó a recordar su traumática vida, devorando con ansiedad los últimos sorbos de esa botella de vino que, durante su existencia, mantuvo escondida para no recordar que ella era el símbolo de su celibato.

Luego de la disertación de los religiosos que a Atanael no sólo le pareció absurda sino risible, la normalidad volvió al lugar. El par de supuestos místicos, que trabajaban en llave desde el día en que se presentó una pelea por los bienes de un millonario que llegó a suicidarse, moderaron su discurso conscientes de la poca ignorancia de Atanael y se dedicaron a dar vueltas sobre un mismo asunto, sin encontrar las palabras para decirle que si quería salvar su alma debía dejarles algunos bienes a sus iglesias.

Con la misma actitud intransigente y aburrida con la que escuchó a Saltarín, Atanael se limitó a observar al par de hombres que le parecieron más cómicos que el mismo payaso, a quien sepultó en un océano de incertidumbre y tristeza en el que seguramente naufragaría. Y como sabía a la perfección lo que los padres querían, les facilitó las cosas de forma premeditada, preguntándoles por las necesidades económicas de sus iglesias. Fue irremediable que las palabras de ambos brotaran como balas y se chocaran con angustia, despertando una nueva sonrisa en Atanael, que a partir de entonces decidió entrar en el juego de los engaños. Por eso les comenzó a mentir y terminó firmando un documento en el que heredaba a la Iglesia católica y a una Iglesia cristiana, con sede en la capital, la totalidad de sus bienes quec a juzgar por una lista que les entregó, no eran pocos. Un par de casas, tres fincas, media docena de caballos, no recordó cuántas vacas lecheras, un local comercial apto para rendirle culto a Dios y no menos de quince inmuebles más que el burlón describió con pelos y señales en una hoja que le facilitó el católico con la mano trémula de emoción y que él firmó conteniendo la risa. Para cerciorarse de que no mentía, el padre católico lo indujo a que se confesara. Atanael aceptó, con la condición de que no le preguntaran ni el motivo de su decisión de fugarse de la vida ni el porqué de su interés en regalarlo todo a las iglesias. Media hora más tarde, con una carcajada aplazada, Atanael salió del templo de tela y se dirigió a la carpa del lado, donde el italiano de apellido Palmarini lo estaba esperando para registrar en un rollo de película de 35 milímetros su última fotografía en vida. Desde la distancia Saltarín lo observó de soslayo, caminando con una sonrisita socarrona hacia su carpa y bebió un nuevo sorbo de la botella sin quitarle la mirada de encima. Al verlo sonreír cual el niño malicioso que acaba de hacer una pilatuna, se sintió derrotado y quiso pedirle una nueva oportunidad, pero se arrepintió de hacerlo cuando su difícil cliente se detuvo en la entrada de la carpa del fotógrafo a descargar con todos sus alientos una carcajada estruendosa que lo hizo llorar, llevándose las manos a la boca para evitar ser escuchado por los ambiciosos y torpes pastores de Jesús. Los había engañado, y como Saltarín no lo sabía, este hecho lo llenó más de amargura al sentir en carne propia las paradojas del destino. "Lo mejor es rendirme", pensó y cerró los ojos para que no le brotaran las lágrimas.

La última fotografía

—¡Buenas noches! —le dijo el italiano y en un español casi perfecto, pero con el acento propio de quien no tiene educadas sus cuerdas vocales para pronunciar los sonidos fonéticos de otro idioma.

Atanael respondió con algunos residuos de risa, y el fotógrafo celebró que alguien llegara sonriendo a su carpa.

—Por su actitud diría que viene directamente de la carpa de Saltarín —le dijo creyendo que su nuevo modelo se atoraba de la risa a causa de los chistes del payaso, habiéndose saltado la carpa de los religiosos, pero Atanael le advirtió que sucedió todo lo contrario. Palmarini no entendió el contrasentido, y se limitó a abrir más el diafragma de su cámara para que el brillo con el que ingresó Atanael no terminara velando la fotografía. Mientras el meticuloso fotógrafo cuadraba sus lentes, Atanael se paralizó frente a una cartelera en la que reposaban miles de fotografías de suicidas de todas las épocas. Mientras Palmarini cambiaba la luz amarilla por una roja e introducía el rollo dentro de un platón con químicos, Atanael observó con asombro la pasmosa tranquilidad de miles de personas que horas después dejaron de existir, y se imaginó ahí, dentro de unos minutos, guindado de una tachuela y lamentándose por no haber quedado sonriente.

Al momento apareció el italiano abanicando su fotografía antes de colgarla con un gancho de madera sobre una cuerda invisible. Atanael le entregó el dinero, mientras el hombre soplaba su fotografía tratando de recordarlo.

–Usted es uno de los saqueadores de mi casa –le dijo Palmarini mirándolo a los ojos, mientras le extendía la mano para despedirse de él. Atanael quedó anonadado por la estupenda memoria del fotógrafo y le respondió que sí, y luego discutieron un poco sobre los motivos.

–Usted qué habría hecho en mi lugar, ¿ah?

Atanael se quedó callado y agachó la cabeza, mientras Paolo le recordaba que mantuvieron en secreto la ruta hacia Pozo Negro, no por egoísmo ni mezquindad de compartir algunas comodidades que conseguían en esa ciudad, sino por el temor a abrir un camino por el que pudieran entrar los millones de judíos que los perseguían. Atanael aceptó sus razones y ofreció resarcir su conducta vandálica de aquella época regalándole el piano que encontró en el solar de su casa y que reconstruyó con amor y paciencia durante muchos años. Cuando Atanael salió de la tienda del fotógrafo italiano, divisó muy cerca el muro y la puerta que daban acceso a la posada de las Vargas y sintió miedo. Por instinto volteó su mirada al camino que ya había recorrido y divisó a Saltarín, en la curva de los Javieres, sentado aún en la baranda y abrazado a una botella de vino casi vacía. Atanael quiso acudir hasta él para darle la oportunidad que con súplicas éste le pidió, pero se abstuvo de hacerlo por temor a escuchar alguno de sus fatales chistes y principalmente porque tenía la necesidad de averiguar si era cierto todo lo que se decía de las Vargas. Por eso decidió apurar su entrada a la carpa de una adivinadora de nombre Stella, la última antes de enfrentarse a la misteriosa casona donde él sabía, por comentarios de la gente, que lo esperaban cuatro mujeres con la misión de enloquecerlo antes de morir.

Una bruja en retiro

En esa carpa de color fucsia y faroles de petróleo donde funcionaba el consultorio de la bruja, una mujer semidesnuda, tatuada de los pies al cuello con las escamas de una serpiente de colores, se disponía a bajar unos avisos en los que se anunciaban los servicios y el precio de los mismos, cuando apareció Atanael a preguntar por la consulta. La mujer serpiente le respondió que doña Stella le había dado la orden de cerrar porque no atendería más. Él le preguntó si sólo por ese día, pero la chica le contestó que para siempre. Sin embargo, ante la cara de incertidumbre que puso el cliente, le aconsejó que consultara, dentro de la casa para donde iba, a una mujer de nombre Ernestina, que sería desde ese momento, el remplazo de doña Stella.

—Un muy buen remplazo —advirtió y agregó en voz baja—: esa mujer puede saber muchas más cosas que mi patrona.

CAPÍTULO VEINTICUATRO
Atanael dentro de la casona

Tan pronto lo divisó en la distancia desde la garita del muro, Patricio empezó a gritar y puso a sus patronas en alerta sobre su inminente presencia.

–¡El alcalde acaba de salir de la carpa de la bruja! –vociferó con fuerza, logrando que las cuatro hermanas lo escucharan. La mayor de las Vargas le ordenó que lo dejara pasar y el sumiso mayordomo, que por la desnudez de Anastasia al borde de la locura estaba, de tres brincos bajó la escalera de madera para luego abrir, de un jalón, una de las hojas de la pesada puerta, aunque muy a su pesar, porque sabía que el propietario de la sombra lerda, del tamaño de un mastodonte, terminaría durmiendo al lado de Cleotilde, su amada patrona. Cuando el pesado portón verde de maderos rústicos se abrió, paulatinamente, en medio de chirridos latosos en todo tipo de volúmenes y tonos, Atanael tuvo la certera impresión de encontrarse *ad portas* de una dimensión desconocida dentro de la cual tampoco hallaría las respuestas que la vida siempre le negó. Sabía que después de poner un pie en casa de las Vargas la puerta se cerraría a sus espaldas para siempre y que lo dejado atrás formaría parte del álbum de sus recuerdos. Por eso volvió la mirada de nuevo hacia el falso ascenso que servía de locación a los comerciantes y se sorprendió al ver a los pastores religiosos, al fotógrafo, a la bruja y a una veintena de vendedores mirándolo con mucha compasión. Saltarín, que era el único que no lo estaba despidiendo con su pesar, lloraba y daba tumbos mientras buscaba a tientas la entrada a su carpa. Atanael tuvo la sensación de embarcarse en algo más grave que la muerte que venía a buscar, pero, sin otro remedio, quemó las naves de sus temores y entró. Fue tanta la impresión que cuando Patricio cerró el portón a sus espaldas con una serie de trancas, llaves y palancas, no empezó a caminar sin antes observar todo su alrededor con algo de cobardía y ansiedad.

Quería tener la certidumbre de no estar en el lugar equivocado, pero no lo logró. Allí, paradas en el andén del pasillo florecido de materas colgantes, divisaba a las Vargas, quienes lo esperaban con poses y expresiones distintas. Perfectamente alineadas, de la menor a la mayor, las mujeres observaban al desquiciado con desparpajo, sin permitirle pensar. La belleza insoportable de una sola de ellas representaba un trauma absoluto y la de ellas juntas, un embrujo total. La enigmática Cleotilde nunca les preguntaba a sus clientes ni por su salud ni por su pasado.

Sabía de dónde y a qué venían, y tenía mucho tacto para manejar la situación con naturalidad. Por eso su frase de bienvenida les decía con algo de humor:

—¡Bienvenido a la última estación del tren, alcalde! —le dijo, y procedió a pedirle a Anastasia que le entregara con amabilidad la bebida caliente.

La primera gran alteración de Atanael corrió por cuenta de la desfachatez con la que Anastasia le dio el pocillo. El recién llegado no podía creer que estuviera desnuda sin sentir una pizca de vergüenza, y no dejó de mirarla mientras caminaba hacia él y después de regreso hacia ellas. Ernestina, quien estaba en la otra orilla moral de su desabrigada hermana, lo observó fijamente y empezó a descifrarlo.

Tenía encima prendas en cantidades y de diferentes estilos que la abarcaban de los pies a la cabeza de manera exagerada. Juana Margarita se lamentó de su mal aspecto, pero sonrió al recordar que los muertos que ella pensaba trepar sobre su cuerpo no tenían peso alguno, mientras que Cleotilde especuló con desgano que el pesado hombre de caminar lerdo, lentes densos de marco negro y movimientos torpes podría convertirse en el primero en lanzarse sin haber probado antes sus encantos.

Atanael se detuvo a pocos metros de las cuatro, sin saber qué decir. Sólo quería acabar rápido con la pesadilla en que se convertía su agonía y por eso preguntó directamente por el caucho, aunque con algo de vergüenza:

—Cuando vine a cerrar el suicidiario con mis hombres, vi que la gente se lanzaba desde un árbol de caucho. ¿Ustedes me lo pueden prestar?

—Un caucho y una roca, señor alcalde —respondió Cleotilde y agregó—: sin embargo, le damos la oportunidad de que descanse un poco esta noche y dialogue con nosotras antes de saltar.

—No quisiera prolongar más esta agonía señorita. Es como vivir con la cara metida entre un balde con agua.

—No se preocupe usted, don alcalde, que nosotras nos vamos a encargar de que esta noche sea la mejor que usted tenga en su vida —le aseguró Cleotilde con algo de coquetería, y sus hermanas asintieron airosas dejándolo sin alternativas.

Sin quitarle la mirada de encima a Anastasia, que lo miraba con curiosidad, y a Ernestina que adivinaba sus pensamientos, Atanael le respondió que aceptaba la propuesta y se dejó conducir hasta la habitación del huésped, donde pudo hacerlo todo, menos descansar.

Una vez allí dentro, leyó párrafos, versículos y versos enteros de los libros sagrados que descansaban sobre la mesa de madera, y cuando se cansó de leer lo fácil que resulta llegar al cielo o al infierno, se puso a escribir una extensa carta de despedida en la que contó la mayor parte de los de hechos y los detalles que ya les he transmitido, y en la que pedía entregar su piano a Paolo Palmarini.

Atanael en la habitación de Ernestina

Dentro de la habitación, cuyas paredes estaban tapizadas de inscripciones, frases célebres, adagios, axiomas, apotegmas, aforismos y proverbios alusivos a la muerte y a las razones que debe tener un ser humano para llegar a la decisión de morir por su propia voluntad, sobresalían dos grandes bibliotecas repletas de libros. Una con las obras de escritores creyentes en cualquier Dios y otra con textos de autores ateos. Compendios de todos los temas y de todas las épocas, con énfasis en la religión y la filosofía. Según Ernestina, los libros que ocupaban el segundo entrepaño de cada biblioteca donde reposaban, entre otros, las obras de Aristóteles, Platón, Hipócrates, Dante y Sófocles, correspondían a textos leídos, y los del primer estante, donde se hallaban el *Corán* y otros de procedencia islámica, a los libros pendientes de lectura. Atanael se sorprendió con la explicación porque no podía creer que una mujer a su edad ya hubiera devorado más de 800 títulos. El que más se destacaba, por un empaste muy particular que le hizo su autora, era el *Decálogo del suicida* que estaba sobre el escritorio en espera de que alguien lo abriera. Se encontraba firmado por ella y no pudo Atanael abstenerse de hojearlo, desatendiendo una orden de su autora para que se quitara los zapatos y se acomodara en el borde de la cama. Ella le rapó el libro con la promesa de leérselo al final y le advirtió que aún no estaba cerca el momento de salir. Luego le reiteró su petición de ponerse cómodo, pero Atanael, que sentía los pies sudados después de más de 18 horas de trajín, prefirió la incomodidad de continuar con sus calcetines puestos a la vergüenza de emanar un olor nauseabundo cuando se despojara de ellos.

De todas maneras, aceptó ocupar el borde de la cama para iniciar la sesión que Ernestina comenzó preguntándole por el motivo de su decisión. Atanael no tuvo problemas en responderle que se sentía amargado por no haber hecho feliz a su familia conformada, además, por una esposa bonita pero infiel, y dos hijos amorosos pero tristemente ciegos. Con todo, la aprendiz de maga quería ir más allá de esa escueta descripción, por lo que le pidió los antecedentes de su esposa, de la manera como la conoció y los detalles de su relación. Atanael recordó con prodigiosa memoria cada uno de los sucesos aquí ya narrados.

CAPÍTULO VEINTICINCO
Confluencia de dos historias:
Atanael y Saltarín en Miramar

Juana Margarita aguardaba a que Atanael saliera de la habitación de Ernestina para cumplir su promesa de entregarse al primer hombre que pisara el suicidiario, cuando escuchó el portón del muro abriéndose. El Sol manifestaba su presencia a través de un rayo que se colaba por entre los flecos de las palmeras más altas, por lo que Juana se alarmó con el chillido de las bisagras. La puerta jamás se abría a esa hora y por eso se detuvo a mirar, convencida de que no se trataba de un suicida porque, de serlo, implicaba que éste habría trepado el monte durante toda la noche y esa teoría no encajaba con la realidad.

Al momento aparecieron sus hermanas, que ya para entonces planeaban su reclusión en un manicomio, y se asomaron con la misma curiosidad y en conjunto apreciaron la escena que jamás quería ver en sus vidas: quien ingresaba por la puerta de madera que no tenía retorno era Saltarín. Desgonzado, con la cabeza arrastrada, los sueños ausentes y dejando una estela de tristeza a su paso, el payaso entró sin detenerse a mirar nada y caminó hacia el caucho con la disciplina y dignidad de un condenado. Las Vargas, acostumbradas a ver pasar cientos de personas por esa puerta, jamás se condolieron tanto de una desaparición como la que sufriría el amigo de muchos años, el bufón de muchas noches de jolgorio, el único humano que invitaban a su casa las pocas jornadas en las que no hubo un desquiciado a quién atender. Sólo Bruno Puentes, en todo el universo, podía estar en la casona sin necesidad de lanzarse al día siguiente a la finca de don Misael. Sólo él, que en infinidad de ocasiones hizo cerrar las piernas a Anastasia con chistes de gusanos voladores y le hizo quitar las cobijas de encima a Ernestina con la mentira de que el calor acortaba la vida y derretía el himen, podía penetrar en la intimidad de la casa sin que sus dueñas osaran enfilar sus uñas contra su humanidad.

Ese saltimbanqui que alegró prolongadas noches de invierno interpretando canciones a dúo con Anastasia, desde luego muy desafinadas de su parte, estaba ahora parado en la puerta de entrada, con la actitud inequívoca de quien se quiere autoeliminar. Y como era inusual que el payaso entrara con deseos de matarse, las Vargas tampoco contuvieron las lágrimas que nunca derramaban por nadie dentro de ese ritual normal en que se había convertido la muerte para ellas. Por eso se abstuvieron de preguntarle algo y se limitaron a observarlo mientras transitaba hacia la cocina. Ernestina intuyó que se quería morir sin hambre y corrió a atenderlo. Las demás hermanas se movilizaron a disponer lo necesario para despedir con honores al hombre que las divirtió hasta el dolor durante largas jornadas, pero Cleotilde no pudo imaginarlo en su cama sin pensar que le hacía el amor a un hermano y se detuvo a dudarlo. Juana Margarita le dijo que nadie más que Saltarín merecía el homenaje de su cuerpo y que hiciera de tripas corazón para complacerlo. Cleotilde le gritó con enojo que dejara de leerle el pensamiento y caminó hasta su habitación muy confundida, con la imagen fija de Saltarín saltando sobre su humanidad en pelota y con el miembro pintado de colores.

Cuando Bruno pasó por la cocina, Ernestina volvió a su habitación, donde a esa hora Atanael dormía profundo. Se quedó mirándolo largo rato, aterrada por el contraste de su indefensión y su cuerpo prominente y decidió entonces acostarse a su lado, guardando las distancias respectivas y amarrando a su cuerpo una cobija de lana. Trataba de acomodarse lejos del sonido ensordecedor y fastidioso de sus ronquidos cuando varios golpes en su puerta rompieron la calma.

—¡Ernestina, dígale al señor que el padrecito Ramiro viene a excomulgarlo! —le dijo Juana Margarita muy angustiada, y no terminó de hablar cuando ya Atanael salía hacia el pasillo de la habitación para ponerse al frente de la situación. Efectivamente, el padre Ramiro Guzmán y el pastor Hurtado lo esperaban bajo el umbral del portón con la indumentaria y el abuso de autoridad necesarios para expulsarlo de sus iglesias por mentirles con respecto a las propiedades que poseía al momento de firmar el testamento. El escándalo se generalizó y muy pronto las cuatro hermanas, Patricio y Saltarín aparecieron en el lugar donde los religiosos lanzaban una sarta de improperios y maldiciones contra el embustero que la noche anterior les hizo creer que su millonaria fortuna pasaba a manos de su ambiciosa canastilla de recolectar limosnas.

Mientras el padre le lanzaba agua bendita con una ducha manual y una expresión de odio inusual en un clérigo, el pastor evangélico lo tildaba de hijo de Satán, gregario de Lucifer y servil del mal. Por supuesto, Atanael no paraba de reír como loco, sumiendo aún más en la depresión al pobre Saltarín, que no terminaba de entender por qué un par de religiosos sin gracia seguían haciéndolo reír a cada instante. Sin poder resistir más la paradoja del destino, Saltarín corrió hacia la habitación de Cleotilde sin que nadie, con excepción de ella, lo notara.

El padre Ramiro sintió tanto odio por el timo de su oveja descarriada que amenazó con denunciarlo ante el juez del pueblo por el delito de falsedad en documento privado, pero no tuvo necesidad de hacerlo, pues Atanael le recordó que venía a morir y que una denuncia suya apenas lograría convertirlo en el legendario idiota que amenazó con meter a la cárcel a un muerto. Los presentes estallaron de nuevo en carcajadas respetuosas y los dos religiosos se fueron del lugar, reiterando con gritos blasfemos que Atanael quedaba excomulgado ante los ojos de Dios y sus representantes en la tierra.

Cuando volvió la normalidad, Atanael entró en la habitación a despedirse de Ernestina, pero ella, que de a pocos y luchando contra sus temores y su odio visceral contra los hombres se estaba enamorando de él, le dijo que no podía salir porque la sesión aún no terminaba y también porque vio pasar a Saltarín hacia la habitación de Cleotilde, lo que suponía que ella estaría ocupada. Mirándola con pesar, Atanael atendió la súplica y se quedó dentro de la habitación expugnando los encantos recónditos de Ernestina y sin imaginar que Juana Margarita merodeaba por fuera, con ansiedad de fiera, esperando a que su hermana soltara su presa y saliera. Mientras lo hacía, les gritaba a los muertos y a Bonifacio Artunduaga que se arrepentirían de lo que estaban haciendo.

El hombre no nace, se hace

Cleotilde encontró a Saltarín sentado en la cama de su cuarto oloroso a incienso dulce. Seguía acongojado y sólo abrió la boca para decirle que se iba a morir. Ducha en conversaciones de este tipo, la mayor de las Vargas le respondió que eso era cierto porque los seres humanos teníamos que morir algún día, pero Saltarín le aclaró, con mal humor, que él lo haría ese día. Cleotilde le respondió que ya lo sabía y Saltarín lloró como un niño, teniendo cuidado de no echar a perder el maquillaje que llevaba puesto y que jamás perfeccionó con tanta dedicación como esa madrugada, mientras Atanael dialogaba con Ernestina. La base blanca que cubría su rostro abarcaba su piel y estaba perfectamente delineada con un trazo de lápiz negro que pasaba por el borde del cuero cabelludo, se extendía por el caracoleo de sus orejas y moría en el filo de la quijada. Sobre la base fantasmal, y en la parte baja del ojo izquierdo, se dibujó una seguidilla de lágrimas negras que morían en la mejilla y su nariz lucía más roja y brillante que nunca. Con un trinche alborotó aún más los cabellos chiflados de su peluca amarilla y se estrenó un overol muy vistoso, que le confeccionó una anciana del pueblo para una fecha especial, y en el que centenares de círculos de todos los tamaños y colores se esparcían como epidemia a lo largo de la tela hasta morir en una tiranta desvencijada. Cleotilde sintió tal misericordia al verlo tan lastimado, que tuvo que hacer un enorme esfuerzo por no delatar su sentimiento de frustración. Por eso se limitó a preguntarle, con un tono menos fuerte del que acostumbraba, por qué venía a su alcoba. Saltarín le respondió con otra pregunta:

—¿Es verdad lo que dicen?

—¿Qué dicen? —contrapreguntó Cleotilde sonriente.

—Que usted despide a quienes vamos a morir con una jornada de amor —le dijo entre apenado y esperanzado, y continuó—. Si eso es mentira me retiro, pero si es verdad, dígame que yo no voy a ser la excepción.

—¿Por qué tanto interés?

—¿Si le digo no se ríe? —preguntó desconfiado.

—Jamás me burlo de nadie —le aseguró Cleotilde con seriedad, por lo que Saltarín no tuvo otro remedio que revelarle su mayor secreto:

—Soy virgen. No quiero morir sin haber sentido a una mujer.

Ante tan increíble revelación, Cleotilde mantuvo un largo silencio de incredulidad en espera de que Saltarín volviera a referirle la historia. Le parecía mentira que un hombre de su edad no hubiera conocido a una mujer aún. Pero Saltarín interpretó su mutismo como una respuesta negativa e intentó salir de la alcoba mirando la rama del árbol de caucho por la ventana de la habitación.

—Espere, Bruno —le dijo, y caminó hasta él que ya tomaba la manija de la puerta para abrirla—. ¿Es cierto eso? ¿Es verdad que usted no ha conocido mujer por dentro?

Saltarín se volvió a mirarla y asintió con vergüenza. Cleotilde sintió pena de nuevo por él, suponiendo que un hombre que jamás tuvo sexo en su vida, era un muerto y le dijo que en ese caso no tenía por qué lanzarse al abismo si nunca vivió. Saltarín flotó de inmediato en un globo de credulidad y en un estado de idiotismo total que le hizo reflexionar sobre la posibilidad de haber estado muerto desde que nació. Por eso se le acercó y le suplicó con su mirada de mimo indefenso que le hiciera el amor.

Sin consideraciones de tipo estético, Cleotilde caminó hasta la puerta y la cerró de un golpe seco, mientras Saltarín experimentaba por anticipado la sensación de la muerte. Lo tomó de la mano, lo llevó hasta la cama a pasos largos y lo lanzó como a un muñeco sobre el colchón húmedo, que más parecía un fango de tierras movedizas que el lugar donde podía dormir una persona. Lo puso patas arriba, lo despojó de sus zapatos gigantes de empeine eterno, le quitó con paciencia maternal, pero con prisa de colegio, el overol de pepas de colores y no pudo contener la risa al ver sus interiores corroídos por el tiempo. Después de soltarse el cabello con un par de movimientos instintivos, Cleotilde se quitó los zapatos de dos patadas y se transformó en bestia para poder olvidar que quien tenía al frente no era su amigo del alma.

Saltarín sospechó que la mujer que paseaba el extremo de su lengua por entre las comisuras de sus labios se desnudaría y cerró los ojos para no verla, pero recordó con susto que de no hacerlo podía perder la oportunidad de morir convertido en hombre y los abrió de nuevo, uno por uno. Aún con la peluca de crespos amarillos puesta, observó la manera lenta como Cleotilde se desabotonaba con sevicia la blusa almidonada de flequillos transparentes para dejar expuestas sus enormes tetas, que se querían salir de su humanidad por la presión de su tamaño y que, a duras penas, podía mantener disciplinadas dentro del sostén blanco de encajes rosados que llevaba puesto y que era su preferido. La garganta del payaso se contrajo con la gran cantidad de saliva que segregaba, mientras ella retiraba con algo de escrúpulo los interiores de su efímero amante. Dejándose llevar por la experiencia de Cleotilde, Bruno quiso comprobar la evolución de sus deseos atrofiados desde la noche en que Gisela le compró su virgo a su padre.

—Vamos a ver si no eres capaz —le dijo con algo de humor, y Saltarín sudó, echando a perder su maquillaje, y se concentró a mirarla para no fallar esta, la última oportunidad que tenía en la vida de penetrar a una mujer. Estaba tan desacostumbrado a sentir, que a duras penas pudo inquietarse cuando Cleotilde soltó el último broche que le hizo descolgar la falda de seda en un instante, dejándole ver, a quemarropa, su vagina absolutamente inofensiva, pero más repleta de historias y árboles que los Campos Elíseos. Cleotilde no usaba interiores.

En ese santiamén, la sangre recorrió lugares inéditos en su cuerpo y Saltarín sintió que, por fin, su momento había llegado. Se quitó la peluca para que el payaso cediera su paso al hombre en que se quería convertir y dejó de luchar contra su desgano. Cuando Cleotilde se acostó alborotada a su lado, provista de un calor infernal que la hacía sudar como a una yegua de hípica, ahí sí cerró los ojos y le dio rienda suelta a su imaginación, intentando recordar a Gisela desnuda y asumiendo la fantasía de sentirla a su lado, suplantando sus besos, recibiendo su calor, palpando su cuerpo, dejándose llevar a los confines de la gloria, que hasta ahora descubría, para acrecentar aún más su amargura.

Recorrieron el colchón de palmo a palmo, alternaron el dominio de la situación, rieron, lloraron y guardaron varios silencios. Saltarín soportó el dolor de la inocencia con dignidad y Cleotilde lo paseó por los rincones de la dicha sin negarle un solo paisaje, sin escatimar movimientos ni dejar de interpretar sus sonidos y su torpeza virginal. La situación viajaba en un teleférico lleno de sensaciones gloriosas hacia un lugar desconocido por el cómico, cuando éste sintió que algo andaba mal en su funcionamiento: un torrente líquido alzó vuelo desde sus testículos con la fuerza y velocidad de un águila, destemplando como dominó todas las fibras que tocaba a su paso y de repente creyó morir desangrado en un oasis de amor sublime en el que jamás estuvo y del que jamás habría querido salir. Acababa de experimentar el momento más glorioso en su vida, y su nostalgia por el tiempo perdido y lo efímero de su felicidad le hicieron aumentar las ganas de morir. Fueron segundos de agradable desconcierto en los que experimentó, en medio de convulsiones ardorosas y sonrisas nerviosas, que la vida se le escapaba a chorros por el cráter del volcán de sus emociones que por tanto tiempo permaneció dormido y que ahora erupcionaba con la fuerza de un animal en cautiverio para dejar en claro que nunca estuvo muerto.

En plena convalecencia de su felicidad abrió los ojos mojados por la nostalgia, negó con la cabeza su incredulidad por lo que acababa de sentir, empuñó los labios en señal de infinito agradecimiento y, de repente, su cuerpo se llenó de un cosquilleo celestial, el coletazo de la explosión, y empezó a reír enloquecido a carcajadas estruendosas y contundentes. Saltarín ya era hombre y acababa de comprobar que serlo era la cosa más deliciosa del mundo. Ernestina, que dialogaba con Atanael en la habitación del lado, se cubrió los oídos con las dos manos mientras duró el orgasmo del payaso y Atanael sonrió. Ella sospechaba y él sabía lo que pasaba, por lo que ambos trataron de apretar las piernas para que el deseo no se les colara dentro de sus cuerpos prohibidos. Anastasia entró a la habitación y le preguntó a Ernestina por los gritos del payaso en medio de la sordina de su hermana mayor pero ella, que también ignoraba buena parte de los intríngulis del mundillo de Cleotilde, le respondió que a lo mejor el payaso contó algún chiste que necesitaba apoyar con sus propias carcajadas para que su hermana se riera.

Mientras Cleotilde anotaba el nombre de Bruno Puentes en la lista de personajes que no se despedían del mundo sin haberla poseído, éste daba brincos mortales sobre la cama haciendo que su miembro, recién estrenado, se moviera caprichosamente al vaivén de sus bruscos movimientos. Nunca estuvo tan regocijado como esa mañana, jamás fue tan feliz como en ese momento y en ningún tiempo de su existencia sintió, como en ese instante, que la vida tuviera tanto sentido, hasta que llegó el lacónico anuncio de Cleotilde, que solía hacer en tono solemne y los dientes en el exilio:

—Saltarín, ya puedes pasar a la habitación de Juana Margarita. ¡Después sí te puedes matar!

CAPÍTULO VEINTISÉIS
La muerte de Saltarín

Pero Saltarín ya no quería morir. En estado de euforia por lo que acababa de sentir, el payaso amenazó a Cleotilde con no matarse si ella aceptaba sus deseos de quedarse a vivir con él. Pero la mayor de las Vargas no quería involucrarse sentimentalmente con nadie, y menos con alguien tan ingenuo y falto de carisma, y le dijo, con gran malicia y tal vez sabiendo lo que sucedería, que si sentía muchos deseos de seguir estrenando su nuevo juguete, entrara a la habitación de Juana Margarita porque a ella le encantaban los hombres como él.

Muy feliz y muy excitado se fue Bruno a la habitación de su otra amiga, confiado en que ella no sólo celebraría su decisión de no matarse, sino que también le haría el amor y luego le ayudaría a salir de Miramar sin el título de cobarde a cuestas. Pero se equivocó. Existía una ley en el suicidiario, aunque no escrita, que consistía en no permitir que alguien que hubiese pasado por la habitación de Cleotilde saliera de la casona vivo. No porque ellas fueran asesinas sino porque ese secreto no se podía difundir de muros para afuera para bien de las cuatro.

Ilusionado como ninguno y con toda la intención de desbaratar su partida, Saltarín ingresó a la habitación de Juana Margarita, quien tenía ansias de vengar la humillación de su ex prometido. La encontró dormida, pero en realidad estaba despierta, y es más, lo esperaba porque Cleotilde recién le dijo lo que sucedía. Como era su costumbre, Bruno se asomó al jardín y cortó una flor, caminó hasta la cama de la más bella de las Vargas y le enredó esa margarita en el pelo. Estaba a punto de darle un beso en la cabeza cuando la bella durmiente abrió los ojos intuitivamente y se incorporó con un movimiento nervioso, dejándolo con el beso en el aire.

–¿Qué pasa, Bruno? –le dijo fingiendo despertar.

–Que le tengo una buena noticia, señorita Juana –le respondió con una sonrisa tan amplia como sus nuevas alas y continuó con entusiasmo su explicación ante la expresión parca de su amiga del alma–: ¡ya no me voy a morir!

Juana Margarita supo de inmediato que Saltarín cayó en la trampa de Cleotilde y se incorporó con interés a preguntar:

–¿Ah, no? ¿Y eso? ¿Puedo saber qué te hizo cambiar de parecer? –le preguntó, conociendo de antemano la respuesta que el payaso hizo brotar de su boca sin temor al descaro:

–El sexo, señorita Juana, ¡me he enamorado del sexo de su hermana Cleotilde y ahora quiero enamorarme del suyo!

Juana Margarita ya había vivido esta embarazosa situación infinidad de veces, pero supo que ésta, especialmente ésta, sería más difícil de sortear, no sólo por la calidad de hombre con el que trataba, sino también por su inocencia. Por eso echó mano de sus más recónditos trucos de seducción femenina y se levantó, con un velo transparente que le cubría el cuerpo y parte de sus piernas, pero dejaba traslucir su desnudez. Saltarín abrió los ojos, más de lo acostumbrado, y la miró caminar al baño con pasos de diosa y una cadencia sutil que le hicieron erizar la piel. Juana Margarita entró al baño y dejó la puerta abierta. El payaso no supo cómo reaccionar y ya casi salía de la alcoba, inmerso en una gran vergüenza, cuando escuchó la ducha de la tina mojando el cuerpo de la mujer que siempre consideró como a una hermana, hasta esa mañana en que la miró con deseo de hombre.

–Bruno, ven... –le dijo la mujer con un susurro sutil e inaudible, y el payaso no supo cómo espantar sus temores. Cuando Juana repitió el llamado con un tono más dramático y seductor, Saltarín caminó hasta la puerta del baño con pasos lentos y miedosos que lo llevaron a un lugar que nunca imaginó y que determinaría para siempre su suerte. Juana Margarita estaba desnuda entre el agua humeante con aroma a hierbas silvestres y abrió los brazos para acogerlo dentro de ese paraíso del que jamás salió ileso ningún hombre. Inmerso en un estado de idiotismo delicioso y experimentando su enésima erección en pocas horas, la primera con Juana, Bruno se dejó desvestir sin oponer la menor resistencia y sin dejar de pensar en Cleotilde. Nunca antes sus sentimientos se vieron tan embrollados como en ese instante, el único de su vida en que dejó de pensar en Gisela.

Con el miedo que experimenta un niño durante su primer segundo de clases, el payaso ingresó absorto a las aguas tibias y libidinosas de la tina donde Juana Margarita camuflaba sus encantos entre la espuma, para hacerle olvidar su nueva obsesión por Cleotilde y encaminarlo de nuevo hacia su primer propósito de morir a voluntad, pidiéndole que la refregara con un paño suave y poniendo sus manos sobre sus senos lo logró. En medio de su angustia, y sin poder controlar sus apetitos, Bruno intentó ingenuamente poseerla, con la poca experiencia que acababa de adquirir, pero se estrelló contra un muro milenario cuya fortaleza nadie había franqueado. Respirando profundo, hablándole con el aliento sobre sus labios y mirándolo con ansiedad,

Juana le confesó que se moría por hacerlo suyo, pero que ella era virgen y no podía acceder a sus deseos a menos que estuviera muerto. En ese momento los muertos que apreciaban la escena, desde diferentes escondites, estallaron en risas al ver cómo el payaso, que los hizo reír hasta el cansancio, se sumaba al club de ingenuos engatusados por Juana Margarita y le devolvieron todas sus burlas.

Y quisieron advertirle del engaño, de hecho lo hicieron, pero el payaso nada escuchó. El pobre Saltarín, quien no los podía ver ni escuchar, también estalló en carcajadas por las absurdas explicaciones de su nueva amada, que no tardó en aclararle que su pasión y su misión eran esas, tener sexo con los difuntos.

Con una nueva risa que se diluyó ante la mirada penetrante de Juana, Bruno Puentes le suplicó que no le aplazara las ganas para después de la muerte. En nombre de su firme amistad, le imploró que le permitiera escupir dentro de su santuario el nuevo deseo represado, pues a él le daba pena pararse en el caucho con el miembro erecto. Desde luego, Juana le negó el placer sin mucha diplomacia:

—Te matas y vienes por mí. Si no, la puerta está abierta y te puedes ir.

Saltarín entendió por fin que la única manera de acceder al cuerpo más apetitoso que jamás vio era muriendo. Luego de formular algunas preguntas sobre el procedimiento y la manera de regresar a su habitación después de saltar, el infeliz payaso se vistió afanado, sin secarse el cuerpo, y así, escurriendo agua con burbujas blancas de jabón, salió corriendo del baño y luego de la habitación. Atravesó pasillos haciendo medias lunas con su cuerpo y pasó por el patio central de la casona que daba a la cocina donde Anastasia y Cleotilde, quienes ya sabían lo que sucedería, se limpiaron las manos y salieron apresuradas, una a cantarle y la otra a verlo saltar.

Se mecía en la rama del árbol cuando apareció Juana Margarita acompañada por un séquito de fantasmas, que pronto coparon cada rama del caucho para comentar, como de costumbre, el nuevo lanzamiento. Cuando Saltarín observó a Juana Margarita llegando al lugar, su pecho se hinchó de amor, le gritó que ya volvía y sin pensarlo ni pronunciar más palabras ni despedidas se lanzó al vacío, dejando a Anastasia con el canto lírico a medio terminar.

Segundos antes, cuando Atanael se enteró de que Saltarín caminaba hacia el abismo con intenciones de matarse, creyó que lo hacía por su gesto mezquino de no sonreírle durante su función y salió espantado de la habitación de Ernestina, tratando de salvarle la vida y así lavar su conciencia. Corriendo lerdo, porque no lo podía hacer de otro modo, atravesó la casa con mucha dificultad, ensayando una risa para disuadirlo cuando lo tuviera enfrente pero al llegar al caucho encontró a Cleotilde abrazada a Anastasia, que aún conservaba el último vibrato de la canción que entonó antes de que el payaso saltara. Estaban inundadas en lágrimas y Saltarín volaba hacia la inmensidad, mientras Juana se aprestaba a ejecutar su segunda etapa de la estrategia de lucha contra el demonio de la lujuria cumpliendo, por primera vez, su promesa de hacer el amor a un difunto.

Atanael se subió raudo a la rama oscilante del árbol y lo vio caer dramáticamente. Tenía el tamaño y el color de una piedra y notó con angustia cómo desaparecía entre la espesa neblina que, desde tiempos inmemoriales se mudaba a la parte media de la montaña durante el invierno. Sintió deseos de lanzarse y alcanzarlo, de servirle de colchón a su caída, de bajar por los peñascos a recibirlo en sus brazos, pero mientras pensaba en estas triviales posibilidades Saltarín cayó estrepitosamente en la finca de don Misael.

De inmediato, los muchachos que saqueaban a los muertos se acercaron a esculcarlo y se asombraron al verlo sonriente, con la cara blanca y la nariz roja. El impacto de ver en ese cementerio improvisado al payaso que adoraban por su calidez y humanidad les hizo arrodillarse con los ojos enlagunados, persignarse y rezar por su alma. Hasta un acuerdo hicieron para no despojarlo de sus cosas de valor, como sí lo hacían con los demás. Saltarín murió.

El regreso de Saltarín al verdadero amor

Doce segundos más tarde, Bruno Puentes apareció en el patio de la casona. Asustado por la impresión que le causó ver su cuerpo arruinado a pocos metros del río, pero su mirada con el brillo propio de quien tiene viva la esperanza de ver cumplida una promesa imposible. Lo que más impacto le causó fue ver diseminadas a lo largo y ancho de la casa a las miles de personas desnudas que él, con el transcurrir del tiempo, hizo reír en su carpa antes de su autoeliminación. Con alegría sincera las saludó mientras algunos de ellos, los más celosos, empezaron a esconderse para no verlo haciéndole el amor a Juana Margarita, que apareció para decirle que lo esperaba en su alcoba.

A medida que saludaba a sus antepasados, convertidos ahora en su presente, Saltarín recorría los recovecos de una atmósfera color plata que no admitía recuerdos y se quedó petrificado cuando de la alberca emergió una mujer reseca pero con su belleza otoñal intacta, que lo miró con infinita ternura e incredulidad. Bruno se acercó a ella enmudecido. Cuando la tuvo a su alcance, estiró la mano para sentirla y comprobar que en ese lugar los sueños eran posibles. Con lentitud le levantó una esquina del pelo y éste flotó en el aire con parsimonia, como si la gravedad desapareciese en ese instante. Luego, el payaso recorrió la cara de la mujer con la yema de los dedos y percibió su aroma viajando a través del pasado, sin poder abrir los ojos. Cuando disipó sus dudas la abrazó y se puso a llorar como un niño en sus brazos. Era Gisela.

Juana Margarita, que lo esperaba con impaciencia para utilizarlo en su desquite, los observó con celos durante largo rato, mientras sus hermanas le hablaban en vano, temiendo que ella hubiera entrado de nuevo en estado de autismo. A unos metros de ella estaba Atanael llorando copiosamente, con un desagradable sentimiento de culpa y sin que nadie pudiera hacer algo para consolarlo.

Saltarín se aferró a los brazos de Gisela, sumergido en la más grande de sus dichas, que en su vida no fueron muchas e introdujo la cara en el valle cuarteado de sus senos desgastados. Sus inestables sentimientos lo zangolotearon como muñeco de trapo en boca de un perro haciéndolo sentir, en pocas horas, un amor infinito y absoluto por tres mujeres diferentes. Gisela, la que amó toda su vida; Cleotilde, la que lo convirtió en hombre, y Juana Margarita, la que lo convirtió en cadáver y lo seguía esperando para entregarle su cuerpo.

Pero el payaso estaba tan encantado con Gisela que ni siquiera recordó su compromiso con su miembro recién estrenado. Por el contrario, sintió que ya no necesitaría a Juana Margarita y, al cabo de algún tiempo, que en la dimensión de los muertos no corría, se acercó a ella tomado de la mano con Gisela y se la presentó:

—Ella es Gisela —le dijo con la voz pletórica de amor, y Juana Margarita, que ya sabía su historia, se limitó a decirle con la lengua en llamas y los ojos dentro de una pecera que lo esperaba en su habitación para cumplirle la promesa y así, sin saludarla ni despedirse, se fue a esperarlo con altanería y sin mirar atrás más de dos veces. Entró el payaso en una disyuntiva difícil de resolver, pero Gisela, que veía las relaciones sexuales con más naturalidad, le dijo que fuera a cumplir su cita con el destino, porque, al fin y al cabo, a eso era a lo que había venido.

Como los otros 3.000 mil muertos que deambulaban desnudos no probaban aún las mieles del sexo de Juana, en la casa se sentía un ambiente a guerra civil. Ninguno podía creer que fuera justo el payaso Saltarín el elegido por la musa que los traía locos para cumplir su promesa. Por eso Gisela le dijo que si él, al igual que la mayoría de los muertos que los miraban, saltó para tener la dicha y el honor de poseerla, procediera a consumar su propósito y que no se preocupara por ella porque entre los dos no pasaría nada, como siempre.

Pero Saltarín, que ahora más que nunca tenía muy claros sus sentimientos y el potencial de su virilidad, le dijo que su muerte era más que justificada con su presencia y que prefería contemplarla a ella mil años con sus 30 años de más, que acostarse con Juana Margarita a pesar de su infinita belleza, porque eso era como caer en la misma tentación de los demás, es decir, engrosar su larga lista de imbéciles dominados por la lujuria, que prefirieron el placer de la muerte al dolor de estar vivos.

Gisela sabía que se metía en un problema de proporciones gigantes, pero aceptó el juego y se fue con Saltarín para el cuarto de Patricio, que era el único lugar donde se podía hacer el amor sin que nadie lo sospechara. Pasaron los minutos y Juana Margarita empezó a impacientarse en su alcoba, esperando al condenado con el que quería iniciar la segunda fase de su lucha, mientras éste cumplía su sueño más viejo: hacerle el amor a la prostituta que lo frustró desde niño y para siempre. Su erección, alimentada por un amor sublime y un apego profundo, fue inmediata. Era como desempolvar una herida cicatrizada y hacerla sangrar de nuevo. Fue tanto el derroche de ternura y sensaciones, que en pocos minutos Saltarín experimentó su primer orgasmo en la muerte, y Gisela el primero de las dos cosas, porque en vida jamás supo lo que fue una satisfacción sexual. Cuando el payaso escuchó las palabras de su amada de siempre, asegurándole que esta era la primera vez que experimentaba esa sensación de vomitar la felicidad por entre las piernas, Saltarín entró en un letargo de absoluta incredulidad, del que sólo despertó cuando la prostituta, con lágrimas en los ojos, le reiteró que, aunque tuvo dentro de su cuerpo a más de 2.000 hombres, nunca antes sintió un orgasmo.

Saltarín no sabía que los muertos lloraban, pero se dio a la tarea de intentarlo y lo logró. Tanto que Patricio, que escarbaba en su baúl tratando de encontrar algo, observó cómo sobre la funda de su almohada se formaba una onda húmeda como mancha transparente que crecía misteriosamente en círculos concéntricos. Sin una explicación lógica, y después de buscar en el techo la posible gotera que producía el fenómeno, el asustado mayordomo salió corriendo en busca de Juana Margarita, que ya era la más versada de todas en este tipo de fenómenos extranaturales y la encontró en su habitación, enojada e impaciente. Cuando le contó lo que acababa de ver, Juana Margarita sospechó lo que sucedía y corrió desesperada hasta el cuarto del mayordomo, sumida en la peor de sus cóleras. ¿Cómo podría ser posible que, habiéndose negado miles de veces a acostarse con un muerto, cuando por fin se decidió a hacerlo el afortunado se negara al deleite? sin embargo, eso pasó.

Empeñados en seguir descubriendo un mundo que les fue esquivo por décadas, Bruno Puentes y Gisela Amarales hacían el amor por tercera vez, relajados con el sonido que producía el agua al golpear las piedras de las cataratas, cuando irrumpió Juana Margarita con ímpetu y alevosía. Patricio, quien la esperaba desde la puerta, fue testigo del acto más demencial que vio en ella. Su patrona tomó el viento por su cuenta y le lanzó tantos golpes como improperios. Fue tal el desvarío que notó en Juana Margarita, que el pobre no tuvo otro remedio que ir por sus hermanas para que la hermosa damisela dejara de pegarle al techo y a las paredes, pues ya tenía las manos ensangrentadas. En la dimensión que no veía Patricio, estaban Gisela, Bruno y Juana enfrascados en una lucha a muerte porque, según la última, ellos usurparon su templo sagrado.

Saltarín le reprochó su agresividad y le respondió que el viento no le pertenecía a nadie y que ellos podían hacer uso de él las veces que quisieran. Juana Margarita, que no peleaba por el territorio sino por su orgullo y por el sostenimiento de su mentira, le pidió a Gisela que se marchara de ese lugar y le ordenó a Saltarín que volara hasta su cama inmediatamente. Pero el payaso no tuvo que pensar nada. Le dijo, con valentía, que si Gisela no era bienvenida en el monte Venir, él se iría con ella.

Juana pensaba que ese acto de desobediencia marcaría el inicio de su decadencia, cuando entraron Ernestina y Cleotilde a controlarla. Con más energía que las anteriores ocasiones, le reprocharon su disparate y su obsesión por hablar y pelear a solas, y se la llevaron a la fuerza hacia su aposento con la ayuda obligada de Patricio. Saltarín y Gisela sintieron pena por ella y trataron de convencer a sus hermanas de su total cordura, pero no pudieron. Ninguna de ellas los escuchó. Juana Margarita se sintió ofendida al verlos despedirse de ella y lloró de rabia.

Los muertos que apreciaron la escena sólo se limitaron a mirarse entre sí sin saber qué pensar ni qué decir, pero sí se cuestionaron sobre el porqué de la renuencia de uno de ellos a acostarse con la que ellos consideraban la reina del mundo.

Después que encerraron a Juana Margarita en su habitación bajo llave y en medio de un griterío escandaloso, Ernestina, que seguía alargando la estadía de Atanael en su habitación, ahora con una sesión de cartomancia, se apresuró a contarle lo que pasaba antes de que él se lo preguntara. Le dijo que desde hacía mucho tiempo Juana Margarita sufría de alucinaciones, que ella aseguraba tener contacto con los muertos y que, si no le bastara con tan descabellada historia, afirmaba que hablaba con ellos y los veía sentados, parados y caminando por toda la casa. Recordó que esa quimera le nació desde el día en que ella le sirvió de puente para comunicarse con los espíritus de sus papás, pero que su hermana se lo tomó a pecho y siguió insistiendo en algo que resultaba imposible, incluso para ella, tan preparada en el tema. De paso le advirtió que cuando fuera a su habitación tratara de no dejarse manipular, porque si de algo estaba segura era que de allí nadie salía con ganas de volver a vivir. Atanael, que debía pasar enseguida a la habitación de Anastasia y luego a la de Cleotilde, se interesó mucho por el tema y le preguntó a Ernestina que si podía pasar directamente a la habitación de Juana Margarita. Pero Ernestina, que ignoraba que el orden de las sesiones con sus hermanas estaba diabólicamente premeditado le indicó que eso era imposible, porque nadie había saltado esa disposición, aunque no supo responder el porqué de la misma.

Cuando Atanael salió de la habitación de Ernestina, donde aprendió los trucos para dirigir su vida en otras dimensiones, Gisela y Saltarín se despedían de los muertos, que escuchaban apesadumbrados los gritos de Juana Margarita y, por lo mismo, entendían de sobra las razones que tenían para marcharse. No habían acabado de sentir el frío de sus amigos, cuando Gisela se apartó un momento y premeditadamente del grupo para luego regresar con una sorpresa enorme para Bruno: don Pascual Puentes. Su padre lo esperaba al lado de la alberca. Así se lo dijo al oído, y más tardó en mencionarlo que Saltarín en volar hacia ese lugar. Al verlo, sintió nostalgia y, con la adversidad a cuestas, lo abrazó y dejó escapar un sentimiento que tenía reprimido desde niño.

Gisela los observó con alegría ajena y los exhortó a abandonar el lugar ante las amenazas que seguía lanzando Juana Margarita desde su habitación. Don Pascual les dijo que no temieran nada, porque mientras estuviera viva, Juana Margarita no podía expulsarlos físicamente de ese lugar; que se quedaran allí tranquilos, porque él quería compartir con su hijo el tiempo que en vida no tuvo para disfrutar a su lado. Saltarín encontró razón en sus palabras, pero le pidió que hablaran en un lugar alejado para no seguir desatando la furia de Juana Margarita, quien en vida no sólo fue su mejor amiga, sino también la hermana que nunca tuvo. Don Pascual le dijo que si salían del perímetro de la casa corrían el riesgo de irse al purgatorio o al absoluto, según lo decidieran los 42 jueces del karma, porque en ese lugar, y a fuerza de deseo, los miles de muertos construyeron un limbo, que no era otra cosa que un umbral intermedio entre el infierno y el cielo, y que él no quería marcharse, porque al igual que los otros 3.000 muertos esperaba la gloriosa oportunidad de poseer a Juana Margarita.

—¿Tan enamorado estás viejo verde? —le dijo Saltarín pegándole un puño en el estómago, a lo que don Pascual respondió con una solemnidad que jamás se le conoció en vida:

–¡Tan enamorados estamos!

Gisela, Bruno y don Pascual decidieron marcharse a un lugar más seguro y eligieron el depósito de agua, la estructura más alta de la casa, cuyo último tercio y el faro instalado en la curva de los Javieres eran los únicos elementos que se divisaban desde el pueblo como testigos mudos de lo que allí dentro pasaba. Era un tanque de madera curada con brea que recogía las aguas de la cascada antes de que éstas se lanzaran por una ladera del monte Venir buscando su rumbo final hacia el río Cristales, en predios de don Misael. El vistoso tanque reposaba sobre una estructura de hierro, a prudente distancia de la edificación y al borde del peñasco repleto de nombres.

Estaban zambulléndose en las aguas cristalinas del acuífero cuando vieron pasar a Atanael, quien recién salía de la habitación de Ernestina.

–¡A ese hombre le debo mi felicidad! –exclamó Saltarín al verlo, sin ironía y totalmente convencido de lo que decía. Cuando su padre le preguntó el porqué, Bruno le respondió que gracias a él recuperó a Gisela, a su padre y eliminó sus traumas para siempre.

–Gracias a Dios no le hicieron gracia mis chistes –dijo con nostalgia, y se echó a reír por las paradojas de la vida que siempre lo perseguían y de las que aprendió a sacar partido.

CAPÍTULO VEINTISIETE
Saltarín y su reencuentro con el amor
Atanael y su cita con la lujuria

Estaba don Pascual muerto de la risa por haber creído que las carcajadas de Gisela, aquella lejana noche, obedecían a la hazaña de su hijo por fundirla en su lecho de prostituta, y no a una burla suya por la inoperancia del miembro de Saltarín, cuando Atanael ingresó absorto en la habitación de Anastasia.

La menor de las Vargas se columpiaba alegremente en una hamaca que Patricio instaló en el aposento de ella con la doble intención de brindarle comodidades y verla desbaratarse de piernas para treparse en ella. De todas las alcobas, la de Anastasia era la que más luz dejaba colar por los ventanales diáfanos que proyectaban la vista más espléndida sobre los jardines, la cascada y la casita del mayordomo. No tenía cortinas, en el entendido de que éstas se usaban para proteger la intimidad de las personas y las paredes lucían pintadas de rosado.

Atanael se paralizó un buen rato en la puerta de la niña, en espera de que su anfitriona lo hiciera seguir, pero ella se dedicó a estudiar sus reacciones, concluyendo que estaba frente al más tímido de cuantos hombres tuvo enfrente. Sin embargo, le hizo una serie de advertencias antes de hacerlo pasar:

–Puede contemplarme respetuosamente, pero no tocarme. Puede tener malos pensamientos, pero no me los puede decir. Puede soñar conmigo, pero no pretenda hacer sus sueños realidad. No puede tocarme porque prometí matar al primero que se atreviera. ¡Adelante!

Atanael se sintió maniatado por las sugerencias casi imperativas de la mujercita y entró a pasos lentos sin saber dónde ubicarse.

–Siéntese en la cama –le dijo Anastasia adivinando sus dudas y se bajó del columpio, en dos tiempos, para luego acostarse a su lado de la manera más impúdica y emprender la charla que, con todos los suicidas, tenía que sostener por orden de Cleotilde.

–Me dijo su hermana Ernestina que usted me esperaba para escoger y ensayar la canción que cantará durante mi lanzamiento. Anastasia asintió con aburrimiento, dando a entender que lo hacía por obligación, y empezaron a charlar de variados temas. En primer término le preguntó por su obesidad. Atanael le explicó que hasta los catorce años y medio fue un hombre normal, incluso flaco, pero que a partir de entonces se le desarrolló un apetito voraz que le impedía mantener la boca cerrada. Quería comer a toda hora y todo porque la glándula tiroides se le desarrolló a raíz de un mal congénito que azotó a su familia durante siglos. Anastasia le preguntó que si él vivía en Gratamira cuando el río Cristales la borró del mapa y por supuesto Atanael, que fue gran protagonista, casi héroe de esa tragedia, se dedicó a contarle cada detalle de lo por él vivido, exigiendo un poco más la voz debido al gran escándalo que seguía protagonizando Juana Margarita, quien no dejaba de gritarle a Saltarín que lo odiaba, al tiempo que el payaso no paraba de repetirle a Gisela que la amaba.

Don Pascual los dejó solos y desde entonces recuperaron el excesivo tiempo perdido. Gisela le confesó que pocas veces se acordó de él – casi nunca –, pero que sintió alegría infinita cuando lo vio poner un pie en la rama del caucho. Que ella estaba entre la multitud de fallecidos que le gritaban consejos y claves para hacer menos doloroso el golpe, pero que con seguridad él no escuchó, a juzgar por lo descuadernado que cayó en la finca de don Misael. Saltarín le preguntó sobre el adelanto de su muerte y ella le confesó que lo hizo por el convencimiento que tuvo de lo insignificante que era para su familia, para los hombres y para la sociedad misma. Que jamás conoció el amor y que uno de sus clientes le tiró el dinero por la cara, haciéndole sentir tan basura en la vida, que el único acto de amor propio que emprendió a favor de su dignidad fue matarse. Saltarín recordó una frase de Ernestina que leyó en la habitación de Cleotilde y que acuñó en el instante como propia, con la intención de descrestarla con su sapiencia, avalando de paso su fatal determinación: *"El masoquismo de vivir en desdicha es propio de los cobardes"*. Acto seguido le propuso matrimonio, sin medir las consecuencias de su decisión.

Cuando Juana Margarita se enteró de las intenciones nupciales de Saltarín, entró en cólera. No sólo porque el payaso rehusó hacerle el amor, sino porque sentía como todo un desafío, para su reinado, el hecho de que otra mujer, la más fea de cuantas vivían en la casa, la única que no quiso pasar por el cuarto de Patricio antes de matarse, le arrebatara la energía del más insignificante ser. Era un despropósito que desde ese día se propuso desbaratar, consciente de que para hacerlo debía recurrir a la maldad que tenía frenada dentro del corazón desde que decidió luchar contra el demonio.

Ajenos estaban Atanael y Anastasia a los grandes cambios que se avecinaban en Miramar, cuando se escuchó el alarido infernal de Juana Margarita. Sin dejar de mirarle el pecho con sus pezones puntiagudos y erguidos, Atanael se enteró de labios de Anastasia que su hermana enloqueció. Le dijo que deliraba desde hacía algún tiempo, porque descubrió que su prometido se la jugaba con una muerta. Desde luego, Atanael no pudo más que sonreír con ironía ante lo que parecía más un chiste que un cuento verosímil. Ignoraban que la única cuerda de las cuatro era ella, pero las conjeturas en torno a su demencia sólo aumentaron el deseo de Atanael por llegar muy rápido a su habitación.

Cuando Anastasia notó los deseos que tenía Atanael de partir, se levantó de un brinco y le abrió la puerta:

—Corra, vaya rápido donde Cleotilde porque las cosas en esta casa se están complicando.

Atanael la miró de cabo a rabo, sonrojado por el descaro que suponía devorarla con los ojos, pero consciente de que jamás volvería a ver una niña con tan deliciosos encantos expuestos al aire. Anastasia, quien ya estaba acostumbrada a ese tipo de miradas, se dio vuelta y sus nalgas se mecieron como una balanza hasta desaparecer de vista.

Juana y Cleotilde sufren sus primeras derrotas

Atacado por la curiosidad, Atanael decidió saltarse el orden y caminó perturbado hasta la habitación de Juana Margarita, mientras los muertos fabricaban burlas sobre su desfigurado cuerpo.

En la puerta de la alcoba se encontró con Cleotilde, quien lo exhortó con disgusto a pasar primero a su habitación. Atanael le respondió con altivez que él no era un hombre manipulable y que si tomó la iniciativa de matarse era, precisamente, porque estaba cansado de que la gente le dijera qué hacer, qué no hacer, en qué momento hacerlo y cómo hacerlo.

Le dijo que lo dejara pasar primero al cuarto de su hermana o se iba directamente al caucho. Juana Margarita, que escuchó desde el interior de su alcoba la acalorada disertación de Atanael, se levantó de su cama y caminó a la puerta a suplicarle a Cleotilde que lo dejara pasar. Ante la negativa de su hermana mayor, Juana se propuso sorprenderla y confundirla con una cordura libreteada, que incluía su compromiso de no gritar más.

—Cleotilde, por favor. Déjalo pasar primero a mi habitación. Si quieres, mantén la puerta bajo llave nuevamente, pero no permitas que Atanael se mate sin antes hablar conmigo.

Cleotilde, quien no pensó en esa posibilidad, abrió la puerta y lo dejó entrar para luego cerrar de nuevo y marcharse enfadada.

Desde el tanque del agua donde seguía planeando su boda con Gisela, Saltarín alcanzó a ver la cara descompuesta de Juana Margarita y le pidió permiso a su prometida para ir a su habitación. Gisela aceptó sin problemas y Saltarín voló a la alcoba de la mujer que siempre consideró digna de su cariño y su amistad, con el fin de proponerle una tregua.

Con mucho afán y nerviosismo estaba Juana Margarita tratando de seducir a Atanael. Lo hacía con torpeza y perdiendo la seguridad y las pausas interpretativas que tantos réditos le entregaron en el pasado, porque le permitían sonreír y mirar con suficiencia a sus enamorados. Ni Atanael ni Saltarín entendían lo que sucedía, pero sus pensamientos coincidieron en algo: Juana Margarita se la jugaba a fondo para no sufrir un cuarto desplante que decretara su derrota total. Por eso abrió la llave del agua caliente con las manos temblorosas, se desvistió delante de Atanael sin la sutileza y coqueteo con que solía hacerlo hasta antes de ser rechazada por Bonifacio, por los demás muertos y por Saltarín, y lo tomó de la mano con inseguridad para luego meterlo en la tina sin mediar palabra. Saltarín se angustió al verla tan descompuesta y le hizo saber de su presencia con una frase que terminó de confundirla:

—No tiene por qué forzar las cosas, señorita Juana.

Al observarlo, Juana Margarita se llenó de ira. Por eso le ordenó salir inmediatamente de la habitación. Atanael se asustó al verla hablando con el viento que pasaba por la parte alta del cuarto y quiso tomar parte en el suceso, pero le fue mal.

—Señorita, usted quiere que llame a sus hermanas.

—Cállese, gordo estúpido, que no estoy hablando con usted —le dijo y continuó peleando con Saltarín, sin saber que acababa de meterle una bala en el corazón a Atanael—. Usted se acuesta conmigo esta noche o se olvida que existo, Bruno.

—Señorita Juana Margarita, no puedo… no quiero.

—Sí puede, payaso pusilánime; no es justo que me pague de esa manera todas las atenciones que le brindé en vida, todas las risas que le otorgué con hipocresía a sus pésimos chistes.

—Señorita Juana, escúcheme —le dijo Saltarín con voz conciliadora.

—No, señor, no lo voy a escuchar —exclamó ella con los ojos desorbitados y extendió sus manos para alcanzarlo, pero Saltarín fue más rápido y voló hasta el umbral de la puerta desde donde le advirtió que actuaba de manera equivocada.

Juana respondió con súplicas y, con una sonrisa enfermiza, lo exhortó a bajar:

—Ven y te bañas con nosotros, Brunito.

Pero el payaso no cayó en su trampa y se alejó aún más de ella mientras Atanael devolvía a Juana el disparo certero que acabó con la poca moral que traía:

—Está enferma, doña Juanita, ¡necesita ayuda! —exclamó Atanael aterrado por las incoherencias que decía la iracunda mujer.

–¿Enferma? ¿Enferma dijo usted?

En ese momento un silencio tortuoso inundó la habitación, y un gesto de pesar de Saltarín le notificó a Juana Margarita que, a partir de entonces, dejaba de ser la mujer más deseada de la Tierra y de los cielos. Que el mito existente, según el cual ningún hombre en la Tierra podía resistir el atentado de sus encantos, quedaba revaluado. Saltarín salió de la habitación, Juana Margarita dejó de luchar, y metió al pobre Atanael con todo y ropa a la bañera, que por descuido ya estaba a punto de desbordarse. En efecto, cuando ambos sumergieron la mitad de sus cuerpos, el agua con espuma rebosó la tina, salió de la habitación y recorrió gran parte de la casa hasta llegar a los pies de Patricio que, como siempre, no pudo hacer más que suspirar profundo, pensarla con resentimiento y llenarse de más motivos para odiarla, no sólo a ella sino también a sus tres hermanas, de quienes soñó, alguna vez, ser esposo al mismo tiempo.

Atanael jamás gozó tanto de su condición masculina como ese momento. Ni siquiera cuando llegó a tierra firme con Usnavy el día en que la sacó de la corriente fangosa del río Cristales, sintió tanta dicha. Estaba pleno al lado de Juana Margarita, poniendo espuma en su pelo, viendo bailar las burbujas de jabón sobre sus pezones, sintiendo el corrientazo de la proximidad de la mujer que le crispó hasta el último nervio del cuerpo, cuando aquélla quiso emplear sus encantos, sus poderes y su plena sensualidad para recobrar la confianza acabada de perder a manos de un par de insignificantes hombres, como lo eran para ella Bonifacio y Bruno. Y fue tanto lo que gozó el pobre Atanael, que apenas quiso hacerla suya mientras se desvestía con angustia Juana Margarita le respondió que con todo gusto, que esperaba hacía rato que se lo insinuara, que no había problema alguno en hacer el amor con él, que muy encantada quedaría al ser su mujer, que por favor la poseyera y la ultrajara sin piedad, que la despojara de su virginidad y la llevara a los confines de la dicha, que las puertas de su flor estaban abiertas y que bien podía entrar, sin temores, sin vergüenzas ni algún tipo de restricción, porque su deseo era también poseerlo y acceder a sus encantos.

Cuando el pobre Atanael se quiso tomar en serio sus palabras, Juana Margarita lanzó la frase que solía decir para que los muertos que observaban la escena soltaran su acostumbrada carcajada burlona y el obeso iluso no supo si reír o creer, o llorar. Sabía que la mujer que recién lo enloqueció estaba loca, pero no imaginó cuánto como para que le propusiera morirse primero antes de siquiera sentir su piel sobre la suya. Atanael trató de ridiculizarla, pero Juana se levantó, escurriendo agua por los vellos de su cuerpo, y le respondió que pensara lo que quisiera, pero que ella sólo tendría sexo con su fantasma. Atanael, a quien se le pasmó el amor por Usnavy con los altos voltajes que recibían sus sensaciones en medio de esta aventura, le dijo que no le hiciera eso, que él sí pensaba morirse, pero que antes le dejara disfrutar del jugo de su belleza, renacer en ella, entregarle su amor puro. Incluso se vio tentado a proponerle matrimonio, pero recordó que era casado con Usnavy y ante el impedimento legal optó por proponerle que vivieran juntos. Que él desistía de su deseo de morir y dedicaría a ella su vida entera. Pero Juana Margarita le cercenó las esperanzas de un tajo diciéndole que si no se mataba ese día, jamás su piel sentiría el roce de la suya, jamás su saliva mojaría sus labios, jamás sus ojos verían sus ojos susurrando de emoción, jamás su glande resbalaría como un alud por el callejón jugoso de sus turbaciones.

Angustiado por la posibilidad de que sus palabras fueran ciertas, Atanael intentó desarmarla con el escudo infalible de la ternura, pero sólo logró que su obsesión la enfadara tanto que terminara sacándolo de su habitación a empellones queriendo ganar tiempo para ir en busca de Saltarín.

—Y no vuelva si no es a hacerme el amor —le gritó desde la puerta de la habitación.

Atanael murió por dentro y supo que también tenía que morir por fuera, por lo que trató de hacerlo con inmediatez, pero Ernestina, que lo encontró de camino al precipicio, le advirtió que no creyera en las promesas de su hermana. Que si quería apaciguar sus alterados deseos, debería pasar por la habitación de Cleotilde antes de saltar porque ella lo esperaba.

Muy contrariada porque Atanael se convirtió en el primer hombre en no saltar inmediatamente después de su propuesta, y mientras el rebelde rompía el hielo con su hermana mayor, Juana se dedicó a perseguir a Saltarín. Varias horas duró buscándolo, sin que nadie le diera razón de él ni de Gisela. Fue el día en que sus hermanas creyeron que la demencia de Juana alcanzó su punto máximo, pues la vieron buscando un intangible con angustia, con saña, sin tregua. La vieron preguntando al viento por Bruno Puentes; la vieron treparse a los árboles como primate que asalta un fruto; la vieron subir al tanque del agua de dos en dos escalones y luego la vieron bajarla de tres en tres; la vieron moviendo con obsesión las camas de todas las alcobas; la vieron ingresando como un topo por la boca del horno de carbón que, por su domo, tenía la forma de basílica árabe; la escucharon gritar a alguien que, aunque se escondiera en el mismísimo infierno, lo encontraría; la vieron gatear por debajo de las mesas del comedor; la vieron mirando con un ojo al interior de todas las botellas del bar;

226

la vieron zambullirse en la piscina que formaban las aguas de la cascada con la perseverancia del oso que busca el salmón; la vieron salir mojada para luego trepar hasta la cumbre donde se hallaba el manantial donde nacía el agua. Después la vieron llegar encorvada, con pasos lentos, musgos enredados en el cabello, los brazos descolgados, los pies sangrando, la mirada perdida, la ropa rasgada y algunas raspaduras en las cara, las manos y las piernas. Se notaba cansada de vivir. Anastasia y Ernestina se reunieron alrededor de su cuerpo casi inerte y, mientras dormía, decidieron esperar a que Cleotilde terminara de atender a Atanael para definir su suerte.

El suicida de turno fue recibido sin bombos ni platillos, porque Cleotilde disgustó con él por haber ingresado primero a la alcoba de Juana. Por eso le pidió con fonemas mecánicos que se desvistiera, mientras ella hacía lo propio con la mirada perdida y la preocupación latente. La mujer se notaba perturbada y alejada de su realidad. Tal vez más desequilibrada que la propia Juana, que no lo estaba en lo absoluto. Al notar su crítico estado de ánimo, Atanael entró en comprensión y le quiso ahorrar el trabajo de hacer el amor con alguien a quien no deseaba, pero Cleotilde, que prometió hacerlo con todos los valientes que pasaran por su alcoba antes de tomar el mundo con la mano, rechazó la solidaria propuesta y se dio a la tarea de desnudarlo contra su voluntad.

Pero no sólo Cleotilde tenía la mente puesta en Juana, Atanael también pensaba en ella y en su macabra propuesta de hacerlo suyo apenas tocara el suelo, por lo que su erección fue imposible. Sin embargo, como los suicidios no se celebraban en la noche, Cleotilde le pidió que se quedara en su cama hasta la mañana, antes de su brinco mortal. Atanael aceptó y ella se fajó por horas, intentando despertar el fuego mágico de la lascivia del casi casto de Atanael, pero no lo logró. Ni siquiera porque empezó a darle, casi a la brava o con engaños, un par de botellas de una sustancia alcohólica que Patricio extraía de una planta llamada agave azul tequilana y que ponían a reposar por meses en el sótano antes de brindársela a sus clientes, pues en casa sabían de sus poderes afrodisíacos.

Y mientras ellos bebían, ausentes de cualquier obscenidad, Juana Margarita aprovechó un descuido de sus hermanas para salir de su alcoba a terminar la búsqueda de Saltarín. Sabía que estaba cerca porque los muertos tenían claro que ese lugar era un limbo, con sus límites geográficos, y que si alguno los traspasaba perdería inmediatamente el privilegio de embolatar su arribo al infierno o al cielo, según sus condenas. Por eso se fue a los lugares donde el día anterior no pudo llegar y emprendió una nueva búsqueda que la condujo por los pliegues de la Montaña en franco descenso hasta la finca de don Misael. Y allí cerca, refugiados en una cueva de la cual nadie tenía conocimiento, los encontró compartiendo el espacio con un par de serpientes cuadriculadas y enroscadas.

El inteligente de Saltarín sabía que los humanos les temían a las serpientes y a las fieras y por eso las usó como escudo. Y así fue. Cuando Juana lo encontró, el payaso estaba inmerso en un beso eterno con Gisela y sólo un grito suyo los apartó de la fantasía que estaban viviendo. Saltarín se asustó, pero con algo de tranquilidad porque el alboroto de Juana alertó a las serpientes. Pero los fugitivos no contaban con que Juana nació dispuesta a morir y, que por lo mismo, una mordedura de serpiente tan sólo apresuraría el desenlace de sus días. En consecuencia, Juana Margarita tomó las serpientes por la cola y las expulsó de la cueva para luego lanzarse con todo su odio contra Saltarín, a quien pretendió obligar a regresar con ella.

Pero por más que lo intentó, no pudo agarrarlo. Saltarín y Gisela se escapaban por entre sus dedos como fluidos jabonosos y Juana vio el amanecer tratando de concretarlos. A su alcoba regresó derrotada luego de escuchar el sentido discurso por medio del cual Saltarín la persuadió de no obligarlo a pasar una noche a su lado contra su voluntad. Ella quería recuperar su trono, su imperio y la delantera en la lucha contra la lujuria y por eso no escuchó razones. Él le dijo que le podía hacer el amor, pero pensando en Gisela, y que entre eso y nada daba igual. Agregó que él quería pasar el resto de sus siglos al lado de la mujer que amaba desde la adolescencia y le recordó que el amor no se fabrica, ni se compra, ni se impone, y que quien viola sus leyes está condenado a pasar por el mundo sin haber estado en él.

Sin alternativa de triunfo, Juana se fue a madurar una estrategia para recuperar su honor y se quedó pensando en Atanael Urquijo quien, según sus cuentas, regresaría convertido en cadáver de la finca de don Misael en un par de horas.

CAPÍTULO VEINTIOCHO
El terrible descubrimiento de Atanael

Cuando Juana Margarita entró en su alcoba, sin reconocer su nuevo fracaso, Cleotilde despertaba también del primer fiasco de su vida. Atanael dormía enroscado, en posición de defensa y roncaba como animal rumiando sus sueños, con su aliento a borracho. Fue tal la rabia de Cleotilde al aceptar que por fin un suicida se abstenía de poseerla, que lo despertó con furia y lo mandó a estampar su firma y su nombre en el libro de los suicidas mientras ella se peinaba el cabello con desparpajo.

–Despiértese y firme el libro –le dijo sin mirarlo y sentenció–: es hora de morir.

Atanael supo que sus minutos eran pocos y se congratuló con el presentimiento, aunque no dejó de sentir algo de miedo. Por eso se levantó un tanto avergonzado y caminó hasta el libro, que la misma Cleotilde abrió con rabia, y escribió su nombre. Lejos se hallaba la mayor de las Vargas de imaginar lo que sucedería unos segundos después. Ella estaba depositando la peineta blanca de dientes separados en el cajón de la mesita de noche cercana a su cama fangosa, cuando escuchó el grito más terrible de toda su vida. Cuando volteó, vio a Atanael arrodillado en el piso lanzando chillidos ensordecedores hacia el cielo, tapándose la cara con las manos. Luego revoloteó por la alcoba, sin dejar de aullar con el rostro inundado en lástima y, finalmente, salió corriendo hacia los pasillos con el desespero de un alérgico. Cleotilde corrió hacia el libro a sabiendas de que el detonante de su crisis estaba allí y no encontró nada raro, salvo los nombres de los últimos tres suicidas de los días anteriores: un hombre que se lanzó porque era feliz y no quería arriesgarse a que su alegría se terminara, Saltarín y otra señora que llegó con sus dos hijos. Ella de nombre Usnavy y los infantes llamados Arturo y Benito. La esposa y los dos hijos de Atanael se adelantaron a sus intenciones de abandonarlos.

Coincidencias mortales

Usnavy y sus dos pequeños llegaron a la casona el día anterior con cara de terror. Según su versión de los hechos, contada de similar manera a cada una de las hermanas Vargas, ella estaba desahuciando la vida porque la misma la desahució a ella, convirtiéndola en una desdicha humana. En su relato a Ernestina, Usnavy coincidió con Atanael en que ella se casó con él más por agradecimiento que por amor. También concordaron en la historia del dramático aumento que sufrieron sus pretendientes después del nacimiento de sus dos hijos gracias a la consabida transformación de sus encantos y la ampliación súbita de sus caderas. En lo que no coincidieron sus versiones fue en la manera como sucedieron los hechos que desembocaron en sus decisiones de separarse para siempre. Según Usnavy, desde su engordamiento, Atanael se convirtió en un hombre inseguro. Tanto que dejó de desnudarse delante de ella y comenzó a ocultar su evidente defecto con artimañas innecesarias, como poner cortinas negras en la habitación, pues no era posible esconder sus 140 kilos en los 70 centímetros de cama que le correspondían.

Contó también que su incertidumbre se transformó en agresividad el día en que sospechó que ella se entendía con el hijo del alcalde del pueblo y que ese mismo día la cogió a golpes, para después arrastrarla por la casa dejando marcado en el piso el rastro de su cabellera mojada, pues esperó hasta que ella se bañara y le dijera que "ya volvía" para iniciar su castigo. Que lo peor de todo fueron las palizas que le infligió, que no fueron menos de seis, injustas y en presencia de sus dos hijos que, afortunadamente, nunca pudieron ver estas manifestaciones de odio. A Ernestina le contó que el único trato que tenía con Roberto Munévar era profesional, pues él, que se acababa de graduar de cirujano ocular, le prometió operar a sus hijos para que volvieran a ver, eso sí, siempre y cuando surgiera un donante de córneas que nunca apareció. Que nunca le contó a su esposo sobre sus citas con el joven médico porque ella sabía que a Atanael no le caía bien esa familia y hasta lo comprendió porque el todo mundo estaba enterado de que don Baltasar se había enriquecido echando mano de su enorme poder como notario y alcalde.

A Juana Margarita le detalló, con lujo de pormenores, la mañana en que tomó la decisión de abandonarlo para siempre, solucionando de paso el problema de sus hijos. Le refirió que ese día fue el único en que no quiso decir nada a grito entero. No le recordó, como siempre, que era un gordo desagradable, guache, mentiroso e incapaz de hacerla feliz. Tampoco le dijo que se había cansado de él y que si no le hacía el amor se atuviera a los designios de sus deseos. Ni le dijo que se iba de la casa para jamás regresar y mucho menos que volvería en la noche, cuando él durmiera, para no tener que verlo y arrastrar con sus penurias y lamentos. Por eso Atanael supo que no regresaba y por eso mismo el pobre tomó la decisión de suicidarse.

Luego de arrancarle a don Wilson las primeras lágrimas de su vida, Usnavy y sus dos hijos se bajaron del campero. Los niños ignoraban por completo a qué venían a ese lugar y don Wilson estuvo a punto de decírselo para procurar su fuga, pero se abstuvo de hacerlo por razones que él mismo no comprendió pero que lo mortificaron el resto del día. Desconocía don Wilson que Usnavy no traía los niños para matarlos, sino para entregarles su vida.

La esposa de Atanael pagó la entrada a la finca de don Misael, hizo trepar a sus dos hijos en un mismo burro y recorrió el camino de la muerte sin el menor asomo de arrepentimiento y pensando siempre en el dolor que le produciría a su odiado esposo su deceso y el regalo que les iba a dejar a sus niños. Unas horas más tarde los tres llegaron a la cima del monte Venir, donde ya los esperaba Roberto Munévar con un par de ayudantes y un equipo quirúrgico, que aunque elemental, era suficiente para cumplir sus propósitos. Uno de los ayudantes tenía en las manos un pequeño termo con hielo donde pensaban introducir los ojos de Usnavy que ella determinó heredaran sus hijos para que cada uno de ellos pudiera ver, aunque a medias, los colores de la vida que, de seguro, imaginaban como penumbras. A Arturo quiso que le pusieran su ojo derecho y a Benito el izquierdo, no se supo si caprichosamente o por alguna razón que nadie conoció.

Cuando Usnavy observó la rabiosa belleza de la inmensidad sintió nostalgia de no poder ver durante su caída por última vez el paisaje, y le preguntó a Roberto que si la extracción de sus córneas se podía realizar después de que cayera. El médico le dijo que existía algún riesgo de daño, pero que se podían tomar las precauciones del caso para que esto no sucediera.

Entonces ella le pidió que lo hicieran así y el médico bajó con sus ayudantes y sus dos hijos a esperarla en la finca de don Misael. Allí mismo en la cumbre se despidió de sus pequeños sin dejarles saber sus intenciones y no lloró para que sus ojos pudieran conservar las lágrimas que les quedaban a sabiendas de que sus niños, que apenas trasegarían por la vida, las iban a necesitar. Sin embargo, Arturo se aferró a sus piernas, por lo que Usnavy cambió de parecer y entró con ellos a la casona, quedando de acuerdo con Roberto en que apenas ella se matara, él iría al pueblo a buscar a Atanael para que viniera a hacerse cargo de ellos.

Unos segundos después de verla volar con ese placer que no pudo ocultar, Ernestina comentó con sus hermanas que esa mujer se mató por el simple gusto de imaginar el sufrimiento de su marido. Anastasia agregó que debía odiarlo demasiado como para canjear su vida y la de sus hijos por un placer tan efímero y enfermizo como el de la venganza. Pero estaban equivocadas. A Cleotilde, que se ofreció a acariciarla la noche entera antes de morir, Usnavy le dijo que no venía a morir para que su esposo se amargara y rechazó de paso su propuesta lésbica, manifestándole su gusto por los hombres. Sí aceptó, aunque con ambages, su invitación a pasar por la habitación de Patricio, que era el lugar a donde pararían las mujeres que llegaban al monte y que no sentían gozo ni curiosidad ni afán ni tentación ni el menor asomo de apego por las relaciones que Cleotilde les ofrecía. Lo hizo porque Cleotilde le aseguró que no valía la pena continuar arrastrando los lastres morales cuando se estaba a las puertas de la muerte y que valía la pena entregarse a los placeres sin medir consecuencias. Pero lo que más influyó en la decisión de Usnavy de irse con Patricio fue la remoción que de sus heridas le hizo Cleotilde, con toda la intención de retarla:

—De todas maneras su marido siempre creyó que usted era una puta, ¿no? ¿Le valió de algo ser una santa que es capaz de morir para que sus hijos vean?

Usnavy ya no tuvo más que pensar, pero le advirtió que como venía con sus hijos no podía hacer nada. Cleotilde le solucionó el problema contándole que su hermanita los cuidaba y que de seguro ellos también se divertirían mucho a su lado. Luego le recordó que el doctor Munévar la esperaba en el fondo del precipicio y Patricio en su alcoba. Usnavy no quiso dejar cabos sueltos y se fue a la alcoba de Anastasia donde, en efecto, sus hijos estaban entusiasmados con las lecciones táctiles de expresión corporal que les dictaba la joven. Arturo y Benito se dedicaron a inventar juegos y maromas que le hicieran abrir las piernas para descubrir con su tacto el contenido y la forma de la vasija que les sirvió de empaque para venir al mundo. Y mientras ellos husmeaban, muertos de curiosidad, hurgando con sus manos en dirección del útero de Anastasia, su madre se entregaba a las delicias de la carne dejándose llevar por el ímpetu y la fuerza descomunal del mayordomo que sólo con las pocas mujeres que llegaban al monte Venir podía desquitarse de las provocaciones de las hermanas Vargas, en cuyos encantos no dejaba de pensar mientras paseaba por los mundos infiernos a sus anfitrionas.

El turno del amor es para Patricio

Al cabo de las relaciones sexuales, Patricio conversaba con sus amantes. Las acostaba sobre su pecho desnudo, les acariciaba el cabello, les cantaba canciones en un dialecto enredado y les sonsacaba información íntima con la que fue creando una enciclopedia de la mujer. En materia de gustos femeninos en el sexo lo sabía todo, por lo que no le quedó difícil adivinar que Usnavy necesitaba una jornada de pasión intensa que le hiciera recobrar el tiempo perdido y olvidar sus malas experiencias del pasado. Atendiendo a sus conocimientos la levantó como a una almohada y la desnudó a empellones despiadados. Mientras sonreía con miedo, asimilando su rudo estilo, la volteó de un jalón a la sábana poniéndoles su cara contra la almohada y le mordió las nalgas con ferocidad, extendiendo su imperio de terror bucal hasta el cuello, donde se detuvo a chupar su sangre aunque en su intento haya fracasado. Luego tomó su boca con el deseo de un presidiario recién liberado y la necesidad de un deshidratado, y paseó su lengua por lugares recónditos, que ni Atanael alcanzó antes, para luego saciar su sed de hombre intercambiando su saliva con la de ella.

Esparciendo sus babas desde el cuello de la mujer hacia el sur, Patricio arrastró de nuevo su lengua por las colinas encumbradas y desesperadas de Usnavy, para luego perderse unos instantes eternos en el receptáculo húmedo por donde pasaron los hijos de Atanael pocos años atrás. Los retorcijones que sintió le produjeron una muerte tan lenta, que alcanzó a imaginar que ya no era necesario saltar desde el árbol de cuyo nombre no se acordó, porque en un caucho estaba convertida por cuenta del salvajismo de su furtivo amante.

Durante el tiempo que el impetuoso de Patricio permaneció luchando contra su sed de amor, cual ave de rapiña arrancando las delicias de la carroña con su boca, Usnavy se olvidó del mundo, de sus hijos y de sus deseos de morir. Pensó rápidamente y con angustia en la reencarnación con el propósito de regresar al lugar en repetidas ocasiones y volverse presa del salvajismo de Patricio cíclicamente, pero recordó, con la misma rapidez, que él envejecería muy pronto y se puso a llorar por la incertidumbre.

Se acababa de enamorar del mayordomo, como lo hacía cada mujer que ponía un pie en su alcoba. Y aunque tuvo deseos de arrepentirse de morir, recordó la promesa que les hizo a sus hijos antes de salir de casa, en el sentido de que en un par de días conocerían los colores de la vida, gracias a que sacrificó su felicidad por ellos.

Cuando Patricio retiró su boca del volcán azufrado que acababa de eructar sus ganas reprimidas de toda una vida, Usnavy lo tomó por las caderas con fuerza y, ayudada por gritos de batalla, lo empujó hacia las suyas, haciéndole entender que su estilo le encantaba y que el pasaporte para que acabara con ella en el acto estaba otorgado.

Y Patricio así lo interpretó porque la hizo suya 900 veces, de impensadas formas y maneras, aunque algunas de éstas no estuviesen inventadas.

Cuando Usnavy salió de la habitación de Patricio con las piernas destempladas, la cabeza caída, dando pasos inciertos, el cabello enmarañado y una sonrisita socarrona en los labios, Cleotilde y Juana Margarita concibieron los celos por primera vez en su vida. Nunca experimentaron ese sentimiento viral y hasta se creyeron invulnerables a las debilidades del espíritu, pero bastaba con mirarlas observándose con altivez y arrogancia para comprender que un nudo de rabia se había enquistado en sus gargantas con el éxito de Patricio. Sin embargo, no se lo hicieron saber, so pena de poner en riesgo la dignidad y el orgullo.

Usnavy regresó a la habitación de Anastasia sin una pizca de alientos y no se sorprendió de encontrar a sus hijos tocando y preguntando a la mujer por el nombre de sus partes íntimas. Acababa de entender que ellas eran el sentido verdadero de las emociones de la vida. Por eso no los gritó como lo hubiera hecho antes de pasar por las manos de Patricio y los abordó con el mismo desgano que traía. Sin darles tiempo de asimilar su muerte, se despidió de ellos con nostalgia, pero feliz de poder prolongar su existencia a través de sus miradas y, cambiando de planes, les advirtió que un señor de nombre Patricio los llevaría a un lugar donde el doctor Munévar los esperaba para ponerles a cada uno el ojo que ella tanto les prometió y que luego el médico los dejaría con Atanael para que lo conocieran y le dieran la sorpresa. Los niños hicieron muchas preguntas sobre el porqué de la despedida, el nombre del donante que durante meses esperaron y las razones por las que su mamá no los acompañaría durante la cirugía, pero Usnavy no tuvo más remedio que mentirles. Les dijo que se fueran tranquilos porque ella haría un viaje muy largo, que esa era la condición que le impuso el donante de los ojos, pero que no se preocuparan porque estaría siempre dentro de ellos.

Luego se trepó al árbol recordando que Atanael no la merecía y saltó observando con mucho amor a Patricio, quien abrazaba a sus dos hijos que, en medio de su oscuridad, se esforzaron por descubrir lo que estaba sucediendo.

Cuando Usnavy cayó en la finca de don Misael, Atanael apenas se bajaba de la carroza fúnebre de don Wilson y fue ese el tumulto de gente que observó antes de emprender el ascenso. Por eso vio allí a Roberto Munévar y ya en medio de su drama se dolió de no matarlo, porque de esa manera descubriría que Usnavy no era una puta, sino una santa, capaz de efectuar el acto de amor más grande del que tuviera conocimiento la humanidad. Del mismo modo, se habría ahorrado el tener que enterarse de su muerte en un lugar distinto de la lista de suicidados que llevaba Cleotilde. Atanael murió sin saber que su esposa se lanzó sin sus hijos, porque ni siquiera le dio tiempo a Cleotilde de aclararle que ella los puso en la lista por no sentirse sola, pero que los pequeños nunca saltaron.

CAPÍTULO VEINTINUEVE
El salto de Atanael y los 42 Jueces del Karma

Patricio, Ernestina, Anastasia y la misma Juana fueron sacadas de sus alcobas por el gran escándalo que protagonizó Atanael cuando supo que su esposa y sus hijos se acababan de suicidar, y se reunieron cerca del caucho casi seguras de lo que acontecería. Y más tardaron en llegar al filo del abismo que el pobre en columpiarse en su rama elástica sin el menor asomo de duda. Las miró con nostalgia en medio de su embriaguez, se despidió de cada una de ellas en silencio, entendió que Juana Margarita le decía con su mirada pícara que lo esperaba en su alcoba, se fijó en la vagina velluda de Anastasia, quien cantaba una tonada lírica, y se lanzó, mientras Patricio barría con un rastrillo las hojas caídas de los árboles la noche anterior.

Convencida de que Atanael remozaría sus ímpetus y le devolvería su importancia y su credibilidad perdidas, Juana Margarita corrió a su alcoba a encontrarse con él y allí se plantó varias horas a esperarlo, antes de convencerse de que el hombre que podía devolverle su credibilidad y autoestima no se metería en su cama jamás.

Atanael se convirtió en el suicida número 2.568, según una lista que Cleotilde elaboraba en la libreta sucia y corroída por el tiempo que empezó a diligenciar cuando a Gratamira llegó el papel. Sin embargo, fue el primero cuya alma demoró más de doce segundos en regresar a la casona. Y todo porque, imaginando la pureza de sus críos, viajó directamente hasta el cielo a indagar por su paradero. Nunca encontró el camino por razones que al final de la búsqueda tuvo claras y se fue hasta el infierno en busca de Usnavy, pensando que no podía estar en otro lugar alguien que indujera a sus hijos a morir con engaños, pero allí tampoco se encontraba. De regreso al monte Venir, cuando atravesaba por un callejón de nebulosas, Atanael fue abordado por un ángel de tamaño descomunal, alas de águila y vestimenta de guerrero que lo invitó, con nobles modales y un tono de voz adecuado, a pasar a un lugar extraño. Atanael se sorprendió con la propuesta, pero algo en su interior lo motivó a no sentir desconfianza. Aun así, y más por el afán que tenía de encontrar a sus hijos, quiso seguir su camino, pero el ángel, que llevaba una espada de oro terciada en la espalda, se lo impidió atravesándola en su camino.

Lo tomó del cuerpo con los dedos índice y pulgar de la mano derecha y voló con él, tratando de no hacerle daño alguno, hasta un salón de aspecto majestuoso y de luces tenues en su exterior, pero modesto y bien iluminado por dentro, donde 42 ancianos lo acomodaron en una silla de piedra que no sintió ni fría ni caliente. Era el Salón de Juicios. Durante dos horas los jueces del karma lo estuvieron mirando a los ojos sin pestañar y sin decirle nada, hasta que uno de ellos, el menor, un hombre de 674 años, se acercó a él y lo condujo hasta un banquillo donde se encontraban sus colegas sentados sobre el mismo número de cojines rojos y formados frente a él de manera semicircular.

–Siéntate, hijo –le dijo el de mayor jerarquía, un hombre de oro que apenas podía mover los ojos y la boca por su elevado número de años, unos 2.540, según supo Atanael después. El acusado se sentó con cierta desconfianza frente a los iluminados, aunque no tenía miedo. Era imposible experimentarlo frente a la dulzura que proyectaban todos esos hombres despiertos y resplandecientes. Al momento le pidieron que cerrara los ojos y dejara guiar sus pensamientos por la voz de otro viejo que se sentó a su lado y le pidió que se acordara del día en que nació. De inmediato, Atanael se trasladó al día en que su madre lo trajo al mundo. Recordó una casa, ni muy pobre ni muy solvente, construida cerca de un bosque. Evocó el sonido de los animales nocturnos y un calor infernal. Su madre, una mujer obesa de quien heredó su defecto físico, sudaba y sonreía por el acontecimiento, mientras una partera con aspecto de hechicera le cortaba el cordón umbilical con un bisturí artesanal bien afilado. Recordó que al momento en que le fue cercenaron la comunicación con su madre sintió que caía muchos miles de kilómetros por entre un espacio oscuro y sin aromas. De repente abrió los ojos y aterrizó en el pecho desnudo de doña Raquel. Estaba embadurnado de su amor y sintió fastidio por la luz del Sol.

La demora de Atanael y la no aparición de su cuerpo en la finca de don Misael se convirtieron en todo un acontecimiento en Miramar que se prestó para miles de especulaciones. Algunos muertos pensaron, con miedo, en la posibilidad de que el universo hubiera puesto punto final a la gabela de permanecer *sub júdice* en ese lugar, pero otros menos pesimistas, se aventuraron a creer que Atanael había sobrevivido a la caída, cosa improbable pero no imposible... Pero ni una cosa ni la otra.

Al momento se vio disparando una piedra, con una cerbatana, a la cabeza de una tórtola. El ave tuvo suerte y escapó del atentado, pero no sus pequeños pichones. A ellos, Atanael los arrancó de su nido sin importarle que los polluelos apenas tuvieran pelaje en el pecho y sus picos amarillentos se abrieran con angustia para pedir ayuda a sus padres que estaban en un árbol cercano observando con horror la escena de desmembración familiar.

Atanael sintió pena de sus actos, pero los jueces le impidieron hablar. Después le mostraron otro fragmento de su vida no menos vergonzoso. Caminaba con un amigo por un bosque recogiendo chamizos para el fogón de su casa, cuando del tronco de un arbusto mediano se descolgó una culebra cascabel que enseguida adoptó la posición natural de defensa que asume cualquier ser vivo ante el peligro. Creyendo que los atacaría, los niños la emprendieron a palazos contra la serpiente. Aunque la pobre quiso escapar, una piedra pesada sobre su espinazo la partió en dos. Ambas partes continuaron vivas por unos segundos, hasta que Atanael puso su pie izquierdo sobre la cabeza del animal y se ensañó contra ella hasta que el cuerpo dejó de moverse. Los dos chicos celebraron su acto heroico prendiéndole fuego al cadáver de su víctima y continuaron su camino como si nada hubiera sucedido. Atanael sintió vergüenza de nuevo, pero enseguida le proyectaron un acto bondadoso de su parte que puso el juicio dos a uno. Se trató del episodio épico en el que arriesgó su vida para salvar a Usnavy.

Preguntó el enjuiciado, con la intención de empatar la serie, si salvar a una persona no era más importante que matar a mil animales, pero uno de los jueces le respondió con su voz pausada de sabio milenario que para Dios y para el universo la vida de cualquier especie tenía igual valor. Le dijeron, sin embargo, que los delitos contra la naturaleza y contra los hombres se pagaban doble si se cometían con la conciencia despierta sobre el mal que se infligía, y simple si se cometían por ignorancia. Eso lo salvó. Atanael siempre fue ignorante de sus actos, incluso los buenos, a los que acudió por instinto.

No obstante, esa ignorancia no fue óbice para que los jueces lo condenaran a pagar 28 vidas, por suicidarse.

—Tendrás 28 reencarnaciones consecutivas y morirás cuando en cada una de ellas estés alcanzando la felicidad, en ningún caso, después de los 28 años. Esa fue la sentencia dictada por el juez supremo, y a Atanael se le dio licencia para volver al monte Venir a reunirse con los suyos, pero con la misión de contarles a los muertos que esa era la pena, infalible por demás, a la que se tenían que someter quienes interrumpieron su destino de manera abrupta.

Las sorpresas no sólo las da la vida
Cuando Atanael se apareció en la cuarta dimensión del suicidiario, ante el asombro de todos, el pobre no tuvo ni alientos de asustarse ni de alegrarse, pero sí de aterrarse al ver a Usnavy. La mujer que siempre

amó, su sobrina, su esposa, su amante y madre de sus hijos, estaba muerta. La encontró con los ojos cerrados y se preocupó al verla sin sus dos pequeños. Un dolor tan profundo lo inundaba al saber que, de acuerdo con los castigos que por suicidio imponían los jueces del karma, ella no vería la felicidad durante más de 500 años, que tan sólo se limitó a abrazarla y a llorar sobre su cabeza, reclamándole por su infidelidad y el hecho de acabar con el matrimonio. También le reclamó por la irresponsabilidad de matarse, dejando a los niños desamparados, y le dijo que de saber que ella se suicidaría, él no lo habría hecho. Aterrada por sus palabras, Usnavy le preguntó el porqué de tanta agresividad y Atanael ya no tuvo por qué guardarse más sus sospechas y le reclamó por su relación clandestina con Roberto Munévar. Cuando Usnavy le reveló toda la verdad, él sintió ganas de morirse de nuevo, pero descubrió que los muertos no se morían.

Roberto Munévar sólo era su cómplice en un plan prohibido, cual era practicar un transplante de córnea para devolverles la visión a sus dos hijos. Todas sus citas clandestinas estuvieron marcadas por el deseo del médico de investigar las posibilidades de éxito de la operación. Cuando el hijo del alcalde tuvo claro que la cirugía se podría realizar con 40% de probabilidades de éxito, se dedicaron a conseguir un donante voluntario y nunca lo encontraron. Por esa razón, cuando Usnavy tomó la determinación de morir para que sus hijos pudieran ver la luz, Roberto trató de persuadirla para que no radicalizara tanto sus pretensiones, pero fue tarde. Al pesar y al amor por sus hijos se sumó la infelicidad de Usnavy y las cosas quedaron claras.

Atanael lloró destrozado, maldiciendo su mala interpretación de las cosas, y le pidió a Usnavy que se casaran de nuevo, que si en vida no le quiso dar una nueva oportunidad, se la diera en la muerte. No sabía, claro, que Usnavy se había enamorado de otro hombre y que, si era preciso, lo esperaría hasta que él abandonara su adicción a la vida o cometiera un error que lo trajera a donde estaba ella. Ese hombre era Patricio. Usnavy no llegó al monte Venir a buscar marido. Ni siquiera sabía que Atanael le venía pisando los talones. Simplemente, sucedió que Patricio le hizo ver la vida con los ojos del deseo y entró en su vida por el lado más sensible de los humanos.

Cuando Atanael se enteró del romance de Usnavy con Patricio, se dio a la tarea de gritar y no pudo. Los muertos somos moderados por naturaleza. Quiso destrozar cuanto observaba a su alrededor y tampoco lo logró. Los muertos comunes y corrientes como él no pueden mover la materia. Optó entonces por el desespero y entendió, por primera y única vez en su existencia, que lo malo de estar muerto era precisamente eso, no poder tener la posibilidad de morir de nuevo cuando las ganas de desaparecer aparecieran, cuando la realidad de perder a su esposa a manos de un hombre más capaz asomara. Usnavy le dijo que perdonaba su desconfianza y se fue a ver a Patricio.

Atanael se fue detrás y le lanzó algunos golpes cuando lo encontró cargando a sus dos hijos camino abajo. Desde luego no pudo asestárselos y entró en cólera cuando Usnavy se le trepó encima y le besó la cabeza, mientras le pasaba suavemente las manos sobre el pecho. Atanael intentó matarse de nuevo de mil maneras y no pudo. Se volvió a lanzar desde el caucho aunque la pena se le multiplicara por otras 28 veces, pero tampoco lo logró. Lo intentó desde el tanque del agua, sumergiéndose sin aire en la piscina que recibía las aguas de la cascada caliente, y tampoco murió. Tuvo claro entonces que los muertos no mueren dos veces.

Por eso se dio a la tarea de romper el cerco geográfico del limbo para ver a sus hijos, pero no encontró el camino. Sin poder resistir la imagen de Usnavy revoloteando sobre la cabeza de Patricio a toda hora, se fue donde los jueces del karma y se puso a su disposición convirtiéndose de esta manera en el primer fantasma del monte Venir en hacerlo. Cuando Atanael desapareció para siempre, desaparecieron también las posibilidades de Juana Margarita de recuperar el control de los muertos, y su crisis ya no tuvo revés.

Los muertos, que estaban empeñados en hacerle la vida imposible a Juana para que se matara y se quedara a vivir entre ellos, sacaron partido de la desaparición de Atanael y regaron el chisme de que el esposo de Usnavy decidió no regresar al suicidiario para no tener que sufrir la humillación de hacer el amor con Juana. Cuando el chisme llegó a oídos de la calumniada, las cosas se complicaron tanto dentro de su ser ante un eventual fracaso, que dejó a un lado su orgullo y pensó en Bonifacio Artunduaga. Estaba dispuesta a perdonarle su infidelidad con tal de demostrarse a sí misma que no pasaría sola el resto de sus días y se fue a buscarlo, con obsesión religiosa, por cada uno de los recovecos de la casona y de la montaña. Impresionó tanto a sus hermanas verla angustiada y caminando de un lado a otro, a veces corriendo y a veces llorando, que su locura fue clara para ellas.

Finalmente, lo encontró en el estanque. Bonifacio salió del agua donde dormía y sintió ganas de morir al escucharla. Sentía vergüenza por lo sucedido y no encontró las palabras precisas para contarle que la mujer con la que lo vio aquella vez era ahora su amante. Y como no reunió el coraje para decírselo huyó de ella de manera cobarde, provocando risas generales entre los muertos. Voló de rama en rama y de techo en techo ante la mirada cómplice de los muertos, que cada vez se divertían más viendo cómo el universo le cobraba a Juana

Margarita sus mentiras. Incluso lo escondían. Cuando Juana estaba a punto de alcanzarlo, lo camuflaban entre los árboles o tras de sus cuerpos y se burlaban de ella tratando de confundirla con malas indicaciones.

Lo cierto es que lo buscó incansablemente por los lugares a los que tuvo acceso. En su rostro se notaba el desespero de la derrota. Parecía un niño buscando a sus padres entre la muchedumbre. De vez en cuando maldecía, de vez en cuando lloraba. Sus hermanas y Patricio estuvieron atentos a sus movimientos, pero esta vez se abstuvieron de comentar algo, tal vez pensando que la actitud de Juana era muy diciente. Sin embargo, ella no se dio por vencida y siguió buscando a Bonifacio. Horas después lo encontró sumergido por completo en el estanque donde morían las cascadas. Tenía los ojos abiertos y hacía burbujas en medio de risas, pero pronto su semblante cambió cuando la vio asomar con una cara de enfado terrible que las ondas circulares que formaba el agua ayudaron a desfigurar.

—¡Te voy a matar, maldito! —le gritó zambullendo sus manos para alcanzarlo, pero Bonifacio emergió haciéndose el desentendido, aunque supiera perfectamente lo que ocurría.

—¡Me cuenta ya mismo si es verdad que usted se casó, desgraciado!

Llevado por el temor que infundían los gritos de Juana Margarita, Bonifacio no tuvo más remedio que aceptar los cargos con un argumento bastante cínico que ni la propia Juana pudo tolerar:

—Es que yo pensé que uno podía tener una pareja en la vida y otra en la muerte —le dijo con la cabeza agachada esperando el primer golpe de Juana Margarita que no tardó en llegar. Como los golpes pasaban de largo, Juana Margarita se llenó de más ira y empezó a lanzarle cuanto objeto encontró en los tejados.

Con los cuatro golpes de rechazo propinados por el grueso de los muertos, luego por Bonifacio, posteriormente por Saltarín y Atanael y de nuevo por Bonifacio, la crisis de Juana Margarita fue irremediable, como inevitable fue su desenlace. Cleotilde organizó el complot, Ernestina y Patricio la secundaron en la conspiración, organizaron el viaje, la llevaron con engaños y a la mañana siguiente Juana Margarita amaneció atada con sogas y sábanas en una cama del Hospital Psiquiátrico de Pozo Negro donde yo la atendí.

CAPÍTULO TREINTA
Ahora el paciente soy yo

Ahora me encuentro en Miramar, terminando de hablar con Ernestina. Acabo de traspasar la puerta que conduce a lo desconocido. No tengo miedo. Un viento fresco me roza la cara mientras me detengo a pensar en lo que sería de mí a esta hora, si Juana nunca hubiera puesto un pie en el sanatorio. En lo que seguiría convertida mi vida de pasota si no confío en sus ojos, aunque ellos cuenten que el mundo es cuadriculado, que el cielo está debajo del agua del mar o que el Sol genera frío.

Ahora soy yo el paciente. Las historias que he recogido, primero en mis largos e increíbles diálogos con Juana y ahora en mi entrevista con Ernestina, son fabulosas. Sé que debo creerlas, porque no hacerlo sería repetir el error, pero mi cabeza está a punto de estallar y me veo tentado a dudar de nuevo de esto. En mi mente no hay cabida para una trivialidad más, pero sé que Anastasia, Cleotilde y la misma Juana me esperan. No alcanzo a imaginar lo que sucedería en sus habitaciones. No podría hacerlo con mujeres tan impredecibles y llenas de sorpresas.

Sé que los muertos de Miramar me están mirando porque así lo dice Juana Margarita y ya no tengo un solo motivo para no creer en sus palabras, menos ahora cuando estoy comprobando con mis sentidos que sus fantasías se parecen a aquellas poesías metafóricas y apócrifas que sólo entienden quienes las inventan. Me equivoqué por meses, pero bienvenidas las equivocaciones cuando como resultado de ellas logramos añadirles a los días el toque de magia que rompe la monotonía de nuestro paso por el universo. Ignoro lo que me espera en el resto de mi estadía aquí en Miramar, porque hubo partes del relato que Juana me negó en el hospital, y luego Ernestina en su habitación. Ignoro con qué intenciones lo hicieron y si se trató de omisiones premeditadas o, simplemente, de algún descuido mental.

Lo único que tengo cierto, ahora que sus hermanas nos miran como a un par de convictos, es que me quiero casar con Juana. Quiero ser el amor de su vida, vivir en sus sueños, bailar tango con sus recuerdos, bebérmela segundo a segundo hasta morir de amor, hacerle uno o dos niños, los que ella quiera. Sé que aceptará, aunque le dejaré claro que debe hacerlo por amor y no por compromiso o por salvarse de las espuelas inquisidoras de sus hermanas. El que yo sea su libertador no implica que deba realziar cosas que no quiere porque si de eso se trata, ella ha hecho más por mi libertad que yo por la suya. Desde este momento soy otro. Creo en el universo y en sus caprichos, creo en Dios y en sus lecciones, creo en ella y en su inocencia.

Juana Margarita es virgen y eso me complace, porque no caeré en el sofisma disfrazado de que no soy machista por el simple hecho de aparentar una condición humana que no tengo frente a las mujeres. Las hermanas de Juana esperan nuestro pronunciamiento y sólo quiero contarles, no preguntarles, que ella y yo nos amamos y que nos hemos entregado a Dios para que él haga con nosotros lo que le dé la gana, lo que merezcamos.

Ahora voy a ver a Anastasia, que me espera con pereza en su habitación. Trataré de demorarme lo justo, porque nunca he sabido cómo controlar mi curiosidad frente a una mujer desnuda. Ni siquiera sé si podré mantener aplacados mis deseos. Patricio me observa con recelo, pero yo le sonrió con hipocresía para no enfurecerlo.

Odio los sonidos del tambor.

Ernestina da por terminada la sesión con una frase que más tarde voy a entender:

–*Sólo quien aprende a decir adiós es feliz. Quien no aprende a despedirse sufre y es esclavo del afecto.*

Luego me da la espalda y mientras camina alejándose de mí, me advierte que debo darme prisa porque el sueño seduce a Anastasia. Al llegar, encuentro la puerta medio abierta y busco en los ojos de Juana Margarita, que está en el patio, su aprobación para entrar. Ella me sonríe y me hace un gesto que me relaja. Entro y el mundo empieza para mí. En su lecho de ternura inmortal está ella, la menor, la niña, la mujercita de pensamientos impúberes, aunque su cuerpo ya no lo sea. Es una hembra en todo el sentido de la palabra. Cualquier hombre frente a ella se excita y siento que no voy a ser la excepción porque en mis venas la sangre corre desenfrenada. Ella lo sabe, pues apenas adivina mis sentires cierra las piernas y me sonríe, buscando familiarizarme con su forma de ser.

Me pregunta que si soy el psiquiatra de Juana Margarita y yo asiento con la cabeza, sin quitar mis ojos de sus senitos tiernos y crispados, en eterna formación. Luego me invita a sentarme en el borde de su cama y yo lo hago poseído por mis demonios. "Juana Margarita tiene razón", pienso. A los hombres nos mueven las vaginas más que el deseo de ser grandes y que el mismo dinero. De repente recuerdo que estoy frente a una niña y siento vergüenza de mí mismo aunque ella, no sé por qué motivo, porque sólo lo pensé, me dice que no me preocupe, que la naturaleza de los hombres es esa y que el único que puede y tiene la capacidad de luchar contra ella y vencerla es Juana Margarita, pero con la ayuda de Dios.

Vaya discurso tan profundo para haber nacido de los labios de una adolescente. Sin embargo, sus palabras me relajan un tanto, y no he acabado de sorprenderme cuando ya ella me está lanzando una ráfaga de reflexiones mucho más inteligentes y elaboradas. Me dice que los hombres y las mujeres somos bígamos por historia, por herencia genética, por naturaleza, por condición humana, y que el cuento de que debemos pertenecer a una persona lo inventaron las religiones para tenernos en pecado, pidiendo perdón en las iglesias y regalando limosnas para lavar nuestras culpas. Que el único monógamo es Él, Dios, y que no nos deberíamos avergonzar por sentir, por manifestar sensaciones si ni los pensamientos ni los sentimientos pueden ser manipulados por nuestra mente. Que lo que se siente es, que lo que se piensa es, que lo que se desea es, que lo que nace es honesto.

–¿Qué culpa puede tener una persona, entonces, si siente algo distinto por alguien que no es su pareja? –me pregunta, y continúa su disertación precoz con su timbre de voz arrulladora y un tonito académico, a todas luces influenciado por su hermana Ernestina–; si ese sentir le llega de lo más profundo, no hay culpa en quien lo produce. Está viviendo ahí, es de ese ser.

Luego se levanta y camina hasta su ventana a mirar la cascada, pero en el fondo su intención es que yo ponga en práctica las cosas que en tan poco tiempo me ha enseñado.

–Juana Margarita dice que está llena de muertos –dice mirando hacia la cascada y hacia la copa de los árboles y las palmeras–. ¿Tú le crees?

–Sí –le dije.

–¿Por qué? –pregunta admirada.

–Porque la amo –le respondo y ella sonríe.

Le pregunto el porqué de su sonrisa y me dice que ella cree que el amor no existe. Le pregunté por qué y me dice que ella no puede opinar nada de algo que no conoce.

Le digo que Dios no existe y que, sin embargo, todos creemos en él y me sorprende una vez más con su respuesta:

–No creo que Dios exista. No creo en lo que no veo y no me venga a salir ahora con el cuentito de la fe porque mi defensa al respecto dura seis horas y veinte minutos y no creo que usted esté dispuesto a escucharla.

Le digo que no, porque Cleotilde me está esperando y me responde, sin dejar de mirar hacia la montaña, siguiendo con su vista el trayecto de la caída del agua, que Cleotilde es la mujer más honesta que conoce, aunque pocas haya tenido al frente.

Le pregunto el porqué y complementa su afirmación diciendo que nadie como ella es capaz de hacer, sentir, decir y pensar en forma consecuente. Que su coherencia sobrepasa los límites de la sensatez y que si ha decidido tragarse la vida de un mordisco, es precisamente por no detenerse a pensar en lo que dicen y piensan los demás, sino en lo que ella necesita y quiere hacer.

—Cuando hable con ella, tenga la seguridad de estar frente a la mujer más honesta con sus sentimientos —me dice, y sigue mirando hacia la cascada a sabiendas de que estoy devorando sus nalgas fantásticas con mis ojos.

Intuyendo mis afanes carnales, me pide que no me vaya a equivocar. Que puedo mirarla, pero no tocarla; pensarla, pero no sentirla; desearla, pero no soñarla... Le pregunto por qué y su respuesta es contundente.

—No me interesan los hombres, no me interesan las mujeres, no me interesa el amor, no me interesa el sexo y ni siquiera, aunque mis hermanas han intentado contarme, quiero saber cómo se hace. No me hace falta, soy asexuada.

Sigo al pie de la letra sus instrucciones y la contemplo con los deseos naturales que nacen del lado oscuro de mi mente. La miro pero no la toco, la pienso pero no puedo dejar de sentir, y la deseo y tampoco puedo dejar de soñarla.

El tiempo se detiene con nostalgia y rompo las ataduras de mis pesares, como me lo acaba de enseñar Ernestina, y me marcho de su habitación sin decir adiós, sin el corazón roto y sin mirar atrás.

En la habitación de Cleotilde

Cuando me dirigía a la habitación de Cleotilde, Juana Margarita, que ya lucía descompuesta, me abordó para suplicarme que no entrara al aposento de su hermana porque temía que ella me hiciera el amor. Yo le dije con franqueza que eso no figuraba entre mis planes, pero ella me reiteró, con rabia, que todos lo hacían. La calmé diciéndole que yo sería la excepción porque no había venido a Miramar con el objetivo de matarme, como sí lo hacían los otros. Me lanzó una mirada de menosprecio por mi reflexión y se retiró a su alcoba, advirtiéndome que me esperaba en máximo una hora o, de lo contrario, no me recibiría.

Acepté la carrera contra el reloj y me introduje con ansiedad en el cuarto de Cleotilde. Una ansiedad que me nació desde el mismo día en que Juana Margarita me contó que su madre le enseñó a rumiar sus pasiones antes de morir. Y allí se encontraba esperándome.

Las fulgurantes noches de los suicidas a su lado se llevaban a cabo en la paz de la habitación principal, decorada con la firma de miles de hombres y mujeres que disfrutaron de su cuerpo antes de lanzarse al vacío, y muchas velas de colores encendidas sobre candelabros de las formas que brotaban de las paredes del aposento como cuernos de ciervo. Al entrar a la habitación, cuya puerta se abría como por arte de magia, un par de grandes ventanales desnudaban el soberbio paisaje y los suicidas observaban un cartelito elaborado a mano por su hermana Ernestina, que descolgaba de la angosta pared que separaba los ventanales y que decía:

"Es digno de los grandes morir antes que perder".

A un costado del letrero, sonriendo con amabilidad de embrujo y completamente desnuda hallaban a Cleotilde, siempre dispuesta a entregarse una vez más a la locura de su carne. Ella, que justificaba su extrema promiscuidad por su inmensa capacidad de amar y el deber de hacer caridad entregando un ápice de dicha a quienes al instante dejaban de existir, ignoraba que no era más que una endemoniada ninfómana, capaz de no calmar las angustias de su vagina con ninguna cantidad de miembros viriles, ni siquiera cuando los suicidios colectivos se pusieron de moda entre los japoneses y llegó a tener hasta doce de ellos haciéndole el amor al mismo tiempo. Echando mano de las enseñanzas filosóficas de su hermana Ernestina, Cleotilde les decía que lo único de lo que uno tenía que arrepentirse en la vida era de las cosas que no intentó y siempre usaba una frase de su misma hermana que convirtió en su preferida:

"No es cobarde quien se quita la vida,
cobarde es quien no aprende a despedirse".

Casi la totalidad de los hombres y algunas mujeres pasaban por su lecho húmedo y se entregaban a sus caprichos hasta el amanecer, cuando los gallos recordaban que el momento de morir se acercaba. Pero mi caso fue distinto. Cuando la vi, no se notaba a gusto. No estaba ni desnuda ni sonriente, como me lo advirtió Juana, ni me sedujo con la mirada como imaginé que lo haría. Más bien lucía seria y disgustada. Tanto que, sin saludarme, me lleva al terreno que quiere pisar.

—Mi hermana todavía está mal de la cabeza, doctor. No veo qué es lo que usted ha hecho con ella.

—Se equivoca, señorita —le respondo con la misma parquedad con la que ella me habla.

—Pero si ella continúa insistiendo en que los muertos siguen en la casa. Los persigue, los grita. Si eso no es estar loco…

—Yo le creo.

—Usted le cree porque el amor superó sus conceptos. Con razón mi mamá me dijo antes de morir que la gente vivía diciendo que el amor es ciego.

–El amor es ciego porque no repara en defectos, pero tampoco es estúpido.

–No me importa lo que usted piense, doctor. Ahora mismo quiero que se la lleve de vuelta al hospital y no vuelva con ella antes de que esté bien de la cabeza, por favor. Le pagaremos lo que sea necesario.

–Juana Margarita ya no necesita un tratamiento psiquiátrico, señorita Cleotilde –le expresé con total seguridad, porque totalmente seguro estaba de que esa era la verdad. Sin embargo, Cleotilde vuelve a refutarme:

–Ya le dije que continúo creyendo en la presencia de los muertos aquí en nuestra casa –insiste, y enseguida me veo en la necesidad de poner fin a esa discusión de manera contundente:

–Juana sigue hablando con los muertos porque los muertos están acá y ella tiene la facultad de verlos y escucharlos. Mala suerte la nuestra no tener ese poder para poderles preguntar a ellos las cosas que nos mortifican.

Mi disertación y la seriedad con la que hablo la dejan pasmada. Tanto que sólo atina a encender un cigarrillo sin mirarme a los ojos para luego poner fin a nuestro diálogo con una frase espontánea pero efectiva, si lo que ella quería era asustarme:

–Está faltando usted a la ética profesional, doctor. Cuando vuelva al hospital con Juana Margarita, lo denunciaré ante sus superiores.

Luego me abrió la puerta, aguantando una bocanada de humo dentro de su garganta.

Yo caminé hacia la puerta, ubicando con mis ojos lo que de palabra ya conocía; ahí estaban el libro con la lista de los suicidas, las inscripciones de Ernestina en las paredes y los dos ventanales, cuyos paisajes hacían olvidar que en esa habitación faltaban un par de cuadros.Salí inmediatamente y me dirigí a la habitación de Juana a pedirle que nos fuéramos de Miramar con urgencia, pues temía que Cleotilde hiciera efectivas sus amenazas. Ella me esperaba y me abordó con la misma preocupación, y como si pudiera adivinar lo que pensaba me advirtió:

–No quiero marcharme todavía –me dijo, mientras miraba hacia la copa de los árboles.

–¿No lo has encontrado? –le pregunté, refiriéndome a Bonifacio Artunduaga, y ella me respondió que no, que se le escondía, y que si los comentarios de los demás muertos eran ciertos, sospechaba que estaba casado. También me dijo que salió a buscar a Saltarín y a Atanael, pero que ninguno de los dos estaba a su alcance porque el payaso encontró al amor de su vida y el alcalde se marchó derrotado al descubrir que Usnavy se enamoró de Patricio y lo que es peor, que esperaba un hijo suyo, aunque me advirtió que aún no estaba del todo confirmado.

Al escuchar tamaño despropósito, un viento sin temperatura me recorrió el cuerpo. No supe qué pensar. No supe qué decir ni cómo reaccionar. Estaba frente a la posibilidad de conocer un secreto que los demás mortales de la Tierra desconocían y eso me hacía único: una muerta embarazada por un vivo. Por más que quise no pude evitar la duda, por segunda vez. Y como ella lo temía, la llevé de nuevo conmigo al hospital psiquiátrico. Pero esta vez no la engañé. La convencí de volver para que el director y mis demás colegas certificaran su recuperación definitiva y no objeto mis argumentos. De paso, desarmaba las intenciones de Cleotilde, que eran las mismas mías, pero cargadas de un tóxico que podría envenenarnos por igual a los dos.

CAPÍTULO TREINTA Y UNO
Juana Margarita regresa a cumplir su promesa

Llegamos a Pozo Negro al anochecer. Durante horas no cruzamos palabra, pero me reconfortó sentir su cabeza sobre mi pecho. Sabía que no dormía, pero aun así la sentí mía. En repetidas ocasiones, con mucha inseguridad y miedo, pasé mis manos sobre su pelo y me alegré al notar que ella no se oponía. Tampoco se opuso a que notara sus mejillas mojadas. Luego intenté pasar mis labios sobre sus cabellos, pero reaccionó con un movimiento instintivo, para luego preguntarme si faltaba mucho tiempo para llegar. Le dije que un par de horas y ya más nunca volvió a cerrar los ojos. Aproveché el momento para que tocáramos el tema que me mantenía intranquilo: el embarazo de Usnavy.

Me preocupaba la situación del pobre Atanael, pero Juana me tranquilizó recordándome que él ya no se encontraba en el monte Venir y lo celebró porque, de enterarse, seguramente habría intentado suicidarse de nuevo, aun estando muerto. Pronto cambió de tema para criticar la manera como Cleotilde se despidió de ella.

–No me ama. Cleotilde no me ama –dijo con gran pesar y respiró profundo para devolver un par de lágrimas que estaban a punto de ver la luz desde las esquinas de sus ojos.

Yo le dije que posiblemente se equivocaba, porque lo único que percibía era un enorme interés por verla recuperada. Juana guardó silencio y al cabo de algunos segundos sonrió, recordándome que se alegraba de regresar porque en esa forma podía llevar a cabo un plan que tenía con sus compañeros.

Al llegar al hospital, Juana Margarita no aceptó pasar la noche en el pabellón donde dormían los pacientes que luego de largos y exitosos tratamientos se alistaban a salir. Allí no vio a sus compañeros de patio y por eso me pidió que la llevara a donde ellos. Le dije que era imposible pero insistió, obligándome a invitarla a un hotel. Tampoco aceptó y tuve que rendirme ante su capricho.

La recibieron como heroína. Los ojos de sus compañeros de quimeras se querían salir de sus órbitas y las sonrisas de todos contagiaban al más serio de los seres.

Eran felices por el regreso de alguien que algo les prometió y ninguno se quería cambiar por nadie. Se encontraban a las puertas de algo grandioso, según los adelantos que me hizo Juana, pero yo seguía ignorando ese futuro suceso.

Vine a enterarme de sus propósitos al día siguiente durante la junta de psiquiatras a la que se sometió con el fin de obtener la certificación definitiva de su recuperación. Estaba confiado en que lo conseguiría, cuando complicó las cosas. Volvió con todos los cuentos del monte Venir, inventó otros y trató de agredir al director del hospital, cuando éste sonrió por alguna de sus explicaciones.

Yo no podía creerlo. No sé qué tramaba o pensaba, pero con sus irresponsables declaraciones sepultó sus esperanzas de salir en mucho tiempo de ese lugar. La reprendí con ira y se sonrió, lo que aumentó mi rabia, pero pronto conocí sus intenciones:

—Necesitaba hacerlo porque tengo una promesa por cumplir.

Aproveché la burla de la que me fui víctima y le exigí que me contara de inmediato lo que tramaba y sólo me dijo que en poco tiempo lo sabría.

—Te van a formular —le dije preocupado, y como quien lo calcula todo me contentó que ese era mi problema.

—¿O acaso piensas darle droga a alguien que no está mal de la cabeza?

—Eso es lo que ya no sé —le dije enfurecido y me marché maldiciendo, pero con cuidado de no dejarme llevar de la ira y renegar del día en que la conocí, porque ese seguía siendo el más especial de mi vida.

Juana se quedó sonriendo a sabiendas de que su mentira le implicaba volver a la cama con ataduras.

Al día siguiente amaneció somnolienta por el efecto de los medicamentos, pero se notaba segura de lo que hacía. Me pidió agua y me preguntó que si yo la obligaría a tomar la pastilla, como lo hizo la noche anterior la enfermera de turno. Le dije que no y le prometí convertirme en su cómplice para evitar que siguiera ingiriendo ese veneno que terminaría afectándola, a cambio de que me revelara su plan. Se quedó pensando unos segundos y, por fin, decidió confiar en mí:

—Belisario, voy a sacar de aquí a mis compañeros —recitó con un tonito desafiante porque sabía que yo explotaría. Y exploté. Le dije que no se le ocurriera, que pondría en peligro la seguridad de la ciudad, mi empleo, su propia seguridad, en fin, todo un discurso con el que no logré disuadirla. Ella escuchó tranquila, campante. Se notaba su esfuerzo para no entender lo que yo le decía y sé que de no haber tenido las manos atadas se habría tapado los oídos. Al final de mi alharaca me miró con ganas de bajarle el tono a la discusión y expresó:

–¿Ya?

–¿Ya qué?

–¿Ya terminaste?

–No he terminado –le respondí con ira.

–Entonces te puedes salir de mi habitación, delatarme con el director del hospital y hacer trasladar a los enfermos a una cárcel.

Consiguió su objetivo de hacerme sentir mal, pero insistí:

–¿Es que no te das cuenta de que esta gente está enferma? Allá afuera se van a burlar de ellos, los maltratarán. ¡Van a sufrir!

–En ningún lado podrían sufrir más que en este lugar –me manifestó con dolor ajeno–. ¿Cómo pueden sentirse bien en un lugar donde son considerados dementes y peligrosos cuando ellos ni están locos ni son agresivos?

Perdí el habla y ella se aprovechó para apelar a mi sentimiento:

–¿Me vas a delatar?

–No –le respondí perdedor y vi resplandecer su sonrisa en la habitación. Supe que volvería a alcahuetear un plan tan incoherente con tal de verla feliz. Pero mi orgullo tenía que salir ileso de la discusión y empecé a indagarla con el fin de tantear qué tantas eran sus posibilidades de éxito:

–¿Cómo lo piensas hacer?

–Sin tu ayuda es imposible –me respondió.

–Un momento, señorita. Dije que no te iba a delatar pero en ningún momento me comprometí a ayudarte. ¿Acaso piensas que estoy loco?

–Si no lo estuvieras, ¿crees que te estaría pidiendo este favor? –me contestó con sarcasmo y ya no tuve más que decir. Sólo le pedí que me dejara pensarlo y me regaló dos semanas para hacerlo. Durante ese tiempo, empezó a definir su plan con el loquito que se creía el Libertador de Las Américas. Era el que menos achicharrado tenía el cerebro, aunque a veces la sacaba de paciencia con ideas tan infantiles como convertirse en humanos líquidos y salir por la tubería del agua, o saltar los muros del hospital usando una escoba voladora, pese a que Juana Margarita supo enseguida que le estaba robando la idea a la "Chula", una mujer de la tercera edad que juraba tener más de mil años y 200 hijos a su haber.

Entre todos fueron madurando el plan. Los cuentos del monte Venir se volvieron a escuchar durante las reuniones diarias en el patio de circulación, donde conspiraban a medida que caminaban, como siempre sin rumbo y dando círculos en el sentido de las manecillas del reloj. El único que giraba en sentido contrario era un gitano, que juraba que recargaba su energía al llevarles siempre la contraria a sus semejantes.

Lo curioso de esta etapa fue el interés que mostraron las enfermeras por las historias de Juana Margarita. Era tal la fiebre secreta de monte Venir dentro de las instalaciones del hospital, que varias de ellas decidieron traer a sus hijos en las tardes para que escucharan los cuentos fantásticos de ese lugar rodeado de cascadas de aguas calientes y frías, muertos voladores, mujeres de oro y humanos saltando hacia un abismo profundo por el mero hecho de morir libres.

Lo cierto es que sus historias contagiaron tanto a quienes las escuchaban que el director, al ver que el comportamiento de los pacientes estaba mejorando, y bajando sus niveles de agresividad, autorizó la ampliación de la zona verde del manicomio para que en ella tuvieran cabida la totalidad de los internos del lugar que religiosamente, a las ocho de la mañana de cada día, se reunían a escuchar las mágicas leyendas de Juana Margarita. Durante tres semanas completas, ella les habló a razón de cuatro horas diarias sobre lo que sabía, sin necesidad de inventar algo. El silencio de sus interlocutores era absoluto durante esas jornadas y sólo se cortaba, eventualmente, para que algún paciente hiciera las mismas preguntas incoherentes, cuyas respuestas yo quería escuchar, las cuales se relacionaban con el color de los muertos, sus olores, sus gustos, su fecundidad, y si era verdad que las almas de algunos de ellos quedaron errantes al no poder penetrar la sucursal del cielo que Dios instaló en los alrededores del monte Venir. Tampoco faltaba quien indagara por la forma como vestían o por sus sentimientos. Muy rara vez alguien preguntaba por Ernestina, pero sí era una constante que todas las mujeres del manicomio preguntaran por Patricio y todos los hombres por Anastasia y Cleotilde.

Nadie en la clínica imaginó que las inofensivas fábulas de Juana Margarita tendrían alcances tan impredecibles hasta el día en que Salomón Cortés, el loquito que se creía Bolívar, reveló el secreto y la verdadera razón del retorno de Juana al hospital: ellos debían ir al monte Venir a conocer a los muertos. Complacidos, todos aceptaron, además porque se prepararon para viajar desde el día en que Juana les prometió que volvería por ellos. Desde luego, los cuerpos de seguridad impidieron la fuga de la horda insubordinada, que amenazó incluso con incendiar las instalaciones del sanatorio si no se les permitía la salida. Como consecuencia del terrible amotinamiento, varios pacientes resultaron heridos y dos de ellos muertos. La totalidad de los internos, incluida mi Juana, fueron confinados en sus habitaciones, atados de pies y manos, y se reforzó la seguridad de las puertas de sus dormitorios. También se les prohibió asociarse en grupos de más de dos personas hasta nueva orden.

Yo que conocía la verdad de Juana sobre el monte Venir, sus muertos y sus vivos, sentí dolor por la rigidez de las medidas adoptadas por la dirección del hospital y me propuse atenuar el cruel castigo impuesto a mis pacientes multiplicándome y asistiéndolos a todos con mi presencia. Estuve tentado a hablar con el director para contarle que todo lo que decía Juana era verdad, pero me llené de pesimismo y cobardía por la seguridad que tuve de engrosar las filas de pacientes.

De todas maneras sentí tanta culpa en los sucesos que desembocaron en sus desgracias, que quise remediar en algo su dolor, regalándoles una mirada de comprensión en las noches, respondiendo con el amor que lo hacía Juana Margarita a todas sus preguntas y disyuntivas inverosímiles. A un paciente que me pidió consejo sobre cómo sacar de su tumba a su madre muerta y revivirla, le dije que consiguiera una pala, cavara, le regara agua bendita sobre la cabeza, rezara tres oraciones mirando al cielo y le ordenara levantarse en el nombre de Dios. Al comienzo me sentí mal, pero al ver su ilusión y la alegría con la que emprendió carrera, empecé a darme cuenta de que había perdido mi tiempo estudiando psiquiatría. Para aliviar las penas de un trastornado sin cura, sólo basta con irse a vivir en su universo. El universo del cual son dueños y al que nadie puede llegar a transgredir sus reglas.

La mañana siguiente a los hechos de barbaridad provocados por la excesiva fuerza con la que los guardias del gobierno atendieron el conato de fuga, fui a visitar a Juana Margarita y la encontré llorando. Jamás derramaba una lágrima y supe enseguida que se sentía responsable por lo sucedido. Fue el día en que me suplicó, por segunda vez, que la ayudara a liberar a sus compañeros del manicomio que por culpa de sus fantasías, vivían la peor pesadilla.

—Es la única manera de aliviarles su dolor —me dijo con lágrimas en los ojos, y yo le contesté que sus hermanas estaban a punto de regresar para que fueran ellas mismas las encargadas de sacarla, con el pretexto de no poder asumir por más tiempo el costo del tratamiento. Juana Margarita sonrió con tristeza y sólo atinó a decir, antes de cerrar los ojos:

—Sin ellos no me voy… Además, mis hermanas jamás van a volver.

Lo dijo con una seguridad tan absoluta que no tuve otra opción que empezar a madurar la idea de regalarle a mi amada la oportunidad de cumplir su sueño de liberar a sus amigos.

Pensé y pensé y puse a girar en mi mente la manera de organizar su salida y no encontré otra distinta de hacerlo por las malas.

A esas alturas ya mi vida profesional estaba cuestionada y muy poco tenía que perder si me inmiscuía en la fuga. Más bien mucho que ganar, pues por muy malos resultados que obtuviera durante la travesía, el tiempo que transcurriera al lado de mi Juana, por poco que fuera, justificaba mi existencia misma.

Dos semanas después, una vez que restituí la confianza perdida y mi credibilidad profesional sustentando una investigación científica que fue aplaudida por la junta médica, empecé a armar la huida. No era fácil hacerlo sin contar con la complicidad de varios de los internos, por lo que resolví ponerlos al tanto de mi plan. El primer paso fue pedirles que aceptaran su culpa en los hechos aciagos del amotinamiento y el segundo exhortarlos a ofrecer disculpas y a ingerir cumplidamente, y sin resistencia alguna, los medicamentos que se les formularan durante un buen tiempo. Necesitábamos restituir la calma y la confianza de los profesionales del hospital para que el director levantara las restricciones a la movilidad. Y así pasó y así empezamos a organizar la salida de Juana Margarita y sus hermanos, porque en eso se convirtieron ahora sus compañeros.

CAPÍTULO TREINTA Y DOS
La fuga
La venganza de Juana

Sucedió una noche, a dos meses exactos del primer amotinamiento, cuando en el sanatorio imperaba un silencio fantasmal y cuando los guardias se dedicaban a pasar las horas de obligado insomnio jugando a las cartas. Esa noche me correspondió el turno médico que a diario nos rotábamos y aproveché mi ascendiente y poder sobre el personal de guardia, para pedirles que buscaran algo de comida para mí y dos enfermeras que se morían de hambre. Desde luego, ellas se habían sumado al complot.

Uno de ellos, el que tenía en su poder las llaves de los cuartos de los internos, se negó a salir, precisamente por la importancia de su función, pero los otros dos, porque eran tres, sí accedieron a traspasar la puerta en busca de los alimentos que les pedí. Quedé solo frente al guardia del manojo de cobre, un hombre fortachón y obeso que medía unos quince centímetros más que yo. En ese momento sólo tuve dos opciones: golpearlo con algún objeto contundente para poderle quitar las llaves del dormitorio de Juana, corriendo el riesgo de matarlo y aumentar los problemas que de hecho ya tenía, o pedirles a las enfermeras cómplices que lo engañaran con sus encantos y lo despojaran de las llaves. Cuando les expliqué el plan me contaron que al guardia no le gustaban las mujeres, por lo que tuvimos que improvisar una tercera opción.

Opté entonces por pedirle a Teodoro Guzmán, como se llamaba el guardia, que me llevara a la habitación de Juana con el pretexto de tener que suministrarle a esa hora algún medicamento. Cuando me introdujo en el cuarto oscuro de fríos penetrantes, le pedí que me dejara solo o en su defecto me acompañara un rato porque debía hablar con la paciente. El guardia optó por irse, dejándome bajo llave con la paciente. Enseguida procedí a soltarla y entre ambos planeamos la salida. Y mientras nos enamorábamos de a poco, esperamos el momento en que el guardia volviera para desarmarlo y quitarle las llaves. Y así lo hicimos, aunque corriendo el riesgo de que los dos guardias que se encontraban en la calle regresaran antes de lo previsto. Las enfermeras amigas lo pusieron al tanto de un pequeño escándalo que inventamos y Teodoro corrió hacia la habitación de Juana Margarita, donde ella pedía auxilio a grito entero. Cuando el guardia ingresó, se sorprendió al ver a Juana Margarita botando espuma por la boca y sin las correas que la sujetaban, y más tardó en acercársele sin entender lo que sucedía cuando salí de la nada y me hice con su pistola, entristecida por el tiempo y por los muertos de la noche en que los pacientes del hospital quisieron salir a comprobar que el monte Venir existía.

—Esto no es con usted, Teodoro —le dije en tono amable para bajarle la presión y le puse su propia arma en la cabeza sin la menor intención de matarlo. Él lo sabía y por eso jamás sintió pánico. Lo invité, entonces, a acostarse en la cama, que aún permanecía caliente por las largas horas que sobre ella estuvo Juana y obedeció sin ambages. En medio de la premura por la inminente aparición de los otros dos guardias, le pedí a Teodoro con amabilidad que lanzara el manojo de llaves al piso y de nuevo acató la orden con tranquilidad, a sabiendas de que yo no era capaz de matar ni a un zancudo y como queriéndome decir con su mirada serena que me comprendía y que él en mi lugar haría lo mismo.

Cuando las llaves cayeron al piso, Juana Margarita las recogió y corrió hacia la puerta, como lo teníamos planeado. De inmediato retrocedí con lentitud, sin dejar de amenazar al guardia y cuando alcancé la salida, dejé de apuntarle al tranquilo de Guzmán y cerré la puerta con rapidez, mientras Juana ponía en la puerta el candado que aún permanecía abierto.

Consciente de que los demás guardias estaban cerca, procedimos a abrir las puertas de las otras habitaciones con premura, de modo que mientras Juana abría los candados yo soltaba las correas que ataban a los pacientes a sus camas. Diez minutos después corríamos hacia la libertad con trece de ellos, a juicio de Juana, los más locos, sin descartar que se encontraran allí recluidos por las mismas injustas razones por las que ella fue internada. Por falta de recursos y también de cupos en el único bus que a diario viajaba a Gratamira, nos fue imposible embarcar a los demás fugitivos en la aventura, pero Juana les dejó un mapa muy entendible para que pudieran llegar al suicidiario sin ser avistados por la policía que, desde ese mismo instante, los buscaría como a criminales.

Juana y yo sí pudimos abordar el bus. Lo hicimos camuflados en los uniformes de las enfermeras, que aunque no vinieron con nosotros si nos permitieron despojarlas de sus ropas y atarlas para disipar cualquier duda de complicidad.

El retorno a Miramar

A Gratamira llegamos de madrugada. El pueblo, que ya no era un pueblo, lucía cansado por los gajes del desarrollo, mientras que los últimos borrachos caminaban dando tumbos con una botella medio vacía en una mano y en la otra una mujer medio acabada. En las puertas de algunos almacenes se veían síntomas del capitalismo que ingresó con el jeep de don Wilson a cambiarlo todo: ancianas y ancianos, con sus canas y sus huesos durmiendo contra el piso. Niños con hambre preparando alimentos asquerosos en fogones de piedra alimentados con leña, prostitutas caminando hacia sus casas con sus carteras llenas y sus almas vacías y colmadas de penas. Lo demás en silencio y las luces de los faroles alumbrando innecesariamente.

Nos tocó esperar un par de horas hasta que el carro de don Wilson hiciera su aparición. El viejo, que de pereza sufría, tenía convencidos a los suicidas de que no se mataran en la madrugada. Les decía que a esa hora no había gente que los viera y que la gracia, al cometer un acto heroico de esa magnitud, era despertar el sentimiento y la admiración de los turistas y los mirones. Claro, justificaba así su flojera.

Cuando nos vio, se sorprendió tanto como el primer día, pero le hizo un par de preguntas a Juana Margarita que ella respondió de mala gana. Por eso se quedó callado y nos llevó hasta la finca de don Misael sin inmutarse. Apenas abrió la boca para contarle a Juana que los hijos de Atanael ya podían ver. Juana se alegró de corazón, pero no musitó palabra alguna, porque seguramente nada tenía para decir. El resto del viaje fue silencioso, pero la forma en que don Wilson se despidió creó en mis ánimos algún traumatismo:

—Mucha suerte, doctor, a la segunda es la vencida…

No entendí muy bien el mensaje, pero trepé el cerro un tanto perturbado, observando las distintas posiciones del Sol. A la cima del monte Venir llegamos hacia el mediodía. Reinaba un completo silencio. Los vendedores nos miraron pasar con algo de desesperanza, pues el mercado había perdido el ímpetu y el deseo de plusvalía que lo caracterizaban. Me dijo Juana que se debía a la muerte de Saltarín, a la jubilación de Stella y, según un vendedor de escapularios, a que los falsos religiosos fueron apresados por el nuevo alcalde, don Aparicio Montiel, por el delito de estafa. Dicen que el filipichín perfumado, que llegó a Gratamira como delegado del gobierno en la época en que la población fue descubierta, se enamoró de la hija del árabe Mussahar y ya nunca más pudo volver a la capital y menos a París, donde solía comprar sus zapatos y sus perfumes, ni a Londres, donde siempre adquiría sus trajes de paño inglés. En Miramar las cosas ya no tenían el mismo brillo y todo estaba en absoluto silencio, como si nadie habitara ya la casona.

Era indudable que algo estaba sucediendo. Patricio tardó más de lo acostumbrado en abrir y dos suicidas, que esperaban en la puerta, se disgustaron con nosotros por saltarnos sus turnos. Juana les advirtió, con amabilidad, que ella era una de las dueñas de casa y se calmaron. Al ingresar, el silencio se hizo más evidente. Anastasia fue la primera en percatarse de nuestra presencia y la calma se me rompió por dentro. Verla atropellándome con su sensualidad me alborotaba los sentidos, pero tuve cuidado de que Juana no lo notara. Mas lo notó porque, de repente le entró un afán inusitado por meterme a su alcoba:

–Vámonos rápido porque no tenemos tiempo –me dijo, halándome de la mano hacia su habitación.

–¿Qué pasa? –le pregunté asombrado–. No tenemos tiempo para qué?

–Usted y yo tenemos algo pendiente, Belisario –exclamó y no tuve otra alternativa que dejarme arrastrar hacia un lago de tierras movedizas del cual podía desaparecer en un instante. Estábamos llegando a la puerta del cuarto cuando irrumpieron Ernestina y Cleotilde con actitud amenazante:

–¡Juana Margarita! –le gritó Cleotilde de manera enérgica mientras se acercaba a ella. ¿Dónde estaban?

–Arreglando las cosas en el hospital –anoté adelantándome a la respuesta de Juana.

Cleotilde se nos acercó, nos miró, casi nos olfateó y dio un par de vueltas en torno a nuestras humanidades para después sentenciar:

–¡Quiero que se vayan de la casa!

El tiempo se congeló. Juana no supo cómo reaccionar, mientras Anastasia se aferraba al brazo de Ernestina, y Patricio, quien lucía más nervioso que nunca, la miró con todo ese odio que guardó por ella desde el día en que ambos hicieron el amor por primera vez. Cleotilde le devolvió la mordaz mirada y aprovechó la desazón que acababa de sembrar en nosotros para advertir:

–Juana Margarita, usted ha violado la promesa que les hizo a mis papás y ya no es digna de estar entre nosotras.

–Yo no he violado la promesa, Cleotilde. La que ha mancillado esta familia es usted con su arrechera insaciable, –le gritó con rabia, y más tardó en cerrar la boca cuando ya Cleotilde le estampaba una sorpresiva bofetada en la mejilla derecha.

Un silencio sepulcral se apoderó del lugar y Juana Margarita sólo se limitó a mirarla con odio, por unos instantes, mientras Cleotilde alegaba:

–Al menos yo no les prometí nada a mis papás. Y si es verdad que los ve –le dijo con tono de burla–, pregúnteles a ver si estoy mintiendo.

Juana Margarita los buscó entre la multitud y no los vio, por lo que se limitó a sentenciar con la manija de la puerta de su alcoba en las manos:

—Me voy a marchar, pero no porque usted quiera sino porque la casa dejó de ser la casa. Esto ahora es un prostíbulo y siento asco.

—Entonces, ¿qué espera? —le respondió Cleotilde a manera de reto.

—Espero a que amanezca porque ya es tarde y no quiero que la noche nos sorprenda bajando el Monte.

—Tienen hasta mañana para marcharse —nos dijo y se fue a su alcoba sin mirar atrás ni cruzar palabras con sus otras dos hermanas que permanecían impávidas por el suceso, inédito en la historia familiar.

Los jinetes del Apocalipsis

Ya dentro de la habitación, Juana Margarita irrumpió en llanto y se sumergió en mi pecho con su alma despedazada. No podía creer aún que Cleotilde se atreviera a tanto. De repente recordó que no tenía mucho tiempo que perder, por lo que empezó a manejar la situación y me trasteó como a un muñeco hasta los lugares más recónditos de su universo pervertido. Era el sitio que tenía preparado para mí, creo yo, desde el mismo día en que le declaré mi amor.

—Quítate la ropa —me dijo con algo de presión. Yo le pregunté el motivo y me pidió que no hiciera preguntas, que sólo obedeciera. Su tono fue tan jovial y juguetón que no tuve más remedio que despojarme de la ropa. Sólo conservé el pantaloncillo, pero Juana se opuso:

—Quítate todo.

Lo hice, tratando de alejar de mi mente la imagen de Anastasia para evitar una vergüenza estética, y estaba a punto de lograrlo cuando ella empezó a desvestirse, poniendo en evidencia mi debilidad. Y así, erecto y nervioso como estaba, le pregunté sobre sus intenciones y se echó a reír.

—Si lo que piensas es hacerme el amor, por lo menos deberías regalarme un beso —le dije, y le recordé enseguida que en ningún tiempo nos habíamos dado uno. Juana acercó sus labios a los míos y depositó en ellos su primer beso. No el primero que me daba a mí, sino, según ella, el primero que le daba a un ser vivo. Desde luego que mis sentidos se obnubilaron y perdí la voluntad. Ese beso, apenas insinuado, quedó grabado para siempre en los anales de mi espíritu desazonado. Fue un beso seco, impulsado por su aliento. Sentí que sus labios eran una cadena de hierro arrastrada con calma por un condenado hacia su libertad.

Nunca supe si ese beso fue sincero, le nació del corazón o, simplemente, formó parte de una estrategia de demolición que me aplicó enseguida, gracias a la cual caí en sus brazos, obnubilado, perdido, ciego.

Los segundos que siguieron fueron de mucha incertidumbre. De repente se escuchó un grito de mujer, pero no supe identificar de cuál de las tres hermanas de Juana Margarita, y luego se empezaron a oír golpes, voces, relinchos, pasos apurados, murmullos... Intenté salir para enterarme de lo que estaba pasando, pero Juana me lo impidió:

—No salgas, no salgamos...

—Está pasando algo grave —le dije.

—No importa, ven... —me imploró arrastrándome hasta la cama, pero el agite continuó allá afuera, por lo que me inquieté y traté de reaccionar. No obstante, fue tarde. Juana Margarita me empezó a succionar los labios haciéndome olvidar lo que sucedía allá afuera y el mundo mismo. Perdí el sentido y ni siquiera noté que, dos minutos después, todo se silenció abruptamente, como si el viento hubiese arrasado con lo que existía afuera. Incluso tuve la sensación de flotar en el espacio, de abrir la puerta de la habitación y encontrarme de sopetón con las estrellas o la Luna alumbrándome a la cara. Algo me decía que Cleotilde acababa con todo y que luego vendría por nosotros. Por eso le pedí a Juana que nos vistiéramos y huyéramos.

—Si no lo hacemos, tu hermana va a llevarte de nuevo al hospital psiquiátrico y a mí me denunciará con el director.

—No lo voy a permitir —me respondió con tanta seguridad, que enseguida intuí que la guerra estaba a punto de estallar, esta vez no —me reiteró con la misma certidumbre y me tomó de la mano para luego tirarme sobre su lecho haciendo uso de una arrolladora sonrisa que nunca antes le conocí. La noté muy tranquila. Sabía lo que quería. Sabía lo que tenía que hacer. Lo tenía todo calculado. Aun así, me dejé arrastrar de su mano tibia y de sus ojos embelesados, que no dejaron de mirarme hasta que entramos desnudos al baño. El lugar estaba penetrado por un olor a camposanto bajo lluvia, que alcanzó a alterar mis sentidos. Enseguida encendió cuatro velones blancos, uno en cada esquina del lugar, y se puso una túnica color fucsia sobre el cuerpo, sin ropa interior, que terminó por agudizar mi funesta percepción. Y mientras ella encendía una hoguera dentro de una olla de barro repleta de hojas de eucalipto, en el pasillo se escucharon de nuevo los pasos afanados de varias personas, pero esta vez sin el acompañamiento de voces ni gritos. Pasos apurados, pasos con alguna intención, algunos de mujeres, y los inconfundibles pasos de Patricio, que se notaban más fuertes pero extrañamente más pausados.

Le pedí de nuevo que nos asomáramos a ver qué sucedía, pero ella me dijo con pasmosa serenidad que no era necesario.

—Seguramente, mis hermanas ya aprendieron a ver a los muertos y a lo mejor los están sacando de todos los escondites de la casa –me explicó, sin esforzarse para que le creyera. Yo sabía que estaba inventando y por eso quise convencerla de que huyéramos antes de que fuera tarde, pero ella se acostó en la tina y me empezó a acariciar el pecho como si afuera no estuviese sucediendo algo.

–No hay tiempo –le dije.

–Si haces lo que te digo, vamos a tener todo el tiempo del universo para los dos –me respondió con la misma tranquilidad, pero el movimiento de puertas hacia fuera crecía al tiempo con mi angustia.

Me dijo que no era necesario escapar, porque ella decidió pasar el resto de sus días en ese lugar y, de sus labios, no sé si con sinceridad o por estrategia, brotó la primera palabra de amor de todas con las que me bendijo en este y en el otro mundo:

–Quiero que estés a mi lado la eternidad entera, mi amor, –me aseguró con su mirada más especial y su tono de voz más adecuado, y no me dejó digerir el impacto de su frase sobre mi corazón cuando ya me atacaba con una nueva que le sonó más sincera aún:

–¡Te amo, mi amor! ¡Te amo!

Sus palabras justificaron mi existencia. Enseguida mis sentidos se alteraron, mis temores se disiparon, mis planes se trastocaron, mis razonamientos colapsaron. Toda ella me acababa de absorber. Toda ella me acababa de convertir en indefensa presa. Siguió lo que tenía que seguir. Empezó a recorrer sin frenos mi cuerpo con su boca. Y mientras me conducía al abismo irremediable de la agonía, con el arma infalible de su aliento, repetía que me amaba como jamás amó a otro mortal.

–¿Y Bonifacio? –pregunté con dudas.

–Bonifacio existió en mi pasado, ahora estás en mi presente –respondió escuetamente, sin desconcentrarse en lo que ejecutaba con maestría.

Algo me invitó a creer que era sincera y le permití que me arrastrara con su avasallante estrategia de hacer colapsar mi sistema nervioso.

Cuando ya me tuvo invadido por un cosquilleo insoportable para mi sensibilidad, me tomó de la mano, con ardiente afán, y me levantó con sutileza. Abrió la llave del agua caliente, que se alimentaba de una derivación que de las aguas de la cascada humeante hicieron los trabajadores de Juan Antonio, luego abrió la fría y se empezó a desvestir, dejando caer al piso su extraña túnica de colores mareados en la que predominaban los tonos fucsia.

Su cuerpo desnudo y brillante por el sudor de su miedo se convirtió en la visión más contundente que tuve en vida. Nunca antes aprecié obra de arte tan exquisita. Aunque siempre escuché hablar de la perfección de los gramanes, jamás comprobé que lo fueran tanto. Eran como un injerto fantástico de arios de piel lechosa y mirada despectiva, con indígenas de piel canela y sonrisa nerviosa. La mayoría tenía la piel dorada, como oreada con exquisitez y maestría por un sol aventajado y talentoso en las artes plásticas. Sus facciones eran tan finas y preciosas y su dentadura tan blanca y ordenada que parecían ángeles en esplendor. Y ahora yo estaba frente a una de ellas. Juana Margarita, la mujer, la creación más refinada y evolucionada de Dios, estaba frente a mí, observándome con inconmensurable ternura y explorando premeditadamente mis demonios.

Demonios que no tardaron mucho en aparecer. De repente el humo del eucalipto quemado empezó a inundar el ambiente, creando una cortina que lo difuminaba todo, y ella se empezó a acercar a mí, sonriente, segura. El agua tibia de la tina ya cubría dos terceras partes de mi humanidad, cuando ella se sentó a desbordarla. En los pasillos y las demás habitaciones de la casona continuaban los ruidos sospechosos, pero a Juana no parecían inquietarla. Ahora se sentía algo pesado que era arrastrado por el piso.

Sin inmutarse se acostó a mi lado, me abrazó con fuerza sobrecogedora y con su boca a un milímetro de la mía me confesó oficialmente, casi con su aliento, que era virgen y que ardía de pasión por mí. Que esa era la primera vez que pensaba hacer el amor con un mortal, contraviniendo incluso lo que le pidieron sus padres antes de morir, y que me me había elegido para que la hiciera mujer, por no haberle demostrado un deseo excesivo por poseerla. Yo empecé a temblar sin saber qué responder, pero tampoco tuve la necesidad de hacerlo porque enseguida me besó la barbilla, el cuello, los hombros y el pecho mientras recorría, con sus manos de seda, mis piernas y mis nalgas y mientras me sorprendía con una petición inesperada con la que sólo buscaba llevarme al terreno de la provocación, con el fin de comprobar si yo era capaz de pasar el experimento al que me sometía:

—Piensa en mi hermana Anastasia con sus piernas abiertas.

Un pensamiento más pesado de lo que un hombre común puede soportar. Me congracié con el ejercicio sin saber que perdía la prueba y tomé, entonces, la decisión torpe de complacerla, al tiempo que una legión de demonios libidinosos se instalaba en mi mente. Pensé en Anastasia y en su vulva prominente retándome a entrar. Pensé en Ernestina y en los encantos que debía guardar dentro de su cuerpo calenturiento y bajo toda esa ropa azarosa. Imaginé a Cleotilde haciéndoles el amor a miles de hombres. Recuerdo que en medio de mi delirio desmedido le alcancé a decir a Juana Margarita que las quería a las cuatro en su cama, que fuera a llamarlas, que mi virilidad alcanzaba para complacerlas a cada una de ellas, y una andanada más de sandeces que no hicieron más que confirmarle que yo no era más que un hombre del montón, poseído como todos por el demonio de la lujuria contra el cual ella luchaba y que por esos síntomas de debilidad ella no debía entregarme su cuerpo, sino su misericordia. Que, irremediablemente, mi cabeza debería rodar.

Sentí su desilusión, sentí su pesar y sentí que su intención de entregarse a mí hasta la eternidad cambió. Sentí culpa, pero cuando quise reivindicarme ya fue tarde. Lo noté en su sonrisa socarrona con la que me dio a entender que ya no tenía nada que hacer, que yo le había demostrado que no era nadie y menos que me podía convertir en su esposo, porque combatir a su enemigo con un aliado débil y pusilánime a su lado era como firmar su derrota.

Sin embargo, el demonio me impulsaba a no caer en su juego aburrido, a seguir, a tocarla, a imaginar a sus hermanas bajo la cascada besándose entre sí mientras se acariciaban a pensar en mi ex esposa haciéndole el amor a su amante. Y la verdad es que me superó el deseo y me olvidé de quién era. Juana Margarita contribuyó a mi debacle acrecentando sus caricias y agudizando el tono y el calibre de sus palabras, que para entonces ya rayaban en la grosería. Groserías que me complacían sin remedio, improperios que me llevaban al cielo y me traían a la Tierra, donde para mí ya todo eran penumbras suculentas entre las que me quería ir a vivir para siempre.

La corrida de mi vida

Echó mano entonces de sus vastos aunque empíricos conocimientos sexuales, que yo por mi gusto por las corridas de toros convertí en analogías de tauromaquia. Empezó a capotearme con besos mojados de su lengua dentro de mis oídos. Unos dos naturales y una verónica para luego banderillearme con las manos resbalando por mi glande como toro babeando.

Luego, cuando el animal estaba a punto de empitonarla, empezó a esconderse en el burladero y a lanzarme nuevos naturales con sus tetas crispadas sobre mi cara y a invitarme a embestirla con sus piernas abiertas. Y yo, que ya estaba mareado y pidiendo a gritos angustiosos que me permitiera estocarla, caí en su juego y me alegré cuando camufló su espada entre el capote.

Sabía que me la clavaría hasta el corazón y que el cielo estaba cerca, pero sentí placer. Cuando me apuntó con la daga fulgurante de su mirada en celo, ya no tuve más que hacer sino cerrar los ojos y suplicarle que me permitiera vomitar toda mi dicha sobre ella.

Me dijo que sí y ese "sí" me resultaría suficiente para derramar mis deseos represados, pero de repente me frenó en seco. Se separó de mí jadeante y con una mirada de triunfo me exhortó a morir, como antes lo hicieran los casi 3.000 hombres que intentaron poseerla.

—Tú sabes que sólo puedo hacerlo con los muertos, mi amor.

—Me dijiste que sería el primer mortal en tu vida —le respondí con mis pulmones vacíos, pero ella no se inmutó ante mi súplica.

—Acabo de cambiar de parecer —me dijo, pasando sus pezones sobre mis ojos y mi nariz, y ya no tuve más remedio que suplicarle que me dejara penetrarla, porque mi cuerpo estaba a punto de explotar.

—Ve y saltas y te espero en la cascada inmediatamente —me dijo caminando hacia la puerta con tanta seguridad que lo di por hecho. El mundo intentó derrumbarse, pero mis afanes terrenales estaban por encima de cualquier razonamiento y no supe qué fue de mí en adelante.

De repente me vi corriendo por el pasillo de la casa, aún con el agua espumosa escurriendo por mi cuerpo, en medio de las miradas sorprendidas de las hermanas de Juana Margarita. Al llegar al borde del precipicio, aprecié con respeto ese caucho cómplice, ese asesino pasivo que, imponente, me arropó con sus ramas frondosas y me puso en igualdad de condiciones con el abismo. Dudé por un segundo, pero en la distancia apareció ella caminando desnuda hacia la cascada. Sin detenerse, volteó a mirarme y me indicó con señas que me estaba esperando. No tuve más remedio que saltar, con mi miembro aún erecto. El aire me secó de inmediato el cuerpo y sucedió todo lo que ya les conté: un silencio, la vida detenida con desparpajo ante mis ojos, el corazón a punto de infarto y la mente recreando recuerdos relevantes y lanzando toneladas de ideas a la nada. A mitad de recorrido apareció Dios, con su sonrisa que detiene el tiempo, a entregarme las diez claves para aniquilar mis demonios y romper las cadenas de la esclavitud y otras diez para vivir en paz. Porque me dijo que el fin último de los hombres no debería ser la felicidad, como todos pensaban, sino la libertad, pues por medio de ella se logra la paz y a través de la paz se conquista, de todas modos, la felicidad. Y sobre la libertad me advirtió que no eran las cadenas ni la opresión de un déspota las que definían si uno era esclavo o no, sino los vicios, especialmente los de la codicia, la envidia y la lujuria, porque la ira y la pereza son controlables y la gula y el orgullo, más fáciles de eliminar.

Las sentí tan de fácil aplicación y las asimilé tan rápido que enseguida comprendí que la vida es más fácil de llevar de lo que uno piensa. Es un simple barco que, cuando uno navega por aguas tormentosas, puede naufragar. Con todos mis problemas existenciales resueltos y nuevos ímpetus para empezar, deseo renacer y detener mi caída. Pensamiento ingenuo de mi parte porque mi descenso se reanuda sin atenuantes y bajo mi más hondo pesar.

Mi muerte sella el triunfo de Juana contra el demonio. Un triunfo que se magnifica en el hecho de que yo no ingresé al monte Venir con la intención de suicidarme. Luego, toda la obra de seducción y muerte que esculpe sobre mi pobre personalidad se constituye en su principal victoria.

CAPÍTULO TREINTA Y TRES
Esperando el milagro del amor

Mientras Juana me conducía a los infiernos con su infalible estrategia de provocar al demonio, meterlo entre sus sábanas y degollarlo en el instante en que su debilidad apareciera, sus hermanas, que acababan de sortear la situación más escabrosa desde la creación del suicidiario, se armaban de valor para devolverla al manicomio, e impedir que ella descubriera algo terrible que sucedió mientras ella y yo intentábamos amarnos. Por eso, cuando mi cuerpo planeaba hacia tierra firme con una docena de sutiles gallinazos detrás, Cleotilde y Ernestina le impidieron a Juana llegar hasta la cascada donde ella y yo teníamos nuestra cita amorosa. Sospeché que algo más se movía detrás de esa decisión y lo comprobé con asombro cuando, al morir, regresé a Miramar y me posé sobre el sector de las piscinas naturales donde, ¡oh sorpresa! me encontré con Patricio. Estaba llorando y me sorprendí demasiado al verlo desnudo. Sin acabar de masticar el porqué de su osadía, me acerqué a él. Me miró con zozobra y noté cómo varias mujeres, desnudas también, se acercaban felices a él. Una de ellas, sospecho que Usnavy, se refugió en su regazo y lloró de alegría. Ocupado en la zozobra que sentía al saberme desnudo y al ver las cosas en el mismo sitio, pero con distintos colores y en completa paz, no sospeché lo que pasaba. No me sorprendí de mi desnudez porque en ese estado salí de la habitación de Juana, pero empecé a sospechar lo peor cuando sentí el frío de Patricio. Sobre todo porque Ernestina no se escandalizó al vernos sin ropa. De repente, principiaron a salir personas silenciosas y sonrientes, también sin ropas. Ernestina tampoco dijo nada y deduje, entonces, que Patricio estaba muerto al igual que yo. Habitábamos en la dimensión del eterno presente.

Enseguida llega Juana Margarita a cumplir la cita y observo cómo sus hermanas tratan de agarrarla con un par de sábanas que traen extendidas. Intento intervenir, pero muy pronto comprendo que no poseo la fuerza material para defenderla. Incluso pretendo tomarla de la mano para huir corriendo del lugar y también fracaso. Todo aquí es alucinante, cada detalle del lugar, sus colores, su música y la vida del viento. Sin embargo, no tengo mucho tiempo de asombrarme porque Juana está en peligro. Sus hermanas van tras ella y yo no puedo hacer mucho para impedirlo. Juana logra romper el cerco para no ser atrapada y se mete en su habitación. Descubro que el deseo me hace volar hacia ese lugar y observo, desde mi nueva condición de fantasma, cómo Cleotilde, Ernestina y Anastasia tratan de darle cacería de manera inmisericorde, mientras ella se defiende como fiera y me suplica que la ayude. Sé que no puedo hacerlo. No obstante revoloteo en busca de ayuda y la habitación se atasca de muertos igualmente impotentes, pero deseosos del triunfo de nuestra amada. Vemos que las hermanas de Juana rompen la puerta de la habitación e ingresan en ella repartiendo posiciones, mientras Juana recula. Ernestina viene por detrás y la intenta atrapar con una sábana sobre la cabeza, pero Juana Margarita es más hábil y la esquiva. Anastasia se muestra parca en la batida y noto que no quiere usar toda su fortaleza e inteligencia. En el fondo siente lástima por Juana Margarita y sé que no le gustaría estar en su misma situación. Cleotilde lo nota y la obliga a actuar. Juana toma con decisión un candelabro y amenaza con incrustarlo en la humanidad de la primera que se acerque. Todas se mantienen alejadas de la amenaza, saben que no miente. Anastasia sigue haciendo muy poco por ayudar. Sin embargo, la exhorta a entregarse:

—Es por tu bien hermanita, déjate llevar.

—Yo no estoy loca, Anastasia. ¡Es que no entienden! —le grita en medio de la tensionante situación que termina cuando Cleotilde se lanza contra ella con una almohada como escudo y la logra tumbar al suelo para que, en instantes, sus dos hermanas ayuden a someterla poniéndole sábanas y cobijas sobre la cabeza. Todos los fantasmas que apreciamos la escena empezamos a llorar. Algunos porque la amamos, otros porque llevan mucho tiempo esperándola para hacerle el amor. Nos duele que se la lleven, nos duele que la maltraten. Es una flor intocable, deshojada en medio de gritos de dolor. Sé que se está cometiendo una injusticia porque Juana no está loca y por eso mi alma llora. Está inundada de amargura y la bondad que se respira en este mundo no me impide lanzarme contra Cleotilde para obligarla a aflojar su cuerpo que, en su totalidad, tiene dominado. Pero ella ni siquiera nota que la estoy golpeando, mientras mi Juana asoma su cabecita entre las sábanas que la cubren tratando de no morir ahogada. Está suplicándome con la mirada que haga algo por su libertad, y ya no sé si sus hermanas se la quieren llevar al manicomio o la quieren matar. Por eso me dedico a repetirle que la amo y le pido que tenga paciencia. Ella me grita de nuevo que la ayude a desamarrar y aunque lo intentamos entre Saltarín, Bonifacio, don Cristóbal, don Juan Antonio, Helen, don Benjamín, sus dos indios, Ernesto y yo, nada podemos hacer por soltarla. Al percatarse del regreso de sus padres,

Juana se entusiasma y les pide que intercedan. Y aunque lo hacen, tratando de llamar al orden a sus otras hijas, ninguna los escucha. Sin atenuantes, Juana Margarita es sacada hacia el pasillo donde la esperan dos burros cargados con provisiones. La encaraman a una de las bestias, y mientras Ernestina y Cleotilde se reacomodan las vestimentas para partir hacia la ciudad, en la puerta de entrada al fuerte se escuchan varios golpes espantosos.

Todos nos quedamos pasmados al advertir el estruendo por segunda vez y junto con Saltarín volamos hasta la puerta a averiguar lo que sucede. Patricio viene detrás de nosotros, obedeciendo a su instinto de abrir la puerta cuando ésta suena, pero las aflicciones de su alma no le permiten superar nuestra velocidad. Por eso nos enteramos primero de lo que está sucediendo: los compañeros de Juana, sus trece amigos del manicomio, están aquí. Con alegría profunda, porque veo en ellos su salvación, les comento a mis compañeros de dimensión lo que pasa. El resto se entera por los gritos desesperados de Ernestina, quien desde la parte alta del portón, camuflada tras la vasija de cobre, pone en alerta a sus hermanas sobre la posible invasión:

—¡Cleotilde, varias personas se quieren entrar a la fuerza!

Enseguida Cleotilde corre hasta su habitación, saca una escopeta y con ella en alto llega a la entrada, emprendiéndola a gritos y amenazas contra los invasores:

—Si entran a mi casa por la fuerza, los mato.

Mis pacientes se sienten amedrentados y algunos se calman. Entre todos se miran tratando de tomar decisiones y uno de ellos, Salomón Cortés, toma la vocería:

—Sólo queremos ver a doña Juana Margarita.

—Ella no está en esta casa.

—Eso es mentira, escuchamos sus gritos. Ella está aquí.

—¡Esos gritos son suyos! —exclama Cleotilde y ya los está tratando de convencer cuando tomo la determinación de aparecer, con la esperanza de que las claves que les ha entregado Juana para ver a los muertos les ayuden a verme.

—¡Esperen, no se vayan! —les grito.

En ese instante, varios de ellos me observan y se aterran al verme desnudo y ríen a carcajadas. No saben si estoy muerto o si estoy vivo, pero lo deducen cuando vuelo hasta el piso a reunirme con ellos. Entonces Salomón me aborda con el duelo del luto y yo lo pongo al tanto de todo lo que acontece.

Le cuento que nuestra Juana está en apuros, que la quieren devolver al manicomio para poder ocultar un crimen que sus hermanas han cometido y que se deben dar prisa si quieren ayudarla, porque la pobre está atada a un burro listo para partir. Ante tamaña vejación todos se sublevan y toman la determinación de traspasar el muro a como dé lugar. Cleotilde hace el primer disparo de advertencia, pero ninguno se inmuta porque lo que todos en el fondo desean es morir. Morir para conocer ese mundo fantástico que les describiera Juana Margarita durante su estadía en la clínica de reposo. Morir para liberarse de las cadenas de la injusticia que los mantienen presos. Morir para escapar de un pelotón del ejército que los sigue desde hace horas y que amenazan con llegar hasta Miramar. Desde mi lugar privilegiado de las alturas observo a los agentes del orden acercándose y se los cuento.

—Salomón, tienen que entrar rápido porque un escuadrón de soldados viene por ustedes.

Todos se angustian, y ante la resistencia de la puerta y los tiros al aire de Cleotilde optan por medidas extremas. Derriban la carpa de la bruja Stella y con su mástil principal arremeten en varias ocasiones contra el portón de la casa, defendido por las tres hermanas. Aprovecho el momento y vuelo hasta el lugar donde está Juana y la pongo al tanto de los sucesos. Ella sonríe con esperanza y me pide volver a apoyarlos. A mi regreso encuentro la puerta medio abierta y a Cleotilde, quien ha metido el cañón del rifle por el haz de luz, a punto de disparar. De repente aprieta el gatillo sin destinatario conocido, pero Abelardo, uno de mis pacientes, el más deschavetado de todos, el que pensaba que la Tierra era cuadrada y que la Luna era el faro de Diógenes, cae. Los demás se enfurecen y comienzan a derribar la hoja derecha de la puerta mientras Cleotilde y sus hermanas huyen hacia el interior de la casa, en donde en uno de sus pasillos yace Juana Margarita envuelta en sábanas y amarrada a un burro.

Después de terminar de tumbar la puerta, los enloquecidos amigos de Juana ganan el interior de la casa, pero no la encuentran. Sus hermanas se la han llevado o la han escondido, por lo que empiezan a registrar cuarto por cuarto hasta incendiarlo todo. Vuelvo a intentar calmarlos, pero de nuevo fracaso.

Están dispuestos a arrasarlo todo con tal de rescatar a quienes ellos consideran la heroína que los liberó del yugo implacable de la lástima. En medio del fuego y la angustia de los míos, los pacientes me piden que les ayude a descubrir a dónde se han llevado a Juana, y lo hago con tal de evitar la debacle total. Enseguida divido a los fantasmas que me rodean y en cuestión de segundos averiguamos su paradero. La trasladan por el camino que conduce a los nevados. Así se los advierto y todos los desequilibrados corren hasta allí como perros de caza. Y mientras el ejército ingresa al fuerte Miramar en medio de escombros en llamas, los pacientes de la clínica les dan cacería a las Vargas y las arrinconan contra el abismo que bordea el nacimiento de una de las cascadas.

–Sólo queremos que suelten a la señorita Juana –les dice Salomón pacíficamente, pero Cleotilde se interpone entre ella y los supuestos dementes.

–Mi hermana está mal y debe volver al hospital.

–El hospital no existe... Nosotros volvimos y lo destruimos todo. Además, ella no necesita tratamiento, todo lo que dice es verdad – replica Salomón observando con ironía a su alrededor.

–Ustedes dicen eso porque también están locos –grita Ernestina con imprudente valentía.

–Si lo dice porque también podemos ver a los muertos entonces sí, estamos locos –exclama Salomón soltando una carcajada que todos secundan.

–No les creo –replica Cleotilde. Los muertos no existen, muertos están.

–Al lado tienen a uno de ellos –señala Salomón mirando hacia un costado de Cleotilde y agrega–: es una niña tan hermosa como doña Juana y tiene el pelo largo y oscuro y los ojos grandes y azules.

–Está viendo a mi hermana Anastasia y ella no está muerta, idiota –grita Cleotilde, convenciéndose aún más de la demencia de sus interlocutores.

–Pero está desnuda, como están todos los muertos, y su piel es perfecta.

–Ignoro si los muertos viven desnudos, pero mi caso es distinto, yo estoy desnuda para vivir –les grita Anastasia y agrega–. Váyanse y no vuelvan, sólo han traído desgracia y destrucción a mi casa.

–No sin ella –le dice Marina, otra de mis pacientes, y replica–: las desgracias las han provocado ustedes por hacerle daño a la señorita Juana Margarita y la queremos ya mismo.

–Pues tendrán que pasar por encima de nuestros cadáveres –grita Cleotilde y reanuda su marcha, pero los compañeros de Juana se lo impiden y empieza un forcejeo, revuelto con golpes y empujones, que termina cuando el teniente Buitrago, al mando del pelotón, hace disparar las armas de sus hombres al aire. Varias de esas balas atraviesan mi humanidad y la de Saltarín. Nos asustamos y nos miramos el cuerpo, pero nada raro notamos. Al cabo de unos segundos, y mientras varias columnas de humo se erigen sobre Miramar, Saltarín y yo irrumpimos en carcajadas a las que los nuestros se suman, pues el incidente ha dejado de manifiesto nuestra inmortalidad. En esas aparece Patricio y confunde nuestras risas con burlas, por lo que empieza a llorar de nuevo. Caigo en cuenta de lo insólito de su presencia a este lado del universo y me cuenta que lo asesinaron. Cuando está a punto de revelarme el nombre de su asesino, o asesina, aparece don Epaminondas Ríbol, su padre, y lo abraza. Los dos se funden de amor e ignoran lo demás.

Al volver a la situación, vemos que los hombres del teniente Buitrago están desatando a Juana Margarita ante el inconformismo de sus hermanas, que en ese momento ignoran la destrucción y la toma de la casona por parte del ejército y por orden directa del alcalde de Gratamira. Y mientras las Vargas y los pacientes de la clínica son apresados y conducidos al patio cercano a la cascada, las primeras imágenes de las llamas consumiéndolo todo emergen de la nada ante los ojos de las cuatro hermanas y sus lágrimas de dolor inundan sus rostros. A Juana le es imposible creer que todo esté muriendo y que el cadáver de Patricio esté tendido sobre la alberca. Se pregunta quién lo habrá matado y empieza a sospechar de sus hermanas. El teniente intenta conducirlas, acusadas de asesinato, pero en sus cabezas no cabe, ni por un instante siquiera, la posibilidad de una vida lejos de allí. La incertidumbre y la certeza de la muerte se apodera de todas, aunque ninguna pronuncie una sola palabra.

Entre los muertos cunden el desespero y la impotencia. Queremos hacer algo pero no podemos. Así se lo manifiesto a Juana y ella sólo me mira con mucha comprensión. Al llegar al lavadero, el teniente indaga por la muerte de Patricio. Ninguna de las Vargas acepta su culpa, aunque se miran de manera sospechosa. Juana cree que fue Cleotilde, no sólo porque la siente capaz de hacerlo, sino porque nunca quiso a Patricio. Siempre lo vio como el semental que la desvirgó y con el que sació sus instintos animales en un par de ocasiones, pero nada más. Tampoco concibe la idea de que Ernestina se atreva a tanto y menos Anastasia. Es posible que el teniente sospeche lo mismo porque enseguida trata de hacer prisionera a Cleotilde. Sin embargo, pasa algo inesperado:

–Un momento, teniente –le dice Ernestina y acude a él mirándolo a los ojos–: ni mis hermanas ni estos hombres tienen nada que ver en la muerte del mayordomo. A Patricio lo maté yo, así que proceda a ejecutarme de manera sumaria porque no quiero ir a la cárcel. El teniente no ha terminado de asombrarse cuando Anastasia salta a desmentirla:

–Eso es mentira, teniente. Fui yo quien mató a Patricio así que suelte a mis hermanas y proceda a castigarme, de lo contrario, estaría cometiendo usted una injusticia más grande que el mismo crimen.

El teniente entra en desconcierto total. No sabe lo que traman las hermanas, por lo que decide lavarse las manos y apresarlas a todas.

Enseguida mis pacientes aprovechan la distracción de los soldados e intentan escapar.

En medio del desorden provocado por la retirada, el teniente vuelve a implantar la disciplina con algunos tiros al aire y todo queda de nuevo sometido al silencio de los maderos ardiendo. Pero Juana no está dispuesta a vivir con el dolor de haber provocado la destrucción del imperio de su familia y se inventa la mejor manera de poner fin a sus días. Se acerca al militar, le pide que suelte a sus hermanas y le asegura que fue ella la asesina de Patricio.

–Eso lo vamos a ver, señorita; por ahora queda a disposición de mis hombres –le dice y ordena–: aprésenla también.

–¡Si me pueden alcanzar! –les grita y se echa a correr hacia el abismo, en espera de que un disparo de fusil le parta la espalda.

El oficial no sabe qué hacer, mientras Juana corre con soltura y sin temores, inmersa en una sonrisa de amor superlativo, hacia el caucho cuyas raíces ya han sido alcanzadas por las llamas. Cuando el teniente da la orden de apuntar, ya Juana está subiendo a la rama resignada del árbol y más tardan sus hombres en halar del gatillo que ella en saltar.

De inmediato quienes la amamos en vida y la esperamos en la muerte, corremos hacia el despeñadero para verla caer. En perfecto orden la vemos volar hacia la tierra, haciendo un camino de honor a su decisión. Ella nos ve mientras se tropieza con nidos, ramas y rocas. Nunca deja de sonreírnos, y sus padres y yo nunca dejamos de escoltarla hasta la finca de don Misael, como si fuésemos sus alas. Incluso el abuelo Cristóbal y el bisabuelo Maximiliano ordenan a los indios e involucran voluntarios en la elaboración de un colchón humano de emergencia para tratar de amortiguar el golpe de la pequeña. Todos sabemos que va a morir, pero buscamos que su rostro perfecto no sufra daños.

Sé, porque me lo dijo horas después, que hubiera querido que su vuelo durara la eternidad completa. No tanto por el deleite de sentir el aire fresco sobre el rostro, sino por el placer que le produjo vernos a todos despidiéndola y a la espera de su regreso. También me dijo que los pocos segundos que la separaron de la finca de don Misael le alcanzaron para rebobinar todo su pasado y para plantear soluciones a sus dificultades y a las de sus demás hermanas. Dijo que si todos los suicidas llegaran a ser tan creativos como lo fue ella durante la descolgada, los problemas del mundo se arreglarían con tan sólo lanzar al aire mil voluntarios con la misión de pensar la forma de superar las crisis religiosas, políticas, sociales y económicas del planeta, y recoger sus testimonios cinco metros antes del suelo.

–Todo fluye de una manera milagrosa, y hasta las ganas de morir se pierden en ese maremágnum de remedios que aparecen con ímpetu a recordarnos que para conseguir la felicidad sólo hace falta un susto – me dijo mientras se dirigía hacia los últimos 40 metros de la caída. Cuando la vieron aproximarse, los adolescentes apostadores la reconocieron y borraron con rapidez los círculos que trazaron tratando de adivinar el lugar del impacto. Luego se arrodillaron y la vieron caer, dicen que con más lentitud que los demás suicidas. Uno de ellos aseguró que un metro antes del piso, su cuerpo, que caería de espaldas, se detuvo en seco, como halado abruptamente por cuerdas imaginarias, para luego descender sin velocidad alguna hasta el suelo. Al muchacho que hizo el relato le pareció que un ser invisible la depositó en el piso con caballerosidad y elegancia, porque Juana Margarita primero posó sus largas cabelleras, luego sus nalgas y después su espalda. Relató que sus piernas resbalaron con delicadeza hacia el suelo, dejando intactos sus huesos y su rostro. Yo fui ese ser impalpable que se tomó el atrevimiento de no dejarla golpear con salvajismo, porque Juana murió 40 metros antes de golpearse.

Enseguida nació entre nosotros y lo primero que hizo fue besarme, no por agradecimiento, sino por amor. Intenté preguntárselo, pero me dijo que allí donde los dos estábamos ahora no se permitían las mentiras. Completamente dichoso la abracé y sus padres, sus abuelos, su bisabuelo, Ernesto y sus tías se acercaron a saludarla con miradas de reencuentro. Juana los lloró a todos y me presentó de modo oficial:

–Él es Belisario Moró, mi psiquiatra, el amor que el universo me ha enviado para enfrentar la eternidad.

Sus palabras me congratularon y me llenaron de confianza, mientras los muertos que la esperaban para hacerle el amor emprendían la retirada. De repente, apareció Atanael. Dijo que se sentía aburrido en el lugar donde estaba y que prefería ver a su mujer en brazos de otro hombre a saberla lejos. Saltarín y Atanael se acercaron a saludarla y le pidieron perdón por los momentos amargos que le hicieron vivir, pero ella asumió con humildad la realidad, hasta el punto de que terminó pidiéndoles perdón a los dos y hasta les dijo que si no hubiese sido por ellos las cosas no sucedieron de la manera en que ocurrieron dándoles a entender que gracias a ellos ella estaba muerta y el suicidiario en cenizas.

Cuando nos elevábamos hacia la cima del monte Venir, se escucharon, con mayor fuerza, los lamentos que durante años a tantos mortificaron. Juana pudo advertir, claramente, que salían de algún lugar de la finca de don Misael y nos pidió que le ayudáramos a descubrir si eran emitidos por almas muertas o humanos vivos. Como si se tratara de un congreso de especialistas, todos los muertos nos dimos a la tarea de opinar y como resultado de la discusión se encontró que esos bramidos los lanzaban seres vivos. Juana quiso ir hasta el lugar de donde salían, pero este sitio estaba por fuera de los límites del limbo y nos resignamos a investigar la verdad por otros medios.

–Les puedo pedir a mis hermanas que vengan a investigar en la casa del hombre ese –se refería a Misael– porque esto está muy raro. Siempre creímos que eran muertos los que se quejaban.

Luego nos elevamos victoriosos hacia la cima del monte, seguidos de nuestros amigos y sus familiares. Por el camino Juana, quien aún ignoraba los últimos sucesos escabrosos de Miramar, se encontró con Patricio y se aterró al verlo volar. Buscaba los límites del limbo para marcharse, pero ella lo persuadió de quedarse, aunque él no le quiso contar las causas de su muerte. Ella le preguntó el motivo de su inmolación, pero Patricio sólo atinó a agachar la cabeza y a informarle en un tono muy suave que él no se suicidó. Que una de sus hermanas lo acababa de asesinar. Aterrada con la posibilidad de que sus hermanas se convirtieran en asesinas, Juana intentó por todos los medios sonsacarle el nombre de su homicida, pero fue imposible. Patricio le dijo que no era necesario porque muy pronto ella misma lo descubriría. Ambos sintieron en lo profundo de sus seres la muerte del otro. Por eso se abrazaron, sin decirse nada, y regresaron a Miramar con el resto del grupo.

Al llegar a la casona vimos que las llamas terminaban de consumirlo todo y que las hermanas de Juana lloraban profusamente su decisión. Estaban cerca del abismo tratando de adivinar en qué lugar cayó y las tres lucían nerviosas. Se sentían culpables de su muerte y entraron en desespero.

Tan pronto nos vieron llegar, los dementes empezaron a aplaudir y Ernestina, quien siempre supo de los poderes de Juana y ahora en los de sus compañeros, se acercó a uno de ellos a preguntarle si se trataba de Juana Margarita. Él le contestó que sí y ella no tuvo más remedio que creerle. Siempre supo que Juana decía la verdad. Nunca puso en tela de juicio sus visiones y alegatos con fantasmas, pero jamás lo quiso reconocer ante sus otras dos hermanas por física envidia. No pudo concebir la idea de que pese a ser ella la esotérica, la investigadora de los fenómenos del más allá, la más versada en los temas relacionados con la vida después de la muerte, la discípula de Stella, fuera Juana, justamente Juana Margarita, la más aventajada de todas y la única privilegiada con el don de ver y escuchar a los muertos. Por eso se dedicó a contradecirla, a difamarla, a desmentirla, y por lo mismo lloraba con más sentimiento su muerte que Cleotilde y Anastasia mismas.

Pero ni luego de su deceso quiso reivindicarla. Cuando los dementes terminaron de aplaudir a quienes llegamos con Juana a la cima del monte, Ernestina se mantuvo callada viendo cómo el teniente los apresaba por los incidentes del manicomio.

–Nada de raro tiene que sean ellos los asesinos de la joven –exclamó el oficial.

–Es mentira, jamás atentaríamos contra nadie, señor. Doña Juana, que era nuestra diosa, lo que más amábamos, nos enseñó a respetar la vida –dijo Salomón aterrado por la acusación. Y mientras Cleotilde y Ernestina mantenían un silencio acusador, Juana Margarita se llenó de angustia y ya no pudo contener sus ganas de salvar a sus amigos:

–Quiero que vengan conmigo –les dijo con ternura y convencimiento, pero con algo de angustia y no poco afán.

–Yo sé que venir implica morir y no me quisiera inmiscuir en sus decisiones, pero es preciso que vengan. Quiero que conozcan la vida. Si regresan a Pozo Negro, los encarcelarán y morirán de tristeza y sin la posibilidad de llegar hasta aquí de nuevo.

–Qué podemos hacer –le dijo uno de sus compañeros y ella voló hasta Salomón y le pegó en la cabeza. Salomón no se inmutó, pero sintió un viento que le zumbaba los oídos.

–¿Lo sentiste? –le preguntó refiriéndose al golpe. Salomón le dijo que muy levemente, por lo que Juana volvió a intentarlo. En la segunda oportunidad, Salomón sonrió y le dijo que la intensidad de la sensación aumentaba. Segura de sí misma corrió hasta sus hermanas y le pidió a Salomón que la siguiera. Cuando se posó entre Cleotilde y Ernestina, le pidió a Salomón que les dijera que Juana estaba ahí y que se prepararan para sentirla. Salomón dijo lo que debía decir, pero ni Cleotilde ni Ernestina le creyeron. Como Juana sabía que Ernestina disimulaba, levantó su vestido hasta el cielo dejando al descubierto su esbelto cuerpo y la pobre irrumpió en gritos de vergüenza, mientras corría hacia el caucho sin que nadie se percatara de sus intenciones. Y mientras los soldados del gobierno abrían los ojos más de lo normal sin perder de vista sus nalgas blancas por falta de sol, Juana Margarita seguía sosteniendo su vestido en lo alto, provocando una vergüenza suficiente en Ernestina como para hacerla pensar en la muerte. Cuando Cleotilde y Anastasia se percataron de sus intenciones corrieron hasta el árbol con el temor de la soledad a cuestas, pero no alcanzaron ni a detenerla ni a persuadirla de no lanzarse. Es más, ni siquiera alcanzaron a decirle algo cuando ya a Ernestina la estaban escoltando por sus papás, sus abuelos, el par de indios y el bisabuelo homicida hacia la finca de don Misael. Enseguida Atanael, quien ya resignó sus posibilidades con Usnavy, voló hasta el piso a esperarla y amortiguó su caída del mismo modo que lo hice yo con Juana.

Ella se lo agradeció con una sonrisa, sin percatarse de que estaba muerta y de que su cuerpo expuesto reposaba sobre los brazos de un hombre, de los que tanto odió. Pero no se mortificó por ellos al ver a Atanael, porque él fue el único que le inspiró algo en su vida. Nunca a nadie entregó siquiera el borde de su cama y nunca a nadie prestó su ducha. Tal vez por su desfigurado cuerpo, Ernestina jamás pensó que Atanael significara una amenaza para su integridad y por eso le permitió entrar a su vida, aunque él no lo notase. Es más, la de Atanael fue la única muerte que lloró y lamentó durante su vida, aunque lo hizo en silencio para que su orgullo no saliera lastimado ante sus hermanas.

Cuando ya tuvo conciencia de que estaba muerta y, por sobre todas las cosas, de que estaba desnuda, Ernestina entró en crisis. No podía creer que su cuerpo inmaculado, cuidado con religiosa devoción durante tanto tiempo, ahora estuviera expuesto a los ojos de miles de extraños igualmente desnudos y para ella descarados.

Sin embargo, fue el propio Atanael quien la acogió inundado de comprensión y le hizo entender que toda ella, a pesar de lo inmaculadamente blanca, era un conjunto de milagros de los cuales debía sentirse orgullosa. Que el suyo era el cuerpo más hermoso que conoció tanto en la vida como en la muerte y que lo luciera con orgullo, porque todas darían de nuevo su vida por tener una figura así. Y tenía razón porque Ernestina resultó ser una escultura. De cintura diminuta y caderas abultadas, senos medianos, pero increíblemente consistentes y nunca antes tocados, de piernas macizas e imperceptiblemente cascorvas, lo que le daba a su visión, en contraluz, un elemento erótico infalible a los ojos de cualquier humano.

–¿Es más lindo que el de Juana? –le preguntó con la esperanza de que así fuera a lo que Atanael respondió con creces:

–Es más lindo que el de Juana, que el de doña Cleotilde y que el de la señorita Anastasia.

Desde entonces Ernestina se llenó de seguridad, perdió el miedo y el pudor y empezó a andar aunque con una mano sobre los senos y la otra cubriéndose la vagina. Atanael, por su parte, emprendió desde ese día la difícil tarea de seducirla para que su piel conociera el sentido de la vida y ahora el de la muerte.

Tan bellas fueron las cosas que vio Ernestina y tan alegre el momento en que se reunió con sus antepasados, que agradeció a Juana Margarita el gesto de hacerla matar. Juntas lloraron al ver a sus hermanas solas en el planeta y sin el valor de abandonarlo todo, aunque nada quedara ya de ese pasado ostentoso que las llegó a convertir en las verdaderas reinas del valle de las Montañas Tristes. Enseguida le confesó su envidia y le pidió perdón por ser su principal contradictora y, para mayor vergüenza, a su espalda.

Aun con su confesión de por medio, Juana Margarita perdonó su egoísmo a Ernestina y la acogió con cariño. De paso le contó que ella lo sabía todo desde el mismo día en que establecieron el primer contacto con sus papás, y que provocó su timidez y su vergüenza ante los soldados y sus amigos los pacientes, a sabiendas de que ella no resistiría la humillación de verse conocida por un hombre. Que no lo hizo por venganza sino por no estar sola y que ahora esperaba la muerte de Clcotilde y la de Anastasia, para que juntas siguieran el camino que emprendieron un día.

CAPÍTULO TREINTA Y CUATRO
El final de la batalla

Tan pronto Juana Margarita tocó el suelo, luego de su inesperado salto, Cleotilde experimentó, de inmediato un extraño cese de hostilidades en sus demonios. Contó después que sus deseos insaciables por los hombres y el hambre de su lujuria desaparecieron como por arte de magia, sintiendo en su cuerpo un alivio y una tregua de sensaciones bajo las que nunca antes estuvo gobernada. Fue la victoria de Juana Margarita sobre su enconado contrincante. La lujuria de Cleotilde estaba exorcizada y el demonio desterrado del monte Venir. Sin embargo, éste se hizo sentir, en medio de su agonía, con un coletazo de su furia.

Mientras Cleotilde y Anastasia lloraban inconsolables, aferradas la una a la tristeza de la otra, y mientras los miembros del pelotón militar y los enfermos mentales se miraban entre sí desconcertados por la frialdad de Juana para elegir el momento de morir, un viento helado irrumpió en la cima del monte Venir. Enseguida todos se abrazaron a sí mismos, aterrados por el intempestivo cambio de temperatura, y no tuvieron tiempo de explicarse el fenómeno cuando la brisa se tornó fuerte y fastidiosa, impidiéndoles recordar el presente. Muy asustados, unos y otros trataron de romper la resistencia del viento para ponerse a salvo, pero no tuvieron tiempo porque éste se transformó, súbitamente, en un soplo apocalíptico que les obligó a cerrar los ojos y empezó a devastar con lo que encontraba a su paso.

Aterradas por la posibilidad de ser arrastradas hacia el abismo, Cleotilde y Anastasia se asieron, casi a tientas, a la rama prominente del caucho, desafiando la furia del infernal huracán que poco a poco se convirtió en un cataclismo enojado que avivó el fuego que en ese instante lo arruinaba todo.

Con las cenizas revoloteando sobre sus cabezas, los soldados también comenzaron a ser empujados hacia el desfiladero por las ráfagas inmisericordes de viento helado y en sus rostros se notaba el espanto. No sucedió lo mismo con los locos, que aprovecharon la corriente para jugar y abrieron los brazos para dejarse llevar del viento. Dichosos y risueños volaban de árbol en árbol, y en sus caras se notaba la ignorancia acerca de la situación. Pero la borrasca no se detenía en su afán de escribir la historia de un diablo que murió peleando. El primero en caer al vacío en medio de gritos desgarradores fue el teniente. Le siguieron varios de sus hombres y otros tantos se aferraron a las ramas del caucho, esquivando la muerte.

De repente se desgajó del cielo una llovizna cruzada que extinguió el fuego e hizo perder agarre a los soldados que se encontraban asidos a las ramas del árbol, por lo que terminaron cayendo al abismo. Cleotilde y Anastasia principiaron a pensar en ese Dios en el que nunca antes creyeron, mientras la furia de la tempestad intentaba arrancarlas de las ramas del árbol al que se agarraron con las piernas, los brazos y el alma.

Cleotilde enfrentó la inminencia de la muerte con pasmosa resignación, pero en Anastasia sucedió algo extraordinario: manifestó su miedo a morir y su deseo de seguir viviendo, caso inédito en la historia entera de los Vargas. Pero su desnudez se convirtió en su peor enemiga, pues de las dos era la que menos posibilidades tenía de sobrevivir. Su cuerpo lampiño se escurría con facilidad por las ramas mojadas y se tuvo que esforzar demasiado para no ser desprendida sin misericordia por la violencia del viento. Al verla luchar contra sus propios designios, Cleotilde se entusiasmó tanto con sus deseos que procuró salvarla poniendo en riesgo su propia subsistencia.

El viento arreció aún más y poco a poco fue minando las estructuras de la casona hasta desprenderlas todas. El trapiche de madera envejecida también voló por los aires antes de ser sometido por la gravedad a una caída estrepitosa sobre la casa de don Misael quien, ante el estruendo, corrió asustado hacia la caballeriza, ensilló un par de bestias y empezó a subir el cerro con el deseo nervioso de enterarse de lo que allí sucedía.

Por el camino se topó con los restos de la casona y algunos cuerpos, ya desnudos, que volaban por los aires sin rumbo. Los residuos de las ruinas de Miramar fueron desapareciendo para dar paso a un desolador paisaje, similar al que encontró "Juan Pueblo" el día en que los indígenas kazimbos lo trajeron hasta aquí. Sólo una fracción del muro y el marco del portón se mantuvieron en pie, mientras el abismo seguía absorbiendo, como una aspiradora gigantesca, cualquier vestigio de vida humana que pudiera evidenciar hacia el futuro que el lugar existió.

Los muertos del monte Venir no supieron cómo reaccionar. La mayoría se angustió por la lucha titánica que libraban Cleotilde y Anastasia por sobrevivir y muchos otros se alegraron por el inminente arribo de las últimas dos Vargas a la cuarta dimensión. Pero Juana Margarita, que ya había asimilado su muerte, empezó a pensar distinto al ver la forma denodada como su hermana menor luchaba para preservar su vida. Desde ese momento quiso que, por lo menos ella, se salvara para que la leyenda del monte Venir se pudiera contar. Por eso se movilizó con rapidez y echó mano del truco de interactuar con la materia que puso en práctica cuando levantó el vestido de Ernestina. Decidió que Anastasia prolongara sus días en la Tierra e intervino para salvarla cuando un remolino de viento la desprendió con furia del árbol y la despidió sin piedad hacia el abismo. Ya estaba la menor de las Vargas volando rumbo a la muerte, girando por la fuerza centrífuga en el ojo del tornado, cuando Juana Margarita la tomó del cabello y la empujó como muñeca de trapo hasta la roca repleta de inscripciones que, por pertenecer a la montaña, era lo único que quedaba en pie. De ahí se agarró Anastasia con la fuerza que le quedaba, mientras Cleotilde se batía con amor de madre para llegar hasta ella y arroparla con sus alas.

Por el lado de ambas comenzaron a pasar las carpas y las mercancías de los mercaderes de la muerte que huyeron despavoridos hacia la falda de la montaña, lanzándose por bejucos y por cuanto medio de transporte extraño encontraron por el camino. No todos tuvieron la suerte de salvarse. El fotógrafo italiano se dejó llevar por las ráfagas de aire con suma tranquilidad, como si estuviese montado en el lomo de una gaviota enorme. Lo mismo sucedió con los vendedores de escapularios y santos, y con una gitana que llegó el día anterior con el ánimo de explotar sus habilidades quirománticas.

Como la naturaleza se ensañaba con no dejar piedra sobre piedra, en esas le llegó el turno a Cleotilde, que ya no pudo sostenerse más y se dejó arrastrar por la corriente, invitando con angustia a su hermana para que, al igual que ella, cumpliera su designio. Anastasia le aseguró que no podía hacerlo porque una fuerza extraña la mantenía pegada contra su voluntad al lugar donde se encontraba y también porque su miedo a la muerte era superior a su miedo a la soledad. Por eso se limitó a mirarla con los labios apretados, mientras su hermana mayor volaba resignada hacia el barranco. Los familiares de Cleotilde y los miles de muertos a los que les entregó su cuerpo corrieron a escoltarla con mucho entusiasmo. Era lo mínimo que podían hacer con la mujer que les brindó una noche de tanto amor y placer, y para algunos, como Saltarín, la única de sus vidas.

Al instante, Cleotilde renació entre los muertos y conoció la verdad. Sintió vergüenza por no haber creído nunca en lo que en verdad existía y se amilanó ante la mirada de censura que le lanzó Juana Margarita, quien sólo atinó a decirle con sobrecogedor tono de voz que la perdonaba:

—No tiene culpa quien actúa por ignorancia, hermana; descanse en paz.

Pero el drama no lo vivían solamente las hermanas de Juana. Desnudos y llorando, los vendedores del altiplano y los soldados del contingente militar buscaban explicaciones a lo que empezaban a vivir en este lugar precioso que exageraba las virtudes de lo hermoso y lo divino, pues aunque un gozo llenador les recorría la mente y el cuerpo, un lamento silencioso les recordaba a los seres queridos lo que dejaban en sus casas. Pesar que se incrementó cuando observaron la maravillosa belleza de un cielo que no podían compartir con quienes amaban.

Resistiendo los últimos embates del viento, aunque ayudada por Juana Margarita, la niña que hizo excitar a miles de hombres trató de abrir los ojos para entender lo que seguía sucediendo, pero las aguas de las cascadas alborotadas por la brisa que soplaba de costado se lo impidieron. Sus padres, regocijados por la reunificación casi total de la familia, criticaron a Juana Margarita por haberle impedido a Anastasia caer al abismo, pero la inteligente muchacha se defendió argumentando que ella simplemente le facilitó el deseo de seguir viviendo y agregó:

—Como ella ha vivido desnuda de cuerpo y alma, la mayor parte de su vida no tuvo la necesidad de morir para volver a nacer en libertad como nosotros. Ella siempre ha sido libre.

Y la verdad fue esa. Anastasia nunca tuvo demonios que la subyugaran ni vicios que la esclavizaran. Su vida siempre transcurrió entre la pureza de sus actos y la tranquilidad de su conciencia. Jamás tuvo excesos, nunca sintió envidia, tampoco ira ni avaricia y menos lujuria. Se podría decir que Anastasia se salvó porque los demonios nunca absorbieron ni embotellaron su conciencia. Fue una santa, aunque jamás las iglesias del mundo osarían canonizar, y menos elevar un altar en sus templos o sobre un cerro a la figura pecaminosa de una exhibicionista que expuso su vulva y sus senos durante la mayor parte de su vida.

CAPÍTULO TREINTA Y CINCO
El mundo de los muertos

Luego de cerciorarse de que nada se moviera, la brisa cesó paulatinamente. Ya no soplaba con el mismo ímpetu y la lluvia estaba amainando y lanzaba sus últimas gotas sobre el Monte. El silencio salió de su escondite y el Sol se asomó estudiando la situación. Algunos pájaros volaron desconfiados y empezaron a cantar, cuando descubrieron que su hábitat no estaba amenazado. El agua de la cascada recobró su cauce y el mar sonrió a lo lejos más azul que nunca. Y ahí, acostadita junto a la roca ya sin nombres, en posición fetal, muerta de frío y ensimismada por todo lo que presenció, se encontraba Anastasia inmersa en la sensación esa horrible que se experimenta cuando uno sabe que algo sucedió, pero quiere creer, a la fuerza, que todo es mentira. No sabía si reír por haber salvado su vida o llorar al saberse sola en el mundo. Era la única sobreviviente de su estirpe y en sus adentros se congratuló por ello, pero también se dolió al recordar que jamás volvería a ver a sus hermanas.

Ni las cenizas ni los escombros de lo que fuera Miramar sobrevivieron al cataclismo. En el altiplano sólo quedó la mancha sin plantas del lugar donde estuvo construida la casona. Las ramas de las palmas de coco fueron cortadas de tajo por la borrasca y los árboles parecían haber soportado un crudo invierno en Dinamarca. El tanque del agua también desapareció. Los jardines de albahaca y hierbabuena fueron convertidos en abono por las llamas. Sólo sobrevivieron a la masacre del karma, una parte del caucho llorón, Anastasia que no da señales de vida, aunque está viva y la roca que le sirve de almohada. Ella no quiere abrir los ojos porque sabe que le esperan jornadas que únicamente un valiente puede soportar. Por eso, sólo cuando se siente con fuerzas para empezar, mide la magnitud de lo sucedido y resuelve asumir su nuevo rol en el mundo. Se sienta con las rodillas arrumadas bajo su quijada y mira todo de reojo. Ya sabe que es cierto. Ya presiente que está sola. Ya su corazón se llena de temores y sus lágrimas brotan subrepticiamente para que ella no lo note. No la quieren ver triste. De repente se levanta y recorre con la mirada, y luego con sus pasos cansados, el lugar donde estaba construida la casona que la vio nacer, crecer y casi morir. No supera aún la etapa de incredulidad cuando escucha los pasos de varios cuadrúpedos. Sin embargo, no se inmuta.

Está dedicada a recorrer el terreno adivinando, por las manchas sin vegetación, el lugar donde quedaba su alcoba.

No lo ha notado porque la tragedia le ha impedido observar hacia el cielo, pero las nubes que sirvieron de techo a su casa durante toda su vida han desaparecido y las aves carroñeras vuelan en desbandada hacia la finca de don Misael, donde el destino les tiene preparado un gran festín.

Los muertos, casi todos, hemos bajado a acompañarla. Ella no lo sabe, pero la mayoría está deseando, con egoísmo, que muera para completar la felicidad. Porque aquí todo comienza para nosotros. Ninguno sabe lo que nos espera fuera de esta zona franca donde un Dios en el que nunca creí nos tiene confinados, tal vez, piensan muchos, para que aprendamos a valorar esa vida de la que la mayoría renegamos hasta por la quemadura de un dedo.

Sólo sabemos que no vamos a regresar, a menos que el veredicto de los tales jueces del karma, que muchos nombran, sea el de completar nuestra evolución en la Tierra. Aprendimos a perder. Sabemos que aquí somos iguales y que el odio ha desaparecido. De ningún otro modo se explica lo que estoy viendo. Mi Juana Margarita, Ernestina y Cleotilde están abrazadas a sus padres y a sus abuelos Cristóbal y Eva. El bisabuelo Juan Benjamín sostiene de cada una de sus manos la de los indígenas que asesinó cuando se inventó toda esta locura. Usnavy está abrazada a Patricio. Saltarín, qué gusto haberlo conocido, está sentado en la hierba con Gisela y su padre. No paran de conversar y reír. Ella les está contando que el secreto para lograr convertirse en la más solicitada por los hombres del prostíbulo, radicó en no haberse aplicado perfume jamás. Las demás prostitutas, no obstante ser más bellas, no tenían tantos clientes porque se embadurnaban en aromas y esencias florales que luego delataban a los hombres en sus casas.

Atanael está blindado por un halo de especial brillantez heredado de las miradas de amor que le lanza Ernestina. Todos se asombran al verlo así, pero él, que no sabe de su evolución estética, se acerca a pedirle disculpas al payaso y éste le responde con un agradecimiento sincero por haberlo hecho matar.

—Jamás fui tan feliz como lo soy aquí, Atanael. No sabría cómo pagarle el favor de no haber celebrado mis chistes.

Atanael sonríe y se acerca a Usnavy que brilla al lado de Patricio.

—Me encanta verte feliz, Usnavy.

—A mí también me encanta verte feliz, Atanael. Era lo mejor.

—Qué cosa...

—Nos estábamos negando a encontrar la felicidad al lado de otras personas.

–Es verdad, pero me duele que mis hijos hayan tenido que pagar tan alto precio.

–A mí también me duele, pero lo volvería a hacer. Entre vivir ciegos y con unos padres que no se respetaban a vivir conociendo el paisaje de la vida, me quedo con lo segundo.

–Qué va a ser de ellos.

–Roberto se hará cargo. Me lo prometió.

–Roberto... –dice con pena y se queda mirando a Patricio para después advertirle: –Espero que la hagas muy feliz. Ella lo merece todo.

–Ya es feliz, señor. Ya lo tiene todo. Le falta la vista, pero Dios se la devolverá cuando sepa que ella entregó su vida para que sus hijos pudieran ver. Usnavy lo toma del brazo para agradecer sus palabras y yo me quedo perplejo observando cómo en este sitio las personas aprenden a expresarse y se vuelven más sensatas. Hablan de Dios con una propiedad tal, que ya estoy creyendo en su existencia y no encuentro la hora de conocerlo para despejar el misterio más grande de la historia universal.

Los pacientes de la clínica, que no dejan de asombrarse al sentirse integrados a un mundo que siempre los discriminó, me observan y se me acercan apenados. Salomón me ofrece disculpas por lo sucedido y yo le digo que se tienen que disculpar con Juana Margarita. Lo hacen sin ningún problema y ella les responde con un abrazo silente. Aquí entendemos que las cosas suceden, porque simplemente tienen que suceder. No le buscamos explicaciones a los sucesos, porque descubrimos que el universo es perfecto y analizarlo amarga. Según la filosofía que he aprendido en este poco tiempo, nada sucede gratuitamente, todo tiene un porqué, no existen culpables, aprendemos a respetar el orden de las cosas, así ese orden se dé de manera arbitraria y nos afecte o nos beneficie. Todos nos aceptamos como somos, sin temores vanidosos ni vergüenza alguna. Nos asombra pensar que una fórmula tan sencilla para convivir no sea puesta en práctica en la Tierra. Seguramente se acabarían las disputas entre amigos, la violencia intrafamiliar, las disputas ideológicas, las conflagraciones religiosas, las guerras entre naciones. Aunque tampoco imaginamos cómo sería el mundo sin crisis ni conflictos. Ah...

Al instante llega don Misael a lo que fue el suicidiario. Cuando los pasos de su caballo se tornan fuertes y cercanos, Anastasia corre a esconderse y logra sumergirse en la alberca que, a fuerza de tiempo y de constancia abrieron las cascadas en el lugar donde confluyen sus poderosos chorros. Al ver la desaparición de Miramar el insensato se asusta y cierra los ojos una y varias veces para cerciorarse de no estar soñando. Cuando da por hecho que sus ojos no mienten, trepa a su caballo de dos saltos y se echa a correr espantado. Anastasia ignora sus intenciones, pero, de repente, sucede algo que, por lo menos a nosotros nos ayuda a aclararlas: ha llegado a la cuarta dimensión de la cascada un suicida que no estábamos esperando.

El eslabón perdido

Es un hombre mayor con rastros de amargura y violencia en su mirada y en su cuerpo. Se nota cansado y al vernos cae de rodillas, como quien alcanza una meta, y llora. Juana Margarita corre a socorrerlo y el hombre se aferra a sus brazos con un miedo inusual en estos mundos. Enseguida todos los rodeamos por la curiosidad que nos causa el que alguien llegue al limbo del monte Venir sin haberse lanzado del caucho. Pero estamos equivocados.

El hombre que dice llamarse Ricardo Villegas nos relata con precisión que se tiró desde ese árbol, hace muchos años, cuando Juan Antonio administraba el lugar, y que fue testigo excepcional del suicidio de su hermana Rosalba, una templada mujer que no tuvo problemas en prenderse fuego frente a su verdugo.

Aterradas, las hermanas Vargas se vuelcan a indagar sobre los porqués de su no llegada a Miramar en el tiempo previsto, y es cuando se descifra uno de los dos enigmas que faltan por resolver en esta historia.

El otro es quién asesinó a Patricio.

Ricardo nos dice, sumergido en la impotencia que facilita la rabia, que sobrevivió al salto. Los rostros de todos los Vargas retratan mejor el momento. Están estupefactos. Se miran unos a otros incrédulos, boquiabiertos. Lo que dice Ricardo es absurdo, inadmisible y de no ser porque se sabe que aquí nadie tiene la necesidad de mentir, hubiésemos puesto en duda su revelación. Aceptando el hecho, los Vargas, especialmente Juana Margarita, empiezan un interrogatorio intenso y apresurado que culmina con otra verdad, no menos apabullante. Dice el apesadumbrado hombre que, durante la existencia del suicidiario, tres personas más, lograron sobrevivir. El propio Ricardo, una mujer de nombre Araceli Marín y una pareja de jóvenes que se lanzaron al tiempo, tomados de la mano y riendo por el dolor que les reembolsarían a sus incomprensibles padres.

Esta nueva verdad ha venido a cambiarlo todo. Las premisas ya no son las mismas, los paradigmas son otros y cada vez el universo se encarga de mostrarnos, con toda su paciencia milenaria, que no hay hechos ni verdades absolutas. Luego de un silencio largo llegan las demás preguntas

—¿Dónde están los demás?

—¿Cuánto hace que saltaron?

–¿Por qué nunca contaron que estaban vivos?

–¿Acaso se hicieron pasar por muertos para eludir la burla de sus parientes y seres amados?

Y, por su puesto, llegan también las respuestas que, por lo dramáticas, nadie hubiese querido escuchar:

Nos dice Ricardo que los otros tres sobrevivientes están encerrados en una celda que para los efectos construyó el perverso, corrompido y malevo de don Misael Bastidas. Que él pudo llegar a Miramar porque se cansó de vivir y logró quitarse la vida agarrándose a golpes contra los barrotes de la que fue su cárcel por varios años, aprovechando que con el estruendo que produjo el trapiche al estrellarse contra el tejado de la casa, don Misael salió espantado. Una prisión donde tuvo que soportar el deseo de morir durante dos décadas, las humillaciones de tener que vivir con el rostro desfigurado y el cuerpo deformado. A veces, hambre, mucho frío durante el invierno, el calor extremo y la sed del verano y demasiada tristeza todo el tiempo. Suyos eran los lamentos fantasmales que escuchamos en las noches. De los cuatro fueron los gritos lastimeros que hicieron creer a los gratamiranos, y a quienes habitaban el monte Venir, que algunas almas estaban errando en pena.

Cuando pudimos asimilar la increíble historia nos dimos a la tarea de indagar por los otros tres suicidas sobrevivientes y Ricardo nos terminó de aclarar cada una de nuestras dudas. Él fue el hombre que se lanzó y nunca cayó al piso. No fue cierto que hubiera pasado de largo atravesando el mundo. Simplemente, al caer, tropezó con una formación de gallinazos que comían las vísceras de una vaca y amortiguaron su golpe. Cuando los niños corrieron a contarle a Misael que un suicida no murió, el desalmado hombre se ofreció a brindarle primeros auxilios en su casa y, minutos más tarde, ya con su diabólica estrategia marcada, salió a contarles que el paciente estaba muerto. Luego hizo sacar con su cuñado Miguel una carreta con sus supuestos despojos mortales y acalló los comentarios. Pero Ricardo respiraba, aunque reventado por dentro y por fuera, y fue suya la mala suerte de no morir porque, apenas se alivió por sí sólo, porque Misael no movió un dedo para salvarle la vida, el cruel hombre lo hizo encerrar en una celda estrecha que mandó a construir durante su convalecencia. Todos preguntamos por las razones que tenía el malevo para hacer algo así y la razón floreció de muy sencilla manera. El degenerado no quería que se esparciera por el pueblo el cuento de que un suicida no había muerto después de lanzarse desde el caucho, porque el suicidario, que basaba su prestigio en la imposibilidad de sobrevivir al salto, hubiera perdido su ventaja comparativa sobre otras alturas en la región y el negocio se terminaría de súbito, indefectiblemente.

–¡Miserable! –pensamos en coro.

Sobre la mujer y la pareja de novios nos contó lo mismo. Sobrevivieron al salto y el ventajoso de Misael los mandó a recoger y los encerró en celdas distintas. A la señora hace ocho años, a los novios hace quince y a Ricardo, veintidós. Incluso los separó temiendo que la hembra resultara embarazada y se complicara la situación.

–Ellos llevan todos esos años amándose, hablándose y escuchándose a punta de gemidos nasales porque siempre nos tuvo amordazados y sin podernos ver. Ni siquiera sabíamos que estábamos viejos y deformes. Todos quedamos muy mal con las secuelas del porrazo. Parecemos monstruos.

Sin necesidad de más razones nos reunimos con urgencia a pensar fórmulas para tratar de liberar a los otros tres sobrevivientes. Y no encontrábamos un procedimiento contundente, cuando en la distancia aparece don Aparicio Montiel, el filipichín alcalde de Gratamira, montado sobre un caballo y acompañado por un contingente de soldados al mando de un Sargento con el que se toman el altiplano. Todos estamos pendientes de lo que haga o deje de hacer Anastasia, quien al verlos llegar, sólo se detiene a mirarlos con curiosidad. Decide no esconderse porque el hambre la tiene diezmada y de vergüenza nunca ha sufrido. El alcalde del pueblo es el primero en aterrarse con su figura desnuda y ordena cubrirla mientras observa con asombro el lugar. Con amabilidad, pero con mucha firmeza Anastasia rechaza las chaquetas de los militares que se acomiden a taparla.

–Se tiene que dejar poner algo encima señorita, porque se enferma.

Desde luego Anastasia ríe por la ironía, pero el sargento castiga su burla:

–Lo que usted está haciendo atenta contra la moral de mis hombres.

–Lo que atenta contra la moral de sus hombres y la suya propia es lo que usted está pensando cuando me mira las tetas, señor –le dice sin quitarle la mirada de encima y en tono beligerante por lo que el alcalde interviene:

–A mí me da pena, pero como primera autoridad de este Municipio le ordeno que se cubra, por lo menos las partes nobles, o estará violando el Código de Policía que en su artículo 18, párrafo 2º inciso 3º reza que la moral pública es un deber ciudadano. Y que el ciudadano que atente contra ella se hará acreedor a la censura moral de sus semejantes y a la condena de la justicia que...

En esas aparece don Misael con cara de asustado e interrumpe la lectura de cargos contra Anastasia.

–Esperen, por favor, esperen... señor alcalde, esa niña es inocente.

–Don Misael, muchas gracias, pero en este momento no lo necesitamos.

–Yo lo sé porque no estamos en elecciones y usted no necesita de mi dinero, señor alcalde, pero sólo quiero advertirle que esta niña es casi una hija mía. Yo la conozco desde que nació, prácticamente, y sé que jamás ha vestido una sola prenda sobre su cuerpo. Ella es así y ni sus papás ni sus hermanas, que en paz descansen, porque acabo de ver sus cadáveres en mi finca, pudieron hacerla cambiar de opinión. Así que por favor permítame llevarla a mi casa y olvídese de lo que está viendo.

–Esta niña es la única que sabe lo que aquí sucedió y nos tendrá que ayudar a esclarecer los hechos, –replica el alcalde.

–Es verdad, ella es la única testigo de la historia del monte Venir. Si usted la hace enojar, porque ella es una Vargas y las Vargas son muy delicadas, la humanidad se puede privar para siempre de conocer lo que en este lugar existió y lo que dentro de su casa pasó en esos mil días que duraron entrando suicidas que después caían a mi finca contentos. ¡Caramba, y ah falta que hace saber por qué morían contentos los desgraciados, señor alcalde!

En esas interviene el sargento para apoyar la petición que el burgomaestre le hace con la mirada:

–Por mí no hay problema y encuentro muchas razones en su preocupación, don Misael. Con gusto se la puede llevar, pero eso sí, no hay modo de que esta descaradita salga como está, a esa muchacha del demonio hay que vestirla. Ella no pasa por el lado de mis hombres con el culo destapado y las tetas al aire o me dejo de llamar Arnulfo Romaña.

Entendiendo el temor del sargento y la necesidad del alcalde de justificar su cargo, don Misael se acerca a Anastasia y le pregunta si acepta ponerse alguna prenda encima, al menos mientras llegan a su finca. Anastasia le dice que ni se va a cubrir el cuerpo ni piensa bajar a su finca porque ella nació en ese lugar, de ese lugar jamás ha salido y en ese lugar piensa morir. Los muertos tratamos con angustia de pedirle que acepte el viaje hasta la finca de don Misael para que trate de liberar a nuestros amigos pero, por supuesto, Anastasia no nos escucha. Don Misael le insiste y le pone de presente que todo tiene un final y que su casa ya no existe, que en ese estado morirá de hambre, de tristeza y de frío, y que lo único que le resta por hacer es adquirir un poco de esa sabiduría que en vida les faltó a sus familiares y dejar a un lado la obstinación que siempre les acompañó.

Anastasia reacciona ofendida y le pide que se lleve a esos hombres de su predio porque esa es su casa, aunque muros, puertas, ventanas ni techo tenga, y allí piensa permanecer hasta reconstruirla y darla de nuevo al servicio de los suicidas del mundo entero, aunque pase la vida entera rearmándola.

Don Misael entiende que la mujer habla en serio y que no ha perdido la cuota de terquedad que heredó de sus ancestros, por lo que trata de persuadir al alcalde de que se marche; sin embargo, lo único que logra es enfurecerlo más. Por eso el ignorante burgomaestre echa mano de su poder para obligar a la pequeña a vestirse. Ignora que a una Vargas no se le puede humillar ni someter y comete el error fatal de forzarla a vestirse.

Desde aquí lo sospechamos todo con desasosiego. Juan Antonio vaticina lo que sucederá y sus hermanas se conduelen de ella. Es tanto el conocimiento que tienen de sí mismos que enseguida vuelan hasta el caucho a esperar que se lance para ir a recibirla. Pero Anastasia, que sí tiene intenciones de matarse, está forcejeando contra un pelotón completo que le quiere poner, a la brava, un uniforme militar, sin darse cuenta de que algunos de los soldados están aprovechando la trifulca para tocar con morbo sus órganos sexuales, que para ella son simplemente genitales. Con esa imagen de impotencia nos quedamos todos en suspenso y sin saber qué hacer, hasta que Juana Margarita, indignada y con rabia, decide poner de nuevo en práctica sus ejercicios de materialización de las energías cósmicas y arremete con una furia descomunal y sin piedad contra los doce hombres.

Al comienzo sólo logra alertarlos como si un zumbido de animal les estuviera fastidiando, pero luego, cuando termina de pulir su técnica, los soldados, incluido el sargento, empiezan a sentir los golpes de sus rodillas y sus manos abiertas sobre sus caras y luego, cuando logra despojarlos de sus cascos, sobre sus cabezas. Juana Margarita piensa entonces que si ellos sienten sus golpes también pueden escuchar su voz y empieza a gritarles con chillidos agudos y a enloquecerlos con alaridos de poseída en la puerta de sus oídos. Desde luego, el desespero y el caos se apoderan de ellos y el alcalde, casi a coro con el sargento, ordena presuroso la retirada. Muy aterrorizados, los miembros del contingente militar escapan espantados por el camino que usaron para subir, mientras don Misael, que está pasmado con lo que acaba de apreciar, sólo atina a caer de rodillas al piso y elevar su mirada al cielo con las manos abiertas, en franca muestra de arrepentimiento. Sabe que tiene deudas con alguien en quien no creía y está seguro de que ese alguien vendrá a cobrárselas. Y el momento no está muy lejano.

CAPÍTULO TREINTA Y SEIS
Conversaciones desde el más allá

Anastasia tampoco sale de su asombro por los sonidos estridentes que ha escuchado y la desbandada de los soldados. Cree saber que la voz es de Juana Margarita y empieza a mirar al cielo, buscando a su hermana, sin dejar de saborear el desconcierto. Por eso se toma su tiempo para sonreír, mientras mira con curiosidad, pensando en cada evento del pasado hasta exhalar un suspiro acompañado por una frase:

–Entonces era cierto... Los muertos existen y Juana... Juana los estuvo viendo todo el tiempo...

Desde aquí, Juana se acerca a ella muerta de ternura, tratando de no asustarla, y le entabla conversación:

–Claro que es cierto, pequeña...

Un frío helado recorre el cuerpo de Anastasia al escuchar la voz maternal de su hermana, pero algo, al mismo tiempo, la tranquiliza. Es su deseo de creer, que es más fuerte en los humanos que la certeza de saber. Aprovechando que Anastasia asimila la verdad, Juana la termina de abordar, ahora con más contundencia:

–Sé que estás extrañada porque creías que esto era mentira, pero no te mortifiques por ello. No tenías la obligación de creerlo.

Anastasia vuelve a disentir sonriendo, tomándose un nuevo aire para seguir asombrada, tratando de adivinar el lugar de donde salen las voces de su hermana e incluso se decide a hablarle:

–¿Dónde estás, Juana?

–Estoy a tu lado, sobre tu cabeza.

–¿Estás solita, o hay alguien más por ahí?

–Aquí estamos todos, Anastasia, te estamos acompañando –le dice Juana con dulzura.

–¿Mis papás también?

–¡Todos! También el bisabuelo Benjamín. Es hermoso, tal como nos lo contaron.

–Pregúntale que si es verdad que le decían "Juan Pueblo".

Juana le pregunta y el bisabuelo responde como si aquello hubiese sido una pilatuna de su vida. Juana le transmite el mensaje a Anastasia.

–Dice que sí, hermanita. El bisabuelo es el famosísimo "Juan Pueblo".

–¡Dios mío! –exclama emocionada y se aventura con más interrogantes:

–¿Cómo llegaron todos allá?

–No lo sé, pero aquí están todas las personas que han muerto en el monte Venir. Hasta mis amigos de la clínica de reposo y los obreros que ayudaron a construir el muro, ¿te acuerdas?

–Sí, claro… Y, ¿cómo es por allá. ¿Ustedes se pueden ver o son invisibles?

–Por acá es hermoso, Anastasia. Se respira una paz profunda y el ser se siente renovado. No hay cansancio, tampoco afán, el amor es total, incluso el que se siente por las personas que odiábamos. Los colores son más vivos, pero no se perciben los aromas. Es algo extraño.

–¡Qué lindo! ¡Quiero hablar con mis papás!

–Aún no han podido aprender la técnica para hacerse escuchar en la tercera dimensión, pero ya les enseñaré para que no estés sola. Mientras tanto les puedes mandar mensajes conmigo. Eso sí, no puedes hacerlo delante de otras personas porque pensarán lo mismo que tú y mis hermanas pensaban de mí.

–¿Que estabas loca?

–Sí.

–Aquí está don Misael.

–No importa. Nosotros sí queremos que él sepa de esto. Ya te cuento lo que harás porque te tenemos una misión muy importante.

–¿Qué misión? –pregunta asustada.

–El infeliz de don Misael tiene a tres de los nuestros encerrados en su casa.

–¿Cómo es eso? ¿A quiénes? ¿Por qué?

–Son tres suicidas que quedaron vivos después de saltar desde el caucho.

–¡Eso es imposible! Nadie sobrevive a una altura como la del monte.

–No es increíble, Juana. Aquí hemos aprendido que improbable no hay nada. Simplemente ellos están vivos y encerrados hace muchos años y queremos liberarlos. Tú nos puedes ayudar.

–¿Por qué están encerrados?

–Porque don Misael creyó que si ellos salían a contar que no murieron, el negocio que montó en la curva de los Javieres se podía venir abajo.

–Es un maldito. ¿Qué tengo que hacer? –pregunta Anastasia mirándolo con rabia.

–Por ahora atráelo, que él sepa que te comunicas con nosotros. Vamos a tenderle una trampa.

Juana asiente y corre hasta donde está el condenado orando, sin quitar su mirada del cielo.

–Don Misael, don Misael, ¡puedo hablar con los muertos!

Don Misael se asusta aún más y trata de retroceder, pero no pone en duda la afirmación de la niña.

–Ya lo sé, pero tenemos que huir de aquí, señorita. ¡Los muertos son peligrosos!

–No tanto como los vivos, mas yo me quiero quedar, quiero saber qué quieren, qué piensan.

–Ellos no la van a escuchar.

–¡Claro que sí! –exclama entusiasmada–. Estoy hablando con mis papás y con mi hermana Juana Margarita.

Don Misael sólo atina a persignarse y se interesa.

–Eso es –le dice Juana orgullosa y le termina de dar indicaciones–: ahora dile que terminarás de hablar con nosotros.

Anastasia capta rápido las indicaciones y las transmite:

–Don Misael, voy a terminar de hablar con los míos y ya conversamos los dos. No se vaya, por favor.

El viejo acepta y escucha atónito el diálogo de Anastasia y Juana. La primera saca a flote un talento nato para la actuación y se esfuerza por parecer natural. Sólo quiere que Misael crea, y lo logrará:

–Ya estoy aquí de nuevo, hermanita –grita mirando hacia el cielo.

–Lo hiciste muy bien, Anastasia. Ahora conversemos naturalmente.

–Dile a mi mamá que la amo, que los amo a todos. ¡Quiero verlos!

–Ellos dicen que te aman también –responde Juana después de escuchar las voces de todos en ese sentido. De repente brota de los labios de Anastasia la pregunta que ninguno de nosotros deseaba escuchar:

–Quiero saber si mis papás y ustedes, porque supongo que mis hermanas están allá también, desean que yo vaya...

–¿A dónde?

–A ese lugar... donde están todos. ¡Sólo tengo que saltar!

Un silencio recorre el altiplano encallado entre la espesura del paisaje soleado que en la inmensidad parece un dibujo. De nuevo el sonido de las cascadas y los aletazos de las aves de rapiña recién alimentadas lo inundan todo. Asustado por lo que escucha y ve, pero convencido de que la niña no está fantaseando, don Misael se acerca y le pide a Anastasia que pregunte por su padre. Le recuerda que se llamaba Cuasimodo. Anastasia pregunta por él, pero no obtiene respuesta inmediata. El silencio perdura y don Misael entristece porque no sabe que Juana y los demás estamos decidiendo la vida de Anastasia. Juan Antonio, Cleotilde y Ernestina se muestran de acuerdo con que ella salte. Helen, Juana y yo, que me inmiscuyo en el asunto, pensamos que debe continuar allí tratando de reconstruir la historia.

Cristóbal, Eva, Ernesto y Rosalba se abstienen de tomar partido en la cuestión por lo que, ante el empate, la decisión final recae en el bisabuelo Juan Benjamín.

—No sería capaz de atentar contra su vida —les dice contemplándola y agrega con dulzura—: ¡es tan bella!

—Pero ella nos pidió consejo, abuelo —le dice Juan Antonio y Cleotilde añade que no resistirá la soledad ni los abusos de los hombres. Que aquí estamos quienes la queremos y que sería un acto imperdonable de egoísmo no traerla.

El bisabuelo Benjamín se queda mirándola un largo rato y asiente con ternura para luego empezar su disertación:

—Cuando mataron a mi Virgelina decidí que mis hijos merecían un mundo en paz y me di a la tarea de buscar en este recóndito sitio un espacio donde criarlos, alejados de la envidia y la maldad que siempre han azotado a la humanidad. Me valí de estos dos amigos que dominaban la zona para que me ayudaran a establecerme, y les confesaré algo: cuando encontramos el lugar preciso donde mis retoños no correrían riesgo alguno, pensé que la única manera de mantenerlos aislados y que nadie conociera este lugar era matándolos.

Todos nos miramos aterrados ante la posibilidad de que un abuelo tan dulce como Benjamín se atreviera a tanto, pero más tardamos en aterrarnos cuando él ya nos lo confirmaba.

—Los maté. Tuve que hacerlo o de lo contrario el chisme de la existencia de mi casa sobre el altiplano se habría diseminado por toda la zona. Sin embargo, las muertes de estos dos entrañables amigos —agregó, abrazándolos con absoluto cariño— fueron en vano, porque los admiradores de mis bellaquerías venían siguiéndome el rastro. Esos fueron los mismos hombres que fundaron Gratamira y uno de ellos, Eliseo Puerto, fue el encargado de enarbolar la bandera de la conquista en la mitad de lo que sería la plaza central del pueblo. Cuando Eliseo trepado en lo más alto de la vara, divisó las paredes blancas de la casona y organizó una expedición para venir a comprobar que en la zona existía vida humana, yo, el valiente "Juan Pueblo", me llené de temores pensando que eran hombres del gobierno o cazarrecompensas que venían a fusilarme, porque mi cabeza tenía un precio alto. No recuerdo la cifra. El punto es que no soporté la idea de ser ejecutado delante de mis hijos y preferí saltar desde ese árbol inofensivo que aún hoy sobrevive después de la hecatombe. No supe cómo, pero enseguida aparecí aquí, cuando lo que más anhelaba era reunirme con Virgelina. ¡Hace tanto que no la veo! Pero bueno, esa es la historia. No sé por qué carajos si uno se muere en este lugar, renace aquí mismo, aunque les confieso que tengo el secreto para romper el limbo. La puerta está arriba, cerca del cráter de uno de los volcanes de hielo y no abajo o por los lados por donde la han buscado casi todos. El problema es que el que sale ya no puede regresar. Incluso un día estuve tentado a salir porque unos amigos míos lo hicieron, pero me arrepentí. Uno se aferra a esta tierra, pero el tiempo que nos dan para permanezca acá no es infinito y siento que el mío se termina. Tenemos que marcharnos.

–¿Y Anastasia? –preguntaron casi en coro Juana, Ernestina y Cleotilde, tratando de encarrilarlo hacia la respuesta que necesitábamos escuchar.

–Si nos vamos ella se quedará sola –añadió Helen.

–Sola está –contestó el abuelo y agregó–: es una mujercita valiente que contó con la suerte de no poseer en su árbol genético ese gen suicida que nos ha hecho perder la cabeza a todos en la familia. Al parecer, en su estructura cerebral los genes de Helen fueron más fuertes que los de Juan Antonio, y con Anastasia podemos asistir a la prolongación de la tradición familiar. Por eso pienso que debemos dejarla donde está. Allá es más necesaria que acá –sentenció y los partidarios de dejarla vivir suspiraron felices. Luego agregó–: ella tiene un compromiso muy grande con la historia universal. Es quizá la única mortal que se comunica con los muertos y a través de nosotros podría revelar a los humanos los grandes secretos de la muerte.

–La tildarán de loca como hicieron conmigo –exclamó Juana Margarita.

–Es natural que así sea, hija. Lo raro sería que la vieran normal. Pero Anastasia es inteligente y sabrá mover sus fichas. Yo voto porque se quede... Es indispensable para la vida, para el planeta, para el universo. Anastasia es como un faro sin luz. Puede que al comienzo no alumbre con luz propia, pero siempre estará ahí guiando a los marineros, alegrando a quienes la vean, aunque sea en la distancia.

Y mientras todos escuchamos atentos las disertaciones del bisabuelo, Anastasia camina hacia el caucho. Don Misael le pide que no lo haga e insiste en recomponer la comunicación para poder hablar con su padre. Anastasia le responde sonriente que interpreta el silencio de Juana como una autorización para morir, que quizás ella no se atrevió a darle por algún problema de sensibilidad

En ese momento, un grito de una señora rubia nos saca del letargo. Supongo que es Eva Klien porque no se despega del brazo de don Cristóbal.

–¡Debemos darnos prisa porque mi nieta se está montando en el caucho!

Y cuando Anastasia está tomando impulso para lanzarse al vacío, cuando Juana la interrumpe.

–¡Espera, Anastasia!

–¡Juana! –exclama con sorpresa Anastasia.

–No te vayas a lanzar –le suplica, Juana con angustia.

–¿Qué decidieron?

–Acordamos que la decisión la debes tomar tú misma. Entre nosotros hay partidarios de que vengas y también de que te quedes, pero yo considero que la decisión está en tus manos.

–Me hacen mucha falta. No sé cuánto resista y me parecería una bobada quedarme si en un par de días voy a terminar matándome.

–Entonces ven con nosotros...

–Hay algo que no me deja. Siento tristeza de saber que la última representante de la familia morirá y se llevará a la tumba toda esta historia que la gente merece saber.

–Entonces quédate.

–No lo sé –responde con indecisión, sin dejar de balancearse.

–De todas maneras, si decides regresar, deberías ayudarnos a liberar a las tres personas que están en la finca de don Misael.

–Qué tengo que hacer –dice resuelta.

–Aún no lo sabemos, pero no lo dejes ir.

–Don Misael ha estado preguntando por su papá, dice que se llama don Cuasimodo –le dice a gritos para que él escuche y lo logra. Don Misael se acerca.

–Correcto, dile que lo vamos a ubicar, que espere.

Don Cuasimodo, que está a nuestro lado, sabe lo que vamos a hacer y nos apoya.

Es natural que se conduela por la suerte de su hijo, pero no puede patrocinar sus atrocidades y decide colaborarnos. Juana se lo comunica a Anastasia.

–Anastasia, dile a don Misael que a mi lado está don Cuasimodo.

Anastasia le transmite el recado y don Misael sonríe mirando hacia donde él cree que está.

–Dile que don Cuasimodo le manda decir que desde hoy serás su hija y que no te puede desamparar por nada del mundo.

Pero Anastasia se aprovecha de la imposibilidad de don Misael para escuchar y empieza a distorsionar el mensaje a su modo y conveniencia:

–Don Misael, que don Cuasimodo le manda decir que desde hoy tiene que desaparecer para siempre y no volver a pisar este sitio ni sus alrededores.

–Dios mío, Anastasia qué cosas dices. Eso no es lo que don Cuasimodo mandó decir –le grita Juana, mientras don Misael agacha su mirada apenado por el castigo–. Don Cuasimodo le dice que en pago por las tierras que él nos robó, él debe conseguir un grupo de obreros no menor de 20 hombres para que reconstruyan la casona en menos de un año.

Anastasia sigue cambiando el sentido a los recados con simpatía:

–Don Misael, que su papá le manda decir que como pago por las tierras que su papá y usted nos robaron debe conseguir mínimo 80 hombres para que reconstruyan la casa en menos de tres meses.

–Sí, sí –exclama asustado y se reafirma–. Dígale que así lo haré.

–Cleotilde manda a decir que en el banco del pueblo tiene unos ahorros que alcanzarán para comprar los materiales que demande la construcción y para las provisiones de varios meses mientras el negocio reabre sus puertas.

–Don Misael, que su papá le manda decir que el dinero de los materiales para la construcción de la casa debe salir de lo que usted ha ahorrado con los negocios que montó para estafar a los suicidas y que debe enviarme doce burros repletos de provisiones para que yo pueda vivir mientras se termina la construcción.

–Sí, señorita, así será –responde el ingenuo.

Todos estallamos en carcajadas, hasta el propio Cuasimodo, pero cuando Juana le dice que don Cuasimodo le manda decir que jamás vuelva a mirarla, el hombre empieza a dudar de la veracidad de su interlocución y, con altanería, le pide que le demuestre que está diciendo la verdad.

–Pensándolo bien, no creo que mi papá diga algo así.

–Claro que lo dijo, mi hermana me lo acaba de contar.

–Con todo respeto, yo creo que todo esto es una payasada suya, señorita –exclama caminando hacia su caballo y se despide–: yo mejor me voy, hasta luego.

Juana le pide que lo detenga y que le ofrezca pruebas de la presencia de su papá en este lugar.

–Mi hermana dice que le puede dar pruebas de la presencia de su papá aquí.

Don Misael toma con cuidado la oferta y se baja del caballo. Lo hace con sigilo y desconfianza, pero se acerca.

–Pregúntele a mi papá por lo que me dijo antes de morir.

Anastasia retransmite su pregunta y espera. Don Cuasimodo piensa, pero se avergüenza de algo y calla. Juana insiste en la importancia que tienen sus palabras en este momento y el hombre se decide a hablar. Acongojado y apenado, nos cuenta la verdad. Evidentemente es vergonzosa. Juana Margarita se la transmite de la misma manera a Anastasia y ésta a don Misael.

–Dice su papá que le contó a usted que el río Cristales se crecería llevándose el pueblo a su paso. Que tratara de ponerse a salvo junto con su hermana, su cuñado Miguel y sus siete nietos. Que le pidió a usted que los llevara hasta la loma de la ceiba, porque ese era el lugar más cercano donde podían proteger sus vidas. Que tratara de salvarse, porque después de la tragedia las cosas cambiarían en el pueblo y usted podría sacar mucha ventaja del desorden que se presentaría. Que, seguramente, el alcalde perecería y usted tenía que bregar a conseguir que lo nombraran en ese cargo o, como mínimo, apoyar al que lo fuera a remplazar. Que eso se llamaba política, y que lo mejor en la política era que a uno le debieran favores para cobrarlos en plata.

—Eso es así, pero quiero que me diga sus últimas palabras. Las últimas palabras que él me dijo.

Anastasia no dijo nada, presumiendo que Juana escuchó la pregunta y esperó la respuesta para después emitirla conforme la oyó.

—Su papá le dijo a usted que corriera porque ya sentía el río venir, que él no se quería salvar porque ya estaba viejo y que bajaba los brazos porque se sentía cansado.

Desde ese momento, Misael supo que los muertos estaban en el monte Venir y se sintió como lo que era. Luego se puso a llorar de tristeza. Dolido por su dolor, don Cuasimodo instó a Juana Margarita y a Anastasia para que aprovecharan el momento e indagaran por los tres suicidas.

—Anastasia, pregúntele a don Misael por los tres prisioneros.

—Don Misael que suelte a los prisioneros.

Don Misael, dejó de llorar abruptamente y se atoró con sus flemas. Muy nervioso, trató de hacerse el desentendido y luego de negarlo todo, pero pronto su tartamudeo, inusual en él, terminó delatándolo.

—Sólo le digo que su papá está muy triste por lo que ha hecho y le pide que libere a las personas que encerró hace años.

Misael no quiso decir nada esta vez. Se quedó callado, pensando que no tenía salida. Parecía un niño observando cómo la vida se devolvía contra él. De repente asintió y caminó hasta su caballo.

—Pregúntele para dónde va —se afanó Juana a decirle a Anastasia y ella se lo preguntó. Don Misael le respondió que a su casa a liberar a esa "pobre gente" y Juana le pidió a Anastasia que se fuera con él para cerciorarse de que así sería. Anastasia se lo sugirió y don Misael aceptó, pero ya no hubo necesidad de cabalgar cuesta abajo porque una visión horripilante los dejó paralizados. Por el lugar donde quedaba el muro irrumpieron, de repente, tres monstruos horribles. Eran ellos. Daban lástima. El hombre tenía la cara desencajada y repleta de cicatrices que, sumadas a las que no se veían pero que se proyectaban desde lo más hondo de su alma, hacían de él un ser por el que sólo lástima se podía sentir. Estaba encorvado, como las otras dos mujeres, porque el infeliz de don Misael les construyó las celdas treinta centímetros más pequeñas de lo que ellos medían. Sus ropas sucias y raídas apestaban y su piel, curtida por el tiempo y por la falta de aseo, estaba cubierta de mordeduras, tal vez de roedores. Cuando se aproximó a don Misael gritando de rabia, dejó ver sus dientes podridos y su lengua ampollada por el hambre y el desuso. Las dos mujeres no lucían mejor. Tenían el pelo tan largo como el tamaño de sus cuerpos y las uñas se les enroscaban en espiral. Ambas caminaban arrastrando una pierna y ninguna tenía dientes. A la novia del hombre le faltaba un ojo, y a la otra, una anciana ya, se le desarrolló un tumor en la garganta del tamaño de un coco.

El que a hierro mata, a hierro muere

Al verlos, don Misael comenzó a morir de miedo, pero se les enfrentó con una correa, tal vez la que siempre usó para calmarlos, y les ordenó, con gritos de desprecio, volver a sus calabozos. Ninguno quiso hacer caso y empezaron a acercársele con la clara intención de hacerle pagar sus fechorías. Don Misael principió a retroceder muerto de miedo y le pidió a Anastasia que lo ayudara, pero Anastasia no movió ni un solo dedo para socorrerlo. Ni siquiera sintió miedo y se limitó a observar el desenlace de la escena, que no fue otro que el que usted está pensando. Algo predecible debía tener esta historia: don Misael no pudo avanzar más allá del caucho y cayó al vacío. Los pájaros de rapiña se movilizaron a sacarle los ojos y Anastasia sintió nostalgia y zozobra porque, mal o bien, era la única persona conocida que le quedaba en la vida.

Asomados en el borde del abismo, los tres monstruos se sentaron a llorar de rabia y de impotencia y se abrazaron entre sí, casi sin recordar que tenían compañía. Fue Anastasia la que lo puso de presente al acercarse a ellos y sumarse al abrazo. Más conmovedores que esos momentos, fueron las revelaciones que los tres le hicieron a Anastasia cuando ella quiso investigar por lo sucedido. La pareja de novios contó que habían caído inconscientes y que, al despertar, se vieron amarrados a una cama sin posibilidad alguna de moverse ni de hablar, porque Misael ordenó amordazarlos y luego, cuando ya ambos lograron recuperarse de las heridas y las fracturas que les produjo el golpe, recluirlos en una celda que mandó construir para cada uno. Recuerdan, con lágrimas, la despedida y se toman de la mano, negando con la cabeza su mala suerte. Ellos afirman que ya en el lugar habitaba un hombre, supongo que Ricardo. Dicen que lo escucharon gemir y llorar años enteros. La señora llegó años después y corrió la misma suerte. Muerta de curiosidad, Anastasia les preguntó cada uno de los detalles de su reclusión durante tanto tiempo y hasta por lo que se siente cuando se está viajando hacia la muerte. Ella quería saber lo que pasa por la cabeza de un suicida desde el momento en que salta hasta cuando cae. Los tres, sin haberse hablado durante años, coincidieron en lo mismo que yo, que tampoco los conocí nunca: En una tercera parte del recorrido nos invade un deseo terrible de devolvernos, de arrepentirnos, pero ya es tarde. Y, a mitad de recorrido, la mente se ha vuelto tan creativa, ante la inminencia de un final, que todos encontraron la solución a los problemas que los llevaron a tomar la decisión de matarse. ¡Increíble! ¡Qué pena que los suicidas del mundo entero no sepan esto! ¡Qué pena, pensamos todos! Salvaríamos miles de vidas porque ningún ser, por más ignorante que sea y por muy poseído que esté por sus delirios, querrá matarse si sabe que se arrepentirá y, sobre todo, si durante el trayecto va a entender que todo en la vida tiene solución.

Desde luego aquí todos, incluido don Cuasimodo, quien llora sin lágrimas, estamos atónitos por el desenlace que tuvieron las cosas. De la risa que nos dio por el ingenio de Anastasia para distorsionar la verdad, en aras de hacer justicia, hemos pasado al asombro por lo que pueda pasar. Ahora mismo está atendiendo a esos seres desdichados que un día quisieron quitarse la vida y, como castigo, les tocó pasar por la vida sin saber qué era vida. Les hace saber que aún es tiempo de empezar. A la señora que ha intentado lanzarse al abismo dos veces, la ha persuadido en dos ocasiones para que no lo haga, preguntándole por el sentido que tendría hacerlo después de soportar tantas penurias en cautiverio.

—Ahora que eres libre no puede botar esa libertad a la basura, mi señora. ¿Entonces? ¿Dónde quedarán todos esos años de infierno? ¿En otro infierno?

Parece que los ha convencido de seguir viviendo porque están llorando. Sus lágrimas despercuden el camino por el que resbalan. No pueden creer que todo haya terminado y sus corazones son tan nobles que sienten culpa por haber hecho morir a don Misael. Anastasia los consuela trayendo a colación una leyenda que vio en algún libro de los tantos que tenía Ernestina. Les dice que a un maestro de luz, a un iniciado, que desesperaba por su bondad, le preguntaron por lo que haría si él sorprendiera a un hombre violando a su esposa o a una hija. Cuando todo el mundo pensaba que la respuesta iba a ser el perdón, el maestro exclamó sin dudarlo y casi sin pensarlo:

—Yo lo mataría.

El maestro piensa así. Pero, ¿también es ese el pensamiento de Anastasia?

CAPÍTULO TREINTA Y SIETE
Quién asesinó a Patricio

Anastasia lo hizo. Fue el único delito que cometió en vida y no comprometió su conciencia, por cuanto sólo se trató del cumplimiento de una amenaza que desde niña lanzara con base en una recomendación que le hiciera su madre antes de morir:

—Si un hombre se sobrepasa contigo, hazte respetar y mátalo.

Y Patricio se sobrepasó con ella y murió. Fueron los gritos y el movimiento intenso que escuchamos Juana y yo cuando nos disponíamos a cruzar la línea trágica de la senda de la navaja. Según su propio relato, Patricio se quiso aprovechar del caos que se produjo en la casona con nuestra presencia y perdió. Cleotilde y Ernestina estaban angustiadas planeando la manera de devolver a Juana a la ciudad, por lo que él aprovechó el momento para llevar a cabo algo que había aplazado toda su vida: hacerle el amor a Anastasia. Como sabía que cometer esa indelicadeza era poco menos que imposible, decidió violarla.

La persiguió con sigilo por toda la casona, hasta que Anastasia ingresó a su alcoba. Entonces corrió hasta el otro lado de la habitación y se camufló tras un rosal, en espera de que la niña se metiera al baño. Luego fue a su puerta, ingresó en completo silencio, avanzó en secreto con pasos felinos hasta el baño, la fisgoneó por el haz de luz que se veía con la cortina de tela entreabierta, y empezó a desvestirse. Después entró desnudo al cuarto de baño. Al verlo acercarse a ella, con los ojos desorbitados y la respiración agitada, Anastasia confirmó las sospechas que de Patricio tuvo toda su vida e intentó desarmarlo con la misma inteligencia con que lo maniató la noche aquella en que lanzaron a sus padres al mar:

—¿Te quieres bañar conmigo, Patricio?

Pero su hermanastro no respondió nada y se siguió acercando a ella, dejando a un lado la razón. Se podría decir que estaba preparada para cuando ese momento llegara y el momento, en efecto, llegó. Por eso no le dio tiempo a nada:

—Si me tocas, te mato, Patricio —le dijo con la voz trémula y el agua cayendo sobre sus senos, mientras retrocedía los 30 centímetros que la separaban de la pared.

—Nadie la va a escuchar, Anastasia. ¿No sería mejor que evitáramos el escándalo y nos dedicáramos a sentir estas cosas que te has negado toda la vida?

Anastasia se estrelló de espaldas contra el muro de la ducha y comprendió que el hombre ya estaba poseído por el demonio y lo enfrentó. Pero Patricio se olvidó de sí mismo y arremetió con toda su fuerza contra la niña. Y estaba ganando su principal batalla cuando sintió sobre sus testículos la fuerza descomunal de la dignidad. Anastasia empuñó sus gónadas con la mano derecha y lo hizo retorcer de dolor para aprovechar la oportunidad y escapar. Patricio sabía que no la podía dejar llegar a donde estaban sus hermanas y la alcanzó en la puerta, con el último aliento de sus brazos sobre sus pies, cuando ya Anastasia ganaba la salida. Con la presa en el suelo, empezó entonces un forcejeo intenso y desigual en el que primaban la fuerza y el deseo salvaje de Patricio sobre la angustia de Anastasia quien, no obstante, gritó como un cerdo a punto de ser degollado.

Cleotilde y Ernestina escucharon los alaridos de su hermana menor y corrieron hasta su alcoba. Esa fue la siguiente tanda de pasos rápidos que escuchamos. Al llegar, se encontraron con una escena impensable: Patricio estaba en el suelo y Anastasia lo estaba golpeando sin piedad con una de las dos lámparas de mármol que alumbraban sus noches. Y aunque ambas quisieron intervenir, Anastasia no lo permitió argumentando, en medio de su ira, que el suyo era un caso personal. Mal herido, Patricio aprovechó el descuido de Anastasia por la presencia de sus hermanas y salió corriendo de la habitación con su integridad a medias. Iba diezmado por los golpes y la cabeza le sangraba profusamente. Anastasia les pidió a sus hermanas que la dejaran cumplir su promesa de matar a quien se atreviera a tocarla sin su consentimiento y salió detrás del mayordomo. Lo persiguió con saña, inmersa en su furia, hasta que lo cazó, cerca del lavadero, y lo golpeó con una piedra en la cabeza hasta darle muerte.

Minutos después salí de la habitación con rumbo al caucho y no tuve tiempo de fijarme en los vestigios de la lucha que Anastasia y Patricio acababan de librar.

Creo que Anastasia habría podido resolver este problema de otro modo, menos violento, pero no quiero entrar a juzgarla. El mismo Patricio, por intermedio de Juana, le pidió perdón por lo que hizo y, echando mano de la sinceridad que aquí es imposible eludir, nos advirtió que hizo bien en matarlo, porque era claro que él iba a hacer lo mismo con ella. Y es lo más lógico. Patricio no pretendía violar a Anastasia y después dejarla viva para que ella saliera luego a contarles sobre la agresión a sus hermanas. Él nos dijo que había pensado abusar de ella hasta el cansancio, para posteriormente asesinarla y mandar su cuerpo barranco abajo. Deseaba confundir a sus hermanas con la versión de un suicidio. Tampoco quiero juzgar a Patricio, porque como él mismo nos dijo:

–Ningún hombre de la Tierra soportaría que una hembra como ella, tan linda y desnuda, se ponga de cabeza, eleve sus piernas al cielo y las empiece a abrir como una tijera. Yo fui el único, y creo que me demoré mucho en hacerle pagar esa crueldad –afirma ahora con una sonrisa de perdedor, e insiste en que ella lo hizo por perversidad, pero sus hermanas le aseguran que lo hizo sin ninguna malicia.

CAPÍTULO TREINTA Y OCHO
Los avatares de la perfección

Don Misael ha sobrevivido al golpe. Su columna vertebral se ha partido en dos, ha perdido la movilidad de las piernas y tendrá que arrastrarse por el mundo como la serpiente venenosa que siempre fue. En su estado lamentable se está aferrando a la vida de una manera sorprendente y esto le permitirá ganarle su pelea a la muerte. Se nota tan arrepentido de sus actos que no dudamos que, aun en su estado lamentable, se de a la tarea de cumplir la voluntad de su padre, cual es ayudar a reconstruir Miramar.

Juana comprometió también a Anastasia para que el renacimiento de Miramar se hiciera realidad. Todos aquí queremos que esa cuota de locura que le aportó la casona al universo y a la vida vuelva a florecer. Es necesario, para que el mundo siga conservando su equilibrio, el equilibrio entre lo cuerdo y lo inusual. Le prometimos apoyarla, protegerla y contarle cosas que todos los mortales ignoran. Ella se comprometió a escribirlas y a difundirlas. Es más, si esta historia ha llegado a sus manos o a sus oídos es porque ya lo ha hecho. Nosotros empezamos a especular sobre la nueva vida que nos espera. Algunos comienzan a planear su sometimiento a la justicia divina y ya piensan en la despedida. Se van a marchar por la salida que descubrió el bisabuelo con la esperanza de obtener un juicio justo, un castigo minúsculo y la posibilidad de conocer a Dios. Sería algo maravilloso. Incluso sin verlo sentimos su presencia. Es avasalladora.

Otros, en cambio, nos queremos quedar, por lo menos hasta que nos lo permitan, para acompañar a Anastasia y a sus tres nuevos amigos en la reconstrucción de la alegría. De hecho, no van a estar solos. Los suicidas continuarán llegando y las autoridades querrán regresar con un ejército completo para retomar el control del lugar. La brisa calculadora y traicionera ya se siente soplar desde la distancia. Vemos que un contingente de guerreros empiezan a escalar el monte Venir. Nos acercamos a mirarlos y nos damos cuenta de que son cerca de una veintena de indígenas kazimbos montados a caballo, aunque sin mucho afán. Desconocemos sus intenciones. Al frente de ellos viene un hombre muy apuesto y ungido con el carisma propio de los líderes. Debe ser su cacique, porque su impecable traje es el más adornado, su cara la mejor maquillada, su dentadura la más reluciente y su caballo el más grande y blanco. Luce reluciente y lleva sobre la cabeza, de cabellera larga, una corona de plumas de aves de diversos colores. Su corpulencia, la elegancia al montar, su don de mando y la jerarquía del jinete corresponden al estilo de un jefe indígena guerrero, pero confunde y sorprende por su juventud.

Siempre va erguido y nunca mira hacia los lados, denotando mucha autoridad. Se le ve muy seguro de lo que está haciendo. Rogamos por que sus intenciones no sean nefastas y confiamos, también, en la madurez de Anastasia para saber sortear la situación. Podría ocurrir que los miembros de su tribu vinieran a suicidarse por la rabia y la impotencia que les produce estar sometidos a las reglas y la ambición de los blancos. Desde la entrada del jeep de don Wilson han estado sometidos al despojo de sus territorios y a los vejámenes de los forasteros. Aun así, no creemos que Anastasia los deje lanzar al vacío. Por lo menos no desde su árbol y su altiplano, porque ahora son suyos. Con lo sucedido a los sobrevivientes que durante años don Misael enjauló, le ha encontrado tanto valor a la vida que, no lo dudo, se opondrá a sus muertes con todos los argumentos posibles. Que son muchos. Un poco más del doble de los que debiera tener en la cabeza una joven de su edad.

Sólo nos asalta una duda y nos hacemos una pregunta que nos pone a pensar largas horas. Tenemos todo el tiempo del mundo para hacerlo. En la Tierra sabíamos que esto terminaría algún día y eso nos hacía regular nuestras acciones y nos hacía temer al opinar y al actuar y, por ende, autorregularnos, creer en un Dios que castiga. Aquí en la cuarta dimensión, como la llama Ernestina; en el absoluto, como lo llama Juana Margarita; en el cielo, como dice Cleotilde, nos hemos vuelto inmortales y esto supone una vida eterna sin fecha de vencimiento.

Aquí sí podemos ser. Aquí podemos decir las cosas con honestidad. Aquí somos niños descontaminados. Aquí no dependemos de nuestros vicios para responder preguntas, para pensar, para actuar. Aquí somos libres.

Entonces, ¿qué nos espera? ¿Qué pasará cuando el tedio de la perfección nos ahogue? ¿Qué sucederá cuando la monotonía de un amor puro nos atarugue los sentidos? ¿Adónde más se puede llegar si estamos en lo más alto de la cúspide?

Porque, no lo podemos negar, bueno es vivir en un mundo sin religiosos dogmáticos, ni políticos cínicos, ni abogados deshonestos, ni carpinteros incumplidos, ni delincuentes atrevidos, ni líderes prepotentes que con tijeras y discursos van cambiando la geografía del mundo a su antojo y conveniencia, pero qué aburrido es no saber de quién cuidarse, o cuándo llega el dolor. Extraordinario es estar seguro, haber perdido la sensibilidad a los traumas, pero qué triste es tenerlo todo a la mano y saber que la palabra necesidad se va extinguiendo de nuestro léxico. Qué tranquilo es este lugar, qué bellos colores y qué hermosos paisajes amenizan nuestra existencia, pero qué triste es no poder percibir el aroma de las flores ni alarmarnos porque algo no salió bien. Qué seguro es no sentir hambre, miedo, calor ni frío, pero qué tedioso es perder la magia de una vida llena de escollos. Qué bella música suena constantemente aquí y qué hermoso es estar cerca de la posibilidad de descubrir el misterio de Dios, pero qué malo y qué aburrimiento tan eterno vivir en un mundo perfecto. Qué hermoso es tener a nuestro lado a la persona que amamos, el amor aquí se magnifica y nos mantiene en un estado sublime de sensibilidad, casi al borde del llanto, pero qué falta hace el odio para distinguir a las personas. Qué sublime pensar en la posibilidad de conversar con Dios, conocerlo, saber cuál de las malditas religiones que proliferan en la Tierra tenía razón sobre su apariencia, hacerle un par de reclamos, mirarlo a los ojos, escuchar su voz, llorar de emoción con su presencia, pedirle perdón de corazón y no abrir la boca para hacerle saber todo esto que pensamos y sentimos en el entendido de que todo lo sabe, incluso lo que deseamos ocultar. Preguntarle por qué, si es verdad que hay un solo Dios y un solo hijo, los musulmanes ignoran la existencia de Cristo y los cristianos la de Mahoma. Por qué los chinos adoran a Buda y no a David. Y qué culpa tenemos los unos y los otros de que nos enseñen, desde pequeños, que la verdad es la que tienen en la cabeza nuestros padres, con toda la ignorancia que sobre el universo recae sobre sus cabezas.

Ahora mismo le dedico todo mi tiempo a Juana Margarita. Nuestro amor es puro y total. Ni en su cabeza ni en la mía hay espacio para otra cosa que no sea el respeto por las ideas y los sentimientos del otro. El cariño es tanto que nos sobrepasa y nos ha sido imposible dejar de llorar al abrazarnos y al besarnos, como si nuestros besos activaran las lágrimas y los vacíos del corazón.

En los tiempos libres, los que no utilizamos para cultivar nuestra ternura, le transmitimos este idilio a Anastasia. Es necesario que ella lo cuente para que el cariño se riegue como epidemia en los confines del mundo. En diferentes rincones veo a los nuestros amándose. Todos nos amamos y somos felices y sobra decir que fieles, pero, ¿es sano que siempre sea así?

Todo esto me hace pensar en que todos pudiéramos estar equivocados. Tal vez el infierno no sea nuestro planeta repleto de problemas y habitantes llenos de defectos ni el cielo este paraíso inamovible sin reglas ni trastornos. Podrían ser las cosas al revés. Que el cielo sea la Tierra, entendiendo como tal un lugar donde se lucha, se vive, se sufre y se goza. Y este lugar magnífico podría ser el infierno, entendiendo como tal un lugar donde se vive sin inminencia de muerte, sin la certeza bendita de saber cuándo terminará todo, en medio del aburrimiento que supone la perfección.

Aquí las horas empiezan a sobrar, hacen mella sobre nuestros nuevos sueños y deseamos que los días sólo tengan un par de ellas. Aquí no falta nada, ni el sueño, porque poco o nada se duerme. Por eso se descubre, con prontitud, que la existencia no es ese compendio de vicisitudes que los pesimistas creen, ni el manjar de oportunidades que los optimistas piensan. La muerte tampoco es ese nacer que las religiones orientales pregonan ni el final del viaje que proclaman los latifundistas de las religiones que venden porciones de fe por el diez por ciento de los ingresos de los incautos. No. La vida es lo que queramos hacer de ella y la muerte, simplemente es una cárcel agradable, donde nada falta, pero cárcel al fin y al cabo.

Es cuando el debate sobre si existe un Dios o no, se torna irrelevante. ¿Cambian en algo las cosas en cualquiera de los dos escenarios? Creo que no, porque las cosas están ahí, con Dios o sin Él. Los castigos están ahí, con Dios o sin Él. Los premios están ahí, esté o no esté ese Dios. La esencia de las cosas es inalterable y no es posible que cada uno de nosotros venga del lugar de donde creemos venir. Todos venimos del mismo lugar y hay una fuerza descomunal que maneja todo a su voluntad, una fuerza que premia y que castiga... Estas son verdades que deben reconocer incluso los mismos ateos. No las pueden rebatir.

Por eso vamos a esperar a ver qué pasa y les contaremos, por medio de Anastasia, lo que suceda. Aquí la mitad de la gente apuesta por su presencia y la otra mitad por su inexistencia; me llama mucho la atención que los segundos se crean más perfectos.

EPÍLOGO

En el octavo día de la creación, la vida fue para mí a través del amor y de la muerte. Aquí todos vivimos asustados con lo que no pasa y la monotonía sólo se rompe con la evolución del embarazo de Usnavy, el noviazgo de Ernestina con Atanael, el idilio de Saltarín con Gisela, la cada vez más cercana fecha en que veremos a Dios y las conversaciones de Juana Margarita con Anastasia. Sus preguntas precoces nos alimentan, nos producen risa y nos sacan del letargo cada día. Esta mañana hizo dos que suponen un cambio drástico de actitud en ella. Nos puso a pensar que las cosas allá abajo están recuperando esa cuota de locura que tan felices nos hizo a todos, que los nuevos sucesos se dirigen hacia la normalidad, que la fiesta sigue, que nos mintieron cuando nos propusieron morir para nacer.

Esta fue la conversación:

—Juana, ¿es malo relacionarse con personas de otras razas?

Juana le respondió que no, porque todas las personas somos iguales y ninguna, por el color de su piel, se salvará de la muerte. Agregó que en el lugar donde estamos no se tiene en cuenta el color de la gente para distribuir privilegios.

—Aquí todos somos iguales, hermanitas. ¿Por qué la pregunta?

—Entonces pregúntele a mi mamá si puedo tener un hijo —exclamó con el desparpajo propio de quien se siente huérfano de autoridad en el mundo.

Incrédula, Juana consultó con Helen y su madre aprobó la solicitud con alegría. Sin embargo, Juan Antonio no estaba seguro y Cleotilde estuvo en desacuerdo. Luego de un debate muy interesante, porque en el fondo nadie creía que Anastasia fuera capaz de hacerlo, Juana le entregó el veredicto.

—Mis papás te mandan decir que sí, que sí puedes tener un hijo porque tú no has mostrado predisposición a la muerte y es posible que tu hijo aprenda a no querer matarse.

—Entonces pregúntele a Cleotilde cómo se hacen los niños y cómo se atiende un hombre, porque yo sé cómo matar a un hombre irrespetuoso, pero no sé cómo hacer el amor. Patricio sabe de lo que estoy hablando.

Patricio agacha la mirada y sonríe apenado, mientras Cleotilde responde a la inquietud de su hermana. Juana le transmite textualmente lo dicho por ella.

–Que manda decir Cleotilde que los niños se hacen con las piernas abiertas, los ojos cerrados, el corazón acelerado, el pensamiento de moral juguetona y el prejuicio enjaulado. Y Ernestina, quien acababa de conocer las mieles del sexo al lado del más experimentado de los hombres, le manda decir que, sin causarle daño a nadie, haga lo que le venga en gana y que no se tome la vida tan en serio porque, al fin y al cabo, no saldrá viva de ella.

Fin.

CONTENIDO

PRIMERA PARTE

SEGUNDA PARTE

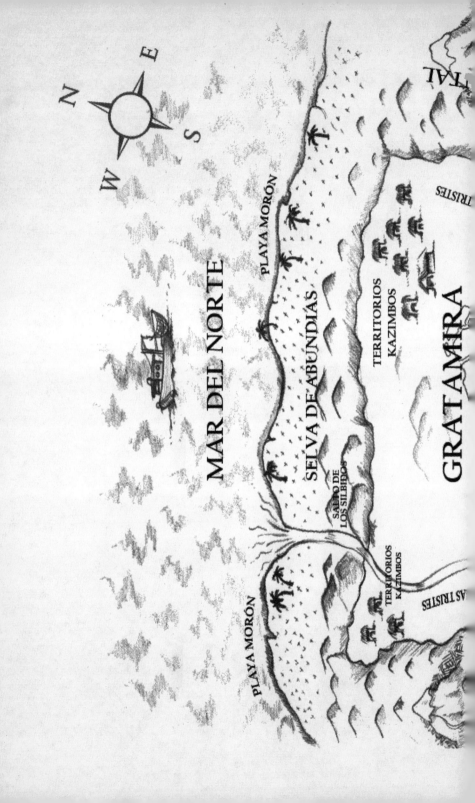